btb
Aus Freude am Lesen

btb

Buch

»Wo andre gehn, da muß ich fliegen« meinte der 1890 in Crossen an der Oder geborene Alfred Henschke, als KLABUND einer der bekanntesten Dichter der Zwanziger Jahre. Daß sein Leben kurz bemessen sein würde, wußte er früh: eine tödliche Krankheit zwang den eleganten, aber ungestümen, vom Leben, der Liebe und der Literatur berauschten Außenseiter immer wieder auf die Liegeterrassen von Davos. Zwischen hektischen Reisen, Auftritten in Kabaretts und Dichterzirkeln in Berlin und München lebte er dort ein Leben wie in Thomas Manns Roman »Der Zauberberg« – immer verliebt, immer rastlos schreibend, immer voller Energie und Zuversicht, immer voller Zuwendung an die Menschen. Nach seinem Tode 1928 vergaß man ihn und sein umfangreiches Werk allmählich, die Nationalsozialisten trugen das Ihre dazu bei. Heute erscheint dieser liebenswerte Poet, Erzähler und Bühnenautor (seine Bücher erlebten große Auflagen, sein Stück, der »Kreidekreis«, wurde zum Publikumsrenner) wieder sehr gegenwärtig: verträumt und verzweifelt, leidenschaftlich und respektlos, melodisch und abrupt, spiegelt seine Poesie das nervöse Lebensgefühl einer Epoche, die sich emphatisch über sich selbst amüsierte, aber am Rande des Abgrunds wußte.

Dieser Band vereint die schönsten und frechsten, amüsantesten und traurigsten Gedichte Klabunds und eine Auswahl seiner Prosa. Es werde von Klabunds Werk »mehr übrig bleiben als von den meisten bändereichen Lyrikern seit Heinrich Heine«, meinte Carl von Ossietzky in einem Nachruf – hatte er recht?

Herausgeber

Matthias Wegner, 1937 in Hamburg geboren, wo er lebt und arbeitet, war viele Jahre Verleger, ist heute Publizist und Buchautor. Er schrieb das Buch »Klabund und Carola Neher. Eine Geschichte von Liebe und Tod«. Mit Gesangs- und Klavierbegleitung präsentierte er auf vielen deutschen Bühnen Klabund-Texte und -Lieder.

Klabund

Wo andre gehn, da muß ich fliegen . . .

Ein Lesebuch

Herausgegeben und
mit einem Vorwort versehen
von Matthias Wegner

btb

Umwelthinweis:
Alle bedruckten Materialien dieses Taschenbuches sind chlorfrei und umweltschonend.

btb Taschenbücher erscheinen im Goldmann Verlag, einem Unternehmen der Verlagsgruppe Bertelsmann.

1. Auflage
Originalausgabe September 1998

Umschlaggestaltung: Design Team München
Umschlagmotiv: Der Rechteinhaber konnte bis Redaktionsschluß leider nicht ermittelt werden. Berechtigte Ansprüche werden im üblichen Rahmen abgegolten.
Zeichnung Titelseite: Emil Orlik
Satz: IBV Satz- und Datentechnik GmbH, Berlin
Ge · Herstellung: Ludwig Weidenbeck
Made in Germany
ISBN 3-442-72267-5

INHALT

I. KLEINE SELBSTBIOGRAPHIE

Gedichte und Prosa

II. JA, SO GEHT ES IN DER WELT

Lieder von Lust und Laster

III. DEIN MUND, DER SCHÖN GESCHWEIFTE

Gedichte der Liebe

IV. O TANNEBAUM!

Garstige Weihnachtslieder

V. VON TRÄNEN UND PERLEN

Chinesische Gedichte

VI. DER KLEINE LORBEER

Geschichten von Liebe und Krieg

VII. DIE ERDE BRENNT

Deutliche Worte

In einer Stunde

Spiel in 5 Akten nach dem Chinesischen

I.

Kleine Selbstbiographie

Gedichte und Prosa

PROLOG

Ich sitze hier am Schreibetisch
Und schreibe ein Gedichte,
Indem ich in die Tinte wisch
Und mein Gebet verrichte.

So giebt sich spiegelnd Vers an Vers
In ölgemuter Glätte.
Nur selten sagt man sich: Wie wärs,
Wenn es mehr Seele hätte?

Die Seele tut mir garnicht weh,
Sie ist ganz unbeteiligt.
Nackt liegt sie auf dem Kanapee
Und durch sich selbst geheiligt.

Des Abends geh ich mit ihr aus,
Im Knopfloch eine Dalie.
Ich selber heiße Stanislaus,
Sie aber heißt Amalie.

LEBENSLAUF

Geboren ward Klabund,
Da war er achtzehn Jahre
Und hatte blonde Haare
Und war gesund.

Doch als er starb, ein Trott,
War er zwei Jahre älter,
Ein morscher Luftbehälter,
So stieg er aufs Schafott.

Er bracht ein Zwilling um…
(Das Mädchen war vom Lande
Und kam dadurch in Schande
Und ins Delirium.)

ES HAT EIN GOTT

Es hat ein Gott mich ausgekotzt,
Nun lieg ich da, ein Haufen Dreck,
Und komm und komme nicht vom Fleck.

Doch hat er es noch gut gemeint,
Er warf mich auf ein Wiesenland,
Mit Blumen selig bunt bespannt.

Ich bin ja noch so tatenjung.
Ihr Blumen sagt, ach, liebt ihr mich?
Gedeiht ihr nicht so reich durch mich?
Ich bin der Dung! Ich bin der Dung!

KLEINE SELBSTBIOGRAPHIE

Ich bin, da ich dieses schreibe, siebenundzwanzig Jahre alt. Aber ich könnte auch schreiben drei Jahre, oder: fünfzigtausend. Ich stamme irgendwo aus der Mark. Ich bin ein Preuße. Und meine Farben, die ihr kennt, sind schwarz und weiß. Schwarz, das ist die Nacht, und weiß, das ist der Tag. Ich bin Tag und Nacht. Ich bin in der Mark geboren, aber früher lebte ich einmal in China und schrieb, mit einer großen Hornbrille betan, kleine Verse auf große Seidenstreifen. Mein Weg ist noch weit. Wer mich eine Stunde begleiten will, soll mir willkommen sein. Immer wieder muß ich geboren werden. Ich kann mich noch gut erinnern, daß ich einmal ein Hase war und über die Felder hoppelte und Kohl fraß. Später war ich ein Geier, der den Hasen die Augen auszuhacken pflegte. So mordete ich mich selbst. Ich war gut. Ich war schlecht. Ich war schön und häßlich; liebreizend und entsetzlich, feige und tapfer, herrisch und knechtisch. Ich liebe die Menschen. Aber ich liebe sie nicht mehr als die Tiere oder die Sterne, mit denen ich gerade so zu sprechen vermag wie mit dir, mein menschlicher Bruder. Ich liebe die Frauen. Allen voran die liebste Frau, die mir Tochter und Mutter Gottes war. Sie ist längst an Gottes Thron zurückgekehrt. Dort steht sie, die Lilie in der Hand, und lächelt und weint auf mich herab. – Was ihr kennt, ist nur ein Teil dessen, was ich dichtete. Oft hat mir der Wind die Blätter verweht, auf denen ich schrieb. Ich habe bei meinen vielen Wanderschaften zwei ganze Dramenmanuskripte verloren. Wer sie gefunden hat, soll sie behalten, ob er nun sein Zimmer damit tapeziert oder ob er sie seiner Frau nach dem Nachtmahl vorliest. Immer wieder muß ich mit heißer Klinge die klingenden Kämpfe in mir zu Ende fechten. Den Kampf der roten und der weißen Rose. Wenn ich einmal verblutet dahinsinke, soll man mir weiße und rote Rosen aufs Grab werfen. Das soll geschmückt sein wie ein Brautbett, und ein liebendes Paar soll wie Goldregen darauf niederstürzen. Und noch im Tode werde ich das neue Leben segnen. Locarno, 1919.

BRIEF AN EINEN FREUND

Berlin, Oranienburgerstr. 53 II
1. XII. 1910

Sehr geehrter Herr Heinrich,
mit bestem Dank sende ich Ihnen hiermit die Planck'sche Rede zurück. Sie werden sich wundern, zugleich noch eine ausschweifende Epistel zu erhalten. Gestatten Sie, daß ich mit der Tür ins Haus falle. Erstens: Ich halte mich für einen Dichter. Sie werden sagen, das tun andre auch. Zweitens: vielleicht bin ich auch einer. Sie werden meinen: wenn Sie das nicht einmal selbst wissen! Worauf ich eine ebenso wohlfeile wie wehrlose Phrase bei den Haaren herbeiziehe: Der Zweifel ist des Glaubens liebstes Kind. Um Ihnen ein wenig zu imponieren, folgt jetzt eine Reihe von Zahlen und Titeln.

Ich habe 597 Gedichte, 29 Novellen, 15 Einakter, 1 Roman, 1 Aphorismensammlung, dazu Fragmente und Materialsammlungen zu Dramen und Romanen größten Stils (*Don Juan, Nausikaa, Adam und Eva* usw.), Essays usw. geschrieben. Um Ihnen noch einige Titel zu nennen: (ich lege auf Titel und Überschriften ungemeinen Wert und habe Geschichten verfaßt, die nur aus Titeln bestehen – ich weiß nicht, ob das eine Originalidee von mir ist?) *Pierrot auf der Drehorgel, Der Kakadu, Mademoiselle Potiphar, Der Kavalier, Geiger Lehmann, Und ehrenwerte Männer,* usw. usw. Das genügt. Allzu bezaubernd klingen sie vielleicht nicht.

Ich kann Dinge, die mir im Grunde wirklich zart erscheinen, manchmal nur durch Plumpheiten ausdrücken. Wie der Bauernbursch, wenn er seinem Schatz etwas sehr Schönes mitzuteilen hat, was sich aber verteufelt schlecht aussprechen läßt, zärtlich in die Seite schupst. Und das Mädel begreift ihn und schupst entsprechend wieder.

Ich bitte Sie um Rat, weil ich wirklich sonst niemand um Rat zu fragen hätte und ich nicht ewig alles in mich hineinfressen möchte. Ich bitte Sie ferner, diese Bitte nicht

als Aufdringlichkeit aufzufassen. Sie ist weniger und mehr. Eventuell können Sie mir und so der Mitwelt durch ein paar wohlgezielte Rippenstöße einen energischen Dienst leisten. Ich würde mich von ihnen schwerlich erholen.
Mit der Bitte um Verzeihung, ob dieser – Anrempelung
Ihr sehr ergebener Alfred Henschke.

VERFLUCHTE SCHWEINEREI

Verfluchte Schweinerei,
Als man mich machte,
Da war ich nicht dabei,
Und meine Mutter lachte. –
Und als ich kam, ich dachte,
Ich wüchse wie bisher,
Zög still als Wolke überm Meer –
Aber Wolke wurde Regen,
Aber Regen wurde Quelle,
Und nun wälze ich gewaltsam
Meine Welle
Hin zum Meere unaufhaltsam.
Wann werd' ich wieder Wolke sein?
Im Sonnenschein, im Stürmeschrein
Hoch über allem Volke sein?

SANATORIUM

Die Spatzen singen und der Westwind schreit,
Sachtsummend rollt der Regen seine Spule.
Der weiße Himmel blendet wie verbleit,
Verrostet krümmt er sich im Liegestuhle.

Auf der Veranda. Neben ihm zwei Huren
Aus der Gesellschaft, syphilitisch eitel.
Sie streicheln zärtlich seinen Schuppenscheitel
Und sprechen von Chinin und Liegekuren.

In ihren grauverhängten Blicken duckt er,
Der Morphiumteufel hinter Irismasche.
Er hüstelt, hustet und zuweilen spuckt er
Den gelben Auswurf in die blaue Flasche.

Sie schenkten ihm freundschaftlich Angebinde,
Als er zum ersten Male in den Garten stieg,
Je eine Liebesnacht – als drüben in der Linde
Der Kuckuck *einmal* rief (für alle drei) – und schwieg.

AM LUGANER SEE

Durchs Fenster strömt der See zu mir herein,
Der Himmel auch mit seinem Mondenschein.
Die Wogen ziehen über mir dahin,
Ich träume, daß ich längst gestorben bin.
Ich liege auf dem Grunde alles Seins
Und bin mit Kiesel, Hecht und Muschel eins.

MAN LIEST ZU HAUSE meine Bücher,
Und mancher freut sich meiner Schrift.
Mich decken schon die schwarzen Tücher,
Und meine Lippen speien Gift.

Der Maulwurf nagt an meiner Wange,
Der Wurm betritt des Leibes Pflicht.
Schon zerrt des ewigen Arztes Zange
Den Leidenden in neues Licht.

TAGEBUCH IM GEFÄNGNIS

Karsamstag, 19. April 1919

Liebe Mutter, lieber Vater, heut ist nun schon der dritte Tag, daß ich gefangen bin, und immer ist noch kein Ende abzusehen. Man schleppt mich von Zelle zu Zelle, ich habe den Eindruck, als gelte der Mensch noch weniger als im kaiserlichen Deutschland. Von irgendwelchem Verständnis für mich war bei denen, die mich bisher verhörten, gar keine Rede. Ich wurde einfach angeschnauzt. Man fühlt sich ganz in der Rolle des Richters und traut dem »Angeklagten« prinzipiell nur die mala fides zu. Was soll ich tun, wenn man einfach sagt: Das ist nicht wahr, das ist nicht wahr. Ein äußerst vereinfachtes Gerichtsverfahren, das an die zaristischen Gerichte erinnert. Was ist diesen »Machthabern« ein gefangener Mensch, der die Freiheit will – nicht aus Laune, sondern in seinem immanenten Gerechtigkeitsgefühl? Im Garnisonskommando Nürnberg duzte uns der Gerichtsoffizier (oder was er war): »Kerls, ihr kommt jetzt einfach in Schutzhaft!« (Schutzhaft, eine blumenhafte Bezeichnung für das, was mit uns geschieht.) Und ein fetter rosiger Mensch in Zivil, der hinter ihm stand, schrie, frei, gesättigt und glücklich: »Mit dem Verhör hat's ja keine Eile...« Ich konnte mich nicht enthalten, mich umzudrehen und zu schreien: »Damit hat es wohl Eile, denn wir sind Menschen, die des edelsten menschlichen Attributes der Freiheit, der persönlichen Freiheit, beraubt sind, und werden nun schon Tage und Nächte lang hin und her gezerrt.« – Heute nacht beherbergte uns das *Zuchthaus Straubing.* Es war wenigstens warm, aber die Prozeduren, die man mit uns vornahm, gehören zum Erniedrigendsten, was der Mensch dem Menschen antun kann – bis ins After hinein haben sie gesehen und gefühlt, ob man irgend was darin verstecke... Ich möchte gerne wissen, wie man Verbrecher behandelt, wenn man »Schutz«haftgefangene so behandelt, oder vielmehr, ich weiß es: nicht schlimmer, nicht besser, nur genau so. Denn heute ist eine Zuchthausgefangene mit uns gefahren, die wegen schweren Diebstahls zu jahrelangem Zuchthaus verurteilt war.

Ich schreibe diese Briefe ins Blaue hinein, nur um bei Euch zu sein. Um in Gedanken wenigstens von Menschen geliebt und gut behandelt zu sein. Übrigens sind die einfachen Menschen, die Soldaten, die uns begleiten, die Arrestwärter usw., bei weitem die menschlichsten und freundlichsten. Die Behörden sind von derselben konventionellen Barschheit wie die früheren. Ich werde immer mehr vom revolutionären Deutschland enttäuscht. Was das kaiserliche gern gewünscht hätte: die Schutzhaft: das sozialistische hat es fertig gebracht, sie über mich zu verhängen. Ich habe das Gefühl einer unbeschränkten Militärdiktatur, wie nur je unter Ludendorff. – Hast Du mein gestriges Telegramm bekommen? Man versprach, es in Straubing aufzugeben. Aber ich durfte ja keinerlei Mitteilung dranhängen. Kannst Du nichts für mich tun? Kannst Du nicht für mich bürgen? Du bist doch ein vielbekannter Altbayer? Mein Reinlichkeitsgefühl wird natürlich auf Schritt und Tritt verletzt. Meine zwei Taschentücher sind zu Ende. Das Essen gestern: stinkender Stockfisch und eine schwarze Suppe, war nicht zu genießen. Abends im Zuchthaus war wenigstens die Suppe gut, und es gab Wasser und gutes Brot dazu.

Eben komme ich vom sogenannten Verhör im Justizkommissariat des dritten A. K. Man hörte mir halb zu, las nicht einmal das Protokoll ganz (das meine, das ich beifügte, erst recht nicht) und sagte einfach: »Das glaube ich nicht. Abzuführen bis zur weiteren Klärung der Lage ins Untersuchungsgefängnis Nürnberg. Akten gehen nach Passau.« Da frage ich: warum bin ich überhaupt erst durch ganz Bayern geschleppt, gepeinigt und gemartert worden, um dann doch in Passau, woher ich komme, abgeurteilt zu werden? Wie lange kann das dauern? Ach, ich fürchte Wochen. Kann ich überhaupt in die Schweiz zurück? Wenn die sechs Wochen verflossen sind, dann komme ich nicht mehr nach Monti, ins Paradies zurück.

Zuerst rannte ich mit dem Kopf gegen die Wand
Und rüttelte an den Stäben.
Ich verfluchte Tod und Leben
Und steckte mit meinem feurigen Blick das ganze Gefängnis
in Brand.
Das vergitterte Fenster oben war blind und klein.
Ich wußte nie, ob die Sonne schien oder Regen.
Ich hungerte und hatte tausend Mägen,
Und ich wollte so gerne mein eigener Enkel sein.
Dann warf ich mich auf die Pritsche hin.
Eine Schale Suppe ist durch die Tür geschwebt.
Ich habe wie ein hungriger Menagerielöwe gebebt.
Einmal ging ein Frauenschritt auf dem Gang vorüber.
Der Schritt einer Königin.
Schließlich bin ich davon überzeugt, daß ich ein
Verbrecher sei,
Und daß ich mit vollem Recht unschädlich gemacht bin.
Ich dulde es, daß ich vom Wärter verlacht bin,
Und ich fühle, daß er so etwas wie ein Cherubin mit
Flammenschwert und meiner Taten Rächer sei.

Einmal wird die Tür sich öffnen, wie eine Gnade
Wird mir die edle Freiheit wieder von Gott gewährt.
Ich stürze sofort in ein erstklassiges Hotel und bade
Und gehe in die Reitschule und besteige mein Lieblingspferd.
Ich glaube, es hieß Mimi, wie das zarte Mädchen in dem
 bekannten Bohème-Romane,
Und ich jage durch den englischen Garten und reite
 durch Felder von Korn und Mohn,
Und ich rase und schwinge der Sonne rote Fahne
Und ich reite voran der himmlischen Revolution.

Nürnberg, 20. April 1919

Gestern abend bin ich hier ins Gefängnis eingeliefert worden. Der Beamte, der mich gebracht, tröstete mich und meinte, »die Zimmer seien ganz nett...« Selbstverständlich freute ich mich auf mein Zimmer. Wieder in einem Bette zu schlafen, wie schön müßte das sein. Die Präliminarien nahmen sich aber schon so seltsam aus, daß ich stutzte. Mir wurde alles mögliche, mein Geld, auch meine Uhr, abgenommen, und dann wurde ich in eine Zelle geführt, die sich von der des Zuchthauses Straubing nur dadurch unterschied, daß eine kleine umklappbare Bank und ein unklappbarer Tisch vorhanden sind.

Im Zuchthaus Straubing war wenigstens Wasserspülung in der Zelle. Hier der alte Eimer schließt schlecht und verpestet die Luft. Zu essen bekommen habe ich gestern den ganzen Tag nichts als: einen Schnaps früh um 5 Uhr (nichts dazu) und abends um 6 Uhr ein Stück Brot und eine kleine Flasche Bier. Kein Mittag-, kein Abendessen, nicht einmal eine Tasse warmen Kaffee. Ich sagte, ich wolle auf meine Kosten mir etwas besorgen lassen. Man sagte, das ginge nicht. Ich werde bisher absolut wie ein Strafgefangener behandelt. Meine beiden Zellennachbarn sitzen wegen Unterschlagung und Diebstahl. Der eine rief mich gestern abend leise an: »Kamerad«, sagte er, »Kamerad, hast Du eine Zigarette?« Ich hatte keine mehr, denn ich hatte sie alle schon in Passau an die Soldaten des Wachkommandos verteilt, die sich so freundlich zu mir benahmen. »Kamerad«, sagte er weiter, »ich habe zu Weihnachten eine Gans stehlen wollen, da haben s' mich erwischt, geschossen haben s' nach mir, fünf Kugeln hab ich kriegt, zwei Monate hab ich im Lazarett gelegen und jetzt zwei Monate hier.« Er schwieg. Dann nachdenklich: »Du, der Leutnant, der die letzten Tag hier war, der von den Spartakisten, der hat Zigaretten gehabt.«

Ich habe die Nacht sehr gefroren. Ich träumte von ... Irene, aber ich weiß nicht mehr, was. Ich habe meine Unterhose und meine dicke wollene Weste anbehalten, und trotzdem fror ich. Früh um 6 Uhr schrie der Arrestwärter – ich bemitleide diese Geschöpfe um ihren Beruf als Kerkermeister. Daß sich Menschen überhaupt finden, einander solches anzutun. Der Arrestwärter schrie: »Aufstehen, der Henschke!« Dann öffnete sich das Klappfenster an der Tür, eine Hand schob sich hinein: »Da hast'n Handtuch.« Ich mußte mich waschen, das »Bett« machen, dann öffnete sich wieder das Klappfenster und eine Schale schwarzen Kaffees schwebte hinein. – Er ist wenigstens warm. – Heut ist Ostersonntag. Heute ist der Herr aus dem Grabe wieder auferstanden. Mich hat man in der Nacht vom Gründonnerstag ins Grab gelegt. Wann werde ich auferstehen? Diese Wände zerbrechen? Diese Stäbe zerknicken, wieder Flügel haben und ins Licht fliegen?

Ich wollte Euch noch gestern ein Telegramm schicken, Ihr wißt ja seit vier Tagen nicht, wo ich bin, und Eure Angst wird groß sein. Aber der Wärter wollte es nicht annehmen. Ich müsse warten, bis der »Feldwebel« kommt. Wird er heute kommen? Es ist doch Ostern, und alles, auch der Untersuchungsrichter, hat Osterferien. Tagelang werde ich wohl noch sitzen müssen, ehe wieder ein Ruf an mich ertönt. Draußen lärmen die Spatzen. Sie singen wie Engel.

Man schmeißt mir einen großen Klumpen Brot hinein. Ich habe nichts, womit ich ihn schneiden könnte. Ein Messer wird mir nicht (ich weiß nicht warum, weil ich vielleicht auf den Wärter zugehen könnte?) zugebilligt. Ich versuche das Brot mit meiner Zahnbürste zu schneiden. Meine einzigen Kostbarkeiten sind: eine Zigarre und eine Orange. Ich würde es nicht wagen, die Zigarre zu rauchen, die Orange zu essen. Ich rieche nur an ihnen. Wenn ich an der Orange rieche, steigt Monti, mein tessinisches Paradies, vor mir auf. Die Mandelbäume blühen, die grünen Eidechsen schillern, und heute hat sicher Soffel, der gute Mensch, eine Zornnatter gefangen. Die Sonne scheint, die Maggia tönt, Rio, mein Hund, bellt, weil die Gartentür knarrt – und Freiheit – Freiheit überall!

Der Wärter schreit: »Ich brauch die Kaffeeschüssel!« Ich kann das Getränk nicht so hinuntergießen, sonst wird mir schlecht. Ich sage ihm: »Warten Sie doch noch!« Er ist sofort böse, vielleicht meldet er mich nun dem »Feldwebel« nicht, dann ist wieder ein Tag und mehr als ein Tag verloren. Ich will ihn doch bitten, das Telegramm an Euch aufzugeben, und werde auch eine ärztliche Untersuchung beantragen. –

Kann ich denn noch Verse singen,
Wo ich hinter Stäben sitze?
Donner donnre, Blitze blitze,
Und die Wand will nicht zerspringen.
Ginge doch die Tür und käme
Eine frauliche Gestalt,
Die mich bei den Händen nähme,
Sie sei Mädchen oder alt.
Wenn der Tisch sich doch belebte,
Wenn mein Mantel mich umfinge!
Dieses Kissen an mir hinge,
Dieses Bildnis – wenn es lebte!

Nürnberg, 20. April 1919

Einer der Gefangenen, der draußen den Gang putzt, schiebt mir zwei kleine Hefte zur Lektüre durchs Fenster. Es ist die 14. und 15. Fortsetzung von »Die Tochter des Geigers oder das Rätsel der blauen Berge«. Auf dem Umschlag steht: »Dieser Roman beschäftigt sich mit dem geheimnisvollen Rätsel und erzählt wahrheitsgetreu die seltsamen Schicksale des mit wunderbarer Schönheit ausgestatteten Mädchens Klara Herzfeld.« Ich freue mich darauf, in die seltsamen Schicksale des mit wunderbarer Schönheit ausgestatteten Mädchens Klara Herzfeld eingeweiht zu werden. Wird deren Schicksal so seltsam sein wie das meine und wird es von so wunderbarer Schönheit sein, wie du, Irene?

Das Mittagessen: eine Schüssel guter Suppe, in der zwei erbsengroße Fleischstückchen schwimmen, eine Schale guten Kartoffelsalats und ein Stück grün verschimmeltes Brot. Ich werde zum »Feldwebel« geführt und bitte ihn, das Telegramm an euch aufzugeben. Er weiß nicht, ob es geht, eigentlich muß alle Post dem Untersuchungsrichter vorgelegt werden, der ist natürlich heute und morgen nicht da, es sind ja Feiertage! Auch der Arzt kommt erst übermorgen. Endlich verspricht er, einen kurzen Brief an Euch, nur meinen Aufenthaltsort enthaltend, absenden zu lassen. Wann wird er bei Euch sein? Doch kaum vor übermorgen. Die Tage verstreichen. Der Raum zerfällt. Die Zeit vergeht. Und nichts geschieht für mich. Alles: an sich und für sich. Ich bin ganz außerhalb der Erde. In der Hölle rotiere ich um mich selbst.

An der Wand hängt eine Tafel, und so sehe ich, daß meine armen Brüder, die Mitgefangenen, für ihre Arbeit im Gefängnis erhalten: Buchstaben auf Karten aufnähen, ein Gros Karten 5 Pfennig, fertigen von Rucksäcken, 1 Stück je nach Größe 1 bis 2 Pfennig, fertigen von Spielwaren, täglich 2 bis 25 Pfennig, Näh-, Stick- und Häkelarbeit, täglich 5 bis 10 Pfennig, Schreibarbeiten, für 500 Adressen oder dergl. 25 Pfennig, Schneider-, Schuhmacher-, Schlosser-, Schreiner-,

Sattler-, Spengler-, Tüncher-, Maurerarbeit, täglich 25 Pfennig, Strümpfe und Socken stricken, anstricken, ausbessern, täglich 3 bis 10 Pfennig. Ich kann es verstehen, wenn ein nicht sehr robuster Mensch, der wochen- oder gar monatelang gezwungen ist, in diesem, notdürftig zu einer Kammer umgewandelten Abort zu hausen, an sich zu zweifeln beginnt, vom Hammer des Schicksals niedergeschlagen, sich für die elendste aller Kreaturen hält und gerne bereit und fähig ist, sich sämtlicher Todsünden zu bezichtigen und alles zu gestehen, was man ihm zumutet. Ich zwinge mich, meine Bedürfnisse möglichst lange zurückzuhalten, weil es mich ekelt, die Tonne zu öffnen und der Gestank minutenlang im Raume stehenbleibt.

Wie spät ist es? 5? 6? Das Abendessen kommt: Die weiße Hand reicht durchs Klappfenster zwei kleine Stückchen Käse. Das ist alles. Als Beigabe ist wohl das schimmlige Brot von Mittag gedacht.

21. April 1919

Heute nacht träumte ich wieder von Irene. Sie saß in ihrem seidenen Hochzeitskleid in einem Winkel einer Teestube und stickte an einem Kinderhemd. Es ist sechs Uhr. Der Aufseher: »Wachen Sie auf! Wir können auf Sie nicht warten! Nehmen Sie Ihren Jaucheneimer und leeren Sie ihn draußen aus!«

Ich möchte wohl manchmal heftig werden, aber ich sehe ein, daß es vollkommen zwecklos ist. Eine Respektperson bin ich ja gerade nicht. Ich sehe weder wild noch romantisch aus, wer würde Furcht vor mir haben? Nicht das scheueste Kind. Ich habe ein Knabengesicht, und man hält mich für einen unbesonnenen Gymnasiasten, der aus Spaß den Spartakistenrummel mitgemacht hat.

Die Zigarre habe ich dem Soldaten geschenkt, der gestern so gut zu mir war, und die Orange hab ich gestern nacht noch aufgegessen. Ich konnte den Drang nicht mehr bezähmen. Meine beiden Wunder von der Welt draußen sind nicht mehr da. Die Orangenschalen hebe ich mir auf. Sie parfümieren die Zelle so süß, und ich kann sie, in Wasser gelegt, vielleicht als Zahntinktur verwenden. Ich habe eine Nordzelle. Ich sah vorhin, als mein Klappfenster offen stand, auf die Zelle gegenüber. Die war offen. Da lag die Sonne drin, wie eine schöne blonde Frau lag sie auf der Pritsche. Wie ich den Mann gegenüber um seine Sonne beneide. Er ist übrigens, ebenfalls in Passau festgenommen, ein Telegraphenbeamter, der angeblich als Telegrammzensor der Räterepublik in Passau gewirkt hat.

Es irrt immer eine vage Dämmerung durch meine Zelle wie vor Sonnenuntergang, als müsse es gerade Abend werden. Es mag sein, daß in dem von Kommunisten besetzten München der rote Terror herrscht. Sicher ist, daß in dem von der Regierung Hoffmann regierten Bayern der weiße Terror um so blinder wütet. Lieber Vater, du rühmst dich immer stolz, daß wir das freieste Wahlrecht der Welt haben. Was nützt dir das freieste Wahlrecht, wenn du selber so unfrei bist, daß die Regierung jederzeit die Macht hat, dich, den Zivilmenschen, vom Militär verhaften und in Schutzhaft führen zu lassen. Noch immer besteht im revolutionären Deutschland die Schutzhaft; eine Einrichtung von wahrhaft mittelalterlicher Barbarei. Ist dies das neue Deutschland? War nicht immer eine der allerersten Forderungen freiheitlicher Männer gewesen: seien es Demokraten oder Sozialisten: daß zu allererst die Schutzhaft fallen müsse? Und sie besteht noch immer! Auch die private Zensur ist noch aufrechterhalten. Was nützt dir, lieber Vater, die schönste Gedankenfreiheit, wenn du deine Gedanken nicht frei zu äußern vermagst? Briefe an dich und von dir werden erbrochen, Telegramme aufgefangen, im Café sitzt ein Spitzel an deinem Tisch: dies, lieber Vater, ist das neue Deutschland, das sich nur dadurch von dem alten unterscheidet, daß an Stelle von Wilhelm II. und Ludendorff andere getreten sind. Eben lese ich in der »Nürnberger Zeitung«, die mir ein Soldat durch die Türe schiebt, daß das dritte Armeekorps Nürnberg vorläufig alle Versammlungen verboten hat.

Ist dies die sogenannte Versammlungsfreiheit? Mit der Veränderung von Personalien ist nichts getan: wenn nicht der Geist sich wandelt, wenn nicht die Seele rebelliert. Sie ducken sich schon wieder, die Bürger, wie sie gewohnt waren, sich zu ducken, früher. Und schon sehe ich den Schatten einer prinzlichen Gestalt über Bayern heraufkommen.

Draußen singt ein Vogel in der Welt.
Draußen blüht ein blaues Frühlingsfeld.
Draußen geht ein Mädchen Arm in Arm
Österlich geputzt mit dem Gendarm.
Draußen sitzen statt im Restaurant
Bürger bei Musik und Gabelklang.
Auf der Burg von Nürnberg spielt ein Kind
Mit den Wolken und dem Himmelswind.
Und der Untersuchungsrichter streicht
Seiner Frau das blonde Haar vielleicht.
Draußen lächeln sie einander an:
Greis und Säugling, Mädchen oder Mann.
Draußen lieben sie einander sehr:
Reh und Wiese, Sonnenschein und Meer...

Nürnberg, 21. April 1919

Mittagessen: eine Schale gute Suppe, eine Schale weniger gute Spätzle. Abendessen (wird der Bequemlichkeit halber gleich mit hereingereicht): ein winziges Stück Käse (wie gestern). Ich esse den Käse schon um 4 Uhr auf, weil ich Hunger habe. Ich lasse mir das Bett herunterklappen, weil ich mich nicht wohl fühle, und lege mich hin. Ich habe ein wenig geschlafen. Ich gehe an den Wänden entlang und sehe alle möglichen mathematischen Zahlen und Formeln. Ich trete näher und bemerke, daß es Kalendarien sind, von den Gefangenen angelegt. Vom Einlieferungs- bis zum Entlassungstage. Und manche Zahlenreihen sind endlos lang. Ein Strich durch das Datum, das heißt: wieder ein Tag vorbei. Wieder einen Tag dem Leben, dem Licht, dem Tanz und dem Gelächter nähergerückt.

Soll ich ebenfalls eine Tabelle anlegen?

Ich scheue mich. Ich habe Angst vor den Zahlen.

Der Feldwebel sagte gestern: »Warten Sie nur, in ein paar Tagen sind Sie entlassen.« Die Leute sind alle so nett, das gleiche aber hat schon der Chauffeur im Auto gesagt: »Warten Sie nur, in Nürnberg läßt man Sie gleich wieder frei.« Es war nicht wahr. Die Leute täuschen sich über die Schwerfälligkeit der juristischen und die Brutalität der militärischen Maschinerie.

Ich erfahre heute zu meinem Erstaunen, daß ich in der *Militär*abteilung des Untersuchungsgefängnisses gefangen gehalten werde. Wie ist das möglich, ich, ein Zivilist? Ein böses Symptom. Nicht für mich. Für Deutschland. Nach Recht und Gerechtigkeit hätte ich sofort der Zivilbehörde übergeben werden müssen. Das Zivil scheint schon wieder ausgeschaltet.

Wärst Du nicht meine Sonne, und erhellte
Mich dieses Bildnis nicht,
Ach, ich erfrör in dieser kahlen Kälte
Und lebend säh mich diese Wildnis nicht.
Ich bin mit Dir wie einst verbunden.
Du Tote hältst am Leben mich.
Und manche meiner dunklen Stunden
Singt unter Deinem Geigenstrich.

Nun wird es wieder dunkel.
Kein Stern tritt mit Gefunkel
In meine Zelle ein.
Die Wände schier erblassen,
Und grüne Hände fassen
Nach mir wie zum Gespensterreih'n.

Wie wird es morgen werden?
Kein Himmel hier auf Erden.
Die Nacht so sanfte Wellen schlägt.
Ich sinke wie verloren,
Umhüllt von schwarzen Floren,
In einen Fluß, der mich von dannen trägt.

22. April 1919

Ich habe immer Hunger. Und ich friere immer.

Ich war eben beim Feldwebel zum Rapport: Ich habe um die Erlaubnis gebeten, Zeitungen zu lesen und mir meine Füllfeder neu zu füllen, was mir gnädig gewährt wurde. Ich habe ihm auch ein Telegramm übergeben, mit dem Ersuchen, es zu befördern.

»Bitte dringendst Haftentlassung fordern gegen Bürgschaft oder Kaution.«

Der Feldwebel sagte: »Wollen sehen, was sich machen läßt, lieber Henschke.« Ich weiß mir nicht anders zu helfen. Jetzt warte ich auf den Arzt. Wird er mir helfen können oder wollen? Eine Woche bin ich schon in Haft. Ich erinnere mich aus der Lektüre des »Crossener Lokalblattes«, daß Männer wegen kleinen Diebstahls zu einer Woche Haft verurteilt wurden. Die Buße für einen kleinen Diebstahl hätte ich also schon hinter mir.

Der Wärter schreit durchs Guckloch: »Wollen Sie spazieren, Henschke?« Ich danke. Ich warte auf den Arzt. Ich weiß: alle Gefangenen müssen in Kolonne antreten, und dann geht es schweigend in den Hof. »Ohne Tritt, marsch!« Ich höre die Stimme des Aufsehers verhallen und den Tritt der Gefangenen. Was für ein Wetter ist? Ich kann es durch die schmutzige, halbblinde Scheibe nicht erkennen. Jeden Tag spiegelt der Himmel in ihr das gleiche Grau.

Was für Gefühle beseelen mich? Ach, nichts »beseelt« mich. Ich friere und habe Hunger.

Eben bringt man mich in eine andere Zelle, die wenigstens

den Vorzug hat, daß sie wärmer ist. Es geht Zentralheizung durch.

Der Arzt verordnet Anistropfen.

Folgende Geschichte fand ich in der neuen Zelle auf einer alten Schreibheftseite säuberlich niedergeschrieben:

Wer mag sie erfunden haben?

Ein Vater und eine Mutter lebten mit ihren zwei Kindern auf einer rauhen Insel des weiten Weltmeeres, wohin sie durch Schiffbruch geraten waren. Wurzeln und Kräuter dienten ihnen zur Nahrung, eine Quelle war ihr Trunk und eine Felsenhöhle ihre Wohnung. Oft tobten auf der Insel furchtbare Stürme und Gewitter. Die Kinder konnten sich's nicht mehr denken, wie sie auf die Insel gekommen waren; sie wußten nichts mehr von dem großen festen Lande; Brot, Mehl, Obst und was es dort sonst noch Köstliches gibt, waren ihnen unbekannte Dinge geworden.

Da landeten eines Tages in einem kleinen Schifflein vier Mohren an der Insel. Die Eltern hatten eine große Freude und hofften nun, von ihren Leiden erlöst zu werden. Das Schifflein war aber zu klein, alle zugleich auf das feste Land hinüberzubringen – und der Vater wollte die Fahrt zuerst wagen.

Mutter und Kinder weinten, als er in das schwache, bretterne Fahrzeug stieg und die vier schwarzen Männer ihn fortführen wollten. Er aber sagte: »Weinet nicht! Drüben ist es besser, und ihr alle kommt bald nach.«

Als das Schifflein wiederkam und die Mutter abholte, weinten die Kinder noch mehr. Aber auch sie sagte: »Weinet nicht! In dem besseren Lande sehen wir uns alle wieder!«

Endlich kam das Schifflein, die zwei Kinder abzuholen.

Sie fürchteten sich sehr vor den schwarzen Männern und zitterten vor dem furchtbaren Meere, über das sie hinüber sollten. Unter Furcht und Zittern näherten sie sich dem Lande.

Aber wie freuten sie sich, als ihre Eltern am Ufer standen, ihnen die Hände boten, sie in den Schatten hoher Palmenbäume führten und auf dem blumigen Rasen sie mit Milch, Honig und köstlichen Früchten bewirteten. »O wie töricht war unsere Furcht!« sagten die Kinder, »nicht fürchten, sondern freuen hätten wir uns sollen, als die schwarzen Männer kamen, uns in das bessere Land abzuholen.«

»Liebe Kinder«, sprach der Vater, »unsere Überfahrt von der wüsten Insel in dieses schöne Land hat für uns noch eine höhere Bedeutung.

Es steht uns allen noch eine weitere Reise in ein viel schöneres Land bevor. Die ganze Erde, auf der wir hier wohnen, gleicht einer wüsten, rauhen Insel. Das herrliche Land hier ist für uns ein, wiewohl nur schwaches Bild des Himmels. Die Überfahrt dahin über das stürmende Meer ist der Tod. Jenes Schifflein erinnert an die Bahre, auf der uns schwarzgekleidete Männer einst forttragen werden. Aber wenn jene Stunde schlägt, da wir, ich, eure Mutter oder ihr, diese Welt verlassen müssen, so erschreckt nicht! Der Tod ist für fromme Menschen, die Gott lieb gehabt und seinen Willen getan haben, nichts als ein Übergang ins bessere Land.«

Nürnberg, 22. April 1919

Der Wärter brachte Anistropfen. Ich habe sie geschlürft wie Henessy oder Benediktiner und ihren Geschmack lange im Munde gekostet. Als ich vor 13 Jahren an Rippenfellentzündung krank lag und das Fieber nicht weichen wollte, mußte ich eine Hungerkur durchmachen. Ich bekam nichts als Tee und Wasserkakao. Ich hungerte so lange, bis ich weinte und nachts vom Kaiserautomaten träumte, wo man 10 Pfennig in einen Schlitz steckt und dann erhält man eine Schinkensemmel oder ein Lachsbrötchen oder ein Eibrot, ach, ach, was gab es nicht alles für schöne Dinge auf dieser guten Welt zu essen! Das bißchen fettlose Mittagessen hält nicht an, und sonst gibt es ja nur: morgens eine Schale Kaffee und abends ein Stückchen Käse. Um 4 Uhr hab ich ihn immer schon aufgegessen, und dann bleibt nichts für den Abend.

Es ist schlimm zu hungern. Der Hunger nimmt einem alle Gedanken fort, und man denkt nur dies: essen, essen, fressen, fressen. Wenn es nur dunkel würde! Man schlafen könnte! Den Magen ausschalten. Die Augen schließen. Das Herz im Traume reden lassen. Bei Irene sein.

23. April 1919

Wegen Kohlenmangel muß ab Donnerstag, 24., der Personenverkehr auf den bayrischen Staatseisenbahnen eingestellt werden. Wenn ich heute oder spätestens morgen früh entlassen werde, kann ich nicht mehr fort von Nürnberg. Soll ich glauben? Soll ich hoffen? Warum höre ich nichts von Passau? Man muß mir doch geschrieben oder telegraphiert haben?

Immer, wenn im Gang der Wärter mit den Schlüsseln rasselt, spitze ich die Ohren wie ein Hase. Ich gehe mit dem Gedanken um, an das preußische Justizministerium ein Telegramm zu richten.

Die Zeit schleicht wie eine Schnecke. Sie geht wie ein Krebs, rückwärts. Eben schlägt es erst 9 Uhr.

Heute gab es zu Mittag Suppe, rote Rüben und ein kleines Stück Fleisch. Abends Kunsthonig und Tee. Alles recht genießbar; nur viel zu wenig, um satt zu werden. Der Wärter versprach mir, ein Abendessen zu besorgen.

Justizrat Z.... war bei mir. Er zeigte mir ein Telegramm von dir. Meine Hoffnung flammte auf. Wenn es ihm gelänge, mich frei zu bekommen, bald, baldigst. Daran liegt alles. Ich bat ihn um Bücher. Klara Herzfeld, das schöne Mädchen, befriedigte mich doch nicht recht, und ich bin stumpf vor in-die-Wandstieren. Auch das Schreiben wird mir schwer. Ich habe eben zu Abend »gegessen«, aber ich habe schon wieder rasenden Hunger. Wenn ich das Stück Brot, das noch daliegt, jetzt aufesse, habe ich morgen früh nichts zu essen.

Ich kämpfe einen Gewissenskampf.

Hölderlin, mein großer, heiliger Bruder, wie sehne ich mich nach dem Lande Hyperions, nach einem Vers von dir, in meine Wunde als Balsam geträufelt. Was bedeutete für dich rote Rüben, Kunsthonig und Kommißbrot. Dir wäre das alles eins, was mir, ich gestehe es schmerzlich, in meiner Lage so viel bedeutet. Schubart saß dreizehn Jahre auf Hohenasperg gefangen. Ich erschrecke. Ich komme mir recht erbärmlich vor gegen die Herren der Vergangenheit. Aber sie hatten das Gefühl, Märtyrer zu sein, für eine große Sache zu dulden. Wofür dulde ich? Weil ein Esel mir ein Telegramm geschickt, ein zweiter Esel es abgefangen, ein dritter Esel es als verdächtig beanstandet hat. Kein Anlaß, um mit meinem Duldertum theatralisch aufzutreten.

23. April 1919

Und heut in der Nacht
Da bin ich erwacht,
Es schrieb eine Hand an der Wand.
Und die Schrift war rot,
Wie Blut so rot,
Und wie Wachs so weiß war die Hand

Und ich sahs und vergaß
Meine Ängste und las,
Was die Hand, die silberne, schrieb.
Bedarfst du mein?
Du bist nicht allein
Und ich hab dich ewig lieb.

Vergiß nicht die Fei
Und die heilige Drei
Und den Schrei und den endlosen Kuß.
Der Kerker zerbricht
Es naht das Gericht,
Und zur Quelle empor fließt der Fluß.

Die Nacht und der Tag,
Der Mond und der Hag,
Wir lieben uns immer neu.
Du küßt meine Stirn
Wie die Sonne den Firn,
Und als Bettler hüllt uns die Streu.

Bleibe du, bleibe ich,
So singe, so sprich,
Sprach ich recht, sprach ich dich, sprach ich Du?
Ich ergriff an der Wand
Die silberne Hand,
Und sie zog mich den Sternen zu.

Jeden Abend kommt der Sanitätsunteroffizier und mißt mir die Temperatur. Dann verordnet er mir Anistropfen. Unten spielt immer jemand Klavier. Das scheint sich ein Dauergefangener in der Zivilabteilung gemietet zu haben. Die ältesten Operetten. Die Zampa-Ouvertüre, die ich so gut von den Karussell- und Rummelplätzen meiner Kindheit kenne. Ich denke an meine letzten Stunden auf Schweizer Boden. In der geschlossenen Abteilung eines Privat-Nervensanatoriums. Ein Billardsalon. Die Fenster nur mit Schlüssel zu öffnen. Ein Wärter in einer Nische. Der Tänzer Nijinski, der Partner der Anna Pawlowna, spielt mit kurzen harten Stößen Billard gegen einen kleinbürgerlichen Herrn ohne Kragen. Herr von Waldkirch erscheint auf Filzsohlen und preist stotternd seine Geigen.

Er hat eine Geigensammlung. Er holt eine Geige mit prachtvollem Ton. Ein Virtuose aus Konstanz, der uns begleitete, nimmt sie aus dem Kasten, prüft, und setzt an. Die Herren am Billard lauschen, steif. Herrn von Waldkirchs Gesicht fließt auseinander, wie übergelaufene Milch. Man reicht mir des Knaben Wunderhorn. Ich lese eine Ballade. Dr. Levy, mein guter Freund, spricht das letzte Gedicht aus der »Irene«.

Ich war seit langem nicht mit so vernünftigen Leuten zusammen wie diesen Wahnsinnigen, die an schweren paranoischen Wahnvorstellungen leiden.

»Monsieur«, sage ich zu Nijinski, »qu'est ce pas, vous avez été â Berlin il y a sept ans?«

»Monsieur«, erwiderte er, »Je ne me souviens plus. Berlin ou Petrograd c'est la méme chose comme Jesus et Jehova.«

Waren dies alles Vorahnungen, daß ich in Kreuzlingen in einem Hause war, wo man die Fenster nicht öffnen konnte und die Türklinken sich abschrauben ließen? Zimmer mit kleinen vergitterten Fenstern im Hause waren? Polstern an den Wänden? Jene Narren hatten es besser als ich. Sie können sich in einen Zustand der Freiwilligkeit hineinfühlen. Sie sind Pensionäre. Gäste. War dies eine Vorahnung meines jetzigen Zustandes, daß ich am Morgen vor meiner Verhaftung ein mystisches Gedicht begann:

»Der Gefangene«??

Nürnberg, 24. April 1919

Das Ereignis des heutigen Tages ist dein Brief, liebe Mutter. Ja, wenn alle Menschen so wären und dächten wie du! Vergiß bitte nicht, daß eine uralte Rechtssitte verlangt, vom Angeklagten immer a priori das Ärgste und Schlechteste anzunehmen. Was wußten auch die, die mich vernahmen, von meinen Versen, meinem Werk, meinem Wollen? Sie wußten nicht, daß ich ein Dichter bin, sondern hielten mich, gemäß gewordener Instruktion, für einen »Spartakisten«. Die Vernehmung von dem Eskadronschreiber in Straubing war geradezu von klassischer Lächerlichkeit, und in Nürnberg dauert sie auf 3. A.K. eine halbe Minute. Der Mann sah flüchtig in das Protokoll, sagte: »Das glaubt Ihnen doch kein Mensch, was Sie da sagen?« und »In Untersuchungshaft zu setzen, bis die Sache geklärt«. Das war alles. Liebste Mutter, darum vier Tage durch Bayern geschleppt. Hätte man mich den nächsten Tag sofort in Passau vernommen, wie die Offiziere versprochen hatten, so wäre alles wohl bald erledigt gewesen. Jetzt hat die Affäre schon einen mystischen Schimmer angenommen: Durch die Autofahrt, das Zuchthaus und die unendlich vielen Begleitmannschaften (mit schwergeladenen Gewehren, versteht sich). Ich glaube, es sind seit Donnerstag voriger Woche fünfzig bis sechzig Leute völlig überflüssig meinetwegen bemüht worden. Ich war in meinem Protokoll von der Ansicht ausgegangen, daß die bona fides mir wenigstens nicht von vornherein abgestritten werden würde. Hätte ich die Bosheit des ganzen Apparates von vornherein durchschaut: ich hätte nur einen Satz zu Protokoll gegeben.

25. April 1919

Gestern las ich in den Serapionsbrüdern von E. Th. A. Hoffmann. In der Komposition seiner Erzählungen wird er wohl in Deutschland von niemandem erreicht. Die glücklichste Mischung dreier Talente: des Malers, des Musikers vor allem, und des Dichters. Und ein viertes Talent, das *alle* die anderen drei lenkt und zügelt: er war ein Geisterseher.

Wie der Schneefuchs der Polarnacht
Streif ich einsam durch das Leben,
Keinem künftig hingegeben,
Weil die Einsamkeit nur wahr macht.
Fälschte nicht des Bruders Tritt ich?
Wünscht zum Ziel er meinen Rat sich?
Jeder suche seinen Pfad sich,
Und schon schwirrt des Geiers Fittich.

Ja: verzeiht dem armen Toren,
Daß er focht für seine Brüder.
Hier, die Waffen legt er nieder,
Denn ihr habt ihn nicht erkoren.
Blasser starrt der Mond und gelber,
Felsen folgen seinem Scheine.

Und vergebt mir, daß ich weine,
Denn nichts wollt ich für mich selber.

Heute nacht träumte ich so lebhaft von meiner Heimkehr nach Monti, daß ich, als ich erwachte, in Monti zu sein glaubte.

26. April 1919

Frei! Wieder draußen! Wieder lebendig! Ich bin noch zu erregt und nervös, um die Wogen der Empfindungen, die mich durchströmen, bändigen zu können. Ein alter Bekannter aus München, ehemals Dramaturg hier am Theater, und Frl. Z:..., die Tochter des Justizrates, nahmen sich meiner an. Wir gingen auf die Festwiese, sahen »Fausts Höllenfahrt« im Kasperltheater, im schönsten bayrischen Dialekt, und fuhren Karussell. Zwischen den Buden gingen Matrosen mit Gewehren, und es hieß, es würde ein neuer Putsch der Kommunisten in Nürnberg vorbereitet. Was Putsch! Was Revolution! Ich will erst wieder einmal atmen und lächeln dürfen.

Ich nahm mir im Königshof ein elegantes Zimmer und bestellte mir sofort ein Bad. Meine Wäsche sieht desolat aus. Schmutzig und zerrissen. Ich habe vor Erregung die ganze Nacht nicht geschlafen. Ich will mit Euch telephonieren, daß ich nicht mehr nach Passau zurückkomme. Die Züge sind eingestellt, es bedürfte vielfacher Bemühung, um auf Güterzügen in Tagen zurückzukommen. Und dann läuft mein Paß bald ab. Soll ich ihn aufs Spiel setzen? Ich brauche Ruhe, Ruhe, Ruhe. Und die habe ich in Monti. Bei den jetzigen Zuständen in Bayern würde ich mir in Passau doch wieder höchst ungemütlich vorkommen. Es geht noch ein Zug ins Württembergische. Sendet meine Papiere und Sachen nach her, baldigst, expreß.

Heute will ich Nürnberg, dem Hirschvogelsaal und Hans Sachs einen Besuch abstatten, und im Hans-Sachs-Hause werde ich den Hut ziehen, zum ersten Male seit neun Tagen, und in Ehrfurcht *das* Deutschland grüßen, *das* ich liebe.

Sonett auf Nürnberg

Du deutsche Stadt, du deutscheste der Städte,
Mich Wankenden beschützen deine Mauern.
Zart bist du zu dem Zarten, rauh zum Rauhern.
Ich bete deine steinernen Gebete.

O Zeit, da gut und fromm selbst das Geräte!
Ich fühle mich bewegt von edlen Schauern.
Gott, welcher Bild und Giebel ward, wird dauern,
Wenn wir längst Dünger nur für Friedhofbeete.

Sind diese Gräben für den Krieg geschaffen?
Um Scharten blüht der Ginster und der Flieder.
Der Goldschmied, nahm er Gold, um zu erraffen?

Die Zeit war ewig. Lerchen ihre Lieder.
Laß unsre Seele sich zur Einfalt straffen
Und gib uns Dürer, gib Hans Sachs uns wieder!

CROSSEN AN DER ODER

Ganz plötzlich überfiel mich heute die Erinnerung an meine Heimatstadt. Ich blickte von meinem Fenster über den Luganer See in die Dämmerung. Ich sah am anderen Ufer Lichter aufblitzen – und da sah ich über der Oder die Silhouette von Crossen, das alte Herzogsschloss, den Marienkirchturm. Ich stand auf der Bismarckstraße und sah die Frühlingsnebel aus der Aue emporsteigen. Da war die Buhne, an der ich meine Ukleis und Plötzen zu fangen pflegte, dann und wann auch einen kleinen Wels. Ich hatte mir kunstreiche Dämme gebaut. Ein paar Buhnen weiter war die Militärschwimmanstalt, die mich das Schwimmen gelehrt hatte. Dahinter dehnte sich, viele Kilometer breit: die Aue, das alte Strombett der Oder, jetzt mit saftigen Wiesen ausgelegt. Der Heidehibbel schloss die Aue ab. Dort gingen Geister um. Ich habe einmal versucht, die Geister zu beschwören. Aber kein Geist zeigte sich. Nur ein hübsches Mädchen aus Rusdorf. – Wie schön in seiner Einfachheit ist der Crossener Markt. Alles Vollkommene ist einfach. Wie hübsch, im braunen Herbst und im weißroten Frühling, zur Zeit der Baumblüte, über die Oderhügel zu wandern. Schon hat sich freilich manches seit meiner Kinderzeit gewandelt. Die alte hölzerne Ziehbrücke hat einer modernen, weniger schönen Eisenkonstruktion Platz gemacht. Die Mündung des Bobers ist wegen der ewigen Hochwassergefahr einige Kilometer oderaufwärts verlegt worden. Als ich jung war, schwamm ganz Crossen alle Augenblicke im Wasser, und der Verkehr in den Gassen und Läden war nur durch Kähne und Stege aufrecht zu erhalten. Friedrich der Grosse hat den Crossener Fischern und Schiffern abgeraten, sich weiterhin unten in der Oder- und Boberniederung anzusiedeln. Er riet ihnen, auf die Berge zu gehen. Aber die halsstarrigen Crossener blieben fest. Erbost schrie sie der ärgerliche alte Herr an: »Bleibt wo ihr seid und versauft in eurer Dummheit!« Nun, sie sind nicht ersoffen, die guten Crossener; auch nicht in ihrer Dummheit, sie sind immer noch recht lebendig, und hin und wieder schicken sie einen rechten Unruhestifter in die Welt, allerlei wunderliche und aufgeregte Leute, wie den alten Konrektor, der als erster am lenkbaren Luftballon herumexperimentierte, den Philosophen Rudolf Pannwitzer und den Schreiber dieser Zeilen. Ueber ihn ist sogar schon einmal ein Artikel erschienen unter der Überschrift: »Der Stern von Crossen«, der ihn mit nicht geringem Stolz erfüllte. Denn er ist ein Crossener, mit Freude und Wehmut denkt er seiner Heimat. Und wenn er einmal begraben werden sollte, was hoffentlich noch lange Weile hat, dann soll man ihn auf dem Bergfriedhof neben dem General Friedrichs des

Grossen begraben. Und ewig wird vor seinen klaren, verklärten Augen das Odertal liegen: die Aue, die kleine Stadt und ganz im Hintergrund der Kämpfenberg. Und im Baedecker wird sein Grabdenkmal neben dem Barockdenkmal des Generals einen Stern bekommen. Den Stern von Crossen.

ODE AN CROSSEN

Oft
gedenk ich deiner,
kleine Stadt am blauen,
rauhen Oderstrom,
nebelhaft in Tau und Au gebettet
an der Grenze Schlesiens und der Mark,
wo der Bober in die Oder,
wo die Zeit
mündet in die Ewigkeit. –
Denk ich deiner, wenn ein Mond am Himmel
mir wie dir erglänzt
und mir am Lid die
goldne Träne eines Sternes hängt.
Ach,
da ich jung war
wie voll Träumens
falterübertaumelt
engerlingdurchwühlt
war die Erde!
Wie erschien
so Sonnentag wie Regentag
gesegnet.
Und von zweien Göttern
Vater, Mutter

ward die wilde Welt so mild regiert.
Stand am Weg vorm Warenhaus ein hölzern Hündchen,
bellt es freudig, wenn ich kam, und maulte,
daß es mir nicht folgen durft.
Große Männer auch in schweren Tressen,
hehre Helden, die von Haus zu Haus
das Geheimnis ihrer Sendung trugen,
neigten freundlich oft den mähnigen Kopf,
schenkten dem Erschauernden
bunte Marken fremder Palmenländer
und mich grüßte hold Liberia,
senkte selbst Korea die Standarten.
Grell,
gewaltig
führte Phöbus stets von Urbeginn der Zeiten
führte mir die schnobenden, die wütig stolzen
Sonnenrösser übern Heidehibbel hell hinauf.
An den Oderhügeln reifte Wein mit kleinen
roten zottigen Trauben.
Aus den Dörfern
scholl Gebell der Hunde,
und es meldete ein Dorf dem andern
so den Wanderer weiter,
der durch Sand und Kiefern
immerdar ins ewige Zion zog.
Hör ich nicht an meines Bodenzimmers Fenster
fern den Regen klopfen, wie ein guter
Freund um Einlaß bittet? Ja ich biete
Regensturm dir stürmisch meine offne
heiße Brust, daß du die wilde
Lust des Lebens
süß mir kühlst!
Immer waren Blitz und Donner schon dem Kinde
seine liebsten Freunde.
Auf dem sorglich durch ein gläsern Dach vor Unbill

Regen oder Sonnenstich geschützten
weinumsponnenen Balkon
sitzt in seinem weißen Leinenkittel
seines weißen Haar
gütiger weiser Mann:
Mein Vater
hat die goldne Brille abgelegt, damit er
besser so das Crossener Tagblatt lese.
Neben ihm die zarte zärtliche, die lächelnde
Mutter hegt im Schoße einen Korb
und emsig
steint sie Zwetschgen oder Kirschen aus.
Hoch im Himmel
schwirrt ein Häher,
der den Regenbogen dort im Westen
wie ein grauer Blitz durchzuckt.
Vom Marienkirchturm
fällt ein Schwarm von Nachtigallen
mit den Abendglocken
in die Dämmerung.
Dir auch Dir
Wanderer zwischen tausend Städten
Herzen
Seen
war auch einmal Heimat.
Wird
Heimat wieder sein, wenn
dumpf die Schollen kollern auf den Sarg, der deinen
kleinen kindlich kümmerlichen
Leib der Erde wieder gibt, die ihn gebar.
An der Grenze Schlesiens und der Mark,
wo der Bober in die Oder,
wo die Zeit
mündet in die Ewigkeit.

II.

Ja, so geht es in der Welt

Lieder von Lust und Laster

RESIGNATION

Ja, so geht es in der Welt,
Alles fühlt man sich entgleiten,
Jahre, Haare, Liebe, Geld
Und die großen Trunkenheiten.

Ach, bald ist man Doktor juris
Und Assessor und verehlicht,
Und was eine rechte Hur is,
Das verlernt man so allmählicht.

Nüchtern wurde man und schlecht.
Herz, du stumpfer, dumpfer Hammer!
Ist man jetzt einmal bezecht,
Hat man gleich den Katzenjammer.

DIE VERLORENE WELT

Ich bin ohne Glück und unrasiert,
Meine Hosen drehn sich in Spiralen.
Meinen Hut hat mir ein Herr entführt,
Ohne ihn entsprechend zu bezahlen.

Meine Gummischuhe weilen wo?
Ebendort zweihundert Manuskripte,
Die der Straßenreiniger rauh und roh
In den Exkrementenkasten schippte.

Goldne Nadel, die den Schlips bestach!
O ihr braunpunktierten Oberhemden!
Eines zieht das zweite andre nach;
Meine Heimat wandelt unter Fremden.

Wäscherin stahl mir das letzte Glück.
Die Vermieterin möblierter Höhlen
Legt mir auf den Nachttisch Beil und Strick,
Um mir zart das Jenseits zu empfehlen.

Haß sprüht wie ein fahles Feuerwerk
Mir aus allen aufgerißnen Poren,
Und ich renne schreiend wie ein Zwerg
Nach der Riesenwelt, die ich verloren.

PUBERTÄT

Durch die Gassen jeden Abend
Schweife ich, und nach der Jause;
Niemals noch erreicht es habend,
Ziehe wedelnd ich nach Hause.

Für die fleischlichen Gelüste
Such' ein passendes Objekt ich.
Hübsches Antlitz, pralle Brüste –
Aphrodite, ach, versteckt sich!

Jeden Abend, o wie gräßlich,
Sind sie immer überschminkter,
Immer häßlicher als häßlich.
Mein Verstand, die Hände ringt er.

In der Zeitung morgen stehe
Jedes Mädchenherz bewegend:
Netter Jüngling sucht zwecks Ehe
Jungfrau, wenn auch unvermögend.

DAS NOTABENE

Nach Bellman
Holt mir Wein in vollen Krügen!
(Notabene: Wein vom Sundgau)
Und ein Weib soll bei mir liegen!
(Notabene: eine Jungfrau)
Ewig hängt sie mir am Munde.
(Notabene: eine Stunde...)

Ach, das Leben lebt sich lyrisch
(Notabene: wenn man jung ist),
Und es duftet so verführisch
(Notabene: wenns kein Dung ist),
Ach, wie leicht wird hier erreicht doch
(Notabene: ein Vielleicht noch...)

Laß die Erde heiß sich drehen!
(Notabene: bis sie kalt ist)
Deine Liebste sollst du sehen
(Notabene: wenn sie alt ist...)
Lache, saufe, hure, trabe –
(Notabene: bis zum Grabe).

DER BACKFISCH

I

Papa ist heute furchtbar aufgeschwemmt.
Er blinzelt müde in die Morgenzeitung...
Mama im Morgenrock und ungekämmt,
Befaßt sich mit des Kaffees Zubereitung.

Dann spricht sie: Anton! Komm! Es wird bald Zeit!
Du darfst mir das Büro nicht noch versäumen! –
Ich sitz am Tisch in meinem Rosakleid
Und will den ganzen Tag in Rosa träumen.

II

Sie sagen in der ersten Mädchenklasse manchmal
unanständige Sachen.
Ob Maria sich damit befasse?
Der Primaner Hubert hat doch Rasse.
Und sie lachen.

Und wir heben unsre Kleider, zeigen unsre
hübschen Beine.
Manche möchten mit nervösen
Fingern sich zum Scherz ihr Mieder lösen...
Und ich weine...

BALLADE

(für Frank Wedekind)

Mein Vater war ein Seebär,
Meine Mutter kam aus Holland her,
Sie hatte Blondhaar, wie Gold so schwer.

Mein Vater war ein grobes Schwein,
Meine Mutter war zart und klein,
Sie war zu schwach, sie sagte nicht: nein.

Sie haßte ihn, daß er sie zwang,
Und gab ihm elf Monate lang
Zwei Taler wöchentlich zum Dank.

Und als ich dann zu Lichte kam,
Meine Mutter mich an ihre zarten Brüste nahm,
Mein Vater schlug sie krumm und lahm.

Ersäufen wollte er mich im Fleet,
Meiner Mutter Flehen war Gebet.
Er hat sich fluchend umgedreht.

Da lief sie in die Nacht hinaus,
Setzte in dunkler Twiete mich aus,
Ging in die Ulrikusgasse ins Freudenhaus.

Mich fand ein Irgendwer,
Wenn ich wüßte, wo meine Mutter wär,
Wär mir nicht oft das Herz so schwer.

In der Ulrikusgasse Nummer fünf spiel ich Klavier.
Vielleicht tanzt meine Mutter hinter mir,
Vielleicht schläft sie des Nachts bei mir …

IRONISCHE LANDSCHAFT

Gleich einem Zuge grau zerlumpter Strolche,
Bedrohlich schwankend wie betrunkne Särge,
Gehn Abendwolken über jene Berge,
In ihren Lumpen blitzen rote Sonnensolche.

Da wächst, ein schwarzer Bauch, aus dem Gelände
Der Landgendarm, daß er der Ordnung sich beflisse,
Und scheucht mit einem bösen Schütteln seiner Hände
Die Abendwolkenstrolche fort ins Ungewisse.

WEISSE MÄUSE

Er kaufte auf dem Jahrmarkt sich zwei weiße Mäuse
Und tat sie in ein gläsernes Gehäuse.
Nun machen sie Männchen, lecken ihre Pfoten
Und sehen dich mit ihren roten
Äuglein ein wenig melancholisch an
Und springen plötzlich auf – und dann
Beginnt ein tolles Laufen: die eine rechts herum,
die andre links.
Und ihre feinen Stimmen pfeifen spitz, und klingts
Als splittre sich vom Glase jeder Ton,
Als wolle es den beiden
Im nächsten Augenblicke schon
Gelingen,
Mit ihrem schrillen Singen
Die Glaswand zu durchschneiden.

DIE PFEIFE ZWISCHEN DEN ZÄHNEN

Liegst du auf der Ottomane,
Und die Pfeife in den Zähnen:
Darfst du schaukelnd dich im Kahne
Auf dem Meer des Nicht-mehr wähnen.

Silbern steigt der Rauch nach oben.
Mit den leisen weisen Kreisen
Fühlst du selber dich gehoben
Und im Wolkenreigen reisen.

Erde, Mond und Sonne sangen.
Alles geht in Rauch und Luft auf.
Alles geht in Hauch und Duft auf.
Du vergehst. Und bist vergangen.

DEUTSCHES VOLKSLIED

Es braust ein Ruf wie Donnerhall,
Daß ich so traurig bin.
Und Friede, Friede überall,
Das kommt mir nicht aus dem Sinn.

Kaiser Rotbart im Kyffhäuser saß
An der Wand entlang, an der Wand.
Wer nie sein Brot mit Tränen aß,
Bist du, mein Bayerland!

Wer reitet so spät durch Nacht und Wind?
Ich rate dir gut, mein Sohn!
Urahne, Großmutter, Mutter und Kind
Vom Roßbachbataillon.

O selig, so selig, ein Kind noch zu sein,
Von der Wiege bis zur Bahr!
Mariechen saß auf einem Stein,
Sie kämmte ihr goldenes Haar.

Sie kämmt's mit goldnem Kamme,
Wie Zieten aus dem Busch.
Sonne, du klagende Flamme:
Husch! Husch!

Der liebe Gott geht durch den Wald,
Von der Etsch bis an den Belt,
Daß lustig es zum Himmel schallt:
Fahr wohl, du schöne Welt!

Der schnellste Reiter ist der Tod,
Mit Juppheidi und Juppheida.
Stolz weht die Flagge Schwarzweißrot.
Hurra, Germania!

TANGO

Tango tönt durch Nacht und Flieder.
Ist's im Kurhaus die Kapelle?
Doch es springt mir in die Glieder,
Und ich dreh mich schnell und schnelle.

Tango – alle Muskeln spannt er.
Urwald und Lianentriebe,
Jagd und Kampf – und wie ein Panther
Schleich ich durch die Nacht nach Liebe.

DAVOSER BAR

Die rosa Sängerin mit jenem Juden,
Der achtungheischend ein Monokel trägt,
Fühlt sich vom Lärm der laubenbunten Buden
Ersichtlich auf- und ab- und angeregt.

Er dreht mit ihr sich rund im Karusselle,
Er lüftet ihr den gelbpunktierten Sekt.
Indem die oberitalienische Kapelle
Sich selbst und andre mit Musik befleckt.

Ein Herr tanzt exaltiert wie ein Tuberkel,
Des Frackes Schöße zwitschern vogelgleich.
Die rosa Sängerin hält fürstlich Cercle.
Ein Oberleutnant pokert schreckensbleich.

Ein Jüngling träumt von einer fernsten Ferne.
Aus seiner ausgeschnittnen Weste stiert
Die Höhlung einer riesigen Kaverne,
In der die Nacht wie eine Palme friert.

EIN LYRISCHES PORTRÄT VON FRANÇOIS VILLON

François Montcorbier, genannt Villon,
Geboren Vierzehnhunderteinunddreißig,
Als Schüler faul, als Buhler strebsam fleißig,
Aus dunkelstem Paris, und darob lichtscheu.
Mit Faltern schwebend, Blüten blühend, pflichtscheu.
Bekannt von Meung sur Loire bis Roussillon,
Der Leibpoet des Herzogs von Bourbon
Und Leibpoet des letzten Straßenweibs,
Bedacht auf sondre Art des Zeitvertreibs,

Landstreicher, Gauner, Dieb, Zechpreller – und
Hündischer oft traktiert als der geringste Hund,
Um eines Haares Breite Mörder gar,
Mitglied der Bruderschaft der coquillards –
Liegt hier begraben: was er lebt' und litt,
Teilt er euch in des Meisters Werken mit.
Lag seine Stirn im Kot, sein armer Leib im Kofen,
Aus seinem Munde klang ein goldner Chor von Strophen.

ICH LIEB EIN MÄDCHEN, welches Margot heißt,
Sie hat zwei Brüste wie zwei Mandarinen.
Wenn wir der holden Göttin Venus dienen,
Wie gern mein Mund in diese Früchte beißt.

Ich lieb ein Mädchen, welches Margot heißt.
Doch wer sie liebt, muß sie zuweilen prügeln.
Es läßt sich leicht nicht ihre Wildheit zügeln,
Wenn man sie tändelnd nur als Eva preist.

Ich lieb ein Mädchen, welches Margot heißt,
Bewandert in den Liebesdialekten,
Die schon die alten Phrygier entdeckten.
(Gebenedeit sei ihr antiker Geist!)

Ich lieb ein Mädchen, welches Margot heißt.
Sie wohnt in einem schmutzigen Bordelle,
Man zieht an einer rostigen Klingelschelle,
Worauf Madam den Gast willkommen heißt.

Ich lieb ein Mädchen, welches Margot heißt.
Ich liebe diese ganz allein, nur diese.
Der Louis fand die passende Louise –
Bis man die Scherben auf den Müllplatz schmeißt...

SOLL MAN DENN den Dichtern trauen?
Ihr Geschäft heißt: Lob der Frauen.
Selbst der blinde Dichtervater
Schnurrt gleich einem Frühlingskater,
Harft er von der Helena,
Die sein Auge niemals sah.
Trumpf ist beides: blond und braun.
Doch die Krone aller Fraun,
Wild und mild und bittersüß
Sind die Mädchen von Paris.

Dunkle Italienerinnen
Mögen Liebesfäden spinnen.
Eine Deutsche, eine Türkin
mag auf manchen Jüngling wirken.
Mit der schlanken Angelsachsin
Fühlt man seelisch sich verwachsen.
Trumpf ist beides: blond und braun.
Doch die Krone aller Fraun,
Wild und mild und bittersüß
Sind die Mädchen von Paris.

Welche Szene: an der Seine:
Eine Nymphe! Eine Schöne!
Gleicht ihr Leib nicht der Alhambra
Hoch gebaut? Es atmen Ambra
Ihre tulpenroten Lippen,
(Die am liebsten Portwein nippen...)
Schopf und Schoß: ein goldnes Braun
Bei der Krone aller Fraun,
Wild und mild und bittersüß
Sind die Mädchen von Paris...

DIES IST DAS LIED, das Villon sang,
Als man ihn hängen wollte.
Er fühlte um den Hals den Strang,
Er sang das Lied den Weg entlang,
Der Schinderkarren rollte.

Hängt mich den Schurken zum Alarm
Nur hoch in alle Winde!
Wegweiser schlenkere mein Arm,
Er weist den Weg dem schlimmen Schwarm
Und manchem braunen Kinde.

Einst hat der Teufel mich gekirrt,
Nun hör ich Bäume singen.
Ich fühle Gott. Mein Auge schwirrt.
Mein Leib, mein armer Leib er wird
Als Aveglocke schwingen.

DIE SANDUHR RINNT. Das Licht verbrennt.
Man färbt sich den Bart mit Listen.
So richt ich denn mein Testament
Wie alle guten Christen.

Wo ist mein fester Blick? Ich bin
Ein Säufer und taumle und stiere.
Ich vermache mein Doppel- und Stoppelkinn
Meinem Hofbarbiere.

Hier dieses Herz: es zuckte und hing
An allem Erlauchten und Edeln.
Es mag ein fünfzehnjähriges Ding
Die Fliegen sich damit wedeln.

Hier diese Hand: einst Hieb und Stich
Beim Becher und beim Degen –
Sie mag versteint und verknöchert sich
An eines Bischofs Wange legen.

Mein Liebeswerkzeug sei vermacht
Der lieben süßen Margot.
Sie betet es an um Mitternacht
Im fürchterlichsten Argot.

Und meinen Haß: ich schenke ihn
An jedermann und alle.
Sie sollen ihn sich auf Flaschen ziehn
Als Gift und grüne Galle.

Mein Wappen und mein Rittertum
Einem unehlichen Kinde:
Es schrei meine Ehre und meinen Ruhm
In alle Budiken und Winde.

Gegeben Gefängnis Meung sur Loire,
Verlaust, wie ein Tier hinter Stäben,
Von einem, der einst ein Dichter war
In diesem und jenem Leben.

DIE HERZOGIN Antoinette,
Weiß wie Schnee,
Reißt rauh der Henker vom Bette.
Sie lächelt: Bonjour, Monsieur…

Sie trippelt die Treppe
Empor zum Schafott – o weh,
Sie tritt auf die Mantelschleppe
Dem Henker: Pardon, Monsieur…

Ein Seufzer. Ein Hauch. Ein Röcheln.
Rot sprießt der weiße Klee.
Der Herzogin letztes Lächeln
Sagt: Revoir, Monsieur…

HIOB

Und war kein Elend, das ihn nicht befiel,
Und keine Seuchen, die ihn nicht bestürzten.
Es faulte sein Getreide schon am Stiel,
Ein Riff zerspellte seines Schiffes Kiel,
Und Tränen einzig seinen Abend würzten.

Sein Haus verbrannte. Seine Mutter ward
Von den Nomaden vor der Stadt geschändet.
Ein Sohn erhängte sich am ersten Bart.
Sein einziger Bruder hatte sich geschart
Der Räuberbande, die sein Vieh entwendet.

Und die die Bitternis versüßte: sie,
Die Frau aus Ebenholz und aus Granaten:
Ihr zweiter Sohn in Brünsten spießte sie.
Mit ihren letzten Blicken grüßte sie
Den Gatten – welche wild um Rache baten.

Er aber kannte Rache nicht noch Haß,
So sehr der Schmerz sein Ackerland verwildert,
So unerschöpflich tief sein Tränenfaß.
Er sang mit seinem frommen Pilgerbaß
Dem Leben zu, das sich um ihn bebildert.

Und hast du, Herr, wie Marmor mich zerschlagen,
Und gönntest du mir nicht die kleinste Tat:
Wie darf ich gegen deine Einsicht wagen
Auch nur die jämmerlichsten meiner Klagen?
Du bist der Mäher und ich bin die Mahd.

Und sendest du auch Blitze, mich zu blenden,
Und machst du lahm den Leib, die Seele taub,
Und reißt du mir die Finger von den Händen:
Ich preise dennoch meiner Mutter Lenden
Und werde nimmer eines Unmuts Raub.

Daß einen Frühling ich im Licht erlebte,
Daß mir die Mutter süße Kuchen buk,
Daß ich als Jüngling schön in Tänzen schwebte,
Daß ich am Teppich der Gedanken webte,
War dies nicht Glück und goldnes Glück genug?

Daß ich nur einmal durft mein Weib umarmen,
Daß ich nur einmal in die Sonne sah:
Dies ist soviel schon meines Gotts Erbarmen.
Daß ich der Reichste unter allen Armen –
Lob sei und Preis dem Herrn. Hallelujah!

GRÜN SIND MEINE KLEIDER

Grün sind meine Kleider,
Grün sind meine Schuh;
Denn ich liebe einen Jäger
Und des Jägers Knecht dazu.

Weiß sind meine Kleider,
Weiß sind meine Schuh;
Denn ich liebe einen Müller
Und des Müllers Knecht dazu.

Blau sind meine Kleider,
Blau sind meine Schuh;
Denn ich liebe einen Husaren
Und des Husaren Pferd dazu.

Rot sind meine Kleider,
Rot sind meine Schuh;
Denn ich liebe den Henker
Und des Henkers Knecht dazu.

Der Henker hat mich erstochen,
Rot über die Heide floß mein Blut.
Da kann man wieder sehen,
Wie falsche Liebe tut.

DIE HARFENJULE

Emsig dreht sich meine Spule,
Immer zur Musik bereit,
Denn ich bin die Harfenjule
Schon seit meiner Kinderzeit.

Niemand schlägt wie ich die Saiten.
Niemand hat wie ich Gewalt.
Selbst die wilden Tiere schreiten
Sanft wie Lämmer durch den Wald.

Und ich schlage meine Harfe,
Wo und wie es immer sei,
Zum Familienbedarfe,
Kindstauf oder Rauferei.

Reich mir einer eine Halbe
Oder einen Groschen nur,
Als des Sommers letzte Schwalbe
Schwebe ich durch die Natur.

Und so dreht sich meine Spule,
Tief vom Innersten bewegt,
Bis die alte Harfenjule
Einst im Himmel Harfe schlägt.

DIE WIRTSCHAFTERIN

Drei Wochen hinter Pfingsten,
Da traf ich einen Mann,
Der nahm mich ohne den geringsten
Einwand als Wirtschafterin an.

Ich hab ihm die Suppe versalzen
Und auch die Sommerzeit,
Er nannte mich süße Puppe
Und strich mir ums Unterkleid.

Ich hab ihm silberne Löffel gestohlen
Und auch Bargeld nebenbei.
Ich heizte ihm statt mit Kohlen
Mit leeren Versprechungen ein.

Ich habe ihn angeschissen
So kurz wie lang, so hoch wie breit.
Er hat mich hinausgeschmissen;
Es war eine wundervolle Zeit...

IN LICHTERFELDE OST

Ich hab' einmal ein Mädchen gehabt
In Lichterfelde Ost.
Das war wie Frau Venus selber begabt.
Sie hat mich mit Lust und Liebe gelabt
In Lichterfelde Ost.

Sie hatte das schönste schlankeste Bein
In Lichterfelde Ost.
Und wollt ich besonders zärtlich sein,
So schlug ich ihr eins in die Fresse hinein
In Lichterfelde Ost.

Da kam ein feiner Kavalier
In Lichterfelde Ost.
Sie wurde sein Glück, sein Stück, sein Tier,
Sie sank mit ihm und er mit ihr
In Lichterfelde Ost.

Man brachte sie in das Krankenhaus
In Lichterfelde Ost.
Und als sie nach Monaten kam heraus:
Sie sah wie der Tod von Basel aus
In Lichterfelde Ost.

Jetzt bietet Papierblumen sie feil – noch knapp
In Lichterfelde Ost.
Zuweilen kauf ich ihr welche ab.
Die leg ich ihr übers Jahr aufs Grab
In Lichterfelde Ost.

IM OBDACHLOSENASYL

Ich war'n junges Ding,
Man immer frisch und flink,
Da kam von Borsig einer,
Der hatte Zaster und Grips.
So hübsch wie er war keiner
Mit seinem roten Schlips.

Er kaufte mir 'nen neuen Hut,
Wer weiß, wie Liebe tut.
Berlin, o wie süß,
Ist dein Paradies.
Unsere Vaterstadt
Schneidige Mädchen hat.
Schwamm drüber. Tralala.

Ich immer mit'n mit.
Da ging der Kerl verschütt.
Als ich im achten schwanger,
Des Nachts bei Wind und Sturm,
Schleppt ich mich auf'n Anger,
Vergrub das arme Wurm.
Es schrie mein Herz, es brannte mein Blut,
Wer weiß, wie Liebe tut.
Berlin, o wie süß,
Ist dein Paradies.
Unsere Vaterstadt
Schneidige Mädchen hat.
Schwamm drüber. Tralala.

Jetzt schieb ich auf'n Strich.
Ich hab 'nen Ludewich.
In einem grünen Wagen
Des Nachts um halber zwee,
Da ha'm sie mich gefahren
In die Charité.
Verwest mein Herz, verfault mein Blut,
Wer weiß, wie Liebe tut.

ER HAT ALS JÖHR

Er hat als Jöhr von fuffzehn Jahren
Mir einst am Wedding uffjetan.
Wir sind nach Köpenick jefahren
Und sahen die Natur uns an.
Ick zog mir aus die rote Jacke.
Er hat für mich det Bier berappt,
Doch nach neun Monaten, au Backe,
Es hat jeschnappt, es hat jeschnappt.

Mein Emil is ne kesse Nummer,
Er hat schon manchen abgekehlt,
Doch fürcht' er sich vor jedem Brummer,
So jut is er, so zart beseelt.
Mir is weiß Gott schon allens piepe,
Ick lag bei ihm im Bett – da trappt

Es uff der Treppe … der Polype …
Es hat jeschnappt, es hat jeschnappt …

Im Hof der ollen Zuchthausschenke
Steht blutbespritzt ein Podium,
Der dove Pastor macht Menkenke,
Man sieht sich noch im Kreise um.
Im Mauereck blüht blauer Flieder,
Die Zunge klebt wie angepappt,
Da saust des Henkers Beil hernieder,
Es hat jeschnappt, es hat jeschnappt …

ICH BAUMLE MIT DE BEENE

Meine Mutter liegt im Bette,
Denn sie kriegt das dritte Kind;
Meine Schwester geht zur Mette,
Weil wir so katholisch sind.
Manchmal troppt mir eine Träne
Und im Herzen pupperts schwer;
Und ich baumle mit de Beene,
Mit de Beene vor mich her.

Neulich kommt ein Herr gegangen
Mit 'nem violetten Schal,
Und er hat sich eingehangen,
Und es ging nach Jeschkenthal!
Sonntag war's. Er grinste: »Kleene,
Wa, dein Port'menée is leer?«
Und ich baumle mit de Beene,
Mit de Beene vor mich her.

Vater sitzt zum 'zigsten Male,
Wegen »Hm« in Plötzensee,
Und sein Schatz, der schimpft sich Male,
Und der Mutter tut's so weh!
Ja, so gut wie der hat's keener,
Fressen kriegt er und noch mehr,
Und er baumelt mit de Beene,
Mit de Beene vor sich her.

Manchmal in den Vollmondnächten
Is mir gar so wunderlich:
Ob sie meinen Emil brächten,
Weil er auf dem Striche strich!
Früh um dreie krähten Hähne,
Und ein Galgen ragt, und er …
Und er baumelt mit de Beene,
Mit de Beene vor sich her.

HAMBURGER HURENLIED

Wir Hamburger Mädchen haben's fein,
Wir brauchen nicht auf dem Striche sein.
Wir wohnen in schönen Häusern
Wohl bei der Nacht,
Ahoi!
Weil es uns Freude macht.

Es kommen Kavaliere, Neger und Matros,
Die werden bei uns ihre Pfundstücke los,
Sie liegen uns am Busen
Wohl bei der Nacht,
Ahoi!
Weil es uns Freude macht.

Madam kocht schlechtes Essen, Sami spielt Klavier,
Mit den Kavalieren tanzen wir,
Fließt ein Taler drüber,
Wird er Madam gebracht,
Ahoi!
Weil es uns Freude macht.

Eines Tages holt die Sitte uns hinaus,
Und sie sperrt uns in das graue Krankenhaus.
Dann sind wir tot und sterben
Wohl bei der Nacht,
Ahoi!
Weil es uns Freude macht.

MELANCHOLIE

Schau, den Finger in der Nase,
Oder an der Stirn,
Zeitigt manche fette Phrase
Das geölte Hirn.

Warum liebt der die Erotik?
Jener die Zigarrn?
Der die Aeropilotik?
Der den Kaiserschmarrn?

Warum geht's uns meistens dreckig?
Weshalb schreib ich dies Gedicht?
Warum ist das Zebra fleckig
Und Mariechen nicht?

Dennoch ahnt man irgendwie
Gottes Qualverwandtschaft,
Trifft man unerwartet sie
Draußen in der Landschaft.

DER VERZWEIFELTE

I

Noch nie hat mir der Herbst so weh getan,
Daß ich mich ohne Freundin blaß begnüge.
Am Bahnhof steh ich oft und seh die Züge
Einlaufen nach des Kursbuchs rotem Plan.

Hier kommt ein Zug um fünf und dort um sechs.
Der aus Polzin. Und der aus Samarkand.
So oft ich mich an eine Frau gewandt,
Entfloh sie mit dem Zeichen höchsten Schrecks.

Man wundert sich, daß ich so kopflos bin
Und daß ich ohne Beine gehen kann,
Und daß ich ohne Männlichkeit ein Mann,
Und daß ich ohne Sinnlichkeit ein Sinn.

II

Mich liebt kein Mensch. Ich sitze hier beim Tee.
Es schmerzt das Herz, die Niere tut mir weh.
Die Mädchen, welche mich geschminkt begrüßen,
Sie sind mit großer Vorsicht zu genießen.

Sie stellen mit des Abenteuers Buntheit
Anforderung an unsre Gesundheit.
Die ist mir heilig. Etwas andres nicht.
Kein Mensch, kein Tier, kein Stern und kein Gedicht.

Wenn ich hier Verse reimend niederschreibe,
Geschieht es nur zu meinem Zeitvertreibe.
Man glaube nicht an Absicht oder Zweck.
Ich bin ein hirnlich infizierter Dreck.

TRAUERCARMEN in memoriam
unserer so plötzlich in Gott
eingegangenen Katze, gewidmet
der untröstlichen Herrin Elfriede Poeschel

Unsere alte Katze ist verschieden,
War so sanft und gut.
Ach, sie war des Hauses Trost und Frieden,
Und nun liegt sie da in ihrem Blut.
In Gestalt des Liftes kam geschlichen
Lautlos, tückisch, flink der Tod,
Bis sie unter seiner Eisenfaust verblichen,
Und das ganze Treppenhaus war rot.
Nimmer wirst du mehr im Schoß der Herrin
schnurren, schnarren,
Und der Herr, er krault dich nicht von Zeit zu Zeit.
Unterm Schnee wird man dir eine Grabstatt scharren,
Nur zwei Schuhe breit.
Aber einst wird die Posaun ertönen,
Wenn der Katzengott zur Auferstehung bläst,
Und du wandelst dann mit vielen schönen
Katern zum erkornen Fest.
Wie behaglich wirst du in des Himmels Bett dich schmiegen!
Mäuse gibt es ohne Zahl und keinen Hund.
Jeden Tag wirst du ein anderes Junges kriegen:
Weiß und schwarz und scheckig oder bunt.
Aber unsre Tränen tropfen und wir raufen
Uns die Haare sonder Ruh.
Zwar man könnte eine andre Katze kaufen,
Aber das wärst doch nicht du.
Was auch Darwin oder Haeckel sage:
Eine Seele hattest du gewiß.
Und so rinnt denn unsere Totenklage
In die Uferlose, in die Finsternis.

Stolzenfels 22.XII.23 Klabund

BERLINER MITTELSTANDSBEGRÄBNIS

In einer Margarinekiste habe ich sie begraben.
Ein Leihsarg war nicht mehr zu haben.
Die Kosten für einen Begräbnisplatz konnt ich nicht erschwingen:
Ich mußte die Margarinekiste mit der teueren Entschlafenen auf einem Handwagen in die Laubenkolonie am schlesischen Bahnhof bringen.

Dort habe ich sie in stockfinsterer Nacht
Unter Kohlrüben zur ewigen Ruhe gebracht.
Aber im Frühling werden aus der Erde Kohlrüben, die sie mit ihrem Leibe gedüngt, zum himmlischen Lichte sprießen,
Und der Hilfsweichensteller Kraschunke wird sie zum Nachtmahl genießen.
Während sie noch in der Pfanne (in Margarine-Ersatz) schmoren und braten,
Bemerkt Frau Kraschunke erfreut: »Die Kohlrüben sind dieses Jahr aber ungewöhnlich groß geraten...«

BERLINER IN ITALIEN

Die ganze Welt ist voll von Berlinern.
Deutschland, Deutschland überall in der Welt.
Ich sah sie auf der Promenade in Nervi sich gegenseitig bedienern,
Und sie waren als Statisten beim Empfang des italienischen Königs in Mailand aufgestellt.

Da konnten sie einmal wieder aus vollem Herzen
Hurra schreien.
So 'n König, und sei er noch so klein, ist doch janz was
anderes als so 'ne miekrige Republik.
In Bellaggio wandeln sie unter Palmen und Zypressen
zu zweien,
Und aus dem Grandhotel tönt (fabelhaft echt italienisch;
Pensionspreis täglich 200 Lire) die Jazzmusik.

Wie hübsch in Bologna die Jungens mit den schwarzen
Mussolinihemden!
Wie malerisch die Bettler am Kirchentor!
Die und die Flöhe finden einen Fremden
Aus hunderttausend Eingebornen hervor.

In Genua am Hafen aus engen mit Wäsche verhangenen
Gassen winken
Schwarzäugige Mädchen und sind bereit,
Gegen entsprechendes Honorar sich abzuschminken.
O du fröhliche, o du selige Frühlingszeit.
Dagegen das Kolosseum, die ollen Klamotten, die verstaubten
Geschichten,
Das haben wir zu Hause auf halb bebautem Gelände auch,
nu jewiß.
Den schiefen Turm von Pisa sollten sie mal jrade richten.
Mussolini hat dazu den nötigen Schmiß.

Über diesem Lande schweben egal weg die Musen,
Man sehe sich die Brera und die Uffizien an.
Die mageren Weiber von Botticelli kann ich nich verknusen,
Aber Rubens, det is mein Mann.

Wohin man sieht, spuckt einer oder verrichtet sonst eine
Notdurft: es ist ein echt volkstümliches Treiben.
Prächtig dies Monument Vittorio Emmanueles in Rom:
goldbronziert und die Säulenhalle aus weißem Gips.
Dafür kann mir das ganze Forum jestohlen bleiben.
Ich bin modern. A proposito: haben Sie für Karlshorst
sichere Tips?

OBERAMMERGAU IN AMERIKA

Was unsern Christus Lang betrifft,
So hatte er sich eingeschifft,
Um in atlantischen Bezirken
Fürs heilige Christentum zu wirken.

In Boston war er hinterm Zaun
Wie 'n Gnu für'n Dollar anzuschau'n,
Mit ihm im feschen Dirndlkleid
Maria Magdala. All right.

Es wußten Mister, Miß und Missis
Bisher von Christus nichts gewisses,
Bis salbungsvoll und blondbehaart
Er sich leibhaftig offenbart.

Er kommt aus Bayerns Urwaldwildnis,
Verkauft für zwanzig Cents sein Bildnis
Mit Palme, Kreuz und Ölbaumreis.
(In Holz geschnitzt ein höherer Preis.)

Ach, manche Miß entbrannte schon
Für ihn in großer – yes – Passion.
Barnum erblaßt vor Neid und kläfft:
Weiß Gott, sein Sohn versteht's Geschäft...

MONTREUX

Hier sieht die Landschaft man nicht vor Hotels.
Es riecht nach Beefsteak und nach faulen Eiern.
Schloß Chillon steht betrübt auf einem Fels
Und ist berühmt durch Dichtungen von Byron.

Der Tag beginnt mit einem fetten Lunch,
Dann schiebt zum Liegestuhl man sacht den vollen
Geliebten Bauch. Und Wesen, die sich Mensch
(Mit Unrecht) nennen, hügelabwärts rollen.

Wer unter hundert Franken Rente hat,
(Pro Tag), der ist ein wüster Proletarier.
Man frißt an Hummer sich und Kaviar satt,
Und ist kein Klassenhaß von Jud und Arier.

In tausend Meter Höhe erst ist Luft,
Dort findet man zwei ärmliche Narzissen.
Sie wachsen einer Jungfrau aus der Gruft
Und sind versehentlich nicht ausgerissen.

DER ROMANSCHRIFTSTELLER

Graugelb ist sein Gesicht. Die Nase
Steigt klippenspitz empor. Die Augen liegen fleckig
Mißtrauisch von den Wimpern tief beschattet,
Geduckt zum Sprung wie Panther in der Höhlung.
Der rechte Arm mit der Zigarre steht
Steif wie ein Schwert, als wolle er damit
Sich von den andern sondern, die ihm widerwärtig
Und dennoch so sympathisch sind.

Schlägt er die Asche ab,
So fällt wie Hohn sie aufs Gespräch.
Ein kurzes »Ja«, ein scharfes »Nein«
Wirft er zuweilen in die Unterhaltung.
Mit diesem spitzen »Ja« und »Nein«
Spießt er die Leute wie auf Nadeln auf
Und nimmt sie mit nach Hause
Für seine Käfersammlung.
– – – Schlägt man das nächste Buch des Dichters auf.
O Gott! Schon ist man selber drin verzeichnet
Und wer sich in gerechter Selbsterkenntnis
Für ein libellenähnlich Wesen hielt,
Der findet sich erstaunt als Mistbock wieder.

DIE BALLADE VON DEN HOFSÄNGERN

Wir ziehen dahin von Hof zu Hof.
Arbeiten? Mensch, wir sind doch nicht doof.
Wir singen nicht schön, aber wir singen laut,
Daß das Eis in den Dienstmädchenherzen taut.
Jawoll.

Wir haben nur lausige Fetzen an,
Damit unser Elend man sehen kann.
Der hat keine Jacke und der kein Hemd,
Und dem sind Stiefel und Strümpfe fremd.
Jawoll.

Wir kriegen Kleider und Stullen viel,
Die verkaufen wir abends im Asyl.
Ein Schneider lud mitleidig uns zu sich ein,
Da schlugen wir ihm den Schädel ein.
Jawoll.

Wir singen das Lied vom guten Mond
Und sind katholisch, wenn es sich lohnt,
Auch singen wir völkisch voll und ganz
Für'n Sechser Heil dir im Siegerkranz.
Jawoll.

Unger, Boeger, Ransick, so heißen wir.
Auf die Gerechtigkeit scheißen wir.
Mal muß ja ein jeder in die Gruft
Und wir, wir baumeln mal in der Luft.
Jawoll.

THEATER

Wir heben unsre Beine wie an Schnüren,
Und unsre Herzen sind Papiermaché.
Woran wir auch mit unsren Worten rühren:
Sei's Lust, sei's Weh:
Gott wird uns schon das richtige Wort soufflieren.
Paß nur auf deinen Stich –
Denn im Parkett, da sitzt der Teufel,
Und ohne Zweifel,
Er amüsiert sich königlich…

WINTERSCHLAF

Indem man sich zum Winter wendet,
Hat es der Dichter schwer,
Der Sommer ist geendet,
Und eine Blume wächst nicht mehr.

Was soll man da besingen?
Die meisten Requisiten sind vereist.
Man muß schon in die eigene Seele dringen
– Jedoch, da hapert's meist.

Man sitzt besorgt auf seinem Hintern.
Man sinnt und sitzt sich seine Hose durch,
– Da hilft das eben nichts, da muß man eben
überwintern
Wie Frosch und Lurch.

AN DIE NATUR

Gedicht des Lehrers

Natur! Natur! Du Götterwelt!
Wie bist du prächtig aufgestellt
Mit Bergen groß und Tälern klein,
Es hat wohl müssen also sein.

Und mittendrin in der Natur
Dehnt sich die grüne Wiesenflur,
Im Winter ist sie weiß beschneit,
So hat ein jedes seine Zeit.

Auch du, auch du, o Menschenkind,
Bedenke, wie die Zeit verrinnt.
Heut rauscht sie mächtig noch daher,
Und morgen sieht man sie nicht mehr.

Frisch auf, frisch auf, mit Hörnerklang
Durch das verschneite Tal entlang,
Die Glöckchen klingen am Geläut:
Gestern war gestern, morgen wird morgen sein,
heute ist heut.

SKAT

Sie hocken, ihre Socken schweißgetränkt,
Den Leib bedeckt mit braven Jägerhemden.
Sie dulden kcinen zugereisten Fremden,
Und jeder Groschen wird verschämt gesenkt.

Der Blick am Blatt steil wie am Galgen hängt.
Man teilt. Ein scheuer Jude flüstert: »Wemm denn?«
Ein Turnvereinler preist den Kreuzer Emden,
Indem er feurig seine Röllchen schwenkt.

Zwei Herrn erbleichen, weil sie stark verlieren
(So zwei Mark achtzig, wenn ich richtig sah.
Mir geht das Spiel beträchtlich an die Nieren.

Beziehungsweise die es spielen...) »Tja«,
Strahlt der Herr Apotheker »Grand mit Vieren«
Und fühlt als Sohn sich der Germania.

MATROSENLIED

In Algier sind die Mädchen schwarz,
Was macht denn das, mein Kind?
Wenn sie nur sonst an Kopf und Herz
Und, Schatz, das andre weißt du schon,
Auch zu gebrauchen sind.

Sie sind wie Schokolade schwarz,
Und beißt mal einer an,
So spürt er gleich an Kopf und Herz
Und, Schatz, das andre weißt du schon,
Was so ein Mädchen kann.

In Hamburg sind die Mädchen weiß
Und auch in Kiel, hurra!
Blau ist das Auge, blond das Haar,
Und, Schatz, das andre weißt du schon,
Grad wie in Afrika.

EPITAPH ALS EPILOG

(für Bry)

Hier ruhen siebenundzwanzig Jungfrauen aus Stralsund,
Denen ward durch einen Interpreten des Dichters neueste
Dichtung kund.
Die hat die empfindsamen Mädchenherzen so sehr begeistert,
Daß auch nicht eine mehr ihr Gefühl gemeistert.
Man hängte sich teils auf, teils ging man in die See.
Nur eine ging zum Dichter selbst. (Und zwar aufs Kanapee.)

III.

Dein Mund, der schön geschweifte

Gedichte der Liebe

GELIEBTE,

Als ich mich heute Nacht in den Kissen richtete,
Traf mich dein Atem wie das Sägen des Totenwurms,
Der sich mit dem Surren des Sturms
Draußen – zu dumpfer Symphonie verdichtete.

Auf der Straße klang es wie ein Getreck
Von Wagen zu einem Leichenzug…
Das Haustor knirschte… im Zimmer war
  Totenruch…
Sie wollten den Sarg auf ihre Schultern heben…
Da riß ich dich an mein lebendiges Leben
Und küßte den Tod dir von den Lippen weg.

ICH WAR DEIN TOD. Ich habe dich gemordet.
Schuld bin ich, daß das Chaos wie ein Krater
Aufbricht und Feuer speit. Ich bin der Vater
Der Anarchie, die rot uns überbordet.

Ich war dein Tod. Ich habe dich gemordet.
Vergebens warnte mich der brave Pater,
Ich schändete dich, dolorosa mater…
Ich habe dich mit meinem Kind gemordet.

Die Herrschaft, die du mit der Lilie übtest,
Ich stürzte sie im Fieber meiner Kaste.
Du lächeltest. Du segnetest. Du liebtest.

Ich blickte finster. Drohte. Fluchte. Haßte.
Und während du das Gold vom Staube siebtest,
Lief ich zur Wollust, grölte, soff und praßte.

BEGEGNUNG IN HAMBURG

Dunkel ging ich durch die dunkle Twiete,
Sann, wo man mir meine Mahlzeit briete.

Draussen … war vielleicht der Himmel blau?
Innen roch es sehr nach Kabeljau.

Um die Ecke schielt ein rotes Licht,
Welches einen guten Grog verspricht.

Dunkel kam ich aus der dunklen Twiete

Da – ein heller Glanz – ich stoppte stumm:
War es Sonne? Wars Petroleum?

Nein, dein braunes Auge war es, Fiete …

KUKULI

(Für Carola Neher)

Kleiner Vogel Kukuli,
flieh den grauen Norden, flieh,
flieg nach Indien, nach Ägypten
über Gräber, über Krypten,
über Länder, über Meere,
kleiner Vogel, laß die schwere
Erde unter dir und wiege
dich im Himmelsäther – fliege
zwischen Monden, zwischen Sternen
bis zum Sonnenthron, dem fernen,
flieg zum Flammengott der Schmerzen
und verbrenn' in seinem Herzen!

LIEBESLIED

Dein Mund, der schön geschweifte,
Dein Lächeln, das mich streifte,
Dein Blick, der mich umarmte,
Dein Schoß, der mich erwarmte,
Dein Arm, der mich umschlungen,
Dein Wort, das mich umsungen,
Dein Haar, darein ich tauchte,
Dein Atem, der mich hauchte,
Dein Herz, das wilde Fohlen,
Die Seele unverhohlen,
Die Füße, welche liefen,
Als meine Lippen riefen –:
Gehört wohl mir, ist alles meins,
Wüßt nicht, was mir das liebste wär,
Und gäb nicht Höll noch Himmel her:
Eines und alles, all und eins.

ODE AN ZEESEN

Aus Jupiters Hand geschleudert
Donnerkeil
Im Juligewitter
Mein steinernes Herz
Du glühst nicht mehr –
Aus den Sternen gestürzt
Aus den Wolken geschüttet
Bruch
Wolkenbruch
Blitz
Donner

Aufschlagend am Feldgestein
Regenbogen
Verwirrt im Dorngesträuch
Du siebenfarbener Schleier
Zerfetzt
Ihr kleinen Heckenrosen
Ihr willigen Trösterinnen
Ihr haltet das flatternde Band der Tristitia.

Verwundet
Verwundert
Erblickt
Zwischen zwei ragenden Föhren
Das graue Auge
Den goldenen Tag
Blauer See
Blauer lauer See
Mückensingsong
Linde Ufer
Und der Winde Rufer
Springen durch das Korn
Unter ihren kühlen Sohlen
Beugen die heißen Halme sich zärtlich
Richten sich zärtlich auf
Und winken
Dem so herrlich taumelnden Mittagswinde nach.

Drüben vom Jenseits
Drüben vom Jenseits des Sees
Ruft der Kuckuck
Allen Lebenden ruft der Kuckuck
Tausend lebendige Jahre zu.
Hinein mit einem Hechtsprung
Zu den Hechten und Barschen
Hinaus aus den Binsen

In die schaumige Weite
Aufscheuchend die Frösche
Welche geblähter Kehle
Die Liebe locken die Liebste locken
Voll geiler Gier
Fische selbst und faulendes Holz bespringen
Denn es rast die Liebe in den Geschöpfen
Kitty die Hündin ist läufig
Und Bodo der Hund
Jault die Tage und Nächte nach ihr
Nimmt das Fressen nicht und magert bis auf die Rippen
Auf dem Dachfirst schnäbeln die Tauben
Im Wasser
Tanzt der Gründlinge silberner Reigen
Im Schilf
Jagen und jachtern blauschillernde Libellen
Und auf den Wogen des Sees
Sieh die Taucher schlank weißlichen Halses mit
gelbem Kropf
Immer zu zweit
Segeln die Liebenden
Und auf dem Rücken trägt sorglich die Mutter
Die flaumige Zukunft das krächzende Kind.

Auch wir
Mädchen
Geliebte
Frau
Mensch
Immer zu zweit zu zweit seit zweien Jahren
Schwimmen wir auf den Wassern des Lebens
Auf den Zeesener Gewässern
Dahme Middelwede und große Peetz.
Aus dem Luch
Erhebt sich ein Wind der wie Fuchs auf der Lauer lag

Zwischen Heidelbeerkraut und Moosen
Er springt dem See in den silbernen Nacken
Daß die Gischt aufspritzt wie weißes Blut
Es wogen die Wellen
Es wogen die Binsen
Es wogen die Felder
Es wogen die Wipfel der Bäume
Wir selber treiben auf den Wellen

Wie Wasser Gras und Buchenkrone
Auf und nieder
Auf und nieder
Auf und nieder.

Zurück an den Strand
Jetzt Sonne recke den feurigen Schild
Über unsre dampfenden Leiber
Zu heiß du flammender Ritter trifft uns dein
roter Speer
Ihr schattenden Bäume
Vom Borkenkäfer durchwandert
Vom Specht beklopft
Ihr schattet mein müdes
Im Zittergras versinkendes Haupt
Ihr fächelt mit euren grünen Armen
Mit euren blättrigen Händen
Mir Trost und Vergessen zu
Sei bedankt
Geliebtes Geschwister
Akazie
Wie gerne starb ich den Schlaf
In deinen kühlen Armen
Wie gerne will ich den Tod
Einst in deinen Armen verschlafen
Will ich in deinem feuchten Schatten

Ach noch viele Ewigkeiten verschlafen
Wenn die grelle Mittagssommersonne
Die gemähte Stoppelwiese dörrt
Und zu meinen Füßen
Dämmert verdämmert Bodo der Hund.

He Bodo
Hierher Bodo
Wolfssohn
Willst du wohl die Gänse nicht scheuchen
Die heiligen Träger des Daunenschlafes
Die gütigen Behälter des Gänsefettes
Wackelnd mit den feisten dermaleinst gebratenen
Gänsekeulen.

Ganz von fern wie ferner Krieg
Rollen
Auf der Königswusterhausener Bahn die Güterzüge.

Und ich sitze nackt auf der Veranda
Wie des Sommers Gott
Sitz ich nackt und faul auf der Veranda
Violett umblühen mich Bethulien
Mich umtanzen
Dicke Fliegen Filigran von Mücken
Pfauenauge und Zitronenfalter
Und ich hock und freß wie ein Kaninchen
Frischen mildesten Salat
Kohlrabi
Auch gezuckerte Johannisbeeren
Und danach ein Glas
Erdbeerbowle
Wie ein Mensch
Wie ein Gott
Und ich sitz und schwitz und freß und sauf

Und ich denk und träume
Nichts
Träum und denk das Nichts vom Nichts des Nichtses
Bin am Ende meiner Kräfte
Und am Anfang aller Seligkeit.

Hochbeladen mit dem gelben Korn
Schwankt der Wagen in die Scheune
Und das brave Pferd umspringen bellend
Sieben schwarz und weiße Wolleknäuel
Sieben Terrier Bosko Fatty Step
Tipsy Kitty Bill und Fap
Aus dem offenen Stall fegt eine Schwalbe
Drin im Stalle säugt die Kuh das Kälbchen.

Zwischen Bäumen
Wachsen schlanke steile dünne Eisensäulen
In den Horizont
Die Funktürme von Königswusterhausen
Hier Königswusterhausen auf Welle 1300
Achtung Achtung Achtung
Der Dichter Klabund spricht eigene Verse.

Er spricht mit abgehackter blecherner Stimme
Dieweil er im Grase liegt –
Das rechte Ohr an die Erde gepreßt
Horcht er auf den Herzschlag der Erde
Und auf den Wanderschritt des Maulwurfs
Er wirft die Worte in die Luft
Wie nicht entzündete Raketen
Sie brennen nicht
Sie leuchten nicht
Sie fallen zischend ins feuchte Gras
Achtung Achtung Achtung
Hochachtung Hochachtung Hochachtung

Ganz besondre Hochachtung
Ihm lauscht kein Mensch kein Wesen kein Tier
Die Luft spielt mit den Worten wie mit Brennesselsamen
Sie weht sie da und dorthin
Einige Participia bleiben in einer Koniphere hängen
Ein strahlendes Adjektiv treibt Bauch nach oben wie ein toter Fisch im See.

Aber ein liebliches Präpositum
Fiel in einen Baumritz
Einer Dryade in die Augenbrauen
Und kitzelte sie aus dem Schlaf
Zierlich trat sie aus dem dunklen Baumstamm ins grelle Licht
Und stand geblendet –
Da begannen die Grillen zu zirpen
Die Heuschrecken musikalisch ihre Hinterbeine zu reiben
Und der Jazz des Sommers rauschte auf
Meckernd fielen die Ziegen ein
Die Kuh blökte die Hunde bellten die Gänse schnatterten
In der Ferne Gewittergrollen
Die dumpfe Pauke des Donners
Gott sitzt am Schlagzeug
Yes Sir that's my baby
Da stampfte die entfesselte Dryade den Charleston
Die braunen rötlich überkupferten Haare fielen ihr mähnig über die Stirn
Wie einem Pony.

Tanz stampf tritt den Boden
Tritt die Erde daß sie dir untertan sei
Die Erde dem Weibe

Wie seit Urbeginn
So heute
Zertritt die Butterblumen im Tanz
Was tut's
Zermalme die kleinen roten Käfer im tollsten Takt
Töte die dir aufspielen zum Tanz mit deinen
  tanzenden Sohlen
Töte Grille und Heupferd
Tanze tanze
Töte töte
Schon springst du mir in den Nacken
Puma
Und tanzest auf meinen Knabenschultern
Yes Sir yes Sir
Den Jazz des Sommers.

Genug genug wilde Nymphe
Zieh dir den schwarzrotgestreiften Bademantel an
Und komm auf den Tennisplatz
Henry der Trainer wartet schon auf die gnädige Frau
Du schlägst die Bälle
Zwei Dutzend Menschenköpfe
Haarscharf übers Netz
Keinen Liebesblick
Keinen Ball
Läßt du aus.

Abends nach dem Essen
Yes Sir yes Sir
Steppst du im blauen Pyjama
Blauer Pyjama blauer Himmel blauer See –
Wie ein japanischer Ringer
Mit dem dicken gebräunten Sharakugesicht
Boxt der gewaltige Herr des Gutes
Rittergutes

Raubrittergutes
Zeesen
(Nach der Volkszählung von 1905 besaß der 352 Hektar umfassende Gutsbezirk Zeesen 25 Einwohner)
Boxt die erhabene märkische Majestät
Den Raum
Boxt mit Träumen mathematischen Reihen Börsenkursen und wilden Ziffern
Oberbedarf
Unterbedarf
Mannesmann
Weibesweib
Die Firmen Frisch Frank Fröhlich Frei haben Geschäftsaufsicht angemeldet
Yes Sir that's my baby
Noch ein Glas Bowle
Elektrisches Licht überm Garten
Sommernachtstraum
Ein Gang noch mit den englischen Terriern
Kitty Bill Tipsy Bosko Fatty Step Fap
Licht aus
Happy-end
Week-end.

Nachts
Schlafe ich schlecht
Durch geöffnete Fenster
Wandert die ganze Unterwelt
Weiße Spinner kommen geflattert mit riesigen roten Augen
Spanische Fliegen mit fetten grünen Bäuchen
Braune Motten und kleine Perlmutterfalter
Summende Mücken sirrende Gnitzen
Ihnen nach die Königin des Dunkels

Ihre Herrin und Vertilgerin
Die gefräßige
Die Fledermaus
Und am Boden raschelts: schwarze Schaben
Aus der Mauer kriechen Tausendfüßler
Alles lärmt und knackt und surrt und raschelt
Plötzlich trappt und trippelts auf den Bohlen
Wie ein Pony trappelt und ein weißes
Tier steht wie gebäumt im Rabenschwarzen
Wie ein Schimmel auf den Hinterbeinen
Hebt die Vorderhufe drohend
Schnaubt gar grimmig durch die Nüstern
Schreien will ich mir verschlägts die Sprache
Da – ein Sprung – das Tier hockt auf dem Bettrand
Und umschlingt mich mit den weißen Armen
Drückt die heißen Lippen auf die meinen
Yes Sir that's my baby.

Mein steinernes Herz – – –
Du glühst noch –

IV.

O Tannebaum!

Garstige Weihnachtslieder

CHRISTBAUMFEIER

Piano, Geige: Hupf mein Mädel (forte),
Im Christbaum zucken gelblich ein paar Lichter,
Und an die Rampe tritt Kommis und Dichter
Und stottert stockend tannendufte Worte.
Man trampelt: »Bravo, Bravo« mit den Füßen
Und prostet mit den Krügen nach dem Helden,
Indem sich schon zwei weiße Fräuleins melden,
Mit »Stille Nacht« die Menge zu begrüßen.
Man säuft, man schreit, man giert und man verlost
Die Lebenslust – Rosa, unwiderstehlich,
Bringt lächelnd ihrem Buben bei (allmählich),
Daß er mich Papa ruft. – Na danke. Prost.

BÜRGERLICHES WEIHNACHTSIDYLL

Was bringt der Weihnachtsmann Emilien?
Ein Strauß von Rosmarin und Lilien.
Sie geht so fleißig auf den Strich.
O Tochter Zions, freue dich!

Doch sieh, was wird sie bleich wie Flieder?
Vom Himmel hoch, da komm ich nieder.
Die Mutter wandelt wie im Traum.
O Tannenbaum! O Tannenbaum!

O Kind, was hast du da gemacht?
Stille Nacht, heilige Nacht.
Leis hat sie ihr ins Ohr gesungen:

Mama, es ist ein Reis entsprungen!
Papa haut ihr die Fresse breit.
O du selige Weihnachtszeit!

DIE HEILIGEN DREI KÖNIGE

Bettelsingen

Wir sind die drei Weisen aus dem Morgenland,
Die Sonne, die hat uns schwarz gebrannt.
Unsere Haut ist schwarz, unsere Seel ist klar,
Doch unser Hemd ist besch... ganz und gar.
Kyrieeleis.

Der erste, der trägt eine lederne Hos,
Der zweite ist gar am A... bloß,
Der dritte hat einen spitzigen Hut,
Auf dem ein Stern sich drehen tut.
Kyrieeleis.

Der erste, der hat den Kopf voll Grind,
Der zweite ist ein unehelich Kind.
Der dritte nicht Vater, nicht Mutter preist,
Ihn zeugte höchstselbst der Heilige Geist.
Kyrieeleis.

Der erste hat einen Pfennig gespart,
Der zweite hat Läuse in seinem Bart,
Der dritte hat noch weniger als nichts,
Er steht im Strahl des göttlichen Lichts.
Kyrieeleis.

Wir sind die Heiligen Drei Könige.
Wir haben Wünsche nicht wenige.
Den ersten hungert, den zweiten dürst',
Der dritte wünscht sich gebratene Würst'.
Kyrieeleis.

Ach, schenkt den armen drei Königen was ...
Ein Schöpflöffel aus dem Heringsfaß –
Verschimmelt Brot, verfaulter Fisch,
Da setzen sie sich noch fröhlich zu Tisch.
Kyrieeleis.

Wir singen einen süßen Gesang
Den Weibern auf der Ofenbank.
Wir lassen an einem jeglichen Ort
Einen kleinen heiligen König zum Andenken dort.
Kyrieeleis.

Wir geben euch unseren Segen drein,
Gemischt aus Kuhdreck und Rosmarein.
Wir danken für Schnaps, wir danken für Bier.
Anders Jahr um die Zeit sind wir wieder hier.
Kyrieeleis.

BERLINER WEIHNACHT 1918

Am Kurfürstendamm da hocken zusamm
Die Leute von heute mit großem Tamtam.
Brillanten mit Tanten, ein Frack mit was drin,
Ein Nerzpelz, ein Steinherz, ein Doppelkinn.
Perlen perlen, es perlt der Champagner.
Kokotten spotten: Wer will, der kann ja
Fünf Braune für mich auf das Tischtuch zählen ...
Na, Schieber, mein Lieber? – Nee, uns kanns
nich fehlen,
Und wenn Millionen vor Hunger krepieren:
Wir wolln uns mal wieder amüsieren.

Am Wedding ists totenstill und dunkel.
Keines Baumes Gefunkel, keines Traumes Gefunkel.
Keine Kohle, kein Licht … im Zimmereck
Liegt der Mann besoffen im Dreck.
Kein Geld – keine Welt, kein Held zum lieben …
Von sieben Kindern sind zwei geblieben,
Ohne Hemd auf der Streu, rachitisch und böse.
Sie hungern – und fräßen ihr eignes Gekröse.
Zwei magre Nutten im Haustore frieren:
Wir wolln uns mal wieder amüsieren.

Es schneit, es stürmt. Eine Stimme schreit: Halt …
Über die Dächer türmt eine dunkle Gestalt …
Die Blicke brennen, mit letzter Kraft
Umspannt die Hand einen Fahnenschaft.
Die Fahne vom neunten November, bedreckt,
Er ist der letzte, der sie noch reckt …
Zivilisten … Soldaten … tach tach tach …
Salvenfeuer … ein Fall vom Dach …
Die deutsche Revolution ist tot …
Der weiße Schnee färbt sich blutigrot …
Die Gaslaternen flackern und stieren …
Wir wolln uns mal wieder amüsieren …

WEIHNACHT

Ich bin der Tischler Josef,
Meine Frau, die heißet Marie.
Wir finden kein' Arbeit und Herberg'
Im kalten Winter allhie.

Habens der Herr Wirt vom goldnen Stern
Nicht ein Unterkunft für mein Weib?
Einen halbeten Kreuzer zahlert ich gern,
Zu betten den schwangren Leib. –

Ich hab kein Bett für Bettelleut;
Doch scherts euch nur in den Stall.
Gevatter Ochs und Base Kuh
Werden empfangen euch wohl. –

Wir danken dem Herrn Wirt für seine Gnad
Und für die warme Stub.
Der Himmel lohns euch und unser Kind,
seis Madel oder Bub.

Marie, Marie, was schreist du so sehr? –
Ach Josef, es sein die Wehn.
Bald wirst du den elfenbeinernen Turm,
Das süßeste Wunder sehn. –

Der Josef Hebamme und Bader war
Und hob den lieben Sohn
Aus seiner Mutter dunklem Reich
Auf seinen strohernen Thron.

Da lag er im Stroh. Die Mutter so froh
Sagt Vater Unserm den Dank.
Und Ochs und Esel und Pferd und Hund
Standen fromm dabei.

Aber die Katze sprang auf die Streu
Und wärmte zur Nacht das Kind. –
Davon die Katzen noch heutigen Tags
Maria die liebsten Tiere sind.

V.

Von Tränen und Perlen

Chinesische Gedichte

BEIM VOLLEN BECHER

Song-tschang ging auf dem Berg King-hau in Strahlen auf.
Was blieb von dem Unsterblichen? Ein Haufen Asche.
Ngan-ki stieg schon als Mensch zu heiligen Malen auf.
Er ließ das Netz zurück. Der Fisch ging durch die Masche.

DIE WEISSE UND DIE ROTE ROSE

Während ich mich über meine Stickerei am Fenster bückte,
Stach mich meine Nadel in den Daumen. Weiße Rose.
Die ich stickte,
Wurde rote Rose.

In der kriegerischen Weite bei des Vaterlandes Söhnen
Weilt mein Freund, vergießt vielleicht sein Blut.
Rossehufe hör ich dröhnen.
Ist's *sein* Pferd? Es ist mein Herz, das wie ein Fohlen tut.

Tränen fallen mir aus meinen Blicken
Übern Rahmen in die Stickerein.
Und ich will die Tränen in die Seide sticken,
Und sie sollen weiße Perlen sein.

Nach Li-tai-pe

FLUCH DES KRIEGES

Im Schnee des Tien-schan grast das dürre Roß.
Drei Heere sanken vor dem wilden Troß.

Die gelbe Wüste liegt von weißen Knochen voll.
Der Pferde Schrei wie schrille Flöte scholl.

Es schlingen Eingeweide sich von Baum zu Baum
 in Schnüren,
Die Raben krächzend auf die Zweige führen.

Soldaten liegen tot auf des Palastes Stufen.
Es mag der tote General die Toten rufen.

So sei verflucht der Krieg! Verflucht das Werk der Waffen!
Es hat der Weise nichts mit ihrem Wahn zu schaffen.

Er wird die Waffe nur als letzte Rettung schwingen,
Um durch den Tod der Welt das Leben zu bezwingen.

Nach Li-tai-pe

DIE UNBESTECHLICHE

Ihr wißt es wohl, ich habe einen Mann,
Und dennoch bietet Ihr mir Perlen an.
Ich ließ die Perlen schimmern auf der Haut
Des Halses, und ich träumte mich als Braut…

Es ist mir untertan viel Traum und Troß.
Mein Schloß steht mauerdicht am Kaiserschloß.
Mein Gatte führt die Lanze und das Schwert
Und hat in manchen Schlachten sich bewährt.

Verzeiht, Durchlaucht, gewiß ... ich zweifle nicht,
Daß Eure Neigung rein wie Sonnenlicht.
Doch schwur ich Treue dem gewählten Mann,
Die ich nicht brechen will noch brechen kann.

Ich gebe Euch die Perlen hier zurück,
Und Tränen perlen weiß in meinem Blick,
Warum hat Gott, den jedes Schicksal rührt,
Euch, als ich frei, nicht an mein Herz geführt?

Nach Tschang-tsi

TRUNKENES LIED

Ich will meinen Pelz versaufen,
Herr Wirt.
Ich will mir einen Knaben kaufen,
Der mein lieblicher Diener wird.

Der Pelz hält außen warm;
Der Wein heizt innen.
Hängt, eine Kette, Euch in meinen Arm!
Das Leben ward noch nie begonnen. Wir wollen's beginnen.

Tschau-tschi war ein guter Dichter und konnte prächtig saufen.
Könnt ich's ihm gleichtun!
Ich will mein Pferd verkaufen,
Und will es gleich tun.

Die Philosophie ist eine Gottesgabe.
Es gab Philosophen, die nie einen Tropfen getrunken haben.
Glaubt Ihr, daß sie im Grabe
Weniger gestunken haben?

Ich will meine Schuhe in Zahlung geben;
Ich muß noch manchen Becher durch die Kehle seiben,
Ich kann ja auf allen vieren nach Hause streben,
Meinetwegen will ich auch ewig hier liegen bleiben.

Nach Li-tai-pe

BEKENNTNIS

Über alle Stränge will ich schlagen,
Alles Enge in die Weite tragen.
Tiger brachen liebend in die Knie,
Wenn ich zu dem Himmelsvater schrie.
Kröten kamen sanft zu mir gekrochen,
Und der Koch mag nicht mehr Hühnchen kochen.
Berge stürzen stumm in sich zusammen,
Tausend Sonnen werden nächtlich flammen,
Wenn mir meine größte Tat gelang:
Daß ich meine Hoffart niederzwang
Und dem letzten Mörder mich vereinte,
Den der Pöbel vor den Toren steinte,
Ach, nicht wissend, daß ein Bruder falle.
Mörder, Mörder, Mörder sind wir alle.

GEMEINSAME LEKTÜRE

Die zarte Inbrunst mag sich so entfalten:
Du blätterst Blatt um Blatt in einem Buche.
Und plötzlich mußt du leise innehalten:
Du bist betäubt von einem süßen Ruche,
Der aus den Seiten dir entgegenschlägt.
Du bist von einem holden Hauch bewegt –
Als nun die Freundin, deren Herz sich regt,
Die Wange sacht an deine Wange legt.

DER WEISSE STORCH

O unerhörte Qual des Bürgerkrieges,
In seiner Brüder Blut den Dolch zu tauchen,
Wenn ihre Städte als Ruinen rauchen.
Es droht die Nacht der Sonne selbst des Sieges.

O wann erscheint des Himmels *wahrer* Sohn,
Der eignen Knechtschaft Bande zu entwirren –
Daß wieder statt der Schwerter Verse klirren
Und ach der Frauen leichte Rebellion.

Dem Krater eines schwarzen Wolkenkreises
Entschwebt ein weißer Storch. Er schwebt. Er lenkt
Den Flug zu unsren Häusern. Niemand weiß es,
Auf wessen Dach er seine Flügel senkt.

Nach Tschang-tü-tsi

CHINESISCHES SOLDATENLIED

Soldat, du bist mein Kamerad,
Marschierest mir zur Seite.
Der Kaiser, der befehligt uns.
Kein Mädchen mehr beseligt uns.
Soldat, du bist mein Kamerad,
Marschierest mir zur Seite.

Soldat, du bist mein Kamerad,
Wenn du das Schwert verloren,
So deck ich dich mit meinem Schild
Und bin als Bruder dir gewillt.
Soldat, du bist mein Kamerad,
Wenn du das Schwert verloren.

Soldat, du bist mein Kamerad,
Wenn unsre Knochen bleichen.
Mond fällt auf uns wie gelber Rauch,
Der Affe schreit im Bambusstrauch.
Soldat, du bist mein Kamerad,
Wenn unsre Knochen bleichen.

Nach Schi-king

DER MÜDE SOLDAT

Ein kahles Mädchen. Heckenblaßentlaubt.
Sie steht am Weg. Ich gehe weit vorbei.
So stehen alle: Reih in Reih,
Und Haupt an Haupt.

Was weiß ich noch von heiligen Gewässern
Und von des Dorfes Abendrot?
Ich bin gespickt mit tausend Messern
Und müde von dem vielen Tod.

Der Kinder Augen sind wie goldner Regen,
In ihren Händen glüht die Schale Wein.
Ich will mich unter Bäumen schlafen legen
Und kein Soldat mehr sein.

Nach Schi-king

VI.

Der kleine Lorbeer

Geschichten von Liebe
und Krieg

DER KLEINE LORBEER

Wenn der kleine bescheidene Lorbeer spazierenging, mit trippelnden vorsichtigen Schritten, die den Boden um Vergebung baten, daß sie ihn berührten, blieb er alle zehn Sekunden stehen, einem Frauenzimmer nachzustarren. Sie mochte hübsch oder häßlich, groß oder klein sein, wenn sie nur einen breiten Busen hatte. Er schämte sich und wurde rot, wenn er hinsah, aber er mußte doch hinsehn. Und starrte noch, wenn das Fräulein längst im Omnibus oder um die Straßenecke verschwunden war. Abends in seinem möblierten Zimmerchen, das im vierten Stock lag, öffnete er sein Fenster, ließ den blauen, zitternde Schauer weckenden Nachthimmel herein und blickte ängstlich und ehrfürchtig zu den Sternen, ob sie ihm Helfer sein könnten in seiner Not. Und er betete zum lieben Gott und zeihte sich schmutziger Sünden und Gedanken. Aber ihm wurde nicht besser; das Gebet brachte ihm die Lockungen seines Herzens schmerzlich nah ins Gedächtnis, daß er schauderte vor seiner Verderbnis und sich doch nicht von ihr lösen konnte. Er schlug sich und wimmerte und bebte in seiner Entheiligung des Gebetes. Weiße, starkbrüstige Frauen schritten durch seine Träume und rankten und krallten sich an seine sittliche Kraft, daß er sie nicht losreißen konnte. Sie zehrten an ihr. Und wie Lianen schlangen sich ihre flammenden Arme um seine Gedanken, wenn er ihnen entfliehen wollte. Nächtelang lag er wach, mit rotem Gesicht und klopfenden Pulsen, oder hockte und sah nach dem gelben Fenstervorhang, an den die Gaslaternen von der Straße herauf flackernde Bilder warfen, die wie sichtbar gewordene Seufzer über das gelbe Tuch wehten. Seine Bitten zu Gott wurden von Tag zu Tag unaufrichtiger. Er bereute die Wollust seiner Gedanken ja gar nicht, er plapperte es sich nur vor, weil er das Verschwommene, Unsichere liebte und die Wahrheit fürchtete. Er haßte seine Gedanken, o ja! aber er haßte sie nur, weil sie so schwächlich waren und nie zur Tat wurden.

Wie beneidete er seine Kollegen im Kontor, wenn sie Weibergeschichten erzählten. Fast jeder hatte ein Verhältnis, das er abends in den Konzertgarten oder zum Tanzsaal führte: Ladenmädchen, Telephonfräulein, Konfektionöse. Sie sprachen einen vollkommen ausgebildeten erotischen Jargon, der sich entsetzlich roh anhörte. Ihre Mädchen nannten sie: Bolzen, Spritzen. Mit ihrem Mädchen ausgehen nannten sie: sich die Ziege vorbinden. Ein Mädchen verführen, hieß »umbiegen«, und wer das nicht wenigstens einmal fertig gekriegt hatte, galt ihnen als »Schlappschwanz«. Der arme Lorbeer war darum ihrer mitleidigen Verachtung anheimgefallen. Wie sehr er sich auch mühte, seine wahre Natur zu verbergen, sie fanden bald, wie es mit ihm stand, und höhnten ihn. Der Don Juan des Kontors, ein junger Mann mit Namen Ziegenbein, der künstlerisch gewundene Krawatten trug, deren Enden wie Fahnen über Weste und Rock flatterten, und den linken Fuß etwas nachzog, schlug dem kleinen Lorbeer vorn auf die Hühnerbrust und schnatterte: »Immer 'ran, mein lieber Lorbeer, immer 'ran an den Speck. Nur keine Bange nich. Es gibt immens viel Frauenzimmer – sehen Sie mich! Nicht retten kann man sich vor ihnen. Immerhin« – er spuckte sich in die Hände und bestieg wieder seinen Bock –, »manchmal ist es zum Kotzen. Sehen Sie mich, lieber Lorbeer. Um gewissermaßen ein Gleichnis zu gebrauchen, einen Vergleich! Wie die Bienenkönigin bin ich, rings um mich 'rum sind Bienen, und ich stecke drin, ganz tief. Da 'rauskommen heißt schwer.« Und er begann langsam an einem kalligraphischen D zu malen, während das ganze Kontor zustimmend verehrungsvoll grinste, der kleine Lorbeer aber, weil er sich durchschaut sah, abwechselnd blaß und rot wurde. Heimlich äugte er von nun an, so oft es ging, zu Herrn Ziegenbein hinüber, neugierig, geradezu gefoltert von der Qual der Erwartung, einmal herauszubekommen, *weshalb* Herr Ziegenbein so nachhaltig auf die Frauen wirke. Hübsch war er nicht – wenn man von seiner Krawatte absah, die er jeden Tag zu wechseln pflegte. Sonntag trug er eine weiße Krawatte, Montag eine blaue, Mittwoch eine grüne, die Farbe der Hoffnung, da es nun wieder auf Sonntag ging, und so weiter. Die Farbe jedes Tages bedeutete ihm ein Symbol. Hübsch war Herr Ziegenbein nicht, seine Nase wuchs sogar über das braune Stutzbärtchen hinaus bis auf die Lippen, Herr Ziegenbein humpelte sogar – und trotzdem ...? Durch seine Klugheit? Der kleine Lorbeer zuckte verächtlich mit den Schultern. Klugheit, Bildung, da war er ihnen allen voraus. Wer von ihnen las Gedichte oder versuchte sich manchmal gar selbst in der Poesie? Oder ging ins Theater? Wenn er einem Mädchen durch Bildung hätte imponieren können! So viel war ihm klar, daß Bildung bei Mädchen nicht verfängt. Ja, er dachte deshalb geringschätzig von den Mädchen, daß sie geistige Anmut nicht zu würdigen verstünden – aber er ersehnte ihre Leiber doch und brannte nach ihnen. Er guckte heimlich schnell in seinen Taschenspiegel: schön ... so schön wie Herr Ziegenbein war er längst – wenn seine Augen auch in einem Blau schimmerten, das allzu verwässert schien. Woran lag es also, daß er den Mädchen nicht gefiel? Er erinnerte sich, daß er noch gar nicht einmal die Probe aufs Exempel gemacht, daß er die Verachtung der Mädchen immer nur aus der Ferne gefühlt und aus ihren Blicken gelesen hatte. Konnte er sich nicht täuschen? Ein Stein rollte von seinem Herzen! Er wollte es wagen, er wollte einmal ein Mädchen ansprechen! – Des kleinen Lorbeers Verehrung des weiblichen Geschlechtes war immer auf das Ganze gegangen. Eine einzelne bestimmte hatte er nie geliebt, wer ihm den Weg kreuzte und sich passabel genug ausnahm, der hatte ihm als »Weib« gegolten, als Weib schlechthin in diesem Augenblick, bis der nächste Augenblick vielleicht schon die Ablösung brachte.

Am Abend nach Geschäftsschluß schlenderte der kleine Lorbeer durch die Straßen und sah Ladnerinnen, Fabrikarbeiterinnen und jenen andern, die ihm immer als die schönsten erschienen waren, frechschüchtern ins Gesicht. Hin und wieder fing er auch einen Blick, wie die Kinder Heuhupfer auf der Wiese fangen, hastig zugreifend aus Angst, er könne ihm sonst entspringen. Er konnte sich aber nicht entscheiden, einem Mädchen nachzulaufen, es waren so viele, und wenn er ein paar Schritte hinter einer Blonden herlief, kam jetzt eine Braune, die ihm bei weitem mehr gefiel. Da trippelte eine kleine Schwarze, zwei Freundinnen kichernd am Arm. Sie war eine übermütige Kröte und drehte ihm große runde Blicke und bog sich schmachtend nach ihm um. Er verstand ihre Zuvorkommenheit aber falsch: den Atem hielt er an vor verliebter Erschrockenheit, seine wasserblauen Augen öffneten sich weit und sahen aus wie zierliche blaue Teller aus Delfter Porzellan. Dann atmete er tief auf und besann sich: er mußte ihr nach. Wo war sie aber? Ganz in der Ferne leuchtete ihre rote Bluse wie eine Mohnblume auf graugrüner Wiese. Er lief und lief, stieß Damen ungalant mit dem Ellenbogen zur Seite, trat einem vornehmen Herrn auf die Lackstiefel und hätte am liebsten geschrien: »Haltet den Dieb, haltet den Dieb!« Denn, sagte er sich, sie hat mein Herz gestohlen, wie es in den Romanen immer heißt, meistens um die fünfzigste Seite herum, wenn die Liebeserklärung nahe ist. Als er sie endlich eingeholt hatte, waren ihre Freundinnen nicht mehr bei ihr, sie ging lachend und ihre veilchenfarbene Tasche schlenkernd – in Begleitung eines jungen Mannes, augenscheinlich eines Studenten, der mit eckigen und abrupten Arm- und Handbewegungen überzeugend auf sie einredete.

Der arme kleine Lorbeer blieb mitten auf dem Trottoir stehen und stand mit zusammengekniffenen Augen und gekrampften Lippen, unbeweglich, wie unter einer unangenehm kalten Dusche.

»Abendpost, Abendpost!« schrie jemand dicht neben ihm. Und ein Schulknabe mit dickem, pfiffigem Gesicht pflanzte sich hart vor ihm auf und piepste: »Sie Änneken, jehn Sie man weiter, Sie stören den Verkehr.«

Ein paar Passanten lachten.

Der kleine Lorbeer ging weiter. Seine Niederlage schmerzte ihn. Er hatte keine Lust zu ferneren Abenteuern. Erbost betrat er eine Stehbierhalle, trank einige Gläser Bier und begab sich auf den Heimweg. Seine vorher so lebhafte Begierde hatte einem leeren toten Gefühl Platz gemacht, in dem Zorn, Hoffnung, Resignation und Müdigkeit um den Vorrang stritten. Es wollte keines zum Siege gelangen, seine Gedanken wallten in ein sumpfiges Chaos, das ihn anekelte.

Diese Nacht schloß er das Fenster und sah nicht nach den Sternen. Am nächsten Tag plagten ihn Kopfschmerzen. Er machte einen so blassen, grämlichen Eindruck, daß man im Kontor anzügliche Bemerkungen vom Stapel ließ und der Don Juan, Herr Ziegenbein, eine Behauptung aufstellte, die ihm das Blut vor Scham in den Kopf trieb – weil sie leider der Wahrheit ermangelte. Da wurde es ihm wieder klar, daß er es seiner Ehre schuldig sei, endlich ein Mädchen zu gewinnen. Und am Abend machte er sich wieder auf den Weg, diesmal von tollkühnem Wagemut besessen. Heute traute er nicht jedem verwegenen Mädchenblick, und so kam er überhaupt zu keinem Entschluß und lief schon eine Stunde durch die Straßen, als er am Gitter einer Villa der Vorstadt ein Mädchen sah, dessen stahlblauer Blick wie ein Blitz zischend in seine wasserblauen fuhr. Strohgelbe Haare flochten sich wie ein Erntekranz um ihren Kopf, und unter dem Blau ihrer Augen schimmerte ein leichter rosa Glanz – wie oben in der schwarzblauen Nordsee in heißen klaren Sommernächten ein rosa Ton liegt, den das Meer vom Tage, von der Sonne zurückbehielt. Der kleine Lorbeer kreiste wie eine Fledermaus verlegen um sie herum, wurde rot, würgte an einer Anknüpfung; plötzlich trat er mit einem Ruck auf sie zu.

»Gestatten... statten Sie, mein Fräulein, warten Sie... auf... auf jemand?«

Sie sagte langsam und langweilig, ohne ihn anzusehen: »Auf Sie nich.«

Der kleine Lorbeer stand fünf Minuten neben ihr, mit dem Gefühl einer unrühmlich verlorenen Schlacht. Es wollte sie irgendwie gutmachen. Aber er fand keine Worte.

Er ging in die Stehbierhalle und begab sich auf den Heimweg. Drei Tage dachte er überhaupt nicht an Weiber und arbeitete im Kontor mit einem Eifer, als ob er sich eine Gehaltsaufbesserung verdienen wolle.

Am vierten Tage stellten sich seine verliebten Gedanken wieder ein. Und er nahm sie nicht ungnädig auf, brachten sie ihm auch Unruhe genug. Er hielt sie vorerst in Schranken. Sie benahmen sich so gesittet, daß er sogar die Tochter des Portiers, ohne sie zu entkleiden, aus nur kindlichem Wohlgefallen betrachten konnte.

Am 23. Juli aber – er ist der wichtigste Tag im Leben des kleinen Lorbeer und verdient namhaft gemacht zu werden – drohte der kleine Lorbeer den ganzen Tag in Liebessehnsucht zu verschmelzen. Heimlich betete er im Kontor zum lieben Gott, er möge ihm doch seine einzige Bitte erfüllen.

Diesen Abend – es war ein warmer Sommerabend, an dem keine Bank unbesetzt ist von Liebespärchen und selbst die Schutzleute paarweis durch den Park patroullieren – ging er nach Geschäftsschluß noch einmal nach Hause, band sich einen neuen rotseidenen Schlips um und spritzte sich Parfüm »Königin der Nacht« auf den Rock. Seinen Spazierstock ließ er fröhlich zwischen seinen Fingern tänzeln. Heute wandte sich sein Blick vorzugsweise jenen Frauen zu, die so apart gekleidet sind und einen so exklusiven Eindruck machen, auch eine exklusive Stellung in der Gesellschaft einnehmen. Man lädt sie zwar gern durch die Hintertür zum Souper, treibt sie aber vom Vorderaufgang, »Nur für Herrschaften«, mit Peitschen hinweg.

Der kleine Lorbeer wußte, daß es eine Liebe für Geld gebe. Er hatte oft genug geschwankt, ob er sie nicht einmal probieren solle? Aber so reizend ihn diese Frauen dünkten, die viel schöner als Ladnerinnen, Mamsells und Stubenmädchen aussahen – er hatte ein Prinzip, und das sagte ihm, diese Liebe um Geld sei unmoralisch, ja gemein. Denn jeder könne die Frau besitzen, die er vielleicht grade begehrte, wenn er nur Geld habe. Heute, wie er sich wieder mit diesem Problem zu schaffen machte, zeigte es ihm plötzlich überraschend neue Seiten. Wie – konnten diese Mädchen nicht auch – lieben? Würden sie nicht manchen, dem sie mit seltsamen Blicken winkten – vielleicht wirklich lieben – ohne Geld – wenn sie ihn, sein gutes Herz, seinen Charakter näher kennenlernten? Wenn nun er...? Der kleine Lorbeer suchte in den Augen der schön geputzten Damen nach Verständnis... nach Liebe; würde er sie nicht bei einer – bei einer wenigstens finden?

Da streifte ihn eine schlanke Schöne. Ihre Augen waren klein und braun, ihre gutgeformten Brüste hoben sich unter der weißen Bluse deutlich ab. Sie trug kein Korsett. Dem kleinen Lorbeer wurde schwindlig. Diese, diese... war es. Er lief hinter ihr, dann neben ihr und zog seinen Hut. Sie lachte, als sie den Kleinen sah. Dann bogen sie in eine Nebenstraße ein, dann in ein Haus. Es ging vier Treppen hoch. Vier Treppen, wie bei mir, dachte der kleine Lorbeer. Sie schloß auf, ließ ihn herein und klinkte die Tür wieder zu. »Leg ab«, sagte sie und machte die Nadeln vom Hut los, den sie sorgfältig auf einen Stuhl legte.

»Wie gefällt er dir?« Sie zeigte auf den Hut.

Der kleine Lorbeer hatte bisher kein Wort gesagt, sie nur immer verwundert, beklommen und sehr verliebt angesehen. Wenn sie ihn doch lieben möchte... lieben... ohne Geld. Denn das ist ja keine Liebe... mit Geld.

»Sag«, und sie rieb ihre Brüste an seinem Oberarm, »du gibst mir etwas?« Er erschrak. –

Er fiel vor ihr nieder, sein Kopf lag zwischen ihren Knien: Er stöhnte, und die Worte kamen wie Bröckel und Klötze, die sich vom Felsen seines Leides lösten, unbeholfen, von verhaltenen Tränen durchströmt, aus seinem Munde:

»Du, lieb mich, hab mich lieb... warum willst du Geld?

Dann ist es keine Liebe... Dann ist es Sünde... Mich hat noch niemals eine Frau geliebt... warum wollen Sie Geld? Warum lieben Sie mich nicht?«

Das Mädchen sah auf ihn herab mit frommen Blicken, wie die Madonna auf einen Büßer, der ihr sein Herz beichtet.

Sie zupfte zärtlich an seinen Haaren:

»Kind, du bezahlst mich doch nicht... ich hab' dich wirklich lieb... sieh... du schenkst mir nur etwas... freiwillig... ganz freiwillig.«

Der kleine Lorbeer verstand langsam, dann jubelte er auf: das war Liebe! –

Im Kontor trug er nun ein selbstgefälliges Wesen zur Schau. Nebenbei ließ er durchblicken, daß er eine Geliebte habe, eine Geliebte.

Dreimal wöchentlich besuchte er seine »Geliebte«, indem er ihr jedesmal ein kleines Geldgeschenk mitbrachte.

Übrigens stand sein Fenster des Nachts wieder auf. Der blaue Nachthimmel kam herein und brachte die Sterne mit, die, einst Zeugen seiner Not, nun Zeugen seines Glückes wurden.

Nach knapp einem halben Jahr lud der arme kleine Lorbeer zur Hochzeit.

DIE TAFEL

Ein Student verliebte sich in ein junges Mädchen, das mit ihm die Schule besuchte. Sie waren die einzigen Schüler der obersten Klasse. Sie saßen nebeneinander auf der Bank, aber sie sprachen niemals miteinander, denn sie fürchteten den gestrengen Lehrer. Der Jüngling wagte nicht einmal aufzusehen, obwohl ihm das Blut heiß ins Gesicht schoß, wenn er nur an das Mädchen dachte, das lieblich durch seine nächtlichen Träume wandelte. Sie ihrerseits hielt aus Scham die Augen gesenkt, und nur dem gestrengen Lehrer gaben sie sich klar und unbefangen hin. Zwei dunkle Saphire, dachte der Lehrer, strahlend, aber wie kühl. Eines Tages war ihnen aufgegeben worden, eine Hymne an die Gottheit zu dichten, denn die Dichtkunst gehörte dazumal zu den Lehrfächern der höheren Schulen. Die Religionsstunde nahte, und der Lehrer forderte den Schüler auf, vorzutreten und seine Dichtung auf die Tafel zu schreiben. »An die Gottheit« lautete das Thema. Der Schüler trat an die Tafel, die Kniee bebten ihm, die Schläfen sausten, rote Räder drehten sich vor seinen Augen. Er schrieb:

»Kennst du die Hand, die diese Zeilen schreibt?
Sie zittert vor der Gewalt der Leidenschaft,
Die du mir einflößest wie einen feurigen Trunk.«

»Vortrefflich!« sagte der Lehrer. »Und nun: schreib du deinen Spruch!« wandte er sich an das Mädchen. Das Mädchen war erbleicht, und blasser als eine Narzisse oder der Vollmond trat sie an die Tafel und schrieb mit zitternder Hand:

»Mein Herz erkennt die Hand,
Die mit goldnem Griffel ihre Zeichen in die Tafel meiner Seele grub.
Es ist nicht unempfindlich gegen die Gefühle der heiligen Liebe.«

»Ausgezeichnet!« sagte der Lehrer, griff zur Kreide und schrieb darunter:

»Mit den wahrhaft Liebenden übt Nachsicht und Erbarmen Gott.«

In diesem Augenblick trat der Vater des Mädchens in das Schulzimmer: »Nun, machen sie gute Fortschritte?«

Er las die Tafel. »Prächtig!« sagte er, ging auf seine Tochter zu und legte ihre Hand in die Hand des Jünglings.

Da sahen sich die beiden jungen Menschen zum ersten Mal voll an. Sie stiegen einer in des andern Herz durch den Schacht der Augen wie Bergleute in die Grube. Dort aber fanden sie Keuschheit und alle Tugenden der Welt. Dann rissen die zwei Augenpaare sich voneinander los und grüßten in schweigendem Dank den Vater des Mädchens, den Lehrer, die Tafel – und von der Tafel, auf der oben als Überschrift stand: »An die Gottheit«, von der Überschrift gingen ihre Augen zum Himmel empor und dankten ihr, die sie zusammengeführt.

DER KAMMERDIENER

Im Gefolge des Grafen R., dem sein außerordentliches Vermögen die kostspieligsten Marotten und Vaganzen gestattete, befand sich ein junger Mann, der, anfangs von wenigen beachtet, im Lauf sonderbarer Geschehnisse, die sich erst von rückwärts gesehen als sonderbar herausstellten, für einen Tag wenigstens das Gespräch nicht nur der engeren Umgebung des Grafen, sondern der ganzen Welt bilden sollte. Der Graf hatte ihn auf Grund vorzüglicher Zeugnisse, die er vorwies, als Kammerdiener engagiert. Albert erwarb sich in den ersten Tagen durch seine feinen und stillen Manieren das weiteste Vertrauen des Grafen. Er las ihm seine Wünsche von Blick und Gebärde ab und verrichtete seine Dienste mit fanatischem Eifer, der den Grafen in nicht geringe Verwunderung versetzte, bis er sich allmählich daran gewöhnte, ja die Behutsamkeit und Unaufdringlichkeit seines Wesens nicht mehr entbehren und immer um sich haben mochte. Albert war etwa 22 Jahre alt. Er trug das schwarze, leise bläulich schimmernde Haar in der Mitte gescheitelt, seine hellen Augen wurden von sehr langen Wimpern beschützt, so daß ein scharfer, blitzender Blick zuweilen wie eine Lanze aus dem Dickicht hervorbrach. Die Nase war ein wenig gehöckert: das Gesicht erschien nicht verunstaltet, seine sonst weichen Züge energischer dadurch gezeichnet. Auf der Oberlippe lag ein schwach bläulicher Glanz. Das Schönste an ihm waren seine schmalen kleinen Hände. Der Graf enthielt sich manchmal nicht, sie zu streicheln. »Du bist ein Aristokrat, Albert«, sagte er lächelnd. »Es ist, als wären sie von den Erinnerungen an ihre Väter so krank und blaß.«

»Von ihrer Hoffnung«, erwiderte Albert. Der Graf sah ihn erstaunt an.

Der Graf vertraute Albert auch seine mannigfachen Liebesangelegenheiten. Er gab ihm alle Aufträge mündlich, brauchte nur wenige andeutende Worte zu machen, so begriff ihn Albert völlig. Er war so nicht nur längerer Auseinandersetzungen, sondern auch längeren Nachdenkens, das ihm Albert vordachte, enthoben. Die Mätressen des Grafen sahen den jungen, seiner selbst so bewußten Mann, der wenig redete und immer viel erreichte, nicht ungern. Manch eine verliebte sich in seinen schlanken Gang, der in seiner Gemessenheit etwas Berechnendes, etwas Koketterie offenbarte, und gab ihm verstohlene Winke. Er sah es und lächelte still abweisend und melancholisch.

Eines Morgens, als Albert in das Schlafzimmer des Grafen trat, ihm beim Ankleiden behilflich zu sein, rief ihn der Graf zu sich heran. Er hatte auf der Bettdecke ein rotsamtnes Kästchen liegen, öffnete es durch einen Druck auf einen verborgenen Knopf und entnahm ihm einen goldnen, mit einem riesigen Türkis geschmückten Ring. Ohne etwas zu sagen, griff er nach Alberts Hand und steckte ihn an. Albert zitterte, seine Augen öffneten sich erschreckt, sein Atem keuchte. Dann fiel er vor dem Grafen nieder, Tränen stürzten ihm hervor, und er küßte seine Hände. Dann wieder sprang er plötzlich empor, sah auf den Grafen mit einem entsetzten Blick und stürmte zur Tür hinaus.

Dem Grafen wollte dieser Vorfall einige Tage nicht aus dem Kopf. Derartig überströmende Gefühlsergüsse war er bei seinen Dienern nie gewohnt gewesen, deren Dank für erwiesene Wohltaten sich stets nur äußerlich und kalt gezeigt hatte. War es bei Albert Dankbarkeit, Verwirrung über das kostbare Geschenk, die ihn so aus der Regelmäßigkeit seiner beherrschten und abgezirkelten Bewegungen und Gefühle warf? Er dachte daran, Albert zu befragen. Er dachte, es wäre psychologisch doch sehr interessant... aber er wagte es schließlich nicht, aus Furcht, ihm unbekannte Wunden seiner Seele ohne Willen aufzureißen. Denn dieser war der erste Diener, der ihm so etwas wie eine Seele zu haben schien. Nach einer Woche hatte er die, wie er endlich meinte, geringfügigen Schmerzen seines Dieners in neuen Abenteuern und Vergnügungen vergessen.

Albert trug den Ring mit einer heiligen Scheu, die ihn nicht aus der Hand gab und auch nicht nachts von den Fingern löste. Vom übrigen Dienstpersonal, von dem er sich, soweit es anging, bisher schon ferngehalten hatte, trennte er sich nun gänzlich, da sie, eifersüchtig auf seine bevorzugte Stellung beim Grafen, in groben und gemeinen Worten hinterlistig auf unsittliche Beziehungen zwischen ihm und dem Grafen anspielten. Es tat ihm weh um des Grafen willen, den er so schnöde verdächtigt sah, und er errötete jedesmal heftig, wenn ihm aus dem Hinterhalt wie ein vergifteter Pfeil ein solches Wort zuflog, aber er schwieg dem Grafen gegenüber, um ihm Zorn und Schmerz zu ersparen.

Inzwischen knüpfte der Graf eine Liebschaft an, die ihn in auch bei ihm ungewöhnliche Verschwendung seines Geldes und seiner Kräfte trieb. Er, dessen Alter nun schon auf vierzig ging, steigerte seine Leidenschaft zu solcher Raserei, daß er seiner Sinne nicht mehr mächtig schien und, um ihre Gunst zu gewinnen, Hunderttausende zu opfern bereit war. Vergebens, daß ihm seine Freunde Vernunft zuredeten, vergebens, daß sein Schwager, zugleich sein bester Freund, Baron F., herzureiste und ihn zu besänftigen und ihn mit allen logischen Mitteln von der Torheit zurückzuhalten suchte. Er ließ kein

Argument an sich herankommen, und wie ein unreifer, kindisch zum erstenmal verliebter Jüngling hatte er, der in allen Listen und Lüsten der Liebe Umhergetriebene, keine andere Waffe gegen sie, als ein monotones: Ich liebe sie, ich werde sie ewig lieben, und ich gehe ohne sie zugrunde.

Albert vermittelte auch in diesem Falle die Korrespondenz und die fast täglichen Zusammenkünfte zwischen dem Grafen und seiner Dame. Er machte auch die größten Anstrengungen, das materielle Interesse seines Herrn zu wahren, was ihm nicht nach seiner Hoffnung gelang. Die Dame, Witwe eines mittleren Beamten und aus niederem Stande (ihr Vater hatte eine kleine Brauerei betrieben), war ebenso schön wie leichtsinnig. Sie sah sich durch die Freigebigkeit und willenlose Hingabe des Grafen plötzlich in den Stand gesetzt, alle, auch die unsinnigsten und überflüssigsten Wünsche zu befriedigen, und obgleich sie ihrem Gatten in ihrer sehr kurzen Ehe eine sparsame Hausfrau gewesen war, verlor sie jetzt jegliches Maß und Übersicht und ließ die Goldstücke zu Tausenden durch ihre kleinen Hände fallen. Ein scheinbar unerschöpfliches Vermögen kann so verrinnen wie ein Fluß in der Wüste.

Albert sah, wenn dem Treiben der Dame nicht Einhalt geboten wurde, den Ruin des Grafen voraus und sann, ihn zu retten. Sein Einfluß bei dem Grafen war in diesem Falle sehr gering. Logik verfing nicht. Er sagte: Gehe ich zugrunde, so gehe ich mit ihr zugrunde. So mußte er ein Mittel finden, auf die Dame irgendwie einzuwirken. Der Zufall brachte ihm hier erwünschte Hilfe.

Die Dame, der überspannten Liebkosungen des Grafen müde – ihre Liebe zu ihm war ja immer nur recht oberflächlich und durch sein Vermögen sehr mitbestimmt gewesen –, verlangte nach Zerstreuungen und Abenteuern, die alle Theater- und Varietélogen, die ihr der Graf zur Verfügung stellte, nicht gewähren konnten. Da sie täglich Gelegenheit hatte, Alberts sehr bescheidenes, aber unbeugsames Auftreten zu bewundern, das durch die verkniffene Selbstzucht, die er übte, noch gesteigert wurde, argwöhnte sie in ihm, was Bildung in den Dingen der Welt anbetraf, einen ihr Verwandten. Der Graf dünkte ihr hin und wieder von einer beängstigenden Feinheit des Geschmacks in Sachen der Kunst, der Musik zum Beispiel, und so fühlte sie sich bald zu Albert im rechten Sinne des Wortes hingezogen. Er hielt ihres Schicksals Fäden in seiner Hand gespannt.

Sobald Albert diese Stimmung der Dame erkannte, war er darauf bedacht, sie zu erhalten und klug zu schüren. Er sah, wenn er mit ihr sprach, ihr gerade und forschend ins Gesicht, und sie sog eine dunkle Wollust aus seinen Blicken, daß sie oft in der Rede stockte und nicht weiter wußte. Er achtete darauf, zufällig ihre Hand zu berühren, was ihre Lippen zittern machte, und trieb sie also in eine Leidenschaft, nicht weniger glutvoll und schrankenlos als die, welche der Graf zu ihr fühlte.

Als Albert die Dame sich fügsam genug glaubte, trat er eines Nachmittags in ihr Boudoir, und ohne weitere Vorrede sagte er ihr mit einer Festigkeit, welche die Traurigkeit seiner Blicke milderte: Er wolle ihrer Sehnsucht zu willen sein, sofern sie sich ihm eidlich verpflichte, er sagte das Wort »eidlich« zweimal, während er auf seine Hände sah, die die Dame mit bangem Entzücken anstarrte, eidlich verpflichte, das Vermögen des Grafen fürder zu schonen und über eine bestimmte Summe monatlich nicht hinauszugehen, indem er ihr die notwendigen Folgen einer weiteren Verschwendung in schwarzen Bildern vor Augen führte. Die Dame, obgleich sie das Erniedrigende ihrer Lage dumpf ahnte, war dennoch von Begierde so geschwächt, daß sie ohne weiteres einwilligte, den ihr vorgesprochenen Schwur nachsprach und weinend in einen Sessel sank. Albert trat auf sie zu, küßte sanft ihr Haar und versprach, in einer der nächsten Nächte ihr seine Liebe zu schenken. »Gib mir ein Pfand«, sagte sie unter Tränen, da sie fühlte, daß er ihr vielleicht noch entgleiten könne.

Er ließ ihr den vom Grafen ihm geschenkten Ring zum Pfand und verabschiedete sich.

Der Graf erinnerte sich nicht, seinen Diener je so aufgeräumt und fröhlich gesehen zu haben wie diesen Abend beim Auskleiden. Albert erzählte ihm die lustigsten Schnurren von der Umgebung, von den Freunden des Grafen, und porträtierte einige in ihren menschlichen Schwächen und Albernheiten so gut, daß der Graf aus dem Lachen nicht herauskam. Am Ende aber wurde Albert ernst, und als er ihm gute Nacht wünschte, war er von heftiger Unruhe befallen. Er zögerte, dann packte er wild die Hand des Grafen und bedeckte sie mit vielen Küssen. Der Graf, dem die Hitze und Inbrunst der Küsse unheimlich vorkam, zog seine Hand schnell zurück.

Am nächsten Morgen trat Albert, der den Grafen noch im Schlafzimmer vermutete, ohne anzuklopfen in sein Arbeitszimmer. Wie Loths Weib blieb er erstarrt am Türpfosten stehen. Er hatte den Grafen und die Dame in einer intimen Liebkosung überrascht. Die Dame, glutrot vor Scham, vor ihrem wirklichen Liebhaber sich so bloßgestellt zu sehen, verbarg schluchzend den Kopf in den Kissen des Diwans. Der Graf aber fuhr empört auf, und indem er in seiner Verlegenheit und Wut, daß Albert noch immer in der Tür stand, keine Worte fand, wies er ihn mit hastiger zorniger Handbewegung, in der der Ekel zitterte, hinaus.

Albert aber stand steif und erstarrt, die Augen gläsern und leer wie zwei tote Kugeln auf den Grafen gerichtet. Dann begann sein Leib zu beben und sich zu krampfen, seine Nasenflügel vibrierten, er riß mit beiden Händen an der Portiere, und mit einem entsetzlichen Schrei biß er sich in sie hinein, um mitsamt der Portiere, die sich von ihrer Stange löste, polternd zu Boden zu fallen.

Der Graf trug die ohnmächtig gewordene Dame in das Nebenzimmer und gab den inzwischen vom Lärm herbeigerufenen Leuten Anweisung, Albert in sein Zimmer zu bringen und sofort den Arzt zu holen.

Albert lag wie tot auf der Matratze. Vor seinen Lippen schimmerte bläulichweiß ein Anflug von Schaum, die Farbe der Hände und des Gesichtes war gelblichgrau.

Der Arzt kam. Bei der Untersuchung war nur der Graf noch zugegen. Als der Arzt Albert das Hemd aufriß, wandte er sich plötzlich mit einem verwunderten und fragenden Blick an den Grafen.

»Es ist ein Mädchen«, sagte er leise.

Da schlug Albert die Augen auf, und als er den Grafen sah, lächelte er ein wehmütiges Lächeln, das um Verzeihung bat: »Der Ring...«

Es war ihr letztes Wort. Am Abend starb sie. Sie hatte den Anblick, den Geliebten leiblich in den Armen eines andern Weibes ruhen zu sehen, nicht überleben können. Für eine Woche bildete das Schicksal dieses Mädchens, von den Zeitungen phantastisch aufgeputzt, das Tagesgespräch der ganzen Welt. Der Graf aber wurde in seinem Tiefsten erschüttert und verfiel in eine Melancholie, aus der ihn kein Weib mehr zu retten vermochte. Er gab ihr den Ring mit ins Grab und mit dem Ring sein eigenes Leben.

DER LETZTE KAISER

Der kaiserliche Knabe wachte auf. Er schlug den gelbseidenen Vorhang zurück. Er lauschte wie ein Hase, der Männchen macht. Die regelmäßigen Atemzüge der schlafenden Diener und Eunuchen drangen aus dem Vorzimmer durch die dünne Sandelholzwand zu ihm. Er erhob sich; eine kunstvolle europäische Uhr, ein Schmied, der auf einen Amboß hämmert, begann sieben zu schlagen. Er läutete mit einer kleinen goldenen Glocke, die auf einem Mahagonitischchen neben dem Ruhebett lag. Die Flügeltüren wehten auf, und der Oberhofmeister, ein Mandarin letzten Grades, erschien. Neunmal berührte seine Stirn den Boden vor dem Kaiser, der in roten Lederschuhen, einem gelben, mit Symbolen bestickten Mantel auf einem Blaufuchsfell stand. Drei Diener sprangen wie aus dem Bauch des fetten Mandarinen hervor: der erste offerierte eine Tasse mit Tee, der zweite eine Schale mit Konfitüren, der dritte eine Lackdose mit Zigaretten. Der Kaiser nippte im Stehen am Tee. Er betrachtete aufmerksam die Frühlingslandschaft, die auf der Tasse abgebildet war: blühende Aprikosenbäume, darunter ein Liebespaar, in der Ferne ein Teich, eine Gondel, im Hintergrund ein Hügel mit einer Pagode. Der Kaiser kräuselte die Lippen, als er das Liebespaar sah, in Unschuld jeder Seligkeit hingegeben. Eine Falte durchbrach seine glatte, kindliche Stirn. Der Diener, der das Teebrett hielt, zitterte. Kaum vermochte er sich auf seinen bebenden Knien zu halten. Der Kaiser stellte die Tasse nieder, daß sie klirrte. Er machte eine Handbewegung. Die drei Diener schnellten zurück. Der dicke Mandarin erneuerte den neunmaligen Kotau. Dann sprach er, mit zu Boden gesenkten Blicken: »Die Tasse, in der der Diener Yüan Yng den Tee servierte, erregte das Mißfallen Euer Himmlischen Majestät. Ich werde Befehl geben, den Diener auszupeitschen.« Der Kaiser überhörte die geflüsterten Worte: »Laß Hi kommen.«

Hi, die Amme, watschelte auf ihren geschwollenen Füßen herbei. Die Augen des Knaben leuchteten, als er sie sah: »Zieh mich an, Hi.« »Welches Gewand befehlen Euer Majestät? Das himmelblaue, mit Orangenblüten bestickte? Das schwarze mit den Sternen und himmlischen Figuren? Das braune mit den Darstellungen des Ackerbaus und der Viehzucht? Das purpurrote mit den Symbolen der glücklichen Liebe?« – Der Knabe war erblaßt. Er stampfte mit dem Fuß dem Blaufuchs auf den präparierten Schädel, daß er knackte. Die Amme sah schief von unten, die Arme demütig über dem weichlichen Bauch gefaltet, zu ihm empor. Er wandte sich nach der Wand und zerdrückte eilig eine Träne, die eines Kaisers und Gottes nicht würdig war. »Man hat mir

Fey-yen genommen. Man hat mein Herz verwundet.« Die Amme schwieg. »Als ich gestern nacht, von zwei Eunuchen begleitet, die Gemächer der Kaiserin, meiner Frau Gemahlin, aufsuchte, trat mir ein Zeremonienmeister, ein dürrer, fragwürdiger Intrigant, mit einem neunmaligen Kotau und einem Grinsen des Bedauerns entgegen: Ihre Majestät, die Frau Kaiserin, wäre in dringender politischer Mission am späten Abend zu Ihrer Majestät der Kaiserinwitwe Tsze-hi in den Sommerpalast berufen worden. Man habe mir soeben einen Boten geschickt. Der Bote habe mich nicht mehr erreicht. Nun sage selbst, was für eine politische Mission kann Fey-yen, die ein Kind ist, fünfzehn Jahre alt und noch ein Jahr jünger als ich, in ihre kleinen unwissenden Hände nehmen? Diese Hände sind dazu da, mich zu streicheln, wenn ich Schmerzen habe. Wann wird Tsze-hi, die böse Warzenkröte, mir Fey-yen, meine Libelle, wieder schicken? Sie wird sie verschlingen, wie sie alles verschlingt, was in ihre Nähe kommt. Und dabei kostümiert sie sich als Kwanyin, als Göttin der Barmherzigkeit! Sie martert mich, nur weil ich der Kaiser bin und weil sie Pläne mit mir vorhat, die dunkel sind wie die Anschläge der Dämonen des Nordens.« Hi schwieg noch immer. Sie tat, als habe sie nichts von den Worten des Kaisers gehört.

Der Kaiser trat an ein Fenster. Ein junger Gärtner war davor beschäftigt, Sträucher zu beschneiden. »Ich will keines von diesen kaiserlichen Gewändern mehr am Leibe haben«, der Knabe knirschte wie ein Pferd in der Kandare. »Hi, geh zu dem Gärtner da, gib ihm einige Käsch und versichere ihn meiner kaiserlichen Gnade: er soll mir seine Kleider leihen.« Hi wollte etwas sagen. Der Kaiser schnitt ihr mit einer scharfen Handbewegung die Worte ab, ehe sie den Mund verließen. Hi watschelte von dannen. Sie kam mit den schmutzigen Lappen zurück. Der Kaiser war entzückt und klatschte in die Hände. Er warf sie sich über und besah sich im Spiegel. »Endlich sehe ich einmal wie ein Mensch aus – was meinst du, Hi? Wenn ich in dieser Maske unter meine Armee trete – werden sie in mir den Kaiser erkennen?« Er riß das Fenster auf, sprang in die Sträucher und Stauden und war verschwunden. Hi schrie wider alle Etikette auf. Dann kroch sie jammernd zum Oberhofmeister, der sofort einige Mandarine erster Klasse hinter dem Kaiser herschickte. –

Der Kaiser schlug sich durch Seitenwege und Gestrüpp. Er kam an einen verfallenen Turm; stieg ihn hinauf und sah hinab. Das Land lag noch vor dem ersten Frühling. Bäume, Häuser, Wiesen, Dächer, Kuppeln, Erde, Himmel: alles Gelb in Grau und Grau in Gelb. Monatelang schon herrschten diese Farben über Peking. Sie ermüdeten ihn. Er sehnte sich nach blauem Meer, nach grünen Wiesen, nach roten Lippen, nach den roten bemalten Lippen seiner kleinen Kaiserin – deren Lippen rot und zart waren wie die Lippen der geheimnisvollen Göttin im Tempel der Enthaltsamkeit, die nur er kannte. Er hatte sie entdeckt eines Tages in einem halbverschütteten Gewölbe, das zerschlagen worden war von den Geschossen der fremden Barbaren. Sie war die beste, die reinste, die schönste Göttin. Er betete zu ihr in allen schmerzlichen Stunden seines Daseins. – Der Kaiser lag auf dem Turm, auf dem pelziges, grausilbernes Moos wucherte. Da hörte er Wehklagen und sah in einen Hof, wo der Diener, der ihm früh den Tee serviert hatte, mit Bambushieben regaliert wurde. Über die gelbe Haut flossen kleine, hellrote Blutbäche. Der Kaiser empfand ein leises Wohlbehagen, als er das Rot in all dem Grau und Gelb aufschimmern sah. Er stieg den gebrechlichen Turm hinab, wobei er eine Fledermaus ins Tageslicht scheuchte. Er ging weiter durch die unendlichen Gärten. Er kam durch kleine Zypressenhaine, an Lotosteichen, kleinen Tempeln, Marmorbauten vorbei, an Landschaften, die er noch nie gesehen. Er stieg auf einer Brücke empor, die sich wie ein Kamelrücken wölbte: in neun Bögen über neun Kanäle. Auf der Höhe der Brücke blieb er, an das Geländer gelehnt, stehen und blickte hinab, wo die Gärtner im Teich die alten Lotospflanzen versetzten und jungen Raum gaben. In der Mitte ließen sie eine kleine Wasserstraße für die Gondeln und Lustjachten frei. Manche der Gärtner standen bis zum Nabel im Wasser. Einige sangen ein monotones Lied:

Lotosblüte,
Tochter des Himmels,
Lustgeborne, Lusterkorne,
Wie bald verduftest, verblühst, verfaulst
Auch du –

Einer der Aufseher sah zufällig zur Brücke empor und entdeckte den Kaiser in der Gärtnertracht. Er schwang seinen Bambusstab: »He, du Faulpelz, du Lump, du Tagedieb, willst wie der Kaiser vom Thron zusehen, wie andere arbeiten! Herunter mit dir, sonst lasse ich dir die Bastonade auf die Fußsohlen geben!« Der Kaiser lachte und lief die Brücke auf der anderen Seite flink hinab. Er fand einen Kahn lose angekettet und stakte sich auf das andere Ufer. Enten und Wassertauben begleiteten seinen silbernen Weg. Er sprang über eine Wiese, dann in ein dichtes Farngebüsch. In einer Lichtung warf er sich zu Boden und schlief sofort ein.

Als er aufwachte, saß ein Mädchen neben ihm, vielleicht siebzehn Jahre alt. Sie lächelte verlegen und kratzte sich ihren grindigen Kopf. Sie war hübsch, aber schmutzig und verwahrlost. »Störe ich dich in deinen Träumen? Die Winde des Südens mögen dir gewogen sein und dir zärtlicher als die Hand einer Geliebten über die Stirn streichen.« »Mögen die Dämonen des Nordens dir immer fernbleiben und möge Kwanyn aus dem silbernen Krug, den sie in ihrer Linken hält, dir ewig das Wasser des Lebens aus den Yüquellen spenden. Ich freue mich, dir zu begegnen.« Der Kaiser richtete sich ein wenig auf. Libellen flogen über ihm hin, gelbe Schmetterlinge, die wie flatternde Mandarine aussahen. »Du bist wohl von deiner Arbeitsstelle weggelaufen?« Sie blickte ihm forschend ins Gesicht. »Zeig deine Hände.« Sie nahm seine Hände. »Sie sind zart, als hätten sie nie gearbeitet. Und hier: was bedeuten diese Ringe?« Der Kaiser erschrak. Er hatte bei seiner Verwandlung vergessen, die kaiserlichen Ringe: den riesigen in Brillanten gefaßten Saphir, den Ring der neun heiligen Perlen abzulegen. Er lächelte verlegen: »Die Steine sind falsch. Ich habe sie mal in der Vorstadt einem Tändler für ein paar Käsch abgekauft.« Das Mädchen drehte seine Hand mit den Steinen in der Sonne, die das Gebüsch zu durchbrechen begann. »Aber sie sind hübsch und glänzen zierlich. Schenk mir einen Ring! Wenn du magst, will ich dich dafür lieben.« Der Kaiser dachte: wenn ich die Ringe von mir gebe, bin ich kein Kaiser mehr. Sie gehören zu den Insignien des Kaisertums. Jahrhunderte haben die Söhne des Himmels den blauen Saphir als Symbol des Himmelsgewölbes getragen, und jetzt soll ich ihn einem schmutzigen Mädchen hinwerfen, dessen Vater ein Rikschakuli und dessen Mutter ein Mädchen aus einer niedersten Teeschänke ist. Ein Mädchen, das ich nicht kenne, das ich nicht liebe und von dem ich mich auch, die Götter mögen mich behüten, nicht lieben lassen werde. Das den unermeßlichen Wert des Ringes nicht einmal ahnt und ihn dem ersten besten Mandschusoldaten oder Tortenbäcker weiter verschenken wird. – Der Gedanke der Sinnlosigkeit dieses Geschenkes und der tiefen Selbsterniedrigung und Demütigung entzückte ihn aber derart, daß er den Ring mit dem Saphir vom Finger streifte, eine Sekunde zauderte und ihn dann ihr an die Hand steckte. Sie pfiff vor Freude wie eine Haselmaus und legte seine beiden Hände an ihre jungen Brüste. »Wer bist du?« fragte er. »Ich diene als Küchenmädchen im Sommerpalast Yü Schau Ihrer erhabenen Majestät der Frau Kaiserinwitwe Tsze-hi.« Der Kaiser sprang auf die Beine. »Ich habe dir einen Ring geschenkt, und wenn er auch nicht viel Wert besitzt, so bist du mir doch einen kleinen Gegendienst schuldig. Ich bin augenblicklich ohne Stellung, der Gärtnerberuf behagt mir nicht mehr recht, bring mich zu deinem Küchenmeister. Er soll mich als Küchenjunge anstellen. Mit meinen Kenntnissen der Gemüse und Pilze und Früchte und Salate vermag ich ihm gewiß dienlich zu sein.« Das Mädchen klatschte in die Hände: »Komm.« Wenige Schritte hinter der Farnhecke war die Mauer des Palastgartens. In der Mauer war eine winzige Öffnung, durch die sich beide durchzwängten. Noch einige Schritte durch eine Heckenrosenhecke, und sie standen auf der Straße an der großen Mauer. Die Straße war von Geschrei, sausenden Rikschas, Händlern, Gauklern, Eseln, räudigen Hunden, trippelnden Frauen, jaulenden Kindern, Straßenmusikanten belebt. Zelte und Buden waren errichtet. Hier pries einer, einen spitzen, unwahrscheinlich verfilzten Hut auf dem Kopfe, Hundeherz an Stäbchen gebraten an. Hier gab es Eselsfleisch, Froschschenkel in weißer Eiersauce. Hier war eine Bäckerei von Reiskuchen und Zuckertorten. Es roch nach schlechtem Öl und ranzigem Fett. Nach Moschus, nach Knoblauch. Nach Zwiebeln, die jeder dritte im Munde kaute. Den Frauen bot ein Krüppel, dem beide Beine fehlten und der in einem kleinen Holzwagen sich mit zwei Stäbchen vorwärtsbewegte, Riechkissen an. Ein Verbrecher, eine hölzerne Krause um den Hals, wurde von Soldaten vorübergetrieben. Er grinste frech und höhnte die Vorübergehenden mit unflätigen Redensarten, unter denen »Tochter einer Schildkröte« noch die geringste war. Wahrsager und Zauberer hatten ihre Buden. Der eine sagte aus Reiskörnern, der andere aus Linien der Hand, der dritte aus den Zeichen des Himmels wahr. Je nach der Anzahl der Käsch bekam man Böses oder Gutes geweissagt. Die Reichen hatten insgesamt Glück und Seligkeit zu gewärtigen. Aus Teeschänken klang Gitarrenmusik. Eine Theatertruppe spielte unter freiem Himmel eine historische Tragödie »Der letzte Kaiser der Mingdynastie«. Der Kaiser kam gerade zurecht, um zu sehen, wie der letzte aus der Mingdynastie sich die Schnur umlegte. Er schauderte ein wenig. Hatte ihm der Literat, der ihn in Geschichtswissenschaft unterrichtete, das furchtbare Ende der Mings verheimlicht? Oder phantasierte der Schauspieler nur, ein grell geschminkter Bursche mit den Allüren eines Lustknaben? Bei einem Drachenverkäufer kaufte der Kaiser einen Papierdrachen. Er ließ ihn über den Buden emporsteigen, den heiligen gelben Drachen. Wild und ungebärdig tanzte er im Winde. Da riß die dünne Schnur. Kopfüber schoß der Drache zu Boden und war verschwunden. Der Kaiser erschrak wiederum. Was waren dies alles für üble Vorbedeutungen? Der letzte Kaiser der Mingdynastie, der heilige Drache, der erst steil emporsteigt, um plötzlich unterzugehen. War der Faden, an dem Chinas Geschicke hingen, so dünn und leicht zerreißbar? Der Kaiser trat auf einen Wahrsager zu: »Sag mir die Wahrheit!« Der Wahrsager wog die paar Käsch in seiner Hand. Es war ein Zauberer, der in einer Ruine des Yuang ming yuan, des alten Sommerpalastes, hauste. Er strich sich seinen Bart und sagte: »Wenn man die Wind- und Wassergötter beunruhigt, so ist Sturm und wilde Flut zu erwarten. Man erhöhe sich nicht zu den Göttern, wenn man nur ein Mensch ist. Die Tempel baue man klein, daß sie sich der Erde anschmiegen: desto eher findet der Geist des Himmels zu ihnen. Von Menschen, die mit Ratten und Wanzen zu hausen gezwungen sind, ist keine friedfertige Gesinnung zu erwarten. Man mache die Menschen glücklicher, so werden sie besser werden. Der Große opfere sich um ein Kleines, der Kleine um ein Großes auf. Das Opfer ist der Sinn des Lebens und der Sinn des Todes. Die Gnade träuft von den Göttern wie Harz von einem Baumstamm.«

Der Kaiser ging nachdenklich von dannen. Hinter ihm trippelte das Küchenmädchen, den blauen Saphir eitel in der Sonne drehend. Sie führte ihn zu einem Seitentor des neuen Palastes, wo ein Mandschusoldat, zu dem sie in gewissen Beziehungen zu stehen schien, Wache hielt. Er kaute Tabak und spuckte träge vor sich hin. Der Kaiser trat auf ihn zu und verneigte sich: »Mein älterer Bruder möge verzeihen, wenn sein jüngerer Bruder ihn in seinen Meditationen stört. Ich bin einer Wildgans begegnet und ihrem Flug gefolgt. Ich wäre entzückt, dich als meinen Freund begrüßen zu dürfen, denn ich gedenke die Stellung eines Küchenbeamten in diesem erlauchten Hause anzunehmen.« »Tritt nur ein«, sagte der Soldat, ein wenig barsch, aber nicht unfreundlich, der hübsche Junge gefiel ihm: »Du kommst zu einer wunderlichen Stunde. Hättest du an einem der Haupttore Einlaß begehrt, man hätte dich nicht hereingelassen.« »Was bedeutet deine Rede, Tu-Wei?« sagte das Mädchen, »du machst mich ganz ängstlich.« »Die Pfeile, die den stolzen Reiher treffen, sind schon gespitzt. Das bunte Kleid des kaiserlichen Pfauen wird bald verblassen. Es ist Revolution in der Stadt.« »Revolution?« fragte der Kaiser und mußte sich das Wort klarmachen. »Warum Revolution und gegen wen?« »Gegen wen anders als gegen den Kaiser«, sagte der Soldat, »hast du dich nie mit Politik beschäftigt?« Der Kaiser schüttelte den Kopf. »Politik ist das, was die alte, böse Kaiserinwitwe Tsze-hi betreibt. Es kann nicht gut sein.« Der Soldat runzelte die Stirn: »Sei nicht so vorlaut. Und sprich vor allem von Ihrer Majestät der Kaiserinwitwe in einem andern Ton. Vielleicht bist du gar selbst ein Revolutionär?« Der Kaiser lächelte aus seinem bleichen Gesicht heraus. Der Soldat fuhr, ohne eine Antwort zu erwarten, fort: »Es sind einige Literaten zweifelhafter Grade, Rechtsanwälte und Rechtsverdreher aus dem Ausland, aus Amerika zurückgekommen. Sie haben sich die Zöpfe abgeschnitten und tragen Zylinder und Gehröcke wie die weißen Barbaren. Nun wollen sie, daß wir alle uns die Zöpfe abschneiden und Zylinder und Gehröcke tragen: deshalb ist Revolution. Verstehst du das?« Der Kaiser nickte. »Sie stehen also mit den weißen Barbaren im Bunde. Sie sind Verräter unseres Volkes. Wie entsetzlich.« Der Soldat nickte. Er spuckte den braunen Saft im Bogen an die Mauer. »Sie haben geheime Gesellschaften gegründet und im Volke agitiert gegen den Kaiser und die Kaiserinwitwe im Namen der Menschenrechte: der Freiheit, der Demokratie, des Selbstbestimmungsrechtes der Völker.« Der Kaiser buchstabierte vor sich hin: »Der Men-schen-rech-te... was bedeutet denn das? China ist doch ein Kaiserreich seit Jahrtausenden. Der Kaiser ist der Sohn des Himmels, der Mittler zwischen den Menschen und Schang-ti, dem Geist des Himmels. Wie wollen sie mit den Göttern verkehren, wenn sie keinen Kaiser mehr haben?« »Lieber Junge«, sagte der Soldat zärtlich, »jeder will eben ein Kaiser sein und persönlich mit dem Geist des Himmels in Verbindung treten.« Dann lachte der Soldat und machte mit der rechten Hand eine Gebärde des Geldzählens und Einsäckelns. »Beim heiligen Delphin, du bist aber schwer von Begriffen: verdienen wollen sie – das, was die Mandarine als Stellvertreter des Kaisers bisher verdient haben, das wollen sie selbst verdienen. Tael! Tael! Käsch! Käsch! Kwai zau für die kleinen Lumpen, nachdem die großen abgetreten sind.«

Der Kaiser war verblüfft von der Suada des Soldaten, die auf ihn einstürmte. Ganz begriff er ihn nicht. Seit wann handelte es sich im Leben des Menschen um Tael oder Käsch? Das waren doch ganz nebensächliche, lächerliche metallische Begriffe, mit denen man Hundeherz am Rost, einen Papierdrachen, vielleicht auch eine Frau kaufen konnte. Aber der Geist des Himmels – was hatte er mit Taels zu tun? Das Mädchen drängte: »Komm nur herein. Das Tor wird bald geschlossen, und du mußt wissen, woran du bist.« Der Kaiser verbeugte sich vor dem Soldaten, bat, ihn Seiner Hochwohlgeborenen Familie zu empfehlen, und folgte dem Mädchen. Das Mädchen führte ihn zum Küchenmeister Wang, der mit krebsrotem Gesicht in einer Terrine rührte. »Ich bringe Euer Hochwohlgeboren einen diensteifrigen Knecht.« Der Kaiser trug seinen Wunsch mit Anstand vor. »Nun gut«, sagte der gutmütige Wang, der nie nein sagen konnte, auch den Frauen gegenüber nicht; er ahnte, daß durch Annahme des Küchenjungen zum mindesten bei Noa etwas für ihn heraus- oder hereinspringen werde. »Nun gut, wir wollen's mit dir probieren. Kannst du auch servieren? Du hast ein hübsches, gelecktes Gesicht, so als lecke dich deine Mutter, die Katze, jeden Tag dreimal ab. Man könnte dich bei Hof präsentieren.« Der Kaiser hatte die Manieren der Diener bei den seinen studieren können. Er glaubte bei Hofe stilgerecht aufwarten zu können. »Nun gut. Wir werden sehen. Noa wird dich zum Bekleidungsmeister bringen.«

Gerade, als der Kaiser in die kleidsame, weiße Tracht der Diener gehüllt wurde, entstand eine Aufregung im Palast, die sich von den Toren ins Zentrum der Gemächer der Kaiserinwitwe und von da in alle Seitenflügel strahlenförmig fortpflanzte. Der Kaiser war aus dem alten Palast verschwunden und trotz eifrigster Forschungen nicht aufzufinden. Man hatte ihn in den neuen Palast in Sicherheit bringen wollen: er war gewiß den Rebellen, den verfluchten Republikanern und irrsinnigen Anhängern der westlichen Barbarenideologie, in die Hände gefallen. Die Kaiserinwitwe war außer sich. Sie schlurfte in ihrem Geheimgemach, das von Parfüm betäubend roch, asthmatisch aufgeregt auf und ab. Yng, der Obereunuch und ihr Vertrauter, immer hinter ihr her wie ein Küchlein hinter der Henne. »Yng, was soll ich tun?« Sie tat einen Zug aus einer Opiumpfeife, die in einer Ecke lag. »Er ist davongelaufen. Das ist es. Er ist selber ein Rebell, der Sohn des Himmels, Yng. Ein ungeratener Junge ist es, dem wir immer noch zu viel nachgesehen haben. Was wird er tun? Er bekommt es fertig, sich zu den Rebellen zu schlagen und gegen mich zu konspirieren: als kaiserlicher Republikaner, als republikanischer Kaiser. Tschang-tü-tsi, den sie zu ihrem Präsidenten machen wollen, ist ein alter Narr und Knabenschänder. Er wird sich in den Kaiser verlieben, und wir haben die Bescherung.« Sie schnaufte schwer und sah wie ein großer brauner Frosch aus, der auf Land schwer atmet. »Yng, was macht die junge Kaiserin?« »Sie hat sich in den Schlaf geweint, Majestät.« »Sind die Wachen verstärkt? Ist für den Fall eines Abzuges durch den geheimen unterirdischen Gang alles in Ordnung?« »Alles in Ordnung, Majestät!« Die Greisin ließ sich jammernd auf ein Kissen fallen und griff nach kandierten Nüssen, die in einer Schale auf einem Tischchen standen. »Yng, was wäre aus den Mandschus geworden, wenn ich nicht gewesen wäre.« Sie wiegte wie ein Marabu den Kopf. »Wir müssen den Kaiser wieder haben, so oder so. Zum Glück ist die junge Kaiserin schwanger. Daß sie einen Sohn gebärt: dafür werde ich sorgen...« –

Die junge Kaiserin ließ sich das Abendessen in ihrem Schlafzimmer servieren, während sie auf dem Kang lag. Zufällig fiel ihr Blick auf einen der Diener. Sie senkte die Wimpern, befahl den Eunuchen und zwei Dienern das Zimmer zu verlassen. Der dritte blieb. »Kwang-sü!« rief sie leidenschaftlich und drückte ihn, der kaum Zeit hatte, die Pastete beiseite zu stellen, an ihre Brust. »Die Winde des Südens haben dich zu mir geweht. Wie verlangte mich nach dir! Mich und dein Kind!« Sie führte seine Hand unter die Decke, wo er unter ihrem seidenen Hemd die erste Regung seines Kindes spürte. Eine Träne wollte wieder in sein Auge. Er beherrschte sich. »Ich bin verfolgt und weiß nicht von wem. Ich bin geraubt und weiß nicht wozu. Ihre Majestät, die Kaiserinwitwe, ließ mir sagen, alles geschehe zu meiner persönlichen und der Dynastie Sicherheit. Es tobe ein Aufstand in der Stadt. Nieder mit dem Kaiser, riefen sie. Ist das wahr, Kwang-sü? Was hast du ihnen getan? Du kannst doch niemandem Böses tun?« Der Kaiser zuckte die Achseln: »Aber vielleicht bin ich böse, vielleicht bin ich für die Aufrührer das böse Prinzip, und das ist's, was sie vernichten wollen. Man hat mich aufgezogen in dem Glauben, daß ich des Himmels Sohn sei, der Stellvertreter Gottes auf Erden: aus der Gnade des Geistes heraus. Habe ich mir diese Gnade erworben, erkämpft? Wo habe ich ein Opfer gebracht? Fey-yen: ich bin ein armseliger Mensch, nichts weiter. Ich habe nie etwas getan: weder Gutes noch Böses. Jetzt müßte ich eine Tat tun: aber welche?« Er fiel in Sinnen. Fey-yen streichelte seine Stirn: »Du bist aus dem alten Palast geflohen in der Tracht eines Dieners?« Der Kaiser lächelte: »O nein. Wovor hätte ich fliehen sollen? Ich wußte nichts von der Rebellion, als ich von Hause wegging im Gewand eines Gärtnerburschen. Das Schicksal ist vor mir hergelaufen. Als ich hier ankam, war es schon da und berichtete mir in Gestalt eines Soldaten der Torwache, was geschehen.« Die Kaiserin streichelte seine Hand, ihr Tastsinn vermißte eine goldne Unebenheit, sie zog die Hand erschreckt herauf: »Kwang-sü, wo ist der himmlische Saphir? das Symbol deiner Kaiserkraft?« – Der Kaiser kämpfte: »Fey-yen – wirst du mich begreifen? Ich habe den Stein verschenkt, erbleiche nicht, Fey-yen, ganz einfach, ja eigentlich sinn- und zwecklos verschenkt. Die Person, die den Stein empfangen hat, weiß gar nicht, was es mit ihm für eine Bewandtnis hat. Und ich habe ihn verschenkt, weil, ja weil ich an die Tradition der Jahrhunderte nicht mehr glaube, sondern nur noch an mich. Vielleicht glaube ich auch nicht an mich, vielleicht zweifle ich nur an mir: aber Glaube und Zweifel sind ja Kinder eines Vaters. Entweder das Kaisertum besteht ohne den Ring in mir – oder es besteht gar nicht. Vielleicht haben wir es schon verloren. Und überdies« – er lächelte höflich – »den Ring mit den neun heiligen Perlen besitze ich ja noch.« – Die Kaiserin lag da, die Augen geschlossen, Tränen zwischen ihren Wimpern. Er verließ sie auf den Zehenspitzen, durchschritt im Vorzimmer die Reihe der Eunuchen, die vor ihm auswichen, ohne zu wissen, warum. Er verließ bei seinem Freund, dem Soldaten der dritten Seitenwache, den Palast, gelangte durch das Loch in der Mauer in den Park des alten Palastes und schlich auf Seitenwegen zum Schloß. Das Fenster zu seinem Schlafzimmer stand offen. Er schwang sich hinein. Er hörte im Vorzimmer die Diener und Eunuchen aufgeregt wispern. Er warf sich ein gelbes Gewand über und schellte. Die Türe ging auf, Diener mit Leuchtern erschienen. Der Kaiser stand in der Mitte des Raumes: »Ruft mir Hi, die Amme!«

Wie ein Lauffeuer verbreitete sich die Nachricht, daß der

Kaiser wieder da sei. Wang zerschmetterte vor Freude beinah seine Stirn im Kotau. Er hätte seinen Kopf verloren, wenn der Kaiser nicht zurückgekehrt wäre.

Hi watschelte verschlafen, schlecht gekämmt und unausgeträumt herbei. Ihr Gesicht hatte noch einige Runzeln mehr als am Tag. »Hi, salbe mir das Haar, öle mir den Körper, kleide mich in das schwarze Gewand, das mit den Sternen und Himmelsfiguren bestickt ist. Ich habe einen heiligen Gang zu tun.« »Euer Majestät: das schwarze Gewand ist das Gewand des kaiserlichen Opfers zur Wintersonnenwende oben auf dem Marmoraltar.« – »Tu, wie ich dir sage.«

Noch einmal rief der Kaiser das Gottesgericht an. Er wählte das Bambusorakel, neun Bambusstäbe verschiedener Länge. Er zog geschlossenen Auges einen Stab. Es war der kürzeste. Gott hatte gesprochen. Gesalbt, geölt und geschmückt, ein Perlendiadem auf dem Haupt, ein goldnes Krummschwert an der Seite, schritt der Kaiser aus dem Palast und die heilige dreigeteilte Straße zum Tempel aufwärts. Eine Krähe kreuzte seinen Weg. Das erste Morgenrot dämmerte herauf. Im Frühwind läuteten die Glocken und Glöckchen unzähliger Pagoden. Er schritt den mittleren Weg, den Weg, der nur von den Geistern beschritten werden durfte und den keines Menschen Fuß bisher gegangen. Er durchquerte die Halle der Enthaltsamkeit. In einer verborgenen Nische stand die Kwanyin aus Yade. Die Lippen rot geschminkt wie Fey-yen, die linke Brust leicht entblößt. Der Kaiser küßte die über dem Herzen sich wölbende Brust. Er schritt weiter die neunmal neun Marmorstufen zum Opferhügel empor. Als er oben angelangt war, blieb er aufatmend stehen. Keine Minister und Ministranten, keine Tänzer und Tänzerinnen, Chöre und Musikkapellen waren bei ihm wie sonst beim nächtlichen Opfer des Kaisers zur Zeit der Wintersonnenwende. In den Sternenmantel gehüllt wie jener, der über ihm thronte und dessen Gleichnis und Sendbote er war, stand er allein und einsam seinem Gott gegenüber und bot ihm stolz und demütig zugleich das Opfer seines Leibes und Lebens. Dreimal kniete er vor ihm nieder. Neunmal beugte er die Stirn im Kotau. Schangti, der Geist des Himmels, kam im Gespann der Morgenröte über den Horizont gefahren. Da öffnete der Kaiser sich mit dem goldenen Schwert die Ader am Hals und ließ sein Blut in die Marmorschale rinnen. Das Blut des Himmelssohnes vermischte sich mit den blutigen Tränen, die der Geist des Himmels aus der Morgenröte herniederweinte. – Die sechzehn Tore Pekings stiegen aus dem Staub der Nacht. Dort, im Zentrum des Palastes, stand das innerste Tor, das Tor der himmlischen Reinheit, das er nicht hatte betreten dürfen. Die westlichen Hügel hoben sich aus der Dämmerung. Auf dem Bahnhof lief der sibirische Expreß ein. Um diese Stunde stürmten die Rebellen den Palast. Sie fanden den Kaiser, das Haupt über die Marmorschale gebeugt und sie mit beiden Händen umklammernd. Die Kaiserinwitwe und die junge Kaiserin hatten den Sommerpalast durch den geheimen unterirdischen Gang verlassen und befanden sich, von kaiserlichen Truppen umgeben, auf der Flucht außerhalb Pekings. Noa schenkte den Ring mit dem blauen Saphir dem Soldaten der dritten Torwache. Es war derselbe, der als General Tu-Wei später die Geschicke Chinas einige Jahre in seiner Hand halten sollte. –

DER FLIEGER

Als der Fliegerunteroffizier Georg Henschke, Sohn eines märkischen Bauern, vom Kriege nach Hause auf Urlaub kam, stand sein Heimatdorf schon einige Tage vorher Kopf. Bei seiner Ankunft lief alles, was Beine hatte, ihm halber Wege, einige Beherzte sogar eineinhalb Stunden bis zur Bahnstation Baudach entgegen, und die Kinder und die halbwüchsigen Mädchen saßen auf den Kirschbäumen, welche die Straße säumten, die er kommen mußte.

Nun war er da. Das ganze Dorf drängte sich eng um ihn,

daß er kaum Luft holen konnte, seine Mutter weinte: »Georgi, mein Georgi!« und der Pastor sagte: »Welch eine Fügung Gottes!« »Kinder«, lachte Georg Henschke, »Kinder, ich habe einen Mordshunger!« Da stob man auseinander, um sich gleich darauf zu einem Zuge zu gruppieren, der ihn würdevoll zur Tafel geleitete. Sie war unter freiem Himmel aufgeschlagen. Das Dorf nahm sich die Ehre, ihm ein Essen zu geben. Man zählte ungefähr sieben Gänge, und in jedem kam in irgendeiner Form Schweinefleisch vor. Dazu trank man süßen, heurigen Most.

Nach dem Essen, als der Wein seine Wirkung tat, wurde man keck. Man wagte Georg Henschke anzusprechen, zu fragen, zu bitten. »Georgi«, staunte zärtlich seine Mutter, »du kannst nun fliegen!« »Wollen Sie uns nicht einmal etwas vorfliegen?« fragte schüchtern die kleine Marie. »Oh«, lachte Georg Henschke, »das geht nicht so ohne weiteres. Da gehört ein Apparat dazu!« »Er hat ihn sicher in der Tasche«, grinste verschmitzt der Hirt, »er will uns nur auf die Folter spannen.« »Ein Apparat, das ist so etwas zum Aufziehen?« fragte seine jüngste Schwester Anna. Denn sie dachte daran, daß er ihr einmal aus Berlin einen Elefanten aus Blech mitgebracht hatte. Eine Stange lief unbarmherzig durch seinen Bauch, und wenn man sie ein paarmal herumdrehte, begann der Elefant zu wackeln, mit seinem Rüssel auf den Boden zu klopfen und plötzlich wie ein Wiesel und in wirren Kreisen im Zimmer herumzulaufen.

»Nein«, sagte Georg Henschke, »ich habe den Apparat nicht bei mir, denn er gehört dem Staat.« »So, so«, meinte der Hirt mit seinem weißhaarigen Kopf, »der Staat. Das ist auch so eine neue Erfindung.« »Ganz recht«, lachte Georg Henschke.

»So erzähle uns doch etwas vom Fliegen, und wie man es lernt, Georgi«, bat seine Mutter. Sie war so stolz auf ihn.

Da stand Georg Henschke auf, und alle mit ihm.

»Gut, ich will es tun. Hört zu!«

Er sprang auf einen Stuhl. Sie scharten sich um ihn. Aufgeregt, seinem Willen hingegeben, wie die Herde um das Leittier. Sie hoben ihre Köpfe, sehnsüchtig, und der blaue Himmel lag in ihren Augen. Georg Henschke aber reckte die Arme, schüttelte sie gegen das Licht, in seinen Blicken blitzte die Freude des Triumphators, und als er sprach, flammte es aus ihm. Er selber fühlte sich so leicht werden, so lächelnd leicht, der Boden sank unter seinen Füßen, seine Arme breiteten sich wie Schwingen, wiegten sich, und wie ein Adler stieß er hoch und steil ins Blau.

Das ganze Dorf stand wie *ein* Wesen, das hundert Köpfe in den Himmel bog. Und sie sahen Georg Henschke im Äther schweben, ruhig und klar, fern und ferner, bis er ihren Blicken entschwand.

DER JOCKEY

Das Rennen nahm ein sehr interessantes und völlig unerwartetes Ende. Nachdem Imperator bis hundert Meter vorm Ziel geführt hatte und der Sieg ihm sicher schien, setzte sich plötzlich Atalanta, die an vierter Stelle lief, von einer wütenden Kraft getrieben, vor und kam in leichtem, scheinbar mühelosem Galopp mit einer Pferdelänge vor Imperator durchs Ziel.

Es war eine ungeheure Aufregung, die Menge drängte an, die Reitknechte sprangen herbei – aber ehe man den Jockey Harsley, der Atalanta geritten hatte, vom Pferde heben konnte, scheute Atalanta, bäumte sich empor und warf den Jockey, der zu geschwächt war, um sich halten zu können, auf den Rasen. Er fiel so unglücklich, daß ein Holzpflock ihm in die Brust drang und er das Bewußtsein verlor. Man schrie nach dem Arzt, nach der Sanitätskolonne, die sofort zur Stelle war und ihn in die Klinik schleppte. Wochenlang rang der Jockey unter entsetzlichen Schmerzen mit dem Tode. Die Lunge wies schwere Verletzungen auf. Er spie

Blut. Nacht für Nacht wachte ein Wärter an seinem Bett. Eine Schwester wurde mit ihm nicht fertig, da ihn im Fieber Wutanfälle wie wilde Hunde packten und aus den Kissen zerrten. Und durch alle seine Fieberträume klang ein Wort, zuerst zaghaft, leise, liebkosend, dann flehender, fordernder: Tilly. Und schließlich fand man auch am Tage nur dies eine Wort auf seinen Lippen: Tilly. Man versuchte vorsichtig, ihn nach dem Sinn dieses Wortes auszuforschen, aber er erlangte ja nie volles Bewußtsein. »Vielleicht seine Braut«, sagte der Professor. Aber niemand wußte von einer Braut. »Eine Geliebte«, sagte der junge Assistenzarzt und machte ein pfiffig selbstverständliches Gesicht. Man hatte ihn nie, wie die andern Jockeys, mit Mädchen der Halbwelt oder Damen der Gesellschaft zusammengesehen. Endlich riet man auf eine heimliche Geliebte. Aber hätte sie sich nicht längst nach ihm erkundigt? Hatte nicht der Unglücksfall, sentimental drapiert, in allen Zeitungen gestanden? Also eine Dame der höheren Kreise, die sich aus dem schützenden Dunkel ihrer Anonymität nicht hervorwagen darf?

Immer stürmischer, klagender, trostloser klang es von den Lippen des Kranken: Tilly. In einer größeren Zeitung erschien ein Feuilleton, betitelt »Tilly...« und dann ein paar Punkte, aber es erfolgte nichts, Tilly machte sich nicht bemerkbar.

Eines Tages, als der Wärter ihm mit einer Trinkröhre das zweite Frühstück – Milch – einzuflößen suchte, sprang er, ehe man ihn halten konnte, aus dem Bette auf, schlug die Glasröhre zur Seite, daß die Milch über das Kopfkissen floß, und lehnte am Fenster. »Tilly«, flüsterte er und stierte hinaus. Unten auf der Straße hatte ein Pferd gewiehert.

Der Wärter meldete dem Professor den Vorfall. Und nun ward es allen klar: Er sehnt sich nach einem Pferde namens Tilly. Das war nun bald im Stalle des Herrn v. W., des Brotherrn Harsleys, gefunden. Es war jene Atalanta, die der Jockey für sich Tilly getauft hatte. Und er hatte sie nur für sich so getauft, keiner sonst durfte sie so nennen.

»Wir wollen ihm die Freude gönnen«, sagte der Professor, »er hat sowieso höchstens noch eine Woche.«

Und an einem warmen Morgen fuhr man den kranken Jockey in Decken gepackt auf den Hof des Krankenhauses. Ein glasklarer blauer Himmel wölbte sich über den Gebäuden und glitzerte hinter dem grünen Laub der Linden. Einige Rekonvaleszenten der dritten Abteilung gingen in ihren grauschmutzigen Anstaltskleidern stumm und beschaulich auf den strahlenden Kieswegen.

Plötzlich wurde das Tor am Portierhaus geöffnet und Atalanta von einem Diener hereingeführt. Sie tänzelte mit kleinen koketten Schritten, schlug mit dem Schwanz und steckte den Kopf steif und grade in die Sonne. Auf ihrem braunen glatten Fell spiegelten blitzende Glanzlichter.

Der Jockey hatte die Lider geschlossen.

Als er Atalantas Gang hörte, riß er sie auf und hob freudig die Arme. Nun wieherte sie – ganz nahe bei ihm. Und stand still. Er konnte ihren Kopf greifen. Er zitterte und weinte. Der Wärter richtete ihn in den Kissen auf, da packte er mit beiden Händen ihren Kopf, zog ihn zu sich nieder und küßte ihr breites heuduftendes Maul, um das in kaum sichtbaren weißen Wölkchen ihr Atem schnob.

»Tilly«, sagte er lächelnd und sank zurück, glückselig aufatmend.

Der Professor gab ein Zeichen: man solle das Tier wieder fortführen. Tilly sah ihn mit einem langen glatten Blick an und wandte sich scharrend um. Ehe man zur Besinnung kam, schlug sie aus und traf den Jockey mitten auf die Stirn. Er war sofort tot.

»Ein ergreifender Tod«, sagte der alte Professor, ». . . von seiner Geliebten ins Jenseits befördert zu werden«, sagte der junge Assistenzarzt und schrieb den Totenschein.

DIE SILBERFÜCHSIN

Kommen Sie – stolpern Sie nicht im Dunkeln über die Treppe – ich mache gleich Licht – sehen Sie – hier wohne ich – ganz reizend, nicht wahr? – Die Möbel – und die Tapete – so einfach in Farben und Linien – und doch diese leise Exzentrizität – Lukas hatte einen fabelhaften Geschmack – er hat die ganze Einrichtung unserer Wohnung selbst entworfen – stundenlang – tagelang – hat er sie mit dem Möbelfabrikanten – mit dem Tapetenhändler – durchgesprochen – dieser grüne Klubsessel hier – war sein Lieblingsstuhl – wollen Sie nicht Platz nehmen? Aber so legen Sie doch ab! Wie, Sie wollen nicht? Sie wollen nur ein paar Augenblicke bleiben? Ich möchte Ihnen immer in die Augen sehen – ich weiß nicht, was mich zu Ihnen zieht und zwingt – daß ich mit Ihnen – den ich doch erst eben kennengelernt habe – also mit einem mir völlig unbekannten Menschen – den ganzen Abend zusammen tanze und lache und Sekt trinke – und doch das Gefühl einer sonderbaren Verknüpfung – oder Verwandtschaft zwischen uns – sofort habe – sofort vom ersten Blick Ihrer Augen – vom ersten Augenblick an. Was hat mich überhaupt veranlaßt, heute, am ersten Jahrestag seines Todes, auf den Ball zu gehen, zu lachen, zu tanzen und Sekt zu trinken? Sie werden vielleicht denken, daß ich eine schlechte, leichtfertige und frivole Person sei. – Ich habe das ganze Jahr mit Tränen verbracht – ich habe mir die Brust wie ein Klageweib zerschlagen – ich habe nicht einen ungetreuen Gedanken gehegt – aber heute, als ich vor sein Bild treten und ihm Blumen bringen will (– kennen Sie die Blumensprache? Narzissen sprechen: Dein Blick nahm mein Herz. Astern leuchten: Auf Wiedersehn! Die Windviole flüstert: Der größte Fehler in der Liebe – ist Furchtsamkeit) – als ich ihm Astern bringen will – da – ist der Rahmen leer – ganz leer – das Bild ist verschwunden. Und denken Sie: von dem Moment an konnte ich mir nicht mehr vorstellen, wie Lukas ausgesehen hatte –

ich versuchte angestrengt darüber zu grübeln, was für Augen er gehabt hatte – ich versuchte, ihn zu sehen – es gelang mir nicht mehr – die Form seines Kopfes – ja, wie war sie eigentlich? Sie war ungeheuer einprägsam. Seine Stirn schien mir einmal unvergeßlich. Und jetzt – jetzt – hatte ich alles vergessen – wenn ich an seinen Kopf dachte, sah ich plötzlich eine Runkelrübe oder einen Kürbis und was dergleichen Albernheiten mehr sind – ich versuchte – seinem Gang im Arbeitszimmer zu lauschen – nachts, wenn er arbeitete, pflegte er immer ruhelos in seinem Arbeitszimmer auf- und abzuschreiten – auf und ab – und so war er auch noch auf- und abgeschritten, als er das Drama »Die geharnischte Venus« für mich schrieb, in dessen Titelrolle ich bei der Uraufführung am Schauspielhaus Frankfurt am Main einen so sensationellen Erfolg hatte, seine Schritte – auf und ab – habe ich das ganze Jahr noch gehört – in meinen einsamen – schaurig stillen Nächten – heute – heute – da hörte ich plötzlich den Schritt nicht mehr – ich konnte nicht mehr atmen – nun, der Anfall ging vorüber, die Schwester gab Brom – vielleicht bin ich auch hysterisch – alle Witwen sollen hysterisch sein – mit einemmal wurde ich von einer unerklärlichen Lustigkeit ergriffen – ich lachte – lachte – und drehte mich um mich selbst und tanzte durch alle Räume – und als ich im Schlafzimmer angekommen war – und mich in dem großen Spiegel sah: schwarz vom Kopf bis zu den Zehen – da riß ich mir die Trauerkleidung vom Leibe – bis ich nackt vor dem Spiegel stand. Und da sah ich, daß ich noch schön war. Ich begann, in Kommode und Schränken zu kramen – meine reizende Spitzenwäsche – mein schönstes Crepe-de-Chine-Kleid zog ich hervor – und schmückte mich wie eine Braut. Ich probierte auch den Myrtenkranz vor dem Spiegel auf – den ich am Tage meiner Vermählung mit Lukas getragen – und er stand mir so hübsch – wie damals. Da sah ich auf dem Nachttisch die Abendzeitung liegen – mit den Theaterannoncen des heutigen Abends – und mit den Ballnachrichten. Ich klatschte in die Hände, so freute ich mich. Ich wollte erst ins Theater gehen – und dann auf einen Ball. Und als ich unter den Theateranzeigen nachsah, was es gab, stieß ich auf eine schwarzumränderte Notiz:

Heute zum 25. Mal:
Das Damespiel.

Katja . . . . Karin Lund.

Oh – das war ja herrlich – ich selber trat heute abend auf – zwar nicht in einer sogenannten Glanzrolle von mir wie Cleopatra, Johanna oder Haitang – aber das machte nichts – es würde mir auf jeden Fall Vergnügen bereiten, mich selbst zu sehen – denn, Sie mögen es nun glauben oder nicht – noch niemals hatte ich mich selbst gesehen – ich brannte vor Neugier, was ich für einen Eindruck auf mich machen würde. Ich nahm eine Taxe und kam gerade zu meinem ersten Auftritt zurecht. Ich sah mich in hohen schwarzen Stulpenstiefeln, weißen Reithosen, grüner Weste, Zylinder und Gerte auf die Bühne springen, federnd wie eine Stahlklinge. Wenn ich sprach, vibrierte mein ganzer Körper. Nicht aus dem Mund allein – aus allen Poren meines Leibes schienen die Worte zu tönen. Meine Gesten und Bewegungen waren sparsam angebracht, ein großes Aufleuchten des Auges, ein kleines fremdartiges Lachen – waren zart aufgesetzte Akzente – der Monolog vom gefangenen Adler – klang wie eine dunkle Kaskade – bis die Reitpeitsche durch die Luft und dem täppisch verliebten russischen Fürsten in die Tatarenfratze sauste – aber diese Peitsche war nur ein verlängerter Arm meines ganzen Leibes, der mit pantherartiger Wut ihn ansprang. – Ich war außer mir von mir. So, so mußte man Theater spielen. Wie man boxte. Direkt. Und keine Mätzchen. Das Publikum knock-out schlagen. Ich erinnerte mich, wie ein Frankfurter Kritiker mich einmal getauft hatte – little Dempsey. Ich geriet mit meinen beiden Nachbarinnen, zwei ältlichen Fräuleins, die ihr Abonnement absaßen und sich während des Stückes gegenseitig mit

Konfekt fütterten und zärtliche Kosenamen wie »Schnauz« und »Pussi« gaben, fast in (meinerseits) tätlichen Streit, als Pussi behauptete, ich spiele ja überhaupt gar nicht Theater, das wäre doch keine Kunst, Kunst sei etwas Schweres, schwer auszuüben und schwer aufzunehmen, aber was ich da mache, das sehe sich so leicht an, wie wenn Kinder Reifen spielten – und deshalb gehe man doch nicht ins Theater. Man wolle etwas haben für sein Geld. Schwitzen müsse der Schauspieler – so wie jener feurige jugendliche Liebhaber, nach dem Programm zu urteilen mein künftiger Ehegemahl. Prächtig sei auch der Darsteller des Fürsten, mischte Schnauz sich in die Debatte. Und da mußte ich ihr recht geben. Er war herrlich in seiner bärenhaften Tapsigkeit, in seiner dummdreisten Verliebtheit: ein großer realistischer Schauspieler. Wundervoll auch die alte Fürstin, Repräsentantin edelster Burgtheatertradition, die mit kühner Bewußtheit ihr eigenes Heldinnenpathos parodierte. Dennoch: wenn ich sie so alle miteinander spielen sah – und mich mittendrin – es schien mir doch, als spiele jeder für sich – und als spielten vier Schauspielergenerationen da oben Theater – jeder ritt seine hohe Schule – vier edle Pferde waren in ein Gespann gekoppelt – und zogen jedes nach einer anderen Richtung – das Pathos von 1890 – der realistische Kehlton von 1900 – die expressionistische Ton- und Gliederverrenkung von 1916 – und der natürliche, schwingende Laut und Gang eines jungen Mädchens von 1926 – Romantizismus – Realismus – Expressionismus – Vitalismus – das waren wohl die vier Ismen, die da oben miteinander im Streit lagen, nur zaghaft manchmal gezähmt von der Peitsche des Regisseurs. Pussi behauptete plötzlich in der Pause, daß »Das Damespiel« ein schlechtes Stück sei, was mich dazu führte, einiges über die Notwendigkeit schlechter Theaterstücke zu äußern. Es ist merkwürdig, daß das Schlechte in der Welt so wenig geschätzt wird, obwohl es doch allenthalben ausgeübt wird und sich überhaupt in der Majorität befindet. Zum Beispiel werden am Theater überwiegend schlechte

Stücke gespielt. Die Notwendigkeit schlechter Stücke wird allein durch diese Tatsache bewiesen. Das Theater braucht schlechte Stücke – es braucht sie notwendiger als gute Stücke, denn gute Stücke werden weniger gespielt, d. h. sind weniger notwendig. Ich verstehe nicht, weshalb alle Leute verlangen, es müßten mehr bessere Stücke geschrieben werden, da diese besseren Stücke infolge des Bedarfes an schlechten gar nicht aufgeführt werden könnten. Nein: im Gegenteil: es müssen mehr schlechtere Stücke geschrieben werden. Das Theater hungert nach ihnen. Während früher nur die Verfasser guter Stücke »verkannt« wurden, gibt es leider heute schon hochbegabte Verfasser schlechter Stücke, die als verkannte Genies herumlaufen. Denn die Theaterdirektoren, die früher nur gute Stücke ablehnten, lehnen heute auch schon schlechte Stücke ab, weil sie an die schlechten Stücke wiederum Qualitätsansprüche stellen, die diese aus sich heraus nicht erfüllen können – denn dann wären sie gute Stücke, und dann wären sie wieder für das Theater erst recht nicht geeignet. Ja, es ist eine merkwürdige und etwas verworrene Zeit. Wir leben in einer Krise des Theaters – aber wir machen auch sehr viel Theater mit dieser Krise. Was die Dramenproduktion anbetrifft, so wäre das beste Stück das schlechteste Stück oder das schlechteste Stück das beste Stück. Denn die Extremitäten berühren sich. Aber dann bleibt immer noch das Publikum, jene sattsam bekannte Sphinx, die den Mund sehr weit aufzureißen pflegt – und sich doch nur immer dabei in den eigenen Schwanz beißt. – Schnauz und Pussi zeigten sich über meinen Redeschwall, besonders über den letzten Satz, heftig chokkiert und verließen noch vor Beginn des letzten Aktes indigniert das Theater. Vergeblich hatte ich sie durch Hinweis auf die große Fesselungsszene des dritten Aktes, in der ich zu glänzen hoffte, zum Bleiben zu überreden versucht.

Nach Schluß der Vorstellung klatschte ich mir und allen Kollegen wie rasend Beifall. Schauspieler sind das beste Publikum. Ich war entzückt. Ich war so freudig erregt, daß ich nun auch noch auf den Ball zu gehen beschloß. Ich fuhr zum Ball und traf im Vorraum – in der Garderobe – Sie! Sie traten zu mir heran – und obgleich Sie sich mir nicht vorstellten – das haben Sie bis jetzt noch nicht getan – und mich nur ansahen – faszinierten Sie mich. Ja, Sie faszinierten mich. Sie lächeln vielleicht, was ich Ihnen für Geständnisse mache. Klug ist so etwas von einer Frau nicht – gewiß nicht – aber ich habe wohl keine Zeit mehr, klug zu sein. Ja. Sie bezauberten mich. Durch die Melancholie Ihrer Gesten. Den feuchten Schimmer Ihrer schwarzen Augen. Und Ihre unsagbar schlanken und bleichen Hände. Ich habe bei den Männern immer zuerst auf die Hände gesehen – die Hände verraten einem leichter, was einer darstellt, als das Gesicht – seine Hände kann man nicht verstellen – Hände – lügen nicht – ja, ich scheue mich nicht, es zu sagen: ich liebe Ihre Hände. Zeigen Sie, drehen Sie die linke Hand um, ich will Ihr Schicksal lesen – und vielleicht das meine. Sie haben keine Lebenslinie – wie sonderbar – also leben Sie eigentlich gar nicht – also sind Sie eigentlich – tot. Und ich – bin vielleicht auch schon tot – wie Lukas. Ach, was rede ich für lächerliches und törichtes Zeug zusammen – ich habe wohl zuviel Sekt getrunken – ich bin das nicht mehr gewöhnt – seit einem Jahr hab' ich keinen Sekt mehr getrunken – damals brachte ich Lukas ein Glas Sekt an sein Sterbelager – damit es die Herztätigkeit belebe – warten Sie, die angebrauchte Flasche muß noch da sein. Ich habe sie seitdem im Schlafzimmer so stehen gelassen, wie sie damals stand. Ich werde sie holen – und wir werden zur Feier des Tages – ein Glas Sekt trinken – trinken Sie – es ist das Glas, aus dem auch er getrunken – Sie wollen nicht – warum so abweisend, mein Freund – dann leere ich es – auf meine Liebe. Wie schön das im Blut brennt. Das Blut selbst beginnt zu brennen. Ich fühle – ich fühle – wie mir das Feuer zu Kopf steigt – jetzt brennt schon mein Haar – und meine Augen brennen – Liebster – Liebster – sieh, ich bin so heiß – und du bist so kalt – ich verzehre mich nach dir – und du, Lukas, stehst stumm und unbeweglich da – und nimmst mich nicht in deine Arme – und reißt mich nicht an deine Brust – ich zittere nach dir – ich bebe nach dir – ich gebe mich ganz preis – ich habe keine Scham mehr – nimm mich – nimm mich – hörst du die Musik? Wie süß! Komm, laß uns tanzen. Oh, wie du mich hältst – wie du mich trägst – ich schwebe wie ein Vogel – ich wehe wie eine Wolke – ich vergehe – vor Seligkeit – du, Lukas, bist ja wieder da – und ich bin da – und dort und hier – bin überall – zu gleicher Zeit – ich bin bei mir – ich bin bei dir – ich bin mehr tot als lebendig – Lukas – und mehr lebendig als tot. Jetzt bin ich wie die Komteß Katja im »Damespiel« wirklich zum Zirkus gegangen. Ich laufe auf einem Seil, das vom Mittelpunkt der Erde bis zum Mittelpunkt der Sonne gespannt ist. Ich balanciere mit einer Stange, an der lauter rote Herzen hängen. Ich balanciere mit den Herzen – und finde mein Gleichgewicht nur durch sie. Wenn ich nur kein Herz verliere. Wenn ich nur Lukas' Herz nicht verliere. Die Zeltkuppel des Zirkus wölbt sich wie die Kuppel Sankt Peters in Rom. Der Manegekreis ist wie mit Kreide gezogen. Kreidekreis. Sieben Clowns laufen darin herum in den sieben Regenbogenfarben. Sie laufen so schnell, daß man nur eine Farbe sieht. Silberblau. Hinter jedem läuft ein kleiner Fuchs. Ein Silberfuchs. Silberfuchsfarmen werden jetzt im Riesengebirge angelegt. Die Silberfüchse sind sehr monogam. Wenn eine Silberfüchsin von ihrem Gatten betrogen wird, beißt sie ihn tot. Mein Gott, ich würde es auch so machen mit meinem Mann, wenn ich ihn liebe. Bestimmt. Aber für die Fuchsfarmbesitzer ist die Treue der Silberfüchsin doch eine verdammt kostspielige Angelegenheit. Er muß sich für jede einen Rüden halten. Hoppla. Die Clowns laufen noch immer in der Manege herum. Ich stehe in meinem weißen Hermelinmantel, den ich als »Heilige Johanna« trug, mitten in der Manege und knalle mit der Peitsche. Aber plötzlich beginnt es an meinen Beinen zu kribbeln. Der rote Sand belebt sich. Die Millionen Sandkörner beginnen zu laufen. Sie laufen an meinen Beinen empor. An meinen Schenkeln.

Es juckt unerträglich. Jetzt ist schon mein ganzer Leib von ihnen bedeckt. Das Jucken ist kaum auszuhalten. Schwester! Schwester! Die roten Ameisen kommen schon durchs Fenster gelaufen. Sie kommen aus der Sonne, direkt aus der Sonne. Sie laufen auf den Strahlen rasendschnell in meine Augen. Sie fressen meine Augen aus. O Gott, ich kann es vor Jucken in meinen Augen nicht mehr aushalten. Schwester! Schwester!

Ich – bin – ja – schon – wach. Es ist ja schon Tag! Fünf zeigt die Uhr über der Tür. Was hab ich nur geträumt? – Ich habe geträumt – viel – wild – alles durcheinander. – Ich will in meinem kleinen ägyptischen Traumbuch nachsehen, was meine Träume zu bedeuten haben. Ich sah einen Ahornbaum: kahl: das bedeutet vergebliches Hoffen. Ich sah im Zirkus ein Ballett: zerstörte Zukunftsträume. Dann hab ich geträumt, ich liege schlaflos in meinem Bett. »Dich verfolgt das Unglück.« Ich goß Blei – die Figur war Lukas. »Man hintergeht dich.« Aber ich hörte auch die Drossel singen. War das nun im Traum oder unten im Garten? Gleichviel. Freude bedeutet es in kommenden Tagen. Ich sah ein Eichhörnchen. Sah ich es im Traum oder draußen im Baum? Es weist auf eine unglückliche Ehe. Ich pflückte Erdbeeren – die ich so gern mit frischer Sahne esse – Erdbeeren pflücken: »Du wirst hochmütig!« Nun, falsch prophezeit, das brauch ich nicht erst zu werden. Aber Nesseln bekäme ich, wenn ich sie äße. Trotzdem ich sie so gern esse. – Schließlich sah ich das Morgenrot – Morgenrot sehen: »Hoffe weiter – dein Kummer wird von dir genommen werden!« Wenn nur jetzt endlich dieses Jucken von mir genommen würde. Was ist das für ein ekelhaftes Jucken, von dem ich aufgewacht bin? Seit ich hier im Sanatorium liege, sieben Wochen, wach ich zwar immer sehr früh auf, aber *so* früh – Schwester! – Die dumme Kuh schnarcht drüben auf dem Sofa. Man nennt das Nachtwache, wie? Kostet 6,50 Mark extra. Eigentlich soll sie an meinem Bett sitzen. Ja, Kuchen. Sie hustet mir was. Sie schläft wie ein Murmeltier. Einen gesunden Schlaf haben die Leute, deren Beruf es ist, nicht zu schlafen. Herrgott, hört denn dieses Jucken nicht auf. Ich will mal in meinen Taschenspiegel sehen – wie seh ich denn aus – heute – immer ist heute – dieses Aufwachen früh ist zum – ja für eine junge Dame schickt sich wohl der Ausdruck nicht – aber es ist zum Kotzen. Hört das nie auf? Geht das immer so weiter? Neunundvierzigmal bin ich hier im Sanatorium schon aufgewacht, und es war immer das gleiche. Mein erstes Gefühl am Morgen ist immer der Haß. Ein ganz uferloser, grundloser Haß. Und da ich nur irgendwen als Objekt des Hasses brauch, so hasse ich vor allem jene dicke Nachtschwester da drüben auf dem etwas abgenützten Sofa. Wenn ich mich ein wenig an der Eisenkonstruktion, die über meinem Bett angebracht ist, emporziehe, kann ich sie sehen, wie sie mit offenem Mund schläft. Sie hat gelbe Stockzähne, von denen jeder einzelne auf eine alberne Art grinst. Etwas wie unzüchtige japanische Elfenbeinfiguren, von denen mir Lukas einmal einige gezeigt hat. Eine Frisur hat sie im Schlaf, das ist ja toll, ein richtiges Krähennest pappt ihr auf einem scheinbar ganz kahlen Schädel. – Karin, du bist sehr ungezogen, dich über die würdige Matrone lustig zu machen. Sie ist in Ehren ergraut.

Hirsch und Reh waren schon zu den Eiszeiten des Menschen Gefährten auf dieser Erde. In den Höhlen der Dordogne hat er sie gezeichnet: ruhend, äsend, kämpfend.

Damals stampfte der Riesenhirsch durch Deutschland. Er war so groß wie ein Pferd, aber so graziös proportioniert wie eine Lilie oder eine schöne, schlanke Frau. Auf seinem Kopf trug er ein gewaltiges Geweih: zwei mächtige Schaufeln.

Damals kämpften Mensch und Hirsch noch miteinander. Sie traten sich auf der gleichen Ebene entgegen: zwei schöne starke Tiere. Sie maßen sich noch mit den gleichen brüderlich-feindlichen Blicken. Du Wesen da drüben, sagte dieser Blick, ich bestreite dich, aber ich achte dich als Blut von meinem Blut, als Trieb von meinem Trieb.

Heute sehen Mensch und Tier sich nicht mehr mit solchen Blicken an. Man reicht dem Damhirsch im Zoo durch das Gitter ein Bündel Gras. Der Hirsch nimmt's und malmt es mit seinen Kiefern, ohne uns anzusehen. Er sieht an uns vorbei. Und wir durch ihn hindurch.

Der Mensch steht heute außerhalb der Tierwelt, vielleicht außerhalb der Welt überhaupt. Auch zu Blumen, Kristallen, Sternen und Wolken hat er keine Beziehung mehr.

Ich ritt einmal durch den Englischen Garten bei München, wo er wild wird. Da fiel auf einmal das Pferd aus dem Trab in Schritt und passierte ganz langsam, kaum zehn Schritte von ihr entfernt, eine lagernde Rehfamilie: einen Rehbock, eine Ricke, zwei Rehkälber.

Die Tiere rührten sich nicht, denn es war Schonzeit, und sie wußten, daß sie gehegt wurden.

Das Pferd wieherte leise, Pferd und Rehbock sahen einander groß an. Als es schon an ihnen vorbei war, sah das Pferd sich noch drei-, viermal nach den Rehen um, und die Rehe sahen dem Pferd nach.

Von mir, dem Menschen, hatten weder Reh noch Pferd Notiz genommen. Auch das Pferd hatte von mir kaum einen anderen Eindruck, als daß ich eine Art Reitmaschine sei, auf seinen Rücken gesetzt.

Aber in den Blicken, die Pferd und Reh miteinander wechselten, da lag ein freudiges Grüßen, ein verwundertes Erkennen: Uns beide, dich und mich, schuf der gleiche Gott. – – –

Ob Lukas wohl heute kommt? Er kommt in den sieben Wochen jeden Tag, vormittags und nachmittags. Ich habe nie geglaubt, daß es einen treuen Menschen gibt, einen Menschen, der unbedingt bedingungslos zu einem hält. Ich bin oft eifersüchtig, schrecklich eifersüchtig, wenn er auf dem Gang mit der Baronin spricht, deren an den Nieren operiertes Kind im Zimmer gegenüber liegt. Ich liebe es, von Männern, die mich lieben, umgeben zu sein, umgaukelt, umtanzt, umschwirrt – aber ich lasse keine Frau in seine Nähe. Ich finde es furchtbar, daß es außer mir noch Frauen auf der Welt gibt, auf denen Lukas' Blick wohlgefällig verweilen könnte. Ich habe schon mit dem Messer nach ihm geworfen. Ich habe ihn mit den Fäusten ins Gesicht geschlagen. Ich habe ihn den schlechtesten Menschen genannt, den es auf Erden gibt. Aber es ist nicht wahr. Es gibt keine guten Menschen. Aber von allen schlechten Menschen ist er der am wenigsten schlechte. Er ist viel, viel besser als ich. Ich bin den einen Tag ganz gut. Dann lohnt es mir niemand. Den andern Tag ganz schlecht. Dann spürt's gleich jedermann. Meine Krankheit ist auch so. Den einen Tag geht's ganz gut. Den andern ganz schlecht. Einen Tag hab ich 36,3. Den andern gleich 40 Grad Fieber. Und so bin ich auch zu den Menschen. Entweder – oder. Entweder sehr lieb, ungewöhnlich lieb. Wenn ich ganz ekelhaft bin, nennen sie mich unausstehlich hysterisch. Die Damen in der Pension Fortuna z. B., die früher übrigens auch eine Art Sanatorium war. Das war ja schon ein böses Omen, daß ich in eine solche Pension zog. Aber unser Oberregisseur hatte sie mir, als ich das Engagement hier antrat, empfohlen. Die Stadt kannte ich ja damals noch nicht, aber heute kenne ich sie. Dieses Bollwerk des Ostens. Ich möchte wissen, wofür und wogegen dieses Bollwerk errichtet ist. Mit dem Osten nach Westen oder mit dem Westen nach Osten? Die Leute wissen wohl hier selbst nicht, wofür und wogegen sie sind. Sie sind für Weißbier gegen Starkbier und umgekehrt. Dann gibt es noch solche, die gegen beides sind und die auf die Gallone Fusel schwören. So viel Betrunkene wie hier hab ich noch nirgends gesehen. Lukas und ich haben auf unserem Weg in die Sankt-Annen-Gasse manchmal abends die Betrunkenen gezählt. Zuerst hat's uns Spaß gemacht. Aber schließlich hat uns der Ekel gepackt. Einmal sind wir bis hundert gekommen. Hundert Betrunkene in fünfzehn Minuten. Selbst drüben in Polen hab ich nicht so viel Betrunkene gesehen, obwohl es dort noch mehr zum Kolorit gehört. Als ich in Kattowitz die »Heilige Johanna« spielte, da waren sie allesamt auch betrunken, Polen und Deutsche – aber vor Begeisterung. Ein Kunstenthusiast schickte mir einen Korb Champagner in die Garderobe, obwohl die Flasche Champagner in Polen 70 Zloty kostet, und das ist ein hübsches Stück Geld. Das Publikum raste.

Abends im Hotel die Wanzen. Deswegen bin ich auch in der Pension Fortuna geblieben, weil es dort keine Wanzen gab. Und das ist schon ein großer Vorzug für hier, wo entsetzliche Armut herrscht, 17 Prozent aller Wohnungen nur aus einem Raum bestehen, die Hälfte aller Schulkinder kein eigenes Bett haben, und ein Fünftel der Bevölkerung aus öffentlichen Mitteln unterstützt werden muß. Mit den Damen, den Inhaberinnen der Pension, stand ich mich gar nicht. Lukas suchte immer zu vermitteln, aber es ging nicht. Wir sind halt zwei Welten, sie und ich. Ich jung, junge Frau, sie zwei alte Schachteln, hochnäsig und unbefriedigt. Warum würden sie sich sonst Schnauz und Pussi nennen? Wie zwei verliebte Hündchen. Die mit dem Kneifer, die Adlige, die ungeheuer stolz auf ihren Adel ist, heißt Schnauz. Sie hassen mich. Sie zittern, wenn ich schon in ihre Nähe komme, weil ich ihnen schon allerlei heftige Dinge gesagt habe. In der Wut bin ich nicht wählerisch in meinen Ausdrücken. Der einen, die immer so eingebildet auf ihre Formen ist (d.h. ihre gesellschaftlichen Formen, andere hat sie nicht), hab' ich mal gesagt, es wäre besser, wenn sie selbst weniger fein, dafür das Essen desto feiner wäre. Denn ewig dieser Fraß von undefinierbarem Gulasch, Omelett mit gehacktem Fleisch, deutschem Beafsteak und wie diese gedrängten Wochenübersichten alle heißen, hing mir schon zum Hals heraus. Und dieses Lazarettkompott: aufgeweichtes Dörrobst. Bei einem Pensionspreis von 7,30 Mark pro Tag – ohne Abendbrot wohlverstanden. Und dann die ewig falschen Rechnungen, die – zu ihren Gunsten nie stimmten. Immer hatten sie sich aus Versehen »verrechnet«. Rechneten Heizung im Mai, wenn längst keine mehr ging. Und immer beleidigt, wenn man sie erwischte, immer auf fein frisiert. Wenn ich hier aus dem Sanatorium herauskomme, schlafe ich keine Nacht mehr unter ihrem ungastlichen Dach. Ich geh mit der Schwester hin, pack' die Sachen zusammen und dann heidi ab in die Schweiz. Ich bin im Krieg groß geworden, in den Kohlrübenjahren, und darum wohl nicht ganz fertig geworden mit meinem körperlichen und seelischen »Aufbau«. Du lieber Himmel, war ich unterernährt, hab ich als Kind gehungert. Oder vielmehr als Backfisch, gerade in den Entwicklungsjahren. Und dann später die Jahre der Inflation. Ein Schauer läuft mir den Rücken herunter, wenn ich daran denke.

Erst wollte mich meine Familie nicht zum Theater gehen lassen, und sie steckte mich in eine Bank. Damals war ja die Hochkonjunktur im Bankgewerbe. Eine Hausse jagte die andere. Immer mehr wurde verdient, und immer weniger war da. Einer bestahl den andern. Die meisten hintenherum. Ich wenigstens offen und ehrlich, indem ich tschechische Kronen, Lire und Dollars aus der Devisenkasse nahm, in so kleinen Portionen, daß es niemand merkte. Ein Dollar oder ein paar Tschechenkronen, das war ja damals ein Vermögen. Ich erinnere mich, daß ich mal, fünf gestohlene Dollar in der Tasche, die Inserate in der Sonntagsnummer der Zeitung studierte: ich wollte mir von den fünf Dollar ein Haus oder eine Villa in Gauting oder Gräfelfing kaufen, möbliert selbstverständlich, denn daheim wollte ich bei den ewigen Streitereien um meine Zukunft nicht mehr bleiben. Und irgendeine Zuflucht, dachte ich sechzehnjährige Göhre, muß der Mensch doch haben.

Ich bin genau so zum Theater gekommen, wie es in den Zehnpfennigromanen »Vom Köhlerkind zur Brettldiva« zu lesen steht. Mir war schon in Wiesbaden ein kleines Engagement versprochen. Und da meine Mutter nichts davon wissen wollte, bin ich eines Morgens von ihrer Seite einfach davongelaufen. Nicht heimlich und bei Nacht, sondern am hellichten Tag, meine Mutter auf der Nymphenburger Straße in

München immer hinter mir her. Ich lief die Straßenbahnschienen entlang. Da kam eine Straßenbahn. Ich sprang auf – und meine Mutter blieb, verzweifelt winkend, zurück. Ich fuhr mit der Straßenbahn zum Bahnhof und vom Bahnhof nach Wiesbaden.

Ich kam in einem billigen Fähnchen und gänzlich ohne Gepäck in Wiesbaden an. Aber wenige Tage später wohnte ich schon im Grand Hotel.

Ich war als Tänzerin mit kleiner Rollenverpflichtung am Kurtheater engagiert und hatte großen Erfolg. Als Tänzerin. Und noch mehr als Frau. Damals bin ich oft als Titelbild einer englischen Modezeitschrift gezeichnet worden. Ein junger englischer Maler benutzte mich als sein Modell, verniedlichte und versüßlichte mich allerdings so sehr, daß ich ihm eines Tages die Zeitschrift um den Kopf schlug.

Für meine Entwicklung als Schauspielerin ist mir das Tanzen sehr zustatten gekommen. Ich bekam jeden Muskel in meine Gewalt. Und mein Körperspiel ist ja schon berühmt geworden. Es geht bei mir heute jedes Wort, das ich spreche, durch den ganzen Körper. Es vibriert durch alle Atome. Aber auch ein Wort, das gegen mich geschleudert wird, kann mir den Leib zerreißen und alle Moleküle in Aufruhr bringen.

Ich bin sehr leicht in Aufruhr zu bringen. Mein Weg führte oft dicht am Abgrund vorbei. Ich bin oft gestrauchelt, aber immer wieder auf die Beine gesprungen. In Wiesbaden war ich mal nahe daran, zu verkommen, so elegant und selbstbewußt ich mit meinen sechzehn Jahren durchs Kurhaus spazierte, Braut eines reichen Russen und Freundin eines eleganten Franzosen. Ich war damals sehr schön – und von einer grenzenlosen Ungezogenheit und Unerzogenheit, die mir aber leider jedermann nachsah. Einmal ohrfeigte ich unter den Kolonnaden den Prinzen Storitzin. Eigentlich nur, weil mir sein Parfüm nicht gefiel. Der Prinz entschuldigte sich dann bei mir.

Eines Tages ließ ich mich von meinem Russen mit meinem Franzosen überraschen. Absichtlich. Er war so sanft, so zart, so rücksichtsvoll, so gütig, daß ich ihn wegen seiner vielen Tugenden zu hassen begann und ihn zu einem bösen Wort, zu einer bösen Geste, vielleicht zu einem Schlag zwingen wollte. Aber Sergej schlug nicht. Er lächelte nur, aschfahl im Gesicht. Da warf ich ihm alles ins Gesicht, was ich in der Eile erwischte. Ich riß den Schrank auf: ein altrose Georgettekleid, ein Goldlamékleid, eine Paillettenrobe, ein schwarzes Velourschiffonkleid, ein Hermelincape, ein Biberjackett, einen Nerzmantel, alle die Kostbarkeiten warf ich ihm ins Gesicht. Er stand immer da und lächelte. Die Kleider, die Spitzenwäsche, alles häufte sich um ihn, er versank schon darin, die Hüte flogen um seine roten Ohren, die immer wie erfroren aussahen. Zum Schluß warf ich ihm auch die Perlenkette an die Stirn. Sie riß, und alle Perlen rollten im Zimmer umher. Als er vor Entsetzen den Mund öffnete, da zog ich den Verlobungsring vom Finger und schleuderte ihm den Ring zwischen die unnatürlich weißen Zähne, die mir so unnatürlich weiß schienen, als ob auch sie noch erbleicht wären.

Er wäre an dem Ring fast erstickt. – Ich verließ sofort Wiesbaden, ganz allein, auch den Franzosen sah ich nicht mehr an. Ich fand ein Engagement an den Nürnberger Kammerspielen. In einigen Wochen war ich der Star des Ensembles – mit einer Tagesgage von fünfzig Papiermark. Und jeden Sonnabend spielte ich eine große Premiere: Die Marquise von Arcis, Frühlingserwachen – abwechselnd Wendla und Ilse – Scampolo, Manon Lescaut – Lulu – Viola. Gearbeitet habe ich damals wie ein Pferd. Männer kannte ich überhaupt nicht. Ich sah sie überhaupt nicht an. Aber meine Nerven waren derart gespannt, daß sie nach irgendeiner Auslösung brannten. Ich trank. Ich soff. In einer kleinen, dreckstarrenden Kneipe droben in der Burg, bei der sogenannten Burgmutter, hockte ich, löffelte mein armseliges Mittagessen und soff billigen deutschen »Weinbrand«. Knapp achtzehn Jahr war ich damals – aber aus sah ich manchmal wie vierzig.

Lukas schweigt den Menschen gegenüber in sich hinein. Er

redet zu fremden Leuten nie ein überflüssiges Wort. Er hält immer Distanz. Und das kann ich so schwer. Aber ich will es, ich muß es noch lernen. Nur einmal neulich ist er aus sich herausgegangen, neulich, als der Intendant mich ihm gegenüber – welche Dummheit, welche Taktlosigkeit – eine Null nannte, der er erst den Namen gegeben habe. Er, der Intendant, habe alles aus mir gemacht. Die Berliner Kritiker, die mich als »Heilige Johanna« gesehen haben, haben geschrieben, daß ich der Berliner Vertreterin dieser Rolle nicht nachstehe. Also. Punktum. Streusand. Schluß mit der Kritik.

Wenn andere sich mit meinem Tun befassen,
Dann sieht der eine Schatten und der andere Licht,
Der hält gerecht, der ungerecht Gericht.
Man soll mich lieben oder soll mich hassen –
Ein Drittes will ich nicht.

Die Briefe, die ich nach der Aufführung der »Heiligen Johanna« bekommen habe, habe ich mir alle aufgehoben. Ich hab' sie hier im Nachtkästel bei mir. Ich muß sie doch wieder einmal lesen.

»Liebes Fräulein, darf man sich persönlich für den unerhörten Eindruck bei Ihnen bedanken und eventuell noch eine halbe Stunde mit Ihnen plaudern?«

Alle wollten sie noch eine halbe Stunde mit mir plaudern. Die Unheiligen mit der Heiligen. Aber ich habe nicht geplaudert.

»Mein sehr verehrtes Fräulein – zwar weiß ich nicht, ob diese Anrede noch zutreffend ist, doch nehme ich es an – und hoffe es.

Ich habe am letzten Sonnabend einen so tiefen Eindruck von Ihrem Spiel mitgenommen, daß ich das Bedürfnis fühle, Ihnen irgendwie meinen Dank zu sagen für den gebotenen Kunstgenuß, um so mehr, als der vom Publikum gespendete Beifall Ihrer Leistung bei weitem nicht gerecht wurde.

Ich bitte Sie daher, als Zeichen meiner Verehrung diese Blumen anzunehmen – kennen Sie die Blumensprache? Narzissen sprechen: Dein Blick nahm mein Herz – und bleibe ich Ihr aufrichtig ergebener...« Ein Hauptmann a. D. Aus der Provinz. Aus Liegnitz.

»Sehr verehrtes Fräulein, ein eigentümlicher Zufall, daß mein Spemannscher Kunstkalender für die Woche vom 8. bis 14. d. M., d. i. in derjenigen Woche, in welcher ich Sie als Heilige Johanna bewunderte, das beiliegende Bild von Ingres brachte. Ich kann nicht umhin, Ihnen als bescheidene Aufmerksamkeit dieses Bild zu verehren. Merkwürdig ist daran der Heiligenschein, obwohl Ingres schon 1867 starb und das Bild, wie ich aus seiner Biographie von Lapanze feststellte, er schon 1854 gemalt hatte. Die Franzosen verehrten sie aber schon lange vor ihrer kirchlichen Heiligsprechung (1920) als Nationalheilige. Die Darstellung ist ja auch eine mehr aufs Heldenhafte gestimmte als Sie, Shaws Auffassung folgend, das schlichte Hirtenmädchen auf der Bühne gestalteten. Mit aufrichtiger Verehrung Ihr ergebenster –.« Das ist ein Studienrat.

Geheimrat Professor Krüll, Prorektor der Universität:

»Sehr geehrtes Fräulein, gestatten Sie mir als persönlich Unbekanntem, Ihnen meinen herzlichsten Dank zu sagen für den großen Genuß, den Ihre Verkörperung der Heiligen Johanna mir bereitet hat. Es sind schon mehrere Tage seit der Vorstellung verflossen, und noch immer steht mir Ihre vortreffliche Darstellung in allen Einzelheiten so vor Augen, daß es für mich eine wirkliche Erholung und Erhebung bedeutet. Ich kenne Shaw ziemlich gut und habe kürzlich ungefähr alles von ihm gelesen: ich glaube, er selbst würde sehr erfreut sein, wenn er Sie als St. Joan sehen könnte. Sie haben die Rolle ganz schlicht aufgefaßt, ohne jedes Pathos, und durch diese Einfachheit völlig natürlich gewirkt: gerade darin liegt eine große Leistung. Ich denke, daß Sie noch zu großen Dingen berufen sind, und hoffe, Sie auch hier noch öfter in großen Rollen zu sehen. – Mit bester Empfehlung Ihr ergebenster...«

Hier ist ein Brief dazwischen an Lukas:

»Sehr geehrter Herr, unter dem frischen Eindruck der gestrigen Aufführung, zu deren Besuch Sie mich tags vorher ermutigten, möchte ich Ihnen ein Wort des Dankes sagen. Er konzentriert sich ganz auf Karin Lund. Sie versprachen sich Wesentliches von ihrer Johanna – die gebotene Leistung muß auch Ihre Erwartungen noch weit übertroffen haben.

Sie war *sehr* wesentlich.

Und das Erlebnis dieses Abends, ihres Abends, hat sicherlich auch viele sehr Skeptische, längst dem Theater Abgewandte ergreifen und überzeugen können.

Sie war ein ganz einheitlicher und guter Mensch und eine wundervolle Frau. – Ich bin Ihr K. T.«

»Sehr geehrtes Fräulein, wenn Sie wüßten, welchen Genuß Sie mir und meinem Mann bereitet haben. Ihre Johanna war so himmlisch und wird uns unvergessen bleiben. Man mußte lachen und weinen mit Ihnen, Sie müssen stolz sein, so eine Johanna spielen zu können. Einen herrlichen Führer in den Schlachten gaben Sie ab, und wie rührend waren Sie, als Sie dann mit Undank belohnt worden sind. Hinreißend rührend und süß waren Sie. Ich kann nicht aufhören zu schwärmen. – Mit freundlichen Grüßen verbleibe ich Frau Rosenbaum.«

Ich muß die Unterschrift küssen. Das ist die gute alte Jüdin aus dem Partiewarengeschäft, wo ich immer die Stoffe zu meinen Hemden und Pyjamas kaufte. Das ist der schönste aller Briefe.

Liebe empfinde ich erst, seitdem ich Lukas kenne und liebe. Jahrelang hab ich herumgeliebelt oder psychologische Diskussionen geführt. Was und wie die Liebe beschaffen sei, ob sie als Idee bedingt oder als Ding idealisierbar sei, und was dergleichen Unfug mehr ist. Heute liebe ich und kann gar nicht mehr darüber reden. Nur stammeln. Lallen. Seufzen. Lächeln. Leuchten. Ich bin glücklich. Oh, wie glücklich bin ich oft. Wenn ich nur an Lukas denke, kommen mir schon die Tränen. Ich bin herunter mit meinen Nerven, aber doch nicht deshalb kommen die Tränen. Wie wundersam sind in der Liebe oft die

Geschlechter vertauscht – und dennoch wie harmonisch vereint.

Ich habe sehr viel Männliches an mir. Lukas sagt immer, ich sei herrschsüchtig in der Liebe. Ich bin oft schlecht gegen Lukas gewesen. Gott wie schlecht! Ich habe versucht, im Gefühl meines eigenen Unwertes, ihn zu demütigen. In Gegenwart fremder Menschen. »Deine Erfolge sind ja nur Talmierfolge. Das sagen alle ernsten Menschen, mit denen ich gesprochen habe.« Ich habe immer zu triumphieren versucht. Auch mit meiner Krankheit hab ich ihn beherrscht. Sie ist mir oft nur ein verwerfliches Mittel gewesen, ihn zu besiegen. Er sollte sich immer mit mir beschäftigen. Ich habe ihn beunruhigt, damit er für andere Dinge keine Ruhe mehr übrig habe. Ich habe seine Arbeit oft völlig unterdrückt. Denn ich war eifersüchtig auf sie. Ich habe Geschäftsbriefe, die er bekam, heimlich zerrissen. Ich habe meine Hysterie als Waffe gegen ihn benutzt. Einen Dolch gegen sein sanftes Herz gezückt. Da war er wehrlos. Ich habe ihm, während er in Sorge um mich verging, ins Gesicht geschrien: »Ich habe das Dreckleben satt. Ich brauche endlich einen Menschen um mich, der für mich sorgt.«

Tag um Tag hat er in Lammsgeduld sich das angehört, bis er einmal nicht mehr konnte und mir diesen Brief schrieb –

Wie wirst du einmal aussehen, wenn du in Unehren ergraut bist? Großmütterchen Karin, wie wirst du aussehen, he? Wer weiß, ob ich überhaupt Großmutter werde, ob ich überhaupt es auch nur bis zur simplen Mutter bringe? Lukas möchte gern ein Kind, ich weiß es, einen Jungen. Aber vorläufig wird es meine schwächliche Konstitution nicht aushalten. Das heißt: eigentlich ist sie gar nicht schwächlich. Aber ich bin durch diese scheußliche Krankheit so geschwächt. Fünf Monate mit einem lahmen Fuß herumlaufen, und dann, als er endlich durch die Arsenkur gut geworden ist, bei der letzten Spritze sich diese Infektion holen. Ist eigentlich der

Arzt daran schuld? Der Professor sagt: die Ampulle. Und er hätte momentan drei solcher Fälle in Behandlung. Ausgerechnet ich muß natürlich die Dritte sein. Gestern hat man noch eine Blutuntersuchung auf Zucker gemacht, weil meine Wunde so schlecht heilt. Das fehlte ja noch, daß ich auch noch Zucker im Blut hätte. Da könnt' ich ja nun also giftig werden – noch giftiger, als ich es durch meine Streptokokken schon geworden bin. Manchmal möcht' ich sagen: Meine lieben Streptokokken! Wie ein König im Märchen an sein Volk eine Ansprache richtet: Meine lieben Untertanen! So möcht ich eine Ansprache an meine lieben Streptokokken richten: Meine lieben Streptokokken! Laßt mich endlich mal in Ruhe! – Das meint ja der König auch, wenn er sich an seine Untertanen wendet. Zweihundert Kubikzentimeter Antistreptokokkenserum hat mir Doktor Rippli in den linken Oberschenkel gespritzt. Die Haut hat sich gewölbt wie die Kuppel von Sankt Peter in Rom. Madonna di – war es damals schön in Rom! Madonna di – ist ein ganz ordinärer Fluch. Madonna, ich wollte nicht fluchen, vergib mir, ich wollte etwas Zärtliches sagen, denn ich liebe dich, Mutter Gottes, und dein Kind, das Jesulein, ich liebe es. Liebes Jesulein, sag deiner Mama, daß ich sie unsäglich liebe, ich weine, wenn ich an sie denke, bitte sie, zum lieben Gott zu gehen: er möchte mich doch, bitte, bitte, bitte, bald ganz, ganz gesund machen. Liebe Mutter Gottes, ich verspreche dir, wenn ich gesund werde, daß ich dir in der Kirche zur Madonna del Sasso bei Locarno, deiner Kirche, eine große goldene Kerze weihe. Und in eine ganz kleine Kapelle ganz oben im Verzaskatal will ich dir ein Wachsherz aufhängen, mein Herz, Mutter Gottes, denn in dieser Kapelle war ich einmal sehr glücklich. In dieser Kapelle, es war gerade Sonntag Lätare, der Sonntag der Freude, hat mich Lukas zum erstenmal geküßt. Wirst du es mir verzeihen, Mutter Gottes? Nicht wahr, Liebe ist nie und nimmer eine Sünde. Nur die Heiligen sahen lächelnd auf uns herab: aus Nischen und bunten Fenstern.

Damals schwor ich, eine Heilige zu werden. Und ich bin auch viel später eine geworden: eine heilige Johanna. Ja, ich bin die Heilige sogar in doppelter Gestalt geworden: als Schillers Heldenmädchen und Shaws Bauernkind. Von beiden muß die Heilige ja etwas haben: vom Helden und vom Kind. –

Als Kind wollte ich schon eine Heilige werden. Ich betete deshalb zur Madonna. Ich hatte viele Wachsherzen, große und kleine, die mir der Jude Moriz verkauft hatte: mit der Garantie, daß sie vom hochwürdigen Herrn Bischof von Tarnopol geweiht seien. Nachts, wenn es niemand sehen konnte, lief ich mit nackten Füßen über die steinernen Gänge in die alte, verstaubte, sogenannte »Schloßkapelle«, die zum Besitztum meiner Eltern gehörte und nur von Ratten, Spinnen und mir besucht wurde. Jede Nacht schmolz am Altar der Madonna ein Wachsherz. Wenn ich zurückging, roch es wie Weihnachten.

Eines Tages wurde ich von Mama belogen. In einer ganz gleichgültigen Angelegenheit, auf die ich mich später nicht einmal mehr besinnen konnte. Aber genug: Mama log. Und da wollte ich auch keine Heilige mehr werden. Ich sagte Moriz, daß ich seiner geweihten Wachsherzen nicht mehr bedürfe, da ich keine Heilige mehr werden wolle – was ihn mit tiefer Wehmut erfüllte. Ich erzählte auch Moriz, warum ich keine Heilige mehr werden wolle, nämlich, weil Mama log und gewiß alle Leute in der Welt lügen würden und also, wenn ich wirklich einmal eine Heilige geworden sei, sagen würden, ich sei gar keine Heilige. – Moriz wiegte erstaunt seinen Schädel hin und her, als wiege er ein Kind, und murmelte etwas in seinen Kaftan, was ich nicht verstand. Schließlich raffte er sich zu einem letzten Bekehrungsversuch auf. Er sei ein armer geschlagener Jud – er habe sich für mich mit Wachsherzen bis Neujahr eingedeckt, ob ich ihm nicht wenigstens noch ein Dutzend abnehmen wolle. »Gut«, sagte ich, »verkauf mir noch ein Dutzend – und nimm die zwölf Herzen und geh zu zwölf Burschen im Dorf – und gib jedem von mir ein Herz –

und sag, dies wär' mein Herz, das ich ihm schenke –.« Da schüttelte Moriz wieder verwundert seinen Kopf, nahm sein Pack Hasenfelle über den Rücken und ging.

Ich aber lief in den Stall zu den Kühen und Pferden und weinte.

»Karin«, sagte Mama nachher zu mir, »du riechst ja schon wieder nach Stall. Du sollst doch eine Dame werden!«

»Ich will keine Dame werden.«

Mama bekam Streifen in die Stirn. »Warum?«

»Weil man den ganzen Tag lügen muß, wenn man eine Dame ist«, sagte ich und sah zu dem zahmen Kanarienvogel, der auf dem Rande der Visitenkartenschale saß und seine Federn in einer kleinen gelben Kaskade stäubte.

Mama ging hinaus und schlug die Tür hinter sich zu.

Das »Schloß«, wo wir wohnten, ehe Papa seinen Abschied nahm, sich ganz der geliebten Musik widmete und wir nach München zogen, lag auf einer kleinen Anhöhe der Nordkarpathen über dem Dnjestr. Rings um den Hügel liefen kilometerlange Korn- und Kartoffelfelder. Aus den Feldern schauten da und dort, wie hineingeschmissene Ziegelsteine, die Bauernkaten: gelbe, strohgedeckte Hütten mit grüngestrichenen Fensterrahmen. Über den Dnjestr trieben Flöße mit Getreide wie von selbst ins Schwarze Meer. Man sah keinen Menschen auf den Flößen.

Ich lief nach Tisch, wenn Mama schlief und Papa in der Lehre vom Kontrapunkt blätterte (obwohl er lieber Klavier gespielt hätte), die zwei Kilometer bis an den Dnjestr, kettete ein Boot los und ließ mich am Ufer entlang bis an irgendeinen Strauch treiben, wo ich regungslos im Kahn liegenblieb und in den Himmel starrte, der, durch das Grün des Strauches gesehen, sich wie ein Tapetenmuster ausnahm. Mit einer solchen Tapete werde ich einmal, wenn ich groß und verheiratet bin, mein Schlafzimmer tapezieren. Eine Tapete ganz aus Himmel mit Weidenkätzchen besteckt. –

Moriz kaufte Hasenfelle, das Stück zu zehn Heller, und

verkaufte sie in Lemberg an den Pelzhändler weiter. Der Pelzhändler fabrizierte Skunksimitationen daraus. Eine solche Skunksgarnitur brachte mir Moriz zu Weihnachten mit. Mama konnte sie beinahe von einer echten nicht unterscheiden. »Siehst du«, sagte Mama zu mir, »auch Moriz lügt. Die Leute sollen glauben, du trägst eine Skunksgarnitur – und es sind doch bloß Hasenfelle.« »Aber *ich* weiß doch, daß es Hasenfelle sind, und meinetwegen dürfen es auch die Leute wissen. Denn das Hasenfell ist mit vieler Kunst zu einem Skunksfell gemacht. Man hat seine Freude an der Kunst. Wenn du recht hättest, dann wäre auch die Kunst Lüge.«

Mama bekam wieder Streifen in die Stirn.

»Seit wann philosophierst du? Es schickt sich für ein junges Mädchen deines Standes nicht, mit einem alten Felljuden freundschaftlichen Verkehr zu pflegen. Ich verbiete dir jeden weiteren Verkehr mit ihm.«

Ich biß die Zähne zusammen, ließ mir ein Pferd satteln und ritt an den Dnjestr. Ich ritt stromaufwärts bis zum Wildpark, bis ich zu meinen geliebten Hirschen und Rehen kam.

»Liebes Herz,

der gestrige Ausbruch hat mir gezeigt, daß es uns bei aller großen Liebe unmöglich ist, zusammenzuleben. Du leidest schrecklich, und daß dieses Leiden auf Einbildungen, auf Fiktionen, auf Phantastereien und Unwirklichkeiten beruht, macht das Leiden an sich ja leider nicht unwirklich. Wie die Biene aus allen Blumen Honig, so saugst Du aus allen Begebenheiten Gift. Hundert und aber hundertmal war nie ein Grund, sondern immer nur ein Anlaß zu Deinen Aus- und Zusammenbrüchen vorhanden. Irgendein Blick, ein Mensch, ein Brief, der gar nichts besagt, wirft Dich völlig aus dem Gleichgewicht und läßt Dich jede Kontinuität des Denkens und Fühlens zerreißen. Du hast keine einheitliche Vorstellung von Menschen, keine unerschütterliche Welt- und Menschenanschauung. Du siehst nicht mit Deinem Auge, mit zwei Augen wie der Mensch in die Welt, sondern wie die Fliege mit hundert Facettenaugen. So nur ist es möglich, daß in einer Sekunde sich Dir das Menschen- und Weltbild völlig entgegengesetzt darstellen kann: was eben schwarz war, ist plötzlich weiß und umgekehrt. War ich eben noch der liebste Mensch von der Welt, so bin ich plötzlich der abscheulichste. Bin ich eben noch ein Mensch, dessen Leib Du wie seine Seele liebst, so bin ich im nächsten Moment ein Hund, vor dem es Dir ekelt und vor dem Du ausspuckst. Du hast mir gegenüber zwei Vorstellungen, und ein Zusammenhang besteht nur innerhalb jedes Kreises, an sich berühren sich die Kreise gar nicht. Ich bin einem Menschen wie Dir noch nicht begegnet: im Guten nicht und nicht im Sonderbaren. Hunderten von Menschen bin ich in meinem Leben nähergekommen, keinem einzigen bin ich Anlaß zu solchen Szenen der Verzweiflung geworden: nur Dir, und so muß wohl die Hauptursache in Deiner unglückseligen Veranlagung liegen. Entsetzlich ist auch die an Verfolgungswahn grenzende Meinung von Dir, man würde Dich nicht genügend respektieren. Während Du selbst wie eine Majestät und Göttin behandelt werden willst, behandelst Du Deinerseits unsereinen wie einen Sklaven oder Verbrecher. Da ich kein Masochist bin, tauchst Du meine glühendste Liebe durch solchen Hoch- und Übermut in Eiswasser. Während Du selbst die größte Rücksichtnahme verlangst, bist Du selbst rücksichtslos im höchsten Maße. Ein Mensch wie Du, der so viel Geduld und Nachsicht beansprucht, sollte diese beiden Tugenden auch anderen gegenüber üben. Die zweierlei Moral, die Du Dir zurechtgelegt hast, ist unerträglich. Dein Jähzorn, Deine seelische Disziplin- und Zuchtlosigkeit sind gewiß ein schreckliches Erbteil, das Dir Dein Vater hinterlassen; aber Du mußt dagegen ankämpfen, sonst wirst Du die Menschen, die Dich am tiefsten lieben und Dir am treuesten ergeben sind, verstoßen und verlieren. Du hast von Gott eine große Macht und Kraft mitbekommen, Menschen zu bezaubern und zu entzücken. Willst Du, daß dieser Zauber dauernde Kraft gewinne und nicht wie ein Feuerwerk verpuffe, dann muß dieser Zauber der seelischen und leiblichen Anmut durch eine ethische Grundeinstellung zum Leben befestigt und vertieft werden. Liebe Deinen Nächsten wie Dich selbst! und: Erkenne Dich selbst! Zwei Forderungen, die, recht durchdacht, alle Gebote in sich tragen. Die andern Menschen sind nicht alle »Dreckkerle« und »Dirnen«, auch wenn sie Dinge tun, die Dir nicht gefallen. Es sind Menschen, genau wie Du. Liebe, Nachsicht, Geduld – sie sind auch mit dem stärksten Temperament vereinbar. Als Du neulich im Theater gegen das Publikum ansprangst, da warst Du schön – denn Du hattest recht. Als Du gestern auf mich einschlugst, da warst Du häßlich – denn Du hattest unrecht. Versuche mit aller seelischen Kraft eine Kontinuität des Denkens und Fühlens zu erreichen – denn der Wahnsinn, das ist nichts anderes als der dauernde Verlust dieser Kontinuität...«

Ich habe den Brief aufgehoben wie ein Amulett. Und lese ihn oft, wenn ich in den Spiegel sehen will. Denn er enthüllt unbarmherzig mein Porträt. So bin ich!

Oh, nicht nur in der Liebe bin ich tyrannisch. Auch in meiner Kunst. Ich verstehe es so gut, daß die Wolter der Ziegler eine heruntergeschlagen hat. Wer meine Rollen spielt, den könnt ich kalten, nein, heißen Blutes töten. Wer darf außer mir Julia spielen oder »Die Heilige Johanna«, »Die Jungfrau von Orleans«, »Puck« und »Pippa«? Ich glaube an mich, wie ich nur noch an Gott und Lukas glaube. Das ist wohl Blasphemie. Aber ich kann nicht anders. Hilf mir Gott, daß mein Glaube sich bewähre. Ich bin ja noch jung, und das Leben liegt noch weit, weit vor mir: eine lange goldne Straße: an deren Ende meine Statue in Marmor steht. Diese dumme Krankheit muß doch mal ein Ende nehmen. Noch vierzehn Tage vielleicht – dann kann ich aufstehen – in den Garten gehn – dann ist es zur völligen Genesung nicht mehr weit – – – –

Warum hört denn dieses abscheuliche Jucken nicht auf? Ich muß doch mal in meinen Taschenspiegel sehn, er steckt in meiner Handtasche – – aber, mein Gott, wie sieht denn mein Gesicht aus? Gestern abend war's doch noch ganz normal – und jetzt diese furchtbare Entstellung ... meine Augen sind ganz rot umrändert – sie liegen wie grüne Smaragde in rote Rubine gebettet – poetisch werd ich auch noch, wenn ich mich so verunstaltet sehe. Und über das ganze Gesicht scheint eine rote Himbeersauce gegossen. Schwester – Schwester – sie antwortet nicht – sie ist bös mit mir. Zu meinen beiden Vögeln ist sie schon zärtlicher als zu mir. Jetzt hat sie ihnen auf meine Kosten ein Badehäuschen gekauft für 65 Pfennig – ohne mich zu fragen. Und wenn sie mir zeigen will, daß sie mich nicht mag, geht sie zu den Vögeln und macht piep – piep. Ich bin zu vertraut mit ihr geworden – das ist es – ich habe sie zu sehr geliebt – und Liebe schlägt ja immer leicht um – und jetzt glaubt sie schon Macht über mich zu haben und versucht mich zu erziehen. Gestern, als ich eine halbe Stunde früher als gewöhnlich um eine Morphiumspritze bat, war sie direkt böse – sie ist auch böse und persönlich beleidigt, weil ich Fisch und Leber nicht essen kann und weil sie dann in die Küche gehen muß und was anderes bestellen, Omelett oder Rührei. Das beleidigt sie persönlich. Und dann ist natürlich wieder ihr die Köchin böse. Und ist persönlich beleidigt, daß die Schwester Omelett oder Rührei bestellt. Und so ist immer einer dem anderen böse – ganz ohne Grund. Es strengt eben weniger an, häßlich und unliebenswürdig zu sein – Schwester – Schwester –

Ich habe Angst – meine Kehle ist plötzlich so rauh – ich kriege keinen reinen Ton heraus – – muß ich sterben – muß ich denn sterben – – – Schwester! Schwester! Schwester!!! »Gnädiges Fräulein?« Na endlich hört sie. Stundenlang kann man hier schreien wie das Kamel in der Wüste. Ihre Augen sind noch ganz verklebt vor Schlaf. »Eine schöne Bescherung, Schwester. Was krieg ich denn da schon wieder?« Sie tritt asthmatisch atmend an das Bett und setzt sich ihren Metallkneifer auf. »Nesselfieber. Wir haben da plötzlich ein kleines Nesselfieber bekommen. Nichts von Bedeutung.«

Was »wir« alles schon zusammen bekommen haben: erst (angeblich) Grippe, die in einen Abszeß überging. Der Abszeß wurde von einem Fachmann ersten Ranges wie Professor Bunzel operiert – nicht ohne zu einer Wundrose Anlaß zu geben. Kaum war diese vorüber, als infolge nicht abfallenden Fiebers – trotz Öffnung des Abszesses noch 39,8 – eine allgemeine Sepsis in Erwägung gezogen wurde, eine peinliche Sache bei etwaiger Umsetzung in die Realität. Nun, das Fieber klang ab – und da bekam der Abszeß ein Junges, eine Fistel sozusagen, die wieder in der Narkose aufgeschnitten wurde. Man benutzte die Finte, mir die Maske in meinem Zimmer überzuwerfen und fuhr mich schon bewußtlos in den Operationssaal. Aber ich bin dem lieben guten Bunzel – ich liebe ihn wie einen Vater – schon auf seine väterlichen Schliche gekommen. Nun, nach der Fistel, was geschieht? Die Wunde heilt schlecht. Man vermutet Zucker im Blut. Hohe Temperaturen. Wieder droht die Gefahr einer Sepsis. Zweihundert Kubikzentimeter Serum ins Blut. Und nun, so als kleine Beigabe: haben wir das Nesselfieber. »Das geht in ein, zwei Tagen vorüber, gnädiges Fräulein. Ich werde Sie mit Alkohol abreiben und von oben bis unten einpudern und dann ganz verbinden. Denn kratzen dürfen Sie sich nicht. Eine Wunde ist nicht ungefährlich. Sie könnten sich wieder infizieren. Aber im übrigen: Kopf hoch!« Kopf hoch! Wie oft ich das schon hören mußte. Zehnmal im Tag. Also 490mal in sieben Wochen. Wenn ich Lukas sehe, dann hebe ich schon von selbst meinen Kopf hoch aus den Kissen. »Woher kommt dieses vermaledeite Nesselfieber?« »Sie haben zu viel Medikamente genehmigt in den letzten Wochen: Morphium, Pantopon, Quirisal, Pyramidon, Brom – ich glaube, es kommt vom Brom. Wir werden mit dem Brom mal aussetzen –« »Ich kann es kaum aushalten vor Jucken. Die ganze Nacht hab ich von roten Ameisen geträumt, das war schon so eine Art Vorahnung. Glauben Sie an Träume, Schwester?« »Wenn es gute Träume sind – ja. Denn die guten kommen von

Gott –« »Schwester, ich glaube auch an böse Träume. Vielleicht, weil ich überhaupt eher an das Böse als an das Gute glaube, glaube ich eher an böse Träume als an gute Träume. Lukas sagt, das wäre schwarze Magie, und ich sollte mich nicht mit Traumdeutung, Hellsehen, Wahrsagen und dergleichen befassen. Aber ich tue es leidenschaftlich gern.« »Herr Lukas hat recht. Er ist ein sehr kluger Herr.« »Ja, Schwester, er ist sehr klug, er ist unbändig klug –« »Sie sollten ihm folgen, wenn er Ihnen einen Rat gibt.« »Schwester, das möcht' ich auch. Aber mein Temperament geht noch allzuoft mit mir durch. Obwohl ich mich schon sehr gebessert habe, seit ich mit ihm zusammen bin. Wenn wir erst verheiratet sind, werde ich noch viel ruhiger werden. Das weiß ich. Die Ehe erst wird mir den wahren Frieden geben.« »Die Ehe ist das Fundament eines christlichen, Gott wohlgefälligen Lebens.« »Schwester, aufgeboten sind wir schon – im Rathauskasten hängen wir schon seit Wochen – wir können jeden Tag heiraten – den ersten Tag, den ich hier herauskomme, heiraten wir. Wir nehmen einfach ein Auto und fahren schnell ins Standesamt. Das geht im hui.« »Und die kirchliche Trauung?« »Ach, Schwester, die kann man später ja in aller Gemütsruhe nachholen.« »Ich halte die kirchliche Trauung für wichtiger als die staatliche, liebes gnädiges Fräulein. Gott muß doch vor allem seinen Segen drein geben.« »Schwester – Gott hat uns schon gesegnet. In einer kleinen italienischen Kapelle im Verzaskatal hat er uns getraut –« »Nun, dann ist ja alles in Ordnung.« »Ich weiß nicht, warum zu all dem Jucken meine Wunde auch wieder zu schmerzen beginnt. – Es hat geklopft.« »Das wird das Küchenmädchen mit dem Frühstück sein.« »Ich habe keinen Hunger –« »So – jetzt sind Sie ordentlich eingepudert und verbunden – jetzt müssen Sie aber einen Schluck Milch trinken. Sehn Sie, die Küchenschwester hat sogar fürsorglich ein Ei hineinquirlen lassen.« »Die Milch widersteht mir schon –« »Sehn Sie das knusprige Brötchen. Es wird schon gehn.« »Ist es so heiß draußen? Das

Fenster ist doch auf. Mir ist schrecklich heiß.« »Es ist nicht so arg.« »Was singt denn da für ein Vogel – ach, meine beiden Astrilden im Käfig – beinah hätte ich sie vergessen – geben Sie ihnen doch ihre Hirse. Sie haben mehr Hunger als ich. Wissen Sie, daß die Astrildepärchen sich sehr lieben? Mehr als die Menschenpärchen. Wenn eines stirbt, stirbt das andere auch – glauben Sie, Schwester, wenn einer von uns beiden, Lukas oder ich, sterben würde, daß dann der andere ihm im Tod nachfolgen würde?« »Auf was für komische Gedanken Sie kommen, gnädiges Fräulein.« »Keine Ausflüchte. Antworten Sie: ja oder nein.« »Aber, liebes Fräulein –« »Wenn zum Beispiel *ich* sterben würde – glauben Sie, daß Lukas aus Verzweiflung an meinem Grabe sich eine Kugel in den Kopf schießen würde?« »Aber das steht doch gar nicht zur Frage, daß Sie sterben –« »Aber *wenn* ich sterben würde –« »Ja, einmal werden Sie natürlich sterben. Wir alle sterben einmal.« »Würde Lukas meinen Tod dann überleben?« »Wie ich Herrn Lukas kenne – nein.« »Schwester, ich kann Ihnen nicht sagen, wie mich Ihre Ansicht beruhigt. Den Gedanken könnte ich nicht aushalten, daß Lukas noch da wäre, wenn ich nicht mehr da wäre. Wüßte ich bestimmt, daß ich sterben würde, ich würde ihn in meinen Tod mit hinübernehmen – Ich würde ihm, wie das Silberfuchsweibchen dem treulosen Silberfuchsmännchen, die Kehle durchbeißen.« »Wie kann man so unchristlich grausam sein – aber Sie trinken ja Ihre Milch gar nicht – – –. Herein – Blumen – gnädiges Fräulein –« »Alpenrosen – liegt eine Karte bei?« »Keine.« »Wieder anonym. Jeden Tag bekomme ich diesen anonymen Blumenstrauß. Wer es nur sein mag –« »Vielleicht ein Verehrer vom Theater, gnädiges Fräulein –« »Vielleicht. Ja. Wohl möglich. Sicher.« »Das ganze Zimmer ist schon wieder voll Blumen. Der junge Herr Lukas hat ein Rhododendron geschickt. Und einen Strauß Iris. Wird auch ein schönes Stück Geld kosten. Die jungen Herren heutzutage. Na –« »Da liegt ein Zettel bei –«

Korsika ist eine Insel,
Asinus, so heißt der Esel,
Rhododendron ist ein Strauch,
Iris eine sanfte Blume,
Nun – und was besagt dies alles?

Er ist immer voll reizender Einfälle. Und überschüttet mich mit Blumen wie mit Gedanken. Wie schön sind seine Gedanken! Wie schön sind seine Blumen!

»Es ist erwiesen, daß die Blumen schon lange vor Thepsis Komödie gespielt haben.«

Es war ein griechisches Buch, und der sonderbare Satz ist mir immer wie ein Zitat aus Lucian geklungen. Begreifen kann ihn nur, wer Blumen wie Menschen begreift.

Ein Gärtner sagte mir einmal: Pflanzen und Pflanzinnen lieben einander wir Menschen oder Tiere.

Es war ein französischer Gärtner, er sagte: plants et plantes. Wir Deutschen haben leider kein besonderes Wort für die weibliche Pflanze.

Der Gärtner war ein weiser Mensch. So weise wie er sind nur noch Kinder und Wahnsinnige. Kinder, die mit Blumen spielen, respektieren die Blumen als Wesen ihrer Art. In einer Irrenanstalt, wo mein Bruder untergebracht war, sah ich einmal einen Wahnsinnigen damit beschäftigt, aus Pflanzen Tiere und aus Tieren Pflanzen zu machen. Vielleicht war es auch mein Bruder. Er spielte lieber Gott. Er riß von einer Orchis die Blüten ab und band tote Fliegen mit feinem Zwirn an den Stengel. Die Fliegen sollten nun Blüten, die abgerissenen Blüten Fliegen darstellen. Wer die Orchis kennt, wird zugeben, daß ihre Blüte außerordentliche Ähnlichkeit mit einer Fliege hat. War der Wahnsinnige gar so wahnsinnig? Es gibt Wesen, die Linné zu den Weichtieren rechnet, Cuvier zu den Pflanzen. Wo geht Tier und Pflanze, Mensch und Tier, Gott und Mensch ineinander über?

Der Wahnsinnige war in Pflanzen jeder Art vernarrt. Menschen, die er liebte, nannte er: Levkojen, Lilien, Tuberosen. Menschen, die er haßte, gab er die Namen giftiger Pflanzen. Eine Schwester bezeichnete er immer: Hundspetersilie. Ein Wärter hieß gefleckter Schierling. Merkwürdigerweise aber gab er auch einer Frau, die er liebte, den Namen einer Giftpflanze. Er nannte sie: Belladonna: schöne Dame ... Sie war wirklich eine schöne Dame. Sie konnte stundenlang unbeweglich, ganz in Schwarz gekleidet, in einem Lehnstuhl sitzen. Einmal traf ich den Irren, wie er sie mit einer Gießkanne begoß. Sie rührte sich nicht, obwohl ihr schwarzes Seidenkleid von Wasser schon troff.

Als Kind lernte ich die Pflanzen kennen an jenen aufregenden Vormittagen, an denen ich die Schule schwänzte. Ich lief aus der kleinen Stadt heraus: auf die Aue, die sich meilenweit am Ufer des Stromes hinzog und früher einmal sein Bett gewesen sein mochte. Ich haßte es, Pflanzen zu pressen und zu klassifizieren und in ein Herbarium zu kleben. Sakuntala sagt: Ich empfinde eine schwesterliche Liebe zu dieser Pflanze. Ohne Sakuntala zu kennen, empfand ich diese Liebe zu den Pflanzen. In einem alten indischen Gesetzbuch heißt es: die Pflanzen fühlen Freude und Schmerz. Wir armen, verarmten Europäer! Wir müssen solche kindlichen Wahrheiten uns immer wieder neu erkämpfen.

Manchmal komme ich mir wie eines der Krokodile vom Berliner Aquarium vor – die liegen auch immer in solcher tropisch-feuchten Wärme unter einem Blätterdach. Und sind faul. So faul. Wie jetzt ich. Ich könnte keine Rolle lernen. Die Julia möcht ich schon längst lernen. Aber wer soll den Romeo spielen? Es gibt keinen Romeo mehr, seit Kainz tot ist. Und es wird keine Julia mehr geben, wenn ich tot bin. Dann ist es aus. Vorbei mit der Liebe. Liebe und Leidenschaft sind ja so unmodern. Man ist für neue Sachlichkeit oder wie das heißt.

Es sind ja Mücken im Zimmer. – Übrigens stechen mich die Mücken – was ein gutes Zeichen ist –, denn sie gehen nur an reines Blut – Leute, die Zucker im Blut haben, verschmähen sie. – – –

Ist das nicht sonderbar, daß Lukas im Krieg im selben Sanatorium gelegen ist wie ich jetzt? Im Zimmer 5 gegenüber. Ein Jahr hat der arme Teufel gelegen mit einer Rückenmarksquetschung, und ich werde schon ungeduldig mit meinen sieben Wochen. Er ist vor Verdun verschüttet worden. Völlig verkohlt haben sie ihn ans Licht gezogen. Vier Wochen hat er bewußtlos gelegen. Mit einem Schild ›Erblindet‹ ist er im Sanatorium eingeliefert worden. Sie haben ihn ins Wasserbett gelegt, weil sie glaubten, es ginge mit ihm zu Ende. Aber dann ist es doch wieder geworden. Nichts hat er zuerst rühren können, keine Hand, kein Bein, und ich bin doch so munter, so beweglich. Ja, gestern ist mir die Teetasse aus der Hand gefallen, aber das war nur ein Moment der Schwäche. Das kann vorkommen. Es geht ja Gott sei Dank vorwärts. Nächste Woche werd ich wohl schon im Garten liegen können und den Amseln zusehn. Ich hör den Drosselruf so gern. – Oh, ich habe schon wieder so kalte Füße, Schwester. Sie müssen mir eine neue Wärmflasche geben.« »Kalte Füße, heißes Herz.«

›Zanger, zanger, zießchen,
Mich frieren meine Füßchen,
Laßt mich nicht so lang in der Kälte stehn,
Sonst muß ich ein Haus weiter gehn.‹ –

»Es hat geklopft, Schwester – Herein – ah, der Herr Professor!« »Guten Morgen, gnädiges Fräulein.« »Guten Morgen.« »Wie geht's, wie steht's, wie liegt's – lassen Sie mal den Puls fühlen – ganz ordentlich – und die Temperatur? Hm.« »Was heißt das: Hm?« »Hm heißt Hm.« »Professor, manchmal glaube ich, Sie spielen mir eine schreckliche Komödie vor –« »Aber mein verehrtes gnädiges Fräulein.« »Sie haben mir doch mal erzählt, daß Sie früher viel in Liebhabervorstellungen aufgetreten sind – als Liebhaber, wie?« »Ich war ein Dilettant.« »Lieber Herr Professor, Sie müssen mir Ihr Ehrenwort geben, daß Sie 's mir sagen, wenn es mir mal schlecht geht, wenn ich sterben müßte –« »Liebes gnädiges Fräulein – ich habe in Gießen studiert – auch eine Stadt: Gießen – ich gebe Ihnen mein großes Gießener Ehrenwort – das wird Sie beruhigen –, daß ich Ihnen immer klaren Wein einschenken werde – versuchen Sie mal, sich etwas nach links herüberzudrehen, die Schwester wird Ihnen helfen – so – so geht es schon – die Wunde sieht aber vorzüglich aus – ich werde sie jetzt ausspülen – dalli – dalli – Schwester, wo ist das Zeugs – so, die Schwester wird Sie nachher wieder verbinden – ich habe oben eine Gallensteinblase und eine Beckeneiterung, die meiner warten – aber Oberschwester, Schwester – gehen Sie mal 'n Moment hinaus – ich habe mit dem gnädigen Fräulein ein paar vertrauliche Worte zu reden – so – ich mache die Tür schon selbst zu – fahren Sie nur den Verbandswagen in Nr. 2 – also ich wollte Ihnen bloß sagen – ich verstehe ja wohl nicht viel von Kunst – aber ich möchte doch sozusagen auch mein Scherflein auf dem Altar der Kunst niederlegen – Banause, der ich bin – ja – Sie haben schon mehrmals eine ... Rechnung sozusagen verlangt. – Bitte, tun Sie das nicht – Sie werden nämlich von mir keine erhalten – weil ich Leuten Ihres Schlages prinzipiell keine Rechnungen ausstelle –« »Lieber Professor, Sie beschämen mich sehr –« »Ach was, Sie sind Künstlerin – Ihre Gage kennt man ja – wenn auch nicht detailliert – aber so im allgemeinen – und außerdem – ja – wissen Sie – ich bin ein alter Mann – ein alter Trottel – widersprechen Sie mir nicht – ich habe keine Kinder – aber ich habe ein ungeheuer väterliches Gefühl für Sie –« »Mein – Vater – ist – gestorben – als – ich – sechzehn – Jahr – alt – war –« »Weinen Sie nicht, kleine Karin. Mein Borstenbart kitzelt Sie wohl – aber ich will Ihnen nur einen väterlichen Kuß auf die Stirne drücken – weil ich Sie sehr lieb habe – kleine Karin – das wird mir der Lukas ja auch nicht übelnehmen – schließlich bin ich ein alter Knacker, und er ist ein junger Bursch, rank und schlank, wie man wohl sagt – da lohnt es nicht, eifersüchtig zu sein. Eifersucht steht uns Alten besser an. Damals, als ich Sie als heilige Johanna sah, wie rührend waren Sie im Gerichtsakt, man hätte Ihnen immer über die Stirne streicheln mögen – ja, damals dachte ich nicht, daß ich Ihnen mal näherkommen würde – versteht sich: nicht bloß mit dem Operationsmesser. Ich liebe Sie sehr, kleine Karin –« »Wie sanft Sie meinen Kopf halten mit Ihren großen Händen!« »Es sind Metzgerhände, nicht wahr, schön sind sie nicht –« »Aber gut – und sanft – und väterlich. Mein Vater hatte auch so große Hände – nein – noch viel größere – er war Pianist – und da bekommt man leicht große Hände. Er spannte die Dezime mit Leichtigkeit. Ich habe ihn sehr geliebt – er hatte einen ganz ähnlichen Charakter wie ich – nur war er noch tausendmal jähzorniger – und darum habe ich ihn auch gehaßt, weil er einen ganz ähnlichen Charakter hatte wie ich – einen Monat vor seinem Tode bin ich immer mit dem geladenen Revolver herumgegangen. Ich hatte mir fest vorgenommen, ihn zu erschießen. Er hat mich und meinen Bruder geschlagen – davon machen Sie sich keine Vorstellung. Mein Bruder hatte einmal wider sein ausdrückliches Verbot Schlagball gespielt. Der Turnplatz lag unserer Wohnung gegenüber. Man konnte von unseren Fenstern in ihn hineinsehen. Unglücklicherweise war mein Vater den Nachmittag nicht ins Konservatorium gegangen, er lag am Fenster und schmauchte seine Pfeife: einen Türkenkopf von widerlichem Aussehen. Da sah er meinen Bruder spielen; und sah, wie ihm der Schlagball gerad ins Auge sauste. Wie rasend stürzte er herunter. Auf meinen Bruder, dem fast das Auge heraushing, los. Nahm seinen Schläger und schlug den harten Schläger auf seinem Rücken entzwei. Der Bubi lag dann drei Wochen krank. Ich bin nachts im Winter vor seiner Wut nur im Nachthemd in den Garten gelaufen und hab' dann im Hausflur auf der Treppe geschlafen; daß ich nicht an Lungenentzündung starb – ist ein Wunder. Mir war, trotz ausgesprochen negativer Begabung zur Kinderpflege, die Wartung meiner kleinen Schwester anvertraut. Ich fuhr sie im Wagen spazieren. Ich ließ den Wagen auf dem Trottoir stehen, im Gebüsch eine Blume zu pflücken. Da fiel das Kind aus dem Wagen und gerade vor einen Radfahrer, der zum Glück noch rechtzeitig abspringen konnte. Ich lief herzu. Der Radfahrer schlug mir links und rechts eins hinter die Ohren. Aber ich war ihm nicht böse. Er hielt das Kind im Arm und tröstete es. ›Tragen Sie es nur nach Hause‹, und ich nannte ihm unsere Adresse, ›ich gehe nie mehr nach Hause.‹ Ich lief davon. An diesem Tag wollte ich mir das Leben nehmen. Ich wagte es nicht, meinem Vater unter die Augen zu treten. Ganz spät am Abend schlüpfte ich in mein Zimmer und riegelte es von innen ab. Nach Mitternacht kam mein Vater und klopfte an die Tür: ›Mädi – Mädi – mach auf –‹ Ich klapperte mit den Zähnen unter der Decke. Und wenn er mich töten sollte, die Tür riegelte ich nicht auf. ›Mädi.‹ Da begann er schon mit seinen riesigen Fäusten die Türfüllung herauszutrommeln, um den Riegel von innen zu erwischen. Dann kam er ins Zimmer, riß die Decke vom Bett. Und ich sah ihn vor mir stehen: die Hände hatte er sich schon verletzt, sie trieften von Blut, Splitter staken überall in den Handflächen. Sein Auge war rotunterlaufen. Heilige Mutter Gottes, flehte ich, steh mir bei in meiner Not! Und dann fiel er vor meinem Bette um. Er fiel der Länge nach um und blieb wie tot liegen. Es war der erste einer Reihe von Schlaganfällen, die er bekam. Unglücklich sah ich auf ihn nieder, wie er da wie ein gefällter Eichbaum lag. Er verstellt sich bloß, dachte ich. Ich zupfte ihn an den Haaren, an der Nase. Er merkte nichts. Da lief ich leise zu meinem Bruder, der nebenan schlief, weckte ihn, er kam herüber, und wir standen beide, von widerstreitenden Gefühlen hin und her gerissen, vor dem Mann am Boden. Vielleicht war er tot? Freude und Schmerz jagten über uns hin. Dann gingen wir die Mama holen. Die Mama – der Vater war gewiß roh zu uns – aber wollen Sie glauben, daß wir beim Streit zwischen Vater und Mutter immer die Partei des Vaters ergriffen?« »Armes Kind – Sie haben eine schlimme Kindheit gehabt –« »Sie hat kein Herz – kein mütterliches Herz – sie ist daran schuld, daß ich selber so wenig Herz hab', daß mein Herz ganz verschüttet lag – wie ein Quell unter einem verschütteten Brunnen – Lukas hat ihn erst zum Springen und Quellen gebracht –« »Und nun trinken wir alle daraus und erquicken uns daran.« »Keine Komplimente, liebster Professor. Das Wasser ist noch trübe genug. Ja, aber von meinem geliebten und gehaßten Vater muß ich noch zu Ende erzählen. Als er starb, er starb an Speiseröhrenkrebs –« »Eine chirurgisch aussichtslose Diagnose –« »ließ er mich allein an sein Sterbebett rufen. Denn ich war sein Lieblingskind. Trotz allem; der Mutter verbot er förmlich den Zutritt. Mit dem geladenen Revolver unter der Schürze ging ich hinein. Da begann er mit schwerer Stimme zu sprechen. Er beichtete. Er beichtete mir sechzehnjährigem Gör sein fünfzigjähriges Leben, und es war kein leichtes Leben gewesen: ein Leben voll Sorgen, Dreck, Alkohol, Jähzorn, Weibern und allmählichem Zusammenbruch. Aber es war auch Glanz darin, Glanz von oben her, Genie und Musik, Musik. Mottl und Strauß haben ihm das Prädikat eines genialen Musikers nicht vorenthalten. Ich hatte seine Begabung zweifellos geerbt. Mit sechzehn Jahren spielte ich virtuos Klavier. Ich sollte damals das Konservatorium zu Ende besuchen. – – Als er mir sein Leben wie ein wildes Märchen erzählt hatte, da konnte ich meine Tränen nicht mehr zurückhalten – ich bin sehr nah ans Wasser gebaut, jetzt muß ich auch schon wieder weinen, aber es besagt nichts – Professor – ich weinte – er weinte – ich legte meinen Kopf neben den seinen auf die Kissen, und unsere Tränen und unsere Seelen flossen ineinander. Dann mußt' ich ihm aufhelfen. Er war ein Hüne und in seiner letzten Minute noch von solcher Kraft, daß er von mir gestützt zum Flügel schwankte – er schlug ihn auf – setzte sich auf den einen Schemel – forderte mich zum Niedersitzen auf dem anderen auf – gewaltig griff er in die Saiten – heißt es bei Homer –, wir spielten vierhändig die As-Dur-Sonate, die er so innig liebte. Wir spielten sie auswendig. Als der letzte Ton verklang, fiel er vom Sessel. Wie damals im Schlafzimmer lag er vor mir. Ich rief halb ohnmächtig meinen Bruder. Beide knieten wir vor ihm nieder und küßten ihn nun sanft. Ganz verklärt war sein Gesicht. Ich habe es nie so glücklich gesehen. Glauben Sie, Professor, daß das meine im Tode auch so glücklich aussehen wird?« »Jetzt soll es erst mal im Leben glücklich dreinschauen – liebes Kind – sehen Sie, da kommt schon Ihr Glück – Lukas kommt – treten Sie nur ein, Lukas. Sie werden schon sehnsüchtig erwartet – ich darf mich wohl verabschieden – ich habe meine Gallensteine und meine Beckeneiterung sowieso schon ungebührlich lange warten lassen – auf Wiedersehen, liebe Karin –« »Auf baldiges – baldiges – Wiedersehen, liebster Professor –« »Guten Tag, liebstes Herz. Wie geht's? Laß dich küssen.« »Danke, Lukas, ich bin nur ein wenig aufgeregt. Ich rede soviel heute. Ich glaube, ich habe Fieber. Seh' ich nicht abschreckend häßlich aus im Gesicht?« »Oh, das geht vorüber. Die Schwester erzählte es mir schon auf dem Gang. So ein kleines Ekzem kommt alle Tage vor. Morgen ist es schon vorbei...« »Otto Reutter sang mal ein Couplet: In fünfzig Jahren ist alles vorbei...« »Recht hat der Mann.« »Meistens hat die Frau recht.« »Zugegeben.« »Ach, du hast mir ja weiße Blumen auf die Bettdecke gelegt – weißt du, daß man das eigentlich nicht darf –« »Wieso?« »Wenn man einem Kranken weiße Blumen auf die Bettdecke legt – dann stirbt er – das ist so ein Aberglaube.« »Das ist ein dummer Aberglaube. Komm, hier leg' ich dir noch rote Rosen auf die Bettdecke, die hab' ich dir mitgebracht, und nun wirst du ewig leben.« »Ach, ewig möcht ich gar nicht leben. Aber eine kleine Ewigkeit möcht ich schon leben und lieben. Dich lieben, Lukas.« »Wie ich dich liebe.« »Liebst du mich so sehr?« »Alle Sonne, alle Erde, alle Sterne sind mir nicht so lieb wie du.« »Und wie willst du diese deine Liebe beweisen? Bin ich jetzt nicht krank, schwach, häßlich, entstellt – draußen laufen tausend schöne Frauen in den Gärten und Parks herum, sie begegnen dir, wenn du zu mir kommst – und du liebst nicht sie, die Gesunden, Aufrechten, Schönen, sondern mich, die Sieche, Häßliche.« »Du bist nicht häßlich und wirst nie häßlich sein können. Du hast die schönsten Augen.« »Sie sind jetzt verweint – und?« »Die schönsten Hände.« »Sie sind jetzt verschwollen – und?« »Die schönsten Lippen.« »Sie sind mit lauter Bläschen bedeckt – und?« »Die schönsten Brüste.« »Sie sind jetzt eingefallen – und?« »Die schönsten Füße.« »Der eine wird vielleicht lahm bleiben.« »Süßeste Inbrunst.« »Als du gestern von mir gingst, glaubte ich, die Nacht verschlänge dich auf ewig. Heute, da ich dich nicht sah, wie leer war da mein Herz, die Welt ohne dich! Aber jetzt bist du wieder da –« »Du bist eine Lilie oder ein Pfau. Silberne Weide hängend über grauen Gärten. Du Mitternachtsstern. Ein kleiner Vogel, den der Sturm durchs geöffnete Fenster in mein Zimmer trieb. Ich dürste nach dir wie der Karawanenreiter in der Wüste nach Wasser –« »Du, ich kann auch dichten:

Sei lieb, sei lieb,
Es ist so kalt,
Es ist so naß,
Und kalt ist Haß,
Und Lieb ist warm.
O komm, o komm,
In meinen Arm.«

»Mein Allerliebstes, was für Worte finde ich, dir zu sagen, wie ich dich liebe – du Allerliebste – Allerlieblichste – Allerlebendigste – Allerschönste – Allersüßeste – Allerbeste – Allerfraulichste – mein Herzensmädchen, Herzenskind, Schmerzensmädchen, Schmerzenskind – ich küsse dich, umarme dich, halte dich fest – führe dich – trage dich – auf meinen Händen – in meiner Seele –« »Oh, ich weine, ich weine vor Glück, und ich darf nicht weinen, sonst fließt mir das Herz aus –« »Liebstes Karinkind, ich habe noch eine Überraschung für dich –« »Eine Überraschung?« »Ich habe draußen vor der Tür einen – einen Bekannten stehen – einen Freund – eine Art Freund – oder vielmehr: er wird mir – und dir – zum Freund werden – durch – durch das, was er tut – darf ich ihn hereinbitten? Er möchte, nein: er muß dich kennenlernen –« »Er *muß*? Nun: ins Schicksal soll man sich fügen. Ich verstehe keine Silbe von dem, was du sagst, aber laß ihn nur herein –« »Bitte, treten Sie nur ein – darf ich bekannt machen: dies ist meine Braut – meine zukünftige Frau – in einer kleinen Zukunft, die fast schon Gegenwart ist, wird sie meine Frau sein – Karin, dies ist der Herr Standesbeamte – er wird die Liebenswürdigkeit haben, uns zu trauen –« »Liebes – wir sollen Mann und Frau werden – jetzt – jetzt gleich?« »Auf der Stelle, Karinkind. Wir brauchen nur noch zwei Trauzeugen, aber du siehst, da sind sie auch schon zur Stelle: Herr Professor Bunzel.« »Hierorts bekannt.« »Und der Herr Portier.« »Aber Lukas, warum hast du mich gar nicht vorbereitet – ich bin glücklich – glücklich – aber auch bestürzt – es kommt so überraschend – so eine Trauung am Krankenbett – das macht man doch nur mit Sterbenden –« »Aber, Karin, wer wird solchen Unsinn reden – das kommt alle Tage vor – ich wollte dir nur eine Freude bereiten – aufgeboten sind wir ja doch schon längst – wir hätten ja doch gleich geheiratet, wenn du hier herausgekommen wärst.« »Aber was redest du, Lukas, ›hier herausgekommen wärst‹ – ich werde doch hier herauskommen – bald – ich fühle mich schon so viel besser – das Ekzem geht auch vorüber – nicht wahr, Professor?« »Gewiß, gewiß, liebstes Fräulein Karin – aber warum so aufgeregt? Erschweren wir dem Herrn Beamten die Ausübung seiner schönen Pflicht nicht. Wollen Sie bitte –« »Junggeselle Lukas Lang, sind Sie bereit und willens, mit der Jungfrau Karin Lund in den Stand der Ehe zu treten, so antworten Sie laut und vernehmlich mit Ja!« »Ja!« »Jungfrau Karin Lund, sind Sie bereit und willens, mit dem Junggesellen Lukas in den Stand der Ehe zu treten, so antworten Sie laut und vernehmlich mit Ja!« »Ja!« »Wollen Sie bitte hier Ihre Unterschriften in das Buch setzen.« »Ich führe dir die Hand, Karin.« »Und ich dir die deine, Lukas.« »Jetzt, Herr Professor, bitte, Herr Portier – danke – die Zeremonie ist beendet – darf ich mir erlauben, dem jungen Paare meine herzlichsten Glückwünsche auszusprechen –« »Danke – danke tausendmal, Herr Professor.« »Wir wollen das junge Paar jetzt allein lassen.« »Auf Wiedersehen.« »Karin – der Beamte – der Professor – sie sind alle gegangen – du bist müde – schlaf ein wenig – mach die Augen zu. –« »Nein – nein – ich bin nicht müde – ich muß die Augen ganz weit aufmachen – um dich ganz, ganz zu sehen – um dich ganz, ganz zu haben – meine Augen sind gefräßige Tiere – Lukas – sie wollen dich verschlingen – damit dich kein anderes Frauenauge mehr erblickt – oh, ich weiß – wie hart ich manchmal bin – aber ich weiß auch, wie ich manchmal dahinschmelzen möchte – und ganz weich werde – Wachs in deiner Hand – und manchmal denke ich, du verdienst eine ganz andere Frau als mich – eine hingebende – ich kann mich nicht hingeben – denn wenn ich mich hingäbe, wäre ich verloren –« »Höre, Karin, heute nacht hatte ich einen schrecklichen Traum.« »Ich hatte viele Träume. Viele schreckliche. Aber erzähle.« »Wieder kämpften Ying und Yang miteinander. Yang, der Helle, ging auf Ying, die Dunkle, los. Sie schrie. Vor Schmerz. Vor Lust. Sie versanken ineinander wie Liebende. Wie Kämpfer. Hell und dunkel mischte sich zu einem grauen Nebel, dem Urgrund aller Dinge. Aus dem Nebel trat ich, wer weiß zum wievielten Male, ins Leben. Ich saß auf meinem letzten Grab und versuchte, in der Dämmerung des Nebels die Grabinschrift zu lesen; wie hatte ich doch gleich geheißen? Ich konnte mich auf nichts mehr besinnen. Mein Hirn war hohl. Der Wind pfiff durch meinen Schädel. Wann war ich gestorben? Ich deutete mühsam die verwitterten Zahlen auf dem Grabstein. Aus Kalk war er. Nicht einmal Marmor hatten mir meine Verwandten, die schäbigen Filze, gegönnt. † 1763 … 1763? Und was war heute für ein Datum?

Ich begann zu frieren. Ich schlug mit meinen Knochen gegeneinander. Sie klangen wie Kastagnetten zum spanischen Tanz. Aber die Partnerin fehlte. Ich stürzte aus dem Friedhof über die Mauer und über das freie Feld. Wie ein Kranich schritt ich dahin. Rebhühner flogen aus den Furchen vor mir auf. Am Horizont wehte die Silhouette einer Vogelscheuche. Ich ging auf sie zu und entkleidete sie sorgsam. Die zerlumpten Kleider paßten mir vortrefflich. Ich konnte für einen leibhaftigen Strolch gelten. Ich spiegelte mich in einem Tümpel. Ich war mit mir zufrieden. Ich brauchte nur noch etwas Fleisch, etwas Füllung für meine Knochen, wie eine gebratene Gans Füllung braucht. Ich war ein wenig mager geworden. Ich bedurfte der Umarmung, des Blutes einer Frau, um wieder völlig fleischig dazustehen. Ich sah auf einem Kartoffelacker eine junge Bäuerin Kartoffeln jäten. Ich ging auf sie zu. Aber sie entfloh schreiend.

Ich setzte mich auf einen Meilenstein an der Chaussee. Da humpelte ein altes Wurzelweib vom Kräutersuchen aus den Föhren heraus. Ein besonders gutes Gewissen schien sie nicht zu haben. Sie sah sich ängstlich nach allen Seiten um. Hübsch war sie nicht, hol mich der Teufel, kein saftiger Braten wie die junge Bäuerin, sondern faltig, ledern, abgenutzt wie eine alte Markttasche. Aber immerhin war es etwas Weibliches. Ich packte sie von hinten und schlug ihr meine Zähne in den zähen Nacken. Ich trank ihr Blut. Als ich sie ausgetrunken hatte, warf ich sie aufs Moos wie einen leeren Schlauch. Ich fühlte meine Glieder, meine Hände: ich hatte Fleisch angesetzt, kein junges, frisches, aber immerhin Fleisch, Menschenfleisch. Ich lebte wieder. Ich hatte wieder einen Leib. Dem Himmel oder der Hölle sei gedankt.« »Hast du das geträumt, Lukas? O Lukas, Lukas – das Bild der alten Frau ist dir aus meinem entstellten kranken Gesicht aufgestiegen.« »Karinkind – eine Biene hat sich auf deine Hand gesetzt – wie auf eine Blüte. Sie versucht, Honig zu saugen.« »Es ist eine Drohne, Lukas; sie wird bald sterben, wenn sie liebt. Für die Drohnen sind Liebe und Tod identisch. Ach, ich möchte eine Drohne sein. Oder eine Eintagsfliege. Monatelang kriechen die Eintagsfliegen im Schlamm, bis der Tag der Liebe lockt und ruft. Er lockt aus dem Duft der Kastanienblüten, er ruft aus den Sonnenstrahlen: sie breiten die Flügel, erheben sich, sie schweben: verwachsen fliegend miteinander: zwei Leiber und doch kaum ein Leib, nur Liebe, Liebe, bis sie am Abend tot ins Wasser fallen. – Lukas, schwöre mir, daß du mir in den Tod folgst – wenn ich sterben sollte – ich könnte es nicht ertragen – daß du lebst, wenn ich modere – Lukas – ich habe Angst – aus meinem Leibe beginnen Spinnen zu kriechen, Asseln und Maden – sie blähen sich auf – sie wachsen – groß – größer – riesig – die Spinnen sind wie Pferde so groß, die Maden wie Mammuts, Läuse laufen umher, so groß wie Löwen, und Flöhe wie Nashörner. Die Luft ist schwarz von erdbeergroßen Mücken und geierartigen Fliegen. O Lukas, hilf mir – ich sehe keine Sonne mehr – sie ist verdunkelt von den schwärmenden Insekten – sie schwärmen – sie summen – sie brummen – sie singen – sie machen Musik – wenn die Musik der Liebe Nahrung ist – spielt weiter, Musikanten! Spielt den Foxtrott Jealous. Ich bin sehr eifersüchtig – Lukas, ich gönne dich keiner anderen Frau – keinem anderen Menschen – ich gönne dich der Luft nicht – und nicht dem Licht – und nicht der Erde, in die du nur mit mir zurückkehren wirst – Jazzband des Sommers – spiel noch einmal den Jazz. Just one more kiss – noch ein Kuß – noch ein Kuß – Lukas – es steht ein dunkler Schatten hinter dir – was wirfst du für einen riesigen Schatten bis an die Decke – Lukas – der Schatten langt mit langem, dürrem Arm und schwarzer Kralle über dich hinweg nach mir – Lukas, beuge dich über mich – schütze mich – leg deinen Kopf an meinen Kopf auf das Kissen – so – so – ich will deinen lieben Hals zwischen meinen beiden Händen haben – und – küssen – küssen – oh – oh – – – – – – – – – – – – – – – –«

»Sie sind beide tot. Ihr hatte ich keine zwei Tage mehr gegeben und deshalb bei Lukas die Nottrauung angeregt, um ihr noch eine letzte Freude zu machen. Sie hat ihm im Todeskampf die Kehle durchgebissen. So möchte man geliebt werden –«

»Keine Sentimentalitäten, Professor. Lassen Sie sich später vom Lokalberichterstatter der Neuesten Nachrichten interviewen. Dafür können Sie sich die Floskel merken. Ein Bauchhöhlendurchbruch ist soeben eingeliefert. Waschen Sie sich die Hände in Unschuld und Sublimat und kommen Sie! Ran an den Speck! Die Pflicht ruft.«

»Der arme junge Mensch – das arme Kind – ich habe sie beide sehr geliebt. Jeden Tag hab' ich ihr morgens einen Blumenstrauß geschickt.« »Durch die Blume, Professor, kleiner Schäker. Na, jetzt sind sie im Tode vereint. Buchstäblich. Wortwörtlich. Realisiertes Feuilleton. Was will man mehr? Rosen auf das Grab gestreut und des Harms vergessen –«

VII.

Die Erde brennt

Deutliche Worte

FRÜHJAHR 1913

Wenn auf frühlingsfroher Straßenzeile
Man die neusten Extrablätter überfliegt,
Sieht man mit gehobner Langeweile,
Daß sich wieder mal wer in den Haaren liegt.

Österreich, Montenegro, Rußland, China,
England, Frankreich, Deutschland und Türkei:
Jedermann trat jedem Manne irgendwie nah,
Und es ist ein toll verkochter Brei.

Und es ist ein arg verhedderter Staatenknäuel,
Keiner findet mehr sein Bein,
Und man hackt in wildem Greuel
Einfach auf den nächsten ein.

Bist mein Gegner Du? Bist Du mein Bruder?
– In des Zweifels Not
Schießt man eben auf das Luder,
Und man schießt es tot.

Hier sind nun die Diplomaten sehr zu loben,
Denn sie haben einen Pfingstkongreß
Einberufen (der Gedanke kam von oben),
Friedensengel … Fliederblüte … und full dress.

Eine Preisaufgabe ward verkündet
(Angeregt von Bernard Shaw):
Wer ist eigentlich mit Wem verbündet?
Wer bekriegt Wen? Und Wieso?

HÖRT, HÖRT!

genio loci

Die Erde brennt. Die Erde brennt.
In Weimar tagt das Parlament.

In Deutschland geht es drüber, drunter.
In Weimar ist man leidlich munter.

Es lächelt freundlich Scheidemann
Zu allgemeiner Freude. Dann

Erhebt sich eine Exzellenze:
Die Welt sei böse, sagt se, fänd se.

Derweilen stärkt im Vestibül
Sich das monarchische Gefühl.

Die höchste Weisheit hier auf Erden:
Nur immer sachte! wird schon werden!

Jedoch von wegen neuem Geiste,
Da hapert es, vastehste, weißte.

Den ältsten Wein in ältste Schläuche:
Sind Nationalversammlungsbräuche.

Der alte Reichstag ist erwacht.
Prost Mahlzeit! Michel, gute Nacht!

Es steigt die Flut, es brennt die Flamm.
In Weimar hocken sie zusamm.

Hier steht der Mensch auf Quasseln an.
Nicht drängeln! Es kommt jeder ran!

Weiß man, wohin der Haase läuft?
Der Strom der Rede trieft und träuft.

Noch immer fühlt sich Vater Naumann
Als mitteleuropä'scher Baumann.

Die teutschen Männerherzen kollern:
Zum Teufel jagen wir die Zollern.

Und setzten dann an unsre Spitze
Den dicken Papa Ebert (Fritze).

Derselbe sitzt nun auf dem Thron.
Es folgt ihm bald der Ebert-Sohn.

Der Ebert-Sohn, der Davidsohn,
Es wird schon werden, hat ihm schon.

Nur, bitte, immer reinspaziert:
Das alte Stück wird vorgeführt!

Tja, auch verschiedne schwere Jungen
Der Industrie sind eingesprungen.

Es tät uns wirklich sehr verschnuppen,
Gäb's keinen Hintermann für Kruppen.

Wo blieb die Glorie des Gewinnes,
Gäb's keinen Vordermann für Stinnes?

Auch mancher edle Junkerbowke
Erschien aufs neue: Posadowke.

Von Kinderblut und -eisbein nähren.
(In Weimar lebt man von Chimären.)

Auch wird, wer einen Kragen trägt,
So sacht beiseite umgelegt.

Er hat noch einen Schuh? Auf Ehr,
Das ist ein Multimillionär.

Es sagt sich jeder Straßenwandrer:
Wenn ich's nicht klau, so klaut's ein andrer.

Man schaudert als Expropriater
Zurück nicht vor dem eignen Vater.

Was Onkel, Tante oder Bruder!
Wie spät? Zeig her die Uhr, du Luder!

Damit du weißt, wieviel's geschlagen,
Sei dir der Schädel eingeschlagen.

Denn es beschäftigt sich der Mob
Nicht mit Vielleicht und mit Als ob,

Man ist bei ihm, wie einst bei Blücher,
Ganz sicher aufgehoben; ja: *tot*sicher. –

(Für den Bericht kriegt die Journaille
Die hohenzollernsche Medaille. –)

Solln wieder von den alten Pferden
Wir in den Dreck gezogen werden?

Wir haben's satt, das graue Kleid,
Das man aus unsern Häuten schneid't.

Nicht eher wird es Frieden geben,
Als bis sie sich von dannen heben:

Die Zahlenkünstler und Banditen. –
Empor, du neue Welt der Mythen!!

(Ob Weimar oder ob Versailles:
Es ist die gleiche grande canaille. –)

Kommt man dereinst im Himmel nieder,
Reibt man erstaunt sich seine Glieder.

Schon hat, was kindlich hier gestammelt,
Auch dort sich nationalversammelt.

Schon schreitet man zur großen Tat.
Die Kugel rollt. Es dröhnt der Skat.

Und Arm in Arm mit Leichenmüllern
Hört Heydebrand man heiter trillern.

Ein sanfter Engel hebt die Schwingen:
Tja. So was ist nicht umzubringen …

ES WERDEN Tage kommen
Sonnenlose ohne Gelächter.
Brachfelder.
Kein Korn glänzt.

Leichen rollen in den Flüssen.
Die Eisenbahnen sind voll toter Fahrgäste.
Wer ein Herz hat weint
Hingebückt über das Jaucheloch.

Kahlkopf und Kohlkopf
Wechseln wie Wild.
Der Sieg ist versiegt
Viel Teppiche zerfasert.

Eine Tanne
Steht noch – vielleicht.
Das Gehörn einer Gemse
Hängt am Abgrund.

POGROM

Am Sonntag fällt ein kleines Wort im Dom,
Am Montag rollt es wachsend durch die Gasse,
Am Dienstag spricht man schon vom Rassenhasse,
Am Mittwoch rauscht und raschelt es: Pogrom!

Am Donnerstag weiß man es ganz bestimmt:
Die Juden sind an Rußlands Elend schuldig!
Wir waren nur bis dato zu geduldig.
(Worauf man einige Schlucke Wodka nimmt...)

Der Freitag bringt die rituelle Leiche,
Man stößt den Juden Flüche in die Rippen
Mit festen Messern, daß sie rückwärts kippen.
Die Frauen wirft man in diverse Teiche.

Am Samstag liest man in der »guten« Presse:
Die kleine Rauferei sei schon behoben,
Man müsse Gott und die Regierung loben...
(Denn andernfalls kriegt man eins in die Fresse.)

DIE BALLADE DES VERGESSENS

In den Lüften schreien die Geier schon,
Lüstern nach neuem Aase.
Es hebt so mancher die Leier schon
Beim freibiergefüllten Glase,
Zu schlagen siegreich den alt bösen Feind,
Tät er den Humpen pressen...
Habt ihr die Tränen, die ihr geweint,
Vergessen, vergessen, vergessen?

Habt ihr vergessen, was man euch tat,
Des Mordes Dengeln und Mähen?
Es läßt sich bei Gott der Geschichte Rad
Beim Teufel nicht rückwärts drehen.
Der Feldherr, der Krieg und Nerven verlor,
Er trägt noch immer die Tressen.
Seine Niederlage erstrahlt in Glor
Und Glanz: Ihr habt sie vergessen.

Vergaßt ihr die gute alte Zeit,
Die schlechteste je im Lande?
Euer Herrscher hieß Narr, seine Tochter Leid,
Die Hofherren Feigheit und Schande.
Er führte euch in den Untergang
Mit heitern Mienen, mit kessen.
Längst habt ihrs bei Wein, Weib und Gesang
Vergessen, vergessen, vergessen.

Wir haben Gott und Vaterland
Mit geifernden Mäulern geschändet,
Wir haben mit unsrer dreckigen Hand
Hemd und Meinung gewendet.
Es galt kein Wort mehr ehrlich und klar,
Nur Lügen unermessen …
Wir hatten die Wahrheit so ganz und gar
Vergessen, vergessen, vergessen.

Millionen krepierten in diesem Krieg,
Den nur ein paar Dutzend gewannen.
Sie schlichen nach ihrem teuflischen Sieg
Mit vollen Säcken von dannen.
Im Hauptquartier bei Wein und Sekt
Tat mancher sein Liebchen pressen.
An der Front lag der Kerl, verlaust und verdreckt
Und vergessen, vergessen, vergessen.

Es blühte noch nach dem Kriege der Mord,
Es war eine Lust, zu knallen.
Es zeigte in diesem traurigen Sport
Sich Deutschland über allen.
Ein jeder Schurke hielt Gericht,
Die Erde mit Blut zu nässen.
Deutschland, du sollst die Ermordeten nicht
Und nicht die Mörder vergessen!

O Mutter, du opferst deinen Sohn
Armeebefehlen und Ordern.
Er wird dich einst an Gottes Thron
Stürmisch zur Rechenschaft fordern.
Dein Sohn, der im Graben, im Grabe schrie
Nach dir, von Würmern zerfressen …
Mutter, Mutter, du solltest es nie
Vergessen, vergessen, vergessen!

Ihr heult von Kriegs- und Friedensschluß – hei:
Der andern – Ihr wollt euch rächen:
Habt ihr den frechen Mut, euch frei
Von Schuld und Sühne zu sprechen?
Sieh deine Fratze im Spiegel hier
Von Haß und Raffgier besessen:
Du hast, war je eine Seele in dir,
Sie vergessen, vergessen, vergessen.

Einst war der Krieg noch ritterlich,
Als Friedrich die Seinen führte,
In der Faust die Fahne – nach Schweden nicht schlich
Und nicht nach Holland 'chapierte.
Einst galt noch im Kampfe Kopf gegen Kopf
Und Mann gegen Mann – indessen
Heut drückt der Chemiker auf den Knopf,
Und der Held ist vergessen, vergessen.

Der neue Krieg kommt anders daher,
Als ihr ihn euch geträumt noch.
Er kommt nicht mit Säbel und Gewehr,
Zu heldischer Geste gebäumt noch:
Er kommt mit Gift und Gasen geballt,
Gebraut in des Teufels Essen.
Ihr werdet, ihr werdet ihn nicht so bald
Vergessen, vergessen, vergessen.

Ihr Trommler, trommelt, Trompeter, blast:
Keine Parteien gibts mehr, nur noch Leichen!
Berlin, Paris und München vergast,
Darüber die Geier streichen.
Und wer die Lanze zum Himmel streckt,
Sich mit wehenden Winden zu messen –
Der ist in einer Stunde verreckt
Und vergessen, vergessen, vergessen.

Es fiel kein Schuß. Steif sitzen und tot
Kanoniere auf der Lafette.
Es liegen die Weiber im Morgenrot,
Die Kinder krepiert im Bette.
Am Potsdamer Platz Gesang und Applaus:
Freiwillige Bayern und Hessen...
Ein gelber Wind – das Lied ist aus
Und auf ewige Zeiten vergessen.

Ihr kämpft mit Dämonen, die keiner sieht,
Vor Bazillen gelten nicht Helden,
Es wird kein Nibelungenlied
Von eurem Untergang melden.
Zu spät ist's dann, von der Erde zu fliehn
Mit etwa himmlischen Pässen.
Gott hat euch aus seinem Munde gespien
Und vergessen, vergessen, vergessen.

Ihr hetzt zum Krieg, zum frischfröhlichen Krieg,
Und treibt die Toren zu Paaren.
Ihr werdet nur einen einzigen Sieg:
Den Sieg des Todes gewahren.
Die euch gerufen zur Vernunft,
Sie schmachten in den Verlässen:
Christ wird sie bei seiner Wiederkunft
Nicht vergessen, vergessen, vergessen.

OFFENER BRIEF
an Kaiser Wilhelm II., 3. 6. 1917
in der Neuen Zürcher Zeitung

Majestät!
Mehr als Sie in Ihrer politischen und menschlichen Vereinsamung und Einsamkeit ahnen: flehend, werbend, fordernd sind die Blicke der ganzen Welt auf Sie gerichtet. Mag die Ihnen feindliche Presse noch immer in Ihnen den Vandalen und Barbaren an die Wand malen, mögen unfähige und fade Diplomaten und Staatsmänner, die besser als Staatskrüppel gekennzeichnet wären, noch immer den irren Plan hegen, den Teufel Militarismus durch den Beelzebub Imperialismus, den Unterteufel Mechanismus durch den Oberteufel Rationalismus auszutreiben: in allen Ländern blicken die Augen der Menschen, die Menschen geblieben sind, blicken auch die Augen der Muschiks, Poilus, Tommys, Hecht- und Feldgrauen und Olivgrünen auf *Sie. Denn Sie, Majestät, haben es in der Hand, der Welt den baldigen Frieden zu geben*... Sie berufen sich darauf, daß Sie im November vorigen Jahres schon einmal bereit waren »zum Frieden«. In der Tat: Sie streckten dem Feind die Hand zum Frieden hin – aber die Hand war zur Faust gekrampft und war keine menschliche, blutdurchpulste Hand. Es war die eiserne Faust des Götz von Berlichingen.

Majestät: erkennen Sie die Zeit! In ihr: die Blüte der Ewigkeit! Erkennen Sie, daß *alle*, gleichviel welche, Machtideen in diesem Kriege Schiffbruch gelitten haben. Die Macht ist ein tönerner Götze, wenn Geist, Güte und Gerechtigkeit nicht mit ihr verbunden. *Endgültig* muß es vorbei sein mit den Prinzipien der Macht und ihren »Untergebenen«: Herrschsucht, Hoffart, Polizeigeist, Götzendienerei, Byzantinismus, Mammonismus... (welch letztere beide immer parasitär nebeneinander wuchern).

Majestät, Ihre Osterbotschaft hat die Herzen der Deutschen erhellt und die Stirnen mit einem schwachen Strahle zukünftigen Lichtes beglänzt. Begreifen Sie aber, daß man zu einem Volk, das frei sein will und das man ehrt und achtet – als Freier zu den Freien sprechen sollte. Sie aber sprachen freiherrlich. Noch immer spukt in den öffentlichen und geheimen Kabinetten Berlins das »Untertanen«prinzip. Und Sie waren schlecht beraten, als Sie die Osterbotschaft auf den Ton der Gnade stimmten. *Rechte, Majestät, werden nicht verliehen. Sie sind ursprünglich da, sind wesentlich und existieren.*

Geben Sie auf den Glauben an ein Gottesgnadentum und wandeln Sie menschlich unter Menschen. Legen Sie ab den Purpur der Einzigkeit und hüllen Sie sich in den Mantel der Vielheit: der Bruderliebe. Errichten Sie das *wahre* Volkskönigtum der Hohenzollern. Machen Sie sich frei von den Ahnen; frei von dem Wahne, als könnten Sie sich auf eine kleine kapitalistisch-junkerliche Sippe, die Beamtentum und oberes Offizierskorps aus sich »rekrutiert«, stützen, die paukend und trompetend den Schmerzensschrei des Volkes übertönt. Die in Wahrheit den Thron zerspellen und den geblendeten Simson so lange peinigen wird, bis er einst die Säulen des Staates stürzt.

Jetzt, Majestät, sind Sie ein Schattenkaiser! Denn Sie stehen im Schatten der autokratischen Barone und plutokratischen Munitionsfabrikanten. Seien Sie Sie selbst: offenbaren Sie sich als *erlauchter Christ*, indem Sie dem Volk, dessen Diener Sie sein wollen (vergessen sei Ihre Inschrift in das Münchner Goldene Buch: regis voluntas suprema lex: Sie büßen sie willig...), aus einem übervollen Herzen der Liebe heraus die Freiheit seines Willens und seiner Seele *schenken. Frei-willig schenken*. Als Gnade nicht: als von einer mit dem Volke gleichen Stufe der Rechtlichkeit und Genossenschaft. Des wechselseitigen Vertrauens. Der Brüderlichkeit. Was für ein unbeschreiblicher himmlischer Jubel würde durch die Lande gehen, wenn es hieße: Wilhelm II. verzichtet auf das veraltete, unheilvolle, unmenschliche Recht, allein unfehlbar über Krieg und Frieden zu entscheiden. Er bedarf der Mitarbeit, der Zustimmung des Volkes bei solchen, das Volkswohl betreffenden, schwerwiegendsten Entschlüssen. Er will nicht mehr der Herr, er will der Diener der deutschen Seele sein. Das Heer werde künftig vereidigt auf den Namen des Vaterlandes. Denn es ist ein Volksheer. Unverzüglich sollen Abgeordnetenhaus und Reichstag zusammentreten, die Umgestaltung der Verfassung vorzubereiten: daß unter dem gleichen, direkten, allgemeinen Proporzwahlrecht, in welchem die Majoritäten nicht mehr vergewaltigt, die Minoritäten nicht unterdrückt werden können, ein parlamentarisch und demokratisch regiertes Reich erstehe, in dem die Minister vom Volkswillen ernannt und getragen und vor ihm und nicht vor einem einzelnen mehr verantwortlich sind.

Denn das deutsche Volk ist in Jahren unsagbaren Leidens gereift und den Kinderschuhen entwachsen: es braucht keine Bevormundung mehr. Es hat sie satt.

Majestät! Lastet das Gefühl der grenzenlosen Verantwortlichkeit in schlaflosen Nächten nicht manchmal schwer auf Ihnen? Wie leicht würden Sie die Bürde erfinden, wenn das Volk selbst Ihnen hülfe, sie zu tragen, teilhabend an der Verantwortung, weil teilhabend an der Regierung.

Majestät, Sie haben es in der Hand, den Frieden baldigst zu beschwören.

Der Friede eines solchen Krieges kann nicht geschlossen werden: zwischen den vom Volk gewählten und vor dem Volk verantwortlichen Leitern freiheitlich regierter Länder einerseits und zwischen einem einzig autoritären Manne anderseits, der verfassungsmäßig der einzig befugte zum Friedensschluß ist und seine Macht nicht direkt vom Volk, sondern von der übernatürlichen, übermenschlichen Idee des Gottesgnadentums empfing. Die neue russische Regierung und Wilson in Amerika – die friedensfreundlichsten Ihrer Feinde –, sie warten nur darauf, daß Sie den Weg zur Freiheit Ihres Volkes beschreiten, der es ihnen ermöglichen würde, die Stimme dieses Volkes zu hören und mit seinen Erwählten zu verhandeln.

Denn darauf kommt es an: eine Basis zu finden, wo Mensch zum Menschen sprechen kann. Nicht: Fürst zum Untertanen. Nicht: Herr zum Diener. Nicht: Feind mehr zum Feinde.

Republik ist nur ein Wort: Wilson und Kerenski denken nicht daran, sie für Deutschland zu propagieren. Sie wollen nur mit einer vor dem Volke *verantwortlichen* Regierung Frieden schließen: einen Frieden, den das ganze Volk vertritt.

Die innerpolitische Frage in Deutschland – erkennen Sie das, Majestät! – ist die wichtigste, um zu einem nahen Frieden zu gelangen. Bei weitem wichtiger als irgendein wahrscheinlicher oder unwahrscheinlicher Sieg im Westen, den die deutsche Heeresleitung vielleicht noch immer für möglich hält. Denn in einem künftigen Weltreich – es wird nur mehr einen Imperialismus der Menschlichkeit geben – wird es nicht mehr ankommen auf militärische Erfolge. Das militärische Zeitalter, in dem es noch möglich war, Kriege durch Waffen zu entscheiden, geht seinem Ende entgegen. Schon heute kämpfen nicht mehr die Heere, sondern die Völker gegeneinander.

Wichtiger als Soldatenmacht ist Wirtschaftsmacht: Kulturmacht.

Seien Sie der erste Fürst, der freiwillig auf seine fiktiven Rechte verzichtet und sich dem Areopag der Menschenrechte beugt. Ihr Name wird dann als wahrhaft groß in den neuen Büchern der Geschichte genannt werden, in denen man nicht mehr die Koalitions-, sondern die Geistesgeschichte der Menschheit schreiben wird. Dann werden Sie das Volkskönigtum der Hohenzollern auf Felsen gründen; während es jetzt nur mehr ein Wolkengebilde ist, das, wenn Sie die Zeit nicht erkennen, wie bald im steigenden Sturm verflogen sein wird.

Ich bin Euer Majestät ergebenster

Klabund

OFFENER BRIEF
an die Nationalsozialistische Freiheitspartei Deutschlands

Meine Herren!
Sie erweisen mir die Ehre, sich in einem Antrag mit meiner bescheidenen Person zu beschäftigen. Ein Gedicht von mir: *Die Heiligen Drei Könige* hat, so erklären Sie, Ihr religiöses Gefühl verletzt, und Sie rufen gegen dieses Gedicht, Kanonen gegen einen Sperling, den Staatsanwalt auf. Ich bin, so darf ich wohl sagen: entzückt, daß es in dieser stumpfen, dumpfen Zeit noch Menschen gibt, die durch ein Gedicht, ein Kunstwerk also, im tiefsten Herzen erregt und erschüttert werden. Die Aufgabe der Kunst ist ja grade, die Seele zu bewegen und aufzuwühlen. Zu bewegen, wie der Wind die Blüte bewegt. Aufzuwühlen, wie der Sturm das Meer aufwühlt. Während der heutige Mensch allen möglichen mechanischen Reizen wie Radio, Rassenhaß, Boxsport, Theosophie, Weltkrieg und Jazz leicht zugänglich ist, verhärtet und verkrustet sich sein Inneres immer mehr, und es muß schon allerlei geschehen, bis er vor einem Kunstwerk, positiv oder negativ eingestellt, sich elektrisch oder explosiv entlädt. Was also, meine Herren von der Reaktion, Ihre Reaktion auf mein Gedicht betrifft, so bin ich durch sie sehr beglückt. Was aber nun die Folgerungen angeht, die Sie aus Ihrem erregten Zustand zu ziehen belieben, so muß ich vor allem meiner höchsten Verwunderung darüber Ausdruck geben, daß Sie, meine Herren vom Hakenkreuz, in deren Reihen dem altgermanischen Wodanskult das Wort geredet wird, für die das Paradies in Mecklenburg liegt und die sich über den schlappen Christusglauben so oft offenkundig lustig gemacht haben – daß Sie, meine Herren Heiden, die allenfalls für Wodanslästerung zuständig wären, daß ausgerechnet Sie für den von Ihnen immer über die Achsel angesehenen Christengott eintreten und über Gotteslästerung wehklagen. Und was ist das für eine »Gotteslästerung«? Ich kann in dem fraglichen, inkriminierten Gedicht

weit und breit keine Gotteslästerung finden – dagegen finde ich bei Ihnen, die sich so gern als Deutscheste der Deutschen bezeichnen, eine gradezu hanebüchene Unkenntnis deutscher Volksbräuche. Denn das Gedicht *Die Heiligen Drei Könige* bezieht sich gar nicht, wie von Ihnen wohl angenommen, auf die drei Weisen aus dem Morgenland, sondern auf einen am Heiligendreikönigtag in vielen Gegenden Deutschlands geübten Brauch: da ziehen nämlich, als Heilige Drei Könige karikaturistisch kostümiert, drei Burschen im Dorf herum, um mit mehr oder weniger ruppigen Versen bei den Bauern Bier und Schnaps zu schnorren. Diese Verse sind derb, frech, witzig – aber gotteslästerlich? Du lieber Gott! Ich glaube, du hast deine rechte, recht göttliche Freude an ihnen. Denn du bist ja kein nationalsozialistischer Abgeordneter. Du hast ja sogar den Teufel geschaffen, weil dir in deiner ewigen Güte gar nicht wohl war und du eine Art Gegengewicht brauchtest. Ja, ohne den Teufel wärst du eigentlich gar nicht denkbar, gar nicht vorstellbar. Gott und Teufel, Tag und Nacht, Mann und Weib – eines wird erst am andern, an seinem Gegensatz recht sichtbar. Wie ja auch die Nationalsozialistische Freiheitspartei notwendig ist, damit man sieht, daß es auch gescheite Leute auf der Welt gibt. Diese, wozu hoffentlich auch der Staatsanwalt gehört, mögen der Partei klarmachen, sofern man den Dunklen etwas klarmachen kann: daß, wenn ein zwar derbes, aber harmloses Gedicht wie *Die Heiligen Drei Könige* eine Gotteslästerung sein soll (was dem einen sein Gott, ist dem andern sein Teufel), Goethes *Faust* von Gotteslästerungen nur so strotzt, daß Goethe auch ein Gedicht von den Heiligen Drei Königen geschrieben hat, *Epiphanias* betitelt, das für den Antrag auf Gotteslästerung vielleicht noch in Betracht kommt.

Neben Goethe auf der Anklagebank zu sitzen, würde sich zu einer besonderen Ehre schätzen

Ihr ergebener Klabund

Nachschrift

Um Weiterungen vorzubeugen: ich bin kein Jude! Ich habe keine jüdische Großmutter! Ich bin auch kein Mischling! Ich heiße nicht Krakauer und bin auch nicht aus Lemberg. Ich heiße schlicht mit bürgerlichem Namen Alfred Henschke. Und mein Großvater hat als Erzieher des ehemaligen Kaisers sein Bestes dazu beigetragen, daß wir den Krieg verloren, aber statt dessen die Nationalsozialistische Freiheitspartei gewonnen haben. Das nächste Mal wird es uns hoffentlich umgekehrt gehen.

VIII.

Deutsche Literaturgeschichte

In einer Stunde

EINFÜHRUNG

Diese kleine Literaturgeschichte verfolgt weder philosophische noch philologische Absichten. Sie ist nichts als der Versuch einer kurzen, volkstümlichen, lebendigen Darstellung der deutschen Dichtung. Die Dichtung eines Volkes beruht auf dem Eigentümlichsten, was ein Volk haben kann: seiner Sprache. In diesem Sinne wird und soll sie immer »völkisch« sein. Die deutsche Dichtung ist vergleichbar einem Baum, der tief in der deutschen Erde wurzelt, dessen Stamm und Krone aber den allgemeinen Himmel tragen hilft. Es gibt eine deutsche Erde. Der Himmel aber ist allen Völkern gemeinsam.

Blüten vom Baum der deutschen Dichtung mögen vom Winde da und dorthin getragen werden. Zu Früchten reifen werden nur die, die am Baum bleiben. Sie werden im Herbst geerntet werden, und im Schatten des Baumes wird ein ganzes Volk sich an ihnen erquicken.

Jener germanische Jüngling, der einsam im Eichenwald am Altare Wodans niedersinkend, von ihm, der jeglichen Wunsch zu erfüllen vermag, in halbartikuliertem Gebetruf, singend, schreiend, die Geliebte sich erflehte, dessen Worte, ihm selbst erstaunlich, zu sonderbaren Rhythmen sich banden, die seiner Seele ein Echo riefen, war der erste deutsche Dichter.

Wie eine Blüte brach ihm das Herz in einer Nacht auf, daß es der Sonne entgegenglühte, eine Schwestersonne. Daß er dem Sonnengott sich als geringerer Brudergott verwandt fühlte, daß er Worte fand in seinem Munde wie nie zuvor. Unbewußtes ward bewußt. Liebe machte den Stummen beredt. Er sang einen heiligen Gesang. Er neigte sich dem Gott, er neigte sich der Geliebten, er versank vor sich selbst. Himmel, Erde, Mensch ward eins in seinem Gedicht. Die Sehnsucht wurde Wort, das Wort wurde Erfüllung. Aller Dichtung Urbeginn ist die Liebe. Der Weg zur Liebe führt durch Haß und Kampf und Schmerz. Der Urmensch sang den Haß gegen den Feind, der ihm auch Feind seines Gottes und Feind seines Weibes ist, das zu vergewaltigen jener strebt. Er singt den Schmerz seiner im Weltall verlorenen einsamen Seele, die dahinfliegt wie ein Meervogel über den Ozean, und nur die Sonne ist ihre Hoffnung. In ihr verehrt er Gottes Auge, das ihn beglänzt, jeden Tag neu, nach fürchterlicher Nacht. Und er sieht auch in sich ewige Nacht, aus der er nur immer kurz zu Dämmerung und Helle erwacht, und seine Sehnsucht sucht die Nacht immer mehr mit Licht zu erfüllen. Und das Licht zeigt ihm den langen mühseligen Weg des Menschen, welcher aus Finsternis und Sumpf emporführt zu Licht und Gebirg, bis über die Wolken, bis an Gottes Thron selbst.

Eines der ältesten deutschen Sprachdenkmäler ist das sogenannte *Wessobrunner Gebet*, um 800 entstanden, voll großer Anschauung und starker dichterischer Kraft.

Karls des Großen Biograph *Einhart* († 840) erzählt, daß Karl der Große alle alten Sagen habe aufschreiben lassen. Leider haben seine frömmelnden Nachfolger, von unverständigen Pfaffen aufgereizt, dafür gesorgt, daß derlei »heidnisches« Zeug ausgerottet wurde, wo es sich zeigte. Unersetzbares ist verlorengegangen. Als Ersatz werden uns blasse, versifizierte Heiligenlegenden und Christusgeschichten aufgetischt.

Unter den Nachfolgern Karls des Großen blüht, begünstigt von den Priestern, die lateinische Poesie. Da wir nur von der deutschen Dichtung, dem deutschen Wort sprechen wollen, gehört sie nicht in unsere Betrachtung. Die deutsche Sprache wurde höchstens dazu verwandt, um für Laien heilige Texte zu übersetzen.

Das stolzeste Epos der Deutschen ist das *Nibelungenlied* (um 1210). Die sagenhafte deutsche Urzeit ersteht in den Rittern der Völkerwanderung noch einmal. Jeder der Helden: Siegfried, Hagen, Gunther ist ein Held seiner Zeit und dennoch mit den strahlenden Attributen der Vorzeit umgeben. »Welch ein Gemälde der menschlichen Schicksale stellt uns das Lied der Nibelungen auf«, schreibt A. W. von Schlegel. »Mit einer jugendlichen Liebeswerbung hebt es an, dann verwegene Abenteuer, Zauberkünste, ein leichtsinniger, aber gelungener Betrug. Bald verfinstert sich der Schauplatz; gehässige Leidenschaften mischen sich ein, eine ungeheure Freveltat wird verübt. Lange bleibt sie ungestraft; die Vergeltung droht von ferne und rückt in mahnenden Weissagungen näher; endlich wird sie vollbracht. Ein unentfliehbares Verhängnis verwickelt Schuldige und Unschuldige in den allgemeinen Fall, eine Heldenwelt bricht in Trümmer.«

Haben wir nicht alle das Nibelungenlied noch einmal am eigenen Leib und an eigener Seele verspürt? Ein unentfliehbares Schicksal hat uns, Schuldige und Unschuldige, in den allgemeinen Fall verwickelt, und eine Welt ist in Trümmer gebrochen.

Das *Gudrunlied* (um 1230) klingt sanfter, bürgerlicher, versöhnender aus. Zwar stehen auch hier Gewalttat und Schande am Anfang. Aber das Lied endet heiter mit einer vierfachen Hochzeit und hellen Blicken in eine rosenrote Zukunft, da kein Haß und kein Kampf mehr sein wird.

Der Minnesang war längst von Vaganten und fahrenden Sängern gepflegt und in Volksliedern von Mund zu Mund gegangen, ehe sich, zum Teil unter dem romantischen Einfluß der Troubadoure, die deutschen Dichter seiner annahmen und die Frau als Geliebte und Gattin auf einen goldenen Thron setzten, wie man ihn auf mittelalterlichen Miniaturen der Madonna mit dem Jesuskinde weihte. Von Österreich nahm der Minnesang seinen Anfang. Der von *Kürenberg* sang um 1150 das Lied vom Falken, den er sich mehr denn ein Jahr gezähmt, und der ihm dann doch »in anderiu lant« entflog. Ein Spielmann, genannt der *Spervogel* († 1180), dichtete die ersten lehrhaften Sprüche und Fabeln, z. B. vom Wolf, der in ein Kloster ging und ein geistlich Leben führen wollte. Im Kloster vertraute man ihm das Hüten der Schafe an. Die Nutzanwendung braucht man einem Menschen heutiger Zeit nicht besonders nahe zu legen. Derartige Wölfe – und derartige Schafe sind leider heute verbreiteter denn je.

Von 1160–1230 ritt Herr *Walter von der Vogelweide* durch die Welt. Er kam von Tirol, dort, wo die Berge das Eisacktal vom Himmel schließen, wo man den Himmel in der eigenen Brust suchen muß. Er trieb seinen mageren, schlecht genährten Klepper durchs Burgtor von Wien, und die Ritter neigten sich vor ihm. Im Bischofssitz von Passau erklang sein Gelächter, das er dem Bischof wie eine Handvoll Haselnüsse an den tonsurierten Kopf warf. Dem heiligen Vater in Rom war er tief aus deutschem Herzen feindlich gesinnt: denn er sah, politischer Denker der er war, daß die Päpste sehr diesseitige römische Politik und Diplomatie trieben, der die deutschen Kaiser sich selten genug gewachsen zeigten. Er stand auf der Wartburg und sah hinab auf das thüringische und deutsche Land. Wie blühte der Frühling, wie sangen die Amseln! Unter einem Wacholderstrauch lagen zwei Liebende. Unter der Linde stand ein fahrender Geiger und geigte zum Tanz. Ein schönes Fräulein lächelte seitwärts, selbstvergessen. Da lächelte Walter von der Vogelweide. Er bückte sich und wand in Eile mit geschickten Fingern einen Kranz aus Butterblumen, die zwischen den Steinritzen auf dem Burghofe blühten, nahm den Kranz, sprang hinab zu dem errötenden Mädchen, verneigte sich und sprach:

> Nehmt, Fraue, diesen Kranz,
> So zieret ihr den Tanz
> Mit schönen Blumen, die am Haupt ihr tragt.

Und der alte Geiger, mit dem Totenkopf zum Tanz taktierend, strich den Bogen. Tod spielte zum Leben auf. Der Ritter tanzte mit dem Fräulein. Sie hieß Maria wie die Mutter Gottes selber und ward ihm Gottesmutter, Gottesschwester, Gottestochter all in eins.

Mit Friedrich dem Zweiten ritt Herr Walter von der Vogelweide 1227 auf den Kreuzzug. Er haßte die Pfaffen und den falschen Gott in Rom. Er wollte den wahren Gott von Angesicht zu Angesicht sehen. Er sang den Kreuzfahrern das Kreuzlied. Und am heiligen Grab sank er ins Knie: Jetzt erst bin ich beseligt, da mein sündig Auge die heilige Erde betrachten darf.

Dahin kam ich, wo den Pfad
Gott als Mensch betreten hat.

Ernst und wie von einer ewigen Wolke beschattet kehrte er aus dem heiligen Lande heim. Es war Frühling in ihm gewesen, als er auszog. Palästina war sein Sommer geworden. Nun sah er Herbst und Verwesung, Elend und Bitternis überall. Die Nebelkrähen hingen in Schwärmen über dem deutschen Land. Und in Würzburg war es, wo er, den Blick auf den fließenden Main gerichtet, sein letztes Gedicht dichtete: jene schönste Elegie deutscher Sprache: Owê war sint verschwunden alliu mîniu jâr! Im Lorenzgarten, vor der Pforte des neuen Münsters, ward das Sterbliche von Walter von der Vogelweide 1230 bestattet. Die letzte Zeit vor seinem Tode hielt er sich von den Menschen fern: er stand stundenlang am Main und fütterte die Vögel und die Fische mit Brotkrumen. Und in seinem Testament bestimmte er, daß aus seiner Hinterlassenschaft mehrere Säcke Körner zu kaufen seien und daß auf seinem Grabe die Vögel stets Körner und Wasser vorfinden sollten.

Noch im Tode wollte er seinem Namen Ehre machen: sein Grab noch sollte den Vögeln eine Weide sein. Lest seine Liebeslieder, ihr Liebenden! Klausner Schwermut, weise uns die Kapelle seiner Melancholie! Wo im kahlen Winter ein frierender Vogel hungrig an eure Fensterscheiben pickt: gebt ihm zu fressen, gedenkt des Herren von der Vogelweide! Solange die deutsche Dichtung besteht, wird sein Name unvergessen sein. Her Walther von der Vogelweide, swer des vergaez', der taet mir leide, rief 1300 Hugo von Trimberg über sein Grab.

Die Blume der deutschen Mystik keimte zuerst in den Klöstern. Schwester *Mechtild von Magdeburg* (1212–1294) schrieb ihr Buch vom fließenden Licht der Gottheit: voll seliger Versunkenheit in Christo. In ihren Ekstasen sah sie Jesus als schönen Jüngling (Schöner Jüngling, mich lüstet dein) ihre Zelle betreten, er war ihr wie ein Bräutigam zur Braut, und ihre himmlischen Sprüche sind wie irdische Liebeslieder. Ihre Gottesminne (Eia, liebe Gottesminne, umhalse stets die Seele mein!) war der Gottesminne des Wolfram tief verwandt. Die reine Minne (nicht jene höfische oder ritterliche oder bäurische Minne) galt ihr als oberstes Prinzip. »Dies Buch ist begonnen in der Minne, es soll auch enden in der Minne; denn es ist nichts so weise, so heilig, noch so schön, noch so stark, noch also vollkommen als die Minne.« Mechthild von Magdeburg ist trunken vor Askese. Ihr Geist kennt die Wollust des Fleisches. Jesu ist ihr zärtliches Gespiel, und sie ist seine Tänzerin. *Meister Eckhard* (1260–1327), gestorben in Köln), ihr mystischer Bruder, verhält sich zu ihr wie ein Kauz oder Uhu zu einer Libelle. Ihr Leben und Dichten war ein Schweben und Ja sagen, das feine ein tief in sich Beruhn und ein Entsagen. Er liebte das Leid um des Leides willen: jeder Schmerz war ihm eine Station zum Paradies. Er brach die Wunden, die in ihm verheilen oder verharschen wollten, künstlich wieder auf: daß nur sein Blut fließe. Seine Gedanken scheinen oft verschleiert, ja manche haben dunkle Kapuzen übers Haupt gezogen und sind ganz unerkennbar. Sein Buch der göttlichen Tröstung ist ein Trostbuch für die, die am Tode und am Leben leiden. Ein Trostbuch rechter Art will auch der »Ackermann aus Böhmen« sein, den *Johannes von Saaz* 1400 in die Welt schickte. Der Dichter kleidet seine Trostschrift in die Form eines Zwiegespräches zwischen einem Witwer und dem Tod. Der Witwer fordert vor Gericht (dem Gottesgericht) sein Weib von dem Räuber und Mörder Tod zurück. »Schrecklicher Mörder aller Menschen, Ihr Tod, Euch sei geflucht! Gott, der Euch schuf, hasse Euch; Unheils

Häufung treffe Euch; Unglück hause bei Euch mit Macht; ganz entehret bleibt für immer!« so beginnt der Kläger seine Klage. Und der Tod antwortet: »Du fragst, wer wir sind: wir sind Gottes Hand, der Herr Tod, ein gerecht schaffender Mäher. Braune, rote, grüne, blaue, graue, gelbe und jeder Art glänzende Blumen und Gras hauen wir nacheinander nieder, ihres Glanzes, ihrer Kraft und Vorzüge ungeachtet. Sieh, das heißt Gerechtigkeit.« In immer verzweifelteren Ausbrüchen pocht der Mensch, aller Menschheit Abgesandter, an das Rätsel des Todes, der ihm so sinnlos wie ein Mäher im Herbst unter den Menschen zu hausen scheint, das Glück des Liebenden und die Tat des Künstlers, die Stellung des Königs nicht achtet, bis Gott selbst das Urteil spricht: »Kläger, habe die Ehre, du Tod aber, habe den Sieg! Jeder Mensch ist dem Tode sein Leben, den Leib der Erde, die Seele uns zu geben verpflichtet.«

Mit den Minnesängern wurde die deutsche Literatur sich ihrer bewußt. Zwar gab es noch nicht das Wort, aber der Begriff war vorhanden. Die erste öffentliche Kritik trat auf: es waren die Fürsten, die als Mäzene das erste Recht der Beurteilung für sich in Anspruch nahmen. Die Themen, die *Hartmann von Aue* († 1215) in seinen kleinen Epen anschlägt, sind von schönster dichterischer Intensität: in »Gregorius« überträgt er den Ödipusstoff auf ein mittelalterliches Milieu. Gregorius liebt und heiratet unwissentlich seine eigene Mutter. Als er die Schande erfährt, sucht er die Sünde zu sühnen, indem er sich prometheisch an einen Felsen schließen läßt. Nach siebzehn Jahren unerhörter Qual erlösen ihn die Römer; er wird von ihnen im Triumph ob seiner Heiligkeit auf den verwaisten Papstthron erhoben und spricht, unfehlbar geworden durch sein titanisches Leid, die eigene Mutter ihrer Schuld ledig.

Im »Armen Heinrich« bemächtigt sich Hartmann eines deutschen Stoffes. Ein Ritter wird vom Aussatz befallen. Ein Mittel nur gibt es, ihn zu retten: das Blut einer unberührten Jungfrau. Aus Liebe zu ihm erbietet sich ein Mädchen, für ihn zu sterben. Aber der arme Heinrich nimmt das Opfer nicht an: trotz teuflischer Versuchung. Da erbarmt sich auf Flehen des Mädchens Gott der Liebenden: er macht den armen Heinrich gesund und zum reichen Heinrich durch den Besitz der Geliebten.

Ein jüngerer Zeitgenosse von Hartmann ist *Wolfram von Eschenbach* (etwa 1170–1250), ein Bayer aus Eschenbach bei Ansbach. Er war ein armer Teufel wie Walter von der Vogelweide, mit dem er am Hofe des Landgrafen Hermann von Thüringen öfter zusammentraf. Als er 1217 dem Hofleben für immer den Rücken und auf sein kleines Gut heim zu Weib und Kind kehrte, war diese seine Heimkehr durchaus symbolisch zu verstehen. Er hatte die höfische Minne, die schon einen eigenen Komment entwickelte, dessen Verstöße unnachsichtlich geahndet wurden, von Herzen satt und sehnte sich nach einem einfachen, ungezierten Wort aus unverzerrtem Frauenmund. Nach Lippen, die ohne Anfragung einer Etikette auf den seinen lagen, nach einem Herzen, das ihm herzlich zugetan war. Nach einem Kinde, das nicht »Fräulein« oder »junger Herr« tituliert wurde, sondern mit dem er reiten und jagen und spielen durfte wie mit sich selbst. Er hatte 1200–1210 in 24810 Versen im »Parzival« den Ritterroman der Deutschen geschaffen, er hatte ihnen den Spiegel vorgehalten. Aber es war schon eine vergangene edlere Zeit, die sich in ihm spiegelte. Der Dichter ist oft nur der Vollstrecker des letzten Willens einer Epoche, der er schon längst nicht mehr angehört. Der Stoff ist französischen und provenzalischen Vorbildern entnommen. Die Idee der Erlösung ganz christlich. Aber der Leidens- und Freudensweg, den Parzival gehen muß, seine Entwicklung vom ahnungsvollen, aber ahnungslosen Kind zum seiner Seele bewußten Mann ist ganz Wolframsche Prägung. Er ist den Weg des Knaben Parzival selbst gegangen.

Gottfried von Straßburg (um 1210), Wolframs größter

Zeitgenosse, war auch sein größter Gegner. Er fand den Parzifal dunkel und verworren, ohne einheitliche Handlung und stellenweise schwer verständlich. Im Tristan stellte er dem Parzifal sein Ritterepos gegenüber: von einer leidenschaftlichen Klarheit des Themas und der Formulierung, und trotz der Leidenschaft nicht ohne Zierlichkeit und Zartheit. Er hatte von seinem Standpunkt mit der Beurteilung des Parzival recht. In Wolfram und Gottfried spitzten sich, wie später bei Goethe und Schiller, zwei dichterische Typen bis ins Polare zu: der Pathetiker und der Erotiker. Wolfram-Schiller, das besagt: Kampf, Forderung, Dornenweg, Verblendung und Erlösung, Gottesminne, Jenseits. Goethe-Gottfried, das heißt: Sein, Genuß, selbst des Schmerzes, Blumenpfad, Sonnenblendung, Glück, Glanz und Erfüllung: Menschenminne, Diesseits.

Während die von Walter, Gottfried usw. geschaffene Kunstdichtung entartete, erlebte die deutsche Volksdichtung: das Volkslied und das Märchen: im 15. und 16. Jahrhundert ihre schönste Blüte. Die schönsten der von Herder, Arnim und Brentano, Erk und Böhme später aufgezeichneten Volkslieder sind damals entstanden. Die Dichter der von den Gebrüdern Grimm gesammelten Kinder- und Hausmärchen wandelten damals als Gumpelmänner, Vagabunden und Gott weiß was durch die deutschen Lande. Ihnen waren Tiere und Blumen, Berg und Teich wie Bruder und Schwester vertraut. Sie hatten kein ander Bett als die Erde, keine andere Decke als die Sternendecke des Himmels. Ein verlassener Ameisenhaufen war ihr Kopfkissen. Eichhörnchen hüteten ihren Schlaf, und der war voll von Träumen wie ein Kirschbaum im Juni voll von Kirschen. Da gaben sich der Froschkönig, die Bremer Stadtmusikanten, der Teufel mit den drei goldenen Haaren, der Räuberbräutigam, Frau Holle, Daumerling, Doktor Allwissend, das kluge Schneiderlein, der Vogel Greif und viele andere wunderliche und seltsame Wesen ihr heimliches Stelldichein. Und der Vogel Greif schnaufte: Ich rieche, rieche Menschenfleisch..., aber dann ließ er sich doch von seiner Frau übertölpeln (wie listig sind die Frauen, wenn sie lügen!). Die neidische und eitle Königin befragte den Spiegel an der Wand:

> Spieglein, Spieglein an der Wand,
> Wer ist die schönste im ganzen Land?

Und der Spiegel antwortete:

> Frau Königin, Ihr seid die schönste hier.
> Aber Sneewittchen über den Bergen
> Bei den sieben Zwergen
> Ist noch tausendmal schöner als Ihr.

Auf einem Lindenbaum saß ein Vogel, der sang in einem fort:

> Kywitt, kywitt,
> wat vörn schöön Vagel bün ick...

Aber dieser Vogel war ja kein richtiger Vogel. Es war ein Mensch, der sich nach seinem Tod in einen Vogel verwandelt hatte. Denn wir Menschen sterben nicht. Das Volkslied und das Volksmärchen läßt unsere Seele wandern. Vogel und Blume können wir werden: ja Blume auf unserem eigenen Grabe, dann kommt wohl die Geliebte, begießt uns mit Tränen, oder sie pflückt und drückt uns, Veilchen oder Lilie, an den Busen. Sind wir aber böse, so werden wir verflucht und verzaubert in Werwölfe. Die Wurzeln von Märchen und Volkslied gehen bis tief in die heidnische Vorzeit zurück, da des Menschen Frömmigkeit vom Diesseits, seine Augen von Sonne, Himmel und der weiten, weiten Welt ganz erfüllt waren. Ihm war der Tod nur eine andere Art des Lebens. Verwandlung. Eine Tür fällt ins Schloß und eine andre geht auf. Auf Tag folgt Nacht, aber wieder Tag. Er war nicht zerrissen in Leib und Seele. Die waren eins. Die Märchen und Lieder sind so bunt wie die Natur selbst. Wie die Sonne über Gerechte und Ungerechte scheint, so fühlt der Dichter mit allen seinen Kreaturen, auch den erbärmlichsten. Irgendein armseliger Straßenräuber (der arme Schwartenhals) steht ihm so nahe wie die zwei Königskinder, die zueinander nicht kommen konnten, »das Wasser war viel zu tief«. Goethe ist ohne das deutsche Volkslied, Volksmärchen, Volksepos nicht zu denken. Er steht auf den Schultern von tausend anonymen Autoren, die kommen mußten, damit er kommen konnte. Im 15. und 16. Jahrhundert wurde der Grundstock gelegt zu jenem Gebäude des 18. Jahrhunderts, voll vollendeter Klassizität, das den Namen Goethe tragen sollte. Aber auch Mathias Claudius, Clemens Brentano, Eichendorff, Heine haben mit den Bausteinen gearbeitet, die jene bescheidenen Männer geschichtet haben. Vielleicht sind ihre Werke der lauterste Ausdruck des deutschen Kunstwillens: die reinste Inkarnation des deutschen Geistes, der dann am tiefsten ist, wenn er aus dem Unbewußten steigt, dann am reinsten, wenn er aus den dunkelsten Quellen schöpft. Diese Dichter ohne Namen tragen den Himmel in ihren Händen, aber sie stehen mit beiden Beinen fest auf der Erde.

Die Entwicklung des Menschengeschlechtes geht in Wellenbewegungen vor sich, wobei Wellenberg und Wellental einander folgen und der Scheitelpunkt des Wellenberges sich nur langsam erhöht. Mit Walter von der Vogelweide, Gottfried von Straßburg, Wolfram von Eschenbach und dem Nibelungenliede hatte die junge deutsche Dichtung eine Höhe erreicht, von der sie bald kläglich wieder abstürzen sollte. Das Rittertum zerfiel und mit dem Rittertum die Ritterpoesie. Teils artete sie in allegorische Spielereien, teils in aufgeblasene Geckigkeit aus. Die Dichtung floh barfüßig und barhäuptig auf die Landstraße und fristete im Munde der Fahrenden von Dorf zu Dorf, von Haus zu Haus ihr Leben. Ins 15. und 16. Jahrhundert fällt die Blütezeit des deutschen

Volksliedes. Zuweilen nahm sie ein Kloster auf. Dann sangen die Nonnen ein Lied wie das geistliche Trinklied der Nonnen am Niederrhein. Zuweilen fand sie auch Unterschlupf bei braven Bürgersleuten. Das Bürgertum war im Aufstieg begriffen. Es gab wohlhabende Bürger, deren Söhne sich das Dichten leisten konnten. Sie meinten, die Dichtung würde sich hinter dem Ofen, in der Wärme, in dem Dunst satter Behäbigkeit recht wohl fühlen. Sie stopften ihr den Magen mit allerlei guten Dingen, aber sie taten des Guten zuviel, daß sie erbrach. Von der graziösen Handhabung der Sprache durch Meister wie Gottfried oder Walter blieb nicht viel übrig. Der Rhythmus fiel auseinander, was Hebung, was Senkung, man zählte einfach die Silben zusammen. Aus dem Minnesang wurde der Meistergesang. Der Tiroler *Oswald v. Wolkenstein* († 1445) versuchte noch einmal den ritterlichen Pegasus aufzuzäumen. Er brach unter ihm zusammen; seine Zeitgenossen nahmen das Zaumzeug und schnitten die Flügel von dem verendenden Tier. Sie klebten sie ihren plumpen Dorf- und Stadtgäulen an und meinten nun, sie würden fliegen. Die ritterliche Rüstung schepperte als viel zu groß um ihre dürren Glieder. Auch wagten sie, ihrer Unzulänglichkeit irgendwie bewußt, schon nicht mehr einzeln als Individualisten aufzutreten. Sie dichteten kollektiv gleich in ganzen Gruppen, Gilden und Vereinen. Sie imitierten die Form ohne den Geist. Diese Form ist lehr- und lernbar. Man ward, wie beim Handwerk, erst Dichterlehrling, dann Dichtergeselle, dann Dichtermeister. Wobei Dichter- und Bäckermeister oft eins sind. Aber die Brote geraten ihnen besser als die Gedichte. In den Meistersingerschulen wurde nach der Tabulatur das Dichter-Abc gelehrt. Um 1450 wurde die erste Meistersingerschule in Augsburg gegründet. Wenige Jahre später finden sie sich in fast allen größeren Städten. Sie fechten Wettkämpfe miteinander aus. Sie überbieten sich in der Erfindung verschrobener und gekünstelter Versmaße. Der Vollender und Überwinder des Meistersanges ist *Hans Sachs*, geboren 1494 in Nürnberg, das eine der berühmtesten Meistersingerschulen sein eigen nannte. Hans Sachs war Schuhmacherlehrling, als ihm der Weber Runnenbeck die Anfangsgründe der Meistersingerkunst beibrachte. Er ging wie ein rechter Schuster auf die Wanderschaft, kehrte, nachdem er so viele Erfahrungen gesammelt als er Schuhe besohlt hatte, 1519 in seine Heimat zurück, die durch Peter Vischer und Albrecht Dürer zu einem Haupt- und Vorort deutscher Kultur geworden war. Seine eigentlichen Meistergesänge (über 4000) sind ziemlich unbedeutend, da und dort überraschen sie durch ein originelles Bild oder eine witzige Wendung. Freier entfaltet sich sein Talent schon in seinen Sprüchen (etwa 1800), die in ihren kurzen Reimpaaren klingen, als wären sie mit dem Schusterhammer zusammengeklopft.

Hans Sachs war einer der ersten gewesen, die sich in Nürnberg zu Luther bekannten. Ganz einzigartig zeigt er sich in seinen (über 1000) Schwänken und Fastnachtsspielen. Sein Humor ist der Humor der deutschen Seele. Seinen Witz hat er aus seiner Handwerksburschenzeit bis in sein 82. Jahr hinübergerettet. Er hat es in seinen Schwänken auf moralische Wirkung abgesehen, aber diese moralische Wirkung erstickt in einem Gelächter oder tritt ganz zurück hinter dem Wie der Darstellung. Wir nehmen die Menschen aus seiner Hand entgegen wie aus Gottes Hand: so wie sie sind: gut und böse. Wie langweilig wäre die Welt, wenn alle Menschen einheitlich brav wären und alle eine moralische, einheitlich graue Tugenduniform trügen. Gott selber würde sich zu Tode langweilen und kurz vor seinem Tode noch den Teufel neu erschaffen. Wenn es nur noch Hasen auf der Welt gäbe, und keinen Fuchs mehr, der den Hasen frißt, und keinen Jäger, der sie beide schießt und sich den Hasen braten läßt! Dies nur nebenbei: zu Hans Sachs.

Die Welt krachte damals in allen Fugen. Die ersten Wehen der Reformation kündeten eine neue Epoche an. *Sebastian Brant* aus Straßburg (1458–1521) hatte als Sohn eines Gastwirtes früh offene Augen für die Lächerlichkeiten und Laster seiner Mitmenschen bekommen. In Übergangszeiten, wo die Begriffe schwanken und wie Karten eines Kartenspieles durcheinandergemischt werden, pflegen sich alle närrischen Eitelkeiten der Menschheit wie in einem konkaven Spiegel noch ins Breite zu verzerren und zu vergröbern. Sebastian Brant studierte Recht – ohne es aber irgendwo zu finden. Er promovierte an der Universität Basel. 1494 erschien sein »Narrenschiff«. Auf dieses sein Schiff hatte er alle Narren zu Gast gebeten, die er nur auftreiben konnte. Aber das Schiff erwies sich fast als zu klein. Die Säufer, die Gecken, die Spieler, die Kirchenschänder, die Geizhälse, Wucherer, Studenten, Ehebrecher, Huren füllten es bis an den Rand. Auch du, lieber Leser, und ich, wenn wir nur ein wenig in uns gehen und nachdenken: wir befinden uns unter jenen Narren. Sebastian Brant hat uns, fünfhundert Jahre, bevor wir geboren wurden, trefflich abkonterfeit. Aber es ist ein Bild, das wir uns nicht hinter den Spiegel stecken oder unserer Base zum Geburtstag schenken werden. – Zwanzig Jahre nach dem Narrenschiff legte Knecht Rupprecht 1519 den Deutschen die erste Ausgabe des *Volksbuches von Tyll Eulenspiegel* auf den Weihnachtstisch. Die hatten eine Freude wie wohl seit 100 Jahren nicht über ein Buch. Noch im 16. Jahrhundert erschienen achtzehn deutsche Ausgaben; es wurde sofort ins Vlämische, Niederländische, Englische und Französische übersetzt. Woher dieser spontane Erfolg? Brants Narrenschiff war eine mehr oder weniger literarische Angelegenheit gewesen, im Eulenspiegel sah und lachte das Volk sich wieder einmal selber ins Gesicht. In allen Fastnachtskomödien war er ja schon als Kasperle oder Hanswurst figürlich aufgetreten, hier hatte man seine, in wohlgesetzte Worte gebrachte Biographie des komischen Heldenlebens. Eulenspiegel, der ernsthafte Schalk, ist die Typisierung der einen Seite des deutschen Ideals, dessen andere Seite (ob Rück- oder Vorderseite der Medaille bleibe dahingestellt) den Doktor Faust: titanischen Ringer um die letzten Probleme, zeigt. Eulenspiegel tritt auf als Richter der Menschheit: er richtet sie mit einem schiefen Zucken seines Mundes, mit der sofortigen Realisierung ihrer Ideen, deren Wert und Möglichkeit dadurch ad absurdum geführt werden. Er ist zugleich leicht- und tiefsinnig. Seine Späße exemplifizieren das Chaos. Sie dozieren bis zur Brutalität das Bibelwort: Der Mensch ist aus Dreck gemacht. Das Urbild des Tyll Eulenspiegel hat wirklich gelebt. Chroniken berichten von seinem 1350 zu Mölln erfolgten Tode, wo noch heute sein Grabstein gezeigt wird. Vorher waren schon Schwankbücher wie *Jörg Wichrams* »Rollwagenbüchlein« oder des. Bruder *Johannes Pauli* »Schimpf und Ernst« (1522) Mode geworden: Bücher, die einzelne heitere oder moralische Anekdoten erzählten, die sich nicht um einen einzelnen Narren gruppierten: die damalige Reiselektüre auf den Rollwagen mitzunehmen. Wobei zu bemerken ist, daß diese Reiselektüre unendlich gehaltvoller war als die heute verbreitete. Bruder Johannes Pauli ist ein belesener und witziger Mann, der ausgezeichnet zu erzählen vermag und der unsere Straß und Höcker überragt wie ein Kirchturm eine verkrüppelte Kiefer. Da liest man folgendes: »Man zog einmal aus in einen Krieg mit großen Büchsen und mit viel Gewehren, wie es denn Sitte ist; da stund ein Narr da und fragte, was Lebens das wäre? Man sprach: Die ziehen in den Krieg! Der Narr sprach: Was tut man im Krieg? Man sprach: Man verbrennt Dörfer und gewinnt Städte und verdirbt Wein und Korn und schlägt einander tot. Der Narr sprach: Warum geschieht das? Sie sprachen: Damit man Frieden mache! Da sprach der Narr: Es wäre besser, man machte vorher Frieden, damit solcher Schaden vermieden bliebe. Wenn es mir nachginge, so würde ich *vor* dem Schaden Frieden machen und nicht danach; darum so bin ich witziger als Eure Herren.« Hätten wir Deutschen vor dem Kriege Johannes Pauli als Reiselektüre gelesen an Stelle von Walter Bloems »Eisernem Jahr«: vielleicht wäre es gar nicht zum Kriege gekommen, und wir hätten uns dieses Narren Meinung zu Herzen genommen.

Luther wurde 1483 in Eisleben als Sohn eines herrischen Vaters geboren. Er verbrachte seine Jugend mißmutig, störrisch, stets verprügelt, und richtete schon früh sein Auge von der Misere außen nach innen. Sein Vater hat ihn hart geschlagen: daß er oft wie ein Stein oder ein Stück Holz schien. Aber hinter der harten Schale verbarg sich ein weicher und süßer Kern. Sein »Hier stehe ich, ich kann nicht anders, Gott helfe mir, Amen!« wird immer ein Fanfarenruf aller aufrechten Männer sein. Sein Reformationswerk war eine historische Notwendigkeit. Aber die Historie wandelt sich von Jahrhundert zu Jahrhundert, von Jahrzehnt zu Jahrzehnt. Bismarcks Werk schien auf Felsen gegründet: wenige Jahrzehnte genügten, es zu unterhöhlen, bis es 1918 mit einem gewaltigen Krach zusammenstürzte. Auch über Luthers Reformation ist das letzte Wort von der Geschichte noch nicht gesprochen. Unsere heutige evangelische Kirche spricht in ihrer aufklärerischen, kahlen, gottlosen Nüchternheit nicht für eine lange Dauer. Die Zeit will wieder fromm werden. Luther war ein religiöser Mensch, die Lutheraner sind nichts als theologische Dogmatiker oder rationalistische Moralisten. Sie bezweifeln das Wunder, wollen Natur- und Kirchengeschichte unter denselben Pfaffenhut bringen: aber wer das Wunder bezweifelt, bezweifelt Gott selbst. Luther hat die damalige Christenheit, unterstützt von der humanistischen Vorrevolution des Geistes, von der römischen Knechtschaft befreit, aber er hat den Deutschen den schlechtesten Dienst erwiesen, den er ihnen erweisen konnte, als er in den Bauernkriegen Partei für die Fürsten ergriff und durch seine sophistische Auslegung der Bibel im monarchistischen Sinne (»Gebt dem Kaiser, was des Kaisers ist ... es ist euch eine Obrigkeit gesetzt von Gott, der sollt ihr untertan sein ...«) die Deutschen unter die absolute Tyrannei der Fürsten brachte, und Tyrannei und Sklaverei nun gar noch ethisch zu fundieren trachtete. Hier trieb der einst in seiner Jugend vom Vater in ihm gezüchtete und herangeprügelte Autoritätswahn häßliche Blüten. Daß der »Untertan« den Deutschen noch heute so tief im Blute steckt, daß selbst die Revolution 1918 ihn nicht auszurotten vermochte, das ist nicht zum wenigsten auf die Philosophen des Staatsrechts und des Machtwahns: Bismarck, Hegel, Luther zurückzuführen. Luther aber war ihr bedeutendster und also verderblichster Vertreter. Erscheint seine historische Stellung in mindestens noch zweifelhaftem Lichte, so ist seine Stellung in der deutschen Literatur ganz eindeutig fest und steil gefügt. Die Bedeutung der Lutherschen, 1534 vollendeten Bibelübersetzung kann gar nicht überschätzt werden. Es ist, als hätte Luther die neue deutsche Sprache überhaupt erst geschaffen. Aus so mangelhaften Vorlagen wie der sächsischen Kanzleisprache und der obersächsischen Mundart zimmerte er wie ein Geigenbauer jenes klingende Instrument, auf dem entzückt und berauscht wir heute noch spielen dürfen. Er aber war der Töne Meister wie Arion: und wenn er sprach, dann schwieg die Nachtigall, dann hob der Esel lauschend den behaarten Kopf – dann verstummten selbst die Humanisten mit ihrem lateinischen Geplauder, und Ulrich von Hutten konnte auf einmal deutsch statt lateinisch denken und dichten. »Ich hab's gewagt.« Die deutsche Sprache war den gelehrten Herren bisher zu grobschlächtig gewesen für ihre Spitzfindigkeiten. Sie wollten nichts mit dem Pöbel gemein haben, und es war ihnen gerade recht, daß man sie in der Menge nicht verstand. Nun aber hörten sie erstaunt, gleichsam zum erstenmal, den Klang der deutschen Sprache. Das war wie Möwenschrei über der Elbe, wie Amselsang im Frühling, wie Herbstwind in den Sandsteinfelsen, wie Quellengeriesel im Eichenwald. Und einer nach dem andern tat sein in Schweinsleder gebundenes lateinisches und griechisches Lexikon in den Bücherschrank zurück und legte die Luthersche Bibel auf den Schreibtisch und fand darin sein Morgen- und sein Abendgebet. Auch Luthers Flugschriften wie »Von der Freiheit eines Christenmenschen« flogen durch das Land, und in Kirchen und auf Straßen sang es: »Komm, heiliger Geist, kehr bei uns ein«. Und sie, die tumben Bauern, die im Vertrauen auf seine Lehre und ihren Lehrer sie in die Tat umzusetzen versuchten (denn was ist die Idee ohne die Tat? Das ist wie Seele ohne Leib, wie Duft ohne Blume): sie starben, als sie von ihm verlassen wurden, hingeschlachtet von den Schwerthieben der Söldner, mit dem Ruf: »Eine feste Burg ist unser Gott…« Luthers kernige und fröhliche Tischreden, die von seinen Freunden aufgezeichnet wurden, beweisen, was für ein großer Redner er war. Er steckte damit wohl alle heutigen Volkstribunen in die Tasche: nur schade, daß er selber kein Volks-, sondern ein Fürstentribun war.

Luther starb 1546 in Eisleben. Von seiner geistlichen Lyrik nahm das evangelische Kirchenlied seinen Anfang. Ihre schönsten geistlichen Lieder verdankt die evangelische Kirche *Paul Gerhard* (1607–1676, starb in Lübben als Prediger). Ein einfaches Gemüt paart sich mit einem streitbaren Gotteseifer und einem unbeirrbaren poetischen Formgefühl. Wir alle, die wir Evangelische (ach! keine Evangelisten mehr…) sind, haben als Kinder diese Gedichte in der Konfirmationsstunde auswendig gelernt und in der kahlen Dorfkirche gesungen. In ihnen durfte sich das kindliche Gemüt Gott wahrhaft nah fühlen. Die Musik dieser Verse strich uns, wenn der lahme Küster die Orgel spielte, wie mit Vaterhänden über die Stirn, und unsere kindlichen Sorgen beschwichtigte das singende Geständnis, das unsere Lippen hauchten: Ich weiß, daß ein Erlöser lebt… Abends aber, wenn nach des Tages Arbeit wir mit Vater und Mutter und mit den Knechten und Mägden vor der Tür in der lauen Sommerluft saßen, eine Kuh verschlafen im Stalle muhte, die Hühner auf der Stange hockten, den Kopf im Gefieder, dann stimmte wohl mein Großvater an, und wir fielen alle leise ein:

Nun ruhen alle Wälder,
Vieh, Menschen, Städt' und Felder...

Von der lutherischen zur katholischen Kirche trat *Angelus Silesius,* der cherubinische Wandersmann, über. Er schrieb nach seiner Bekehrung jene mystischen Zweizeiler, in denen die »ägyptische Plage« des Dreißigjährigen Krieges einen so prägnanten, überaktuellen Ausdruck fand.

Um diese Zeit begann Magister *Opitz* (aus Bunzlau, 1597 bis 1639) seine lehrhafte Tätigkeit. Es ist heute leicht, sich über eine Menge seiner Unarten und Albernheiten lustig zu machen: sein Verdienst um die Hebung des allgemeinen Niveaus kann nicht bestritten werden. Ohne Opitz kein Gottsched, ohne Gottsched kein Herder, ohne Herder kein Goethe.

Paul Fleming (aus dem sächsischen Erzgebirge, 1609 bis 1640) wandelte als Planet im Gefolge der Opitzschen Sonne. Aber es sollte ihm gelingen, eigene Bahnen zu finden und sie zu überstrahlen. Seine zärtliche Liebe zu Elsabe schenkte der deutschen Dichtung einige ihrer schönsten Liebesgedichte. Fabrikanten von protestantischen Gesangbüchern haben es sich nicht nehmen lassen, ihre dogmatische Giftmischerkunst daran zu versuchen und, umgekehrt wie einst Christus, Wein in Wasser zu verwandeln. Sie setzten nämlich für Elsabe Jesus, und wenn im Liede Elsabe ihr Jawort gibt, so modeln sie das in: »Jesus gibt sein Ja auch drein«. Zu dieser Verballhornung hat Jesus sicher sein Ja nicht drein gegeben. Er wird im Himmel sanft gelächelt haben, denn er kennt seine Pfaffenheimer.

In der Lyrik der Schlesier *Hofman von Hofmannswalden* (1617–1679) und *Caspar von Lotzenstein* (1635–1683) spielt Venus, prunkvoll aufgeputzt, eine triumphierende Rolle. Wenn sie, wie zuweilen bei Hofmannswalden, vom Venuswagen steigt, ihr überladenes Geschmeide abtut und ein hübsches Breslauer Bürgermädchen wird, braunhaarig, braunäugig, rotwangig: da wird sie uns lieb und vertraut, wir setzen uns gern zu ihr ins Gras und lassen uns von ihr ein ihr zu Ehr und Preis verfertigtes Lied des Herrn von Hofmannswalden mit leiser Stimme ins Ohr singen. Caspar von *Lotzenstein* huldigte seinerseits neben der Venus besonders den Göttern Mars und Mors. Er schrieb schwulstige Tragödien von schauerlicher Blutrünstigkeit. Der Entfaltung der Sitten und der Entwicklung der Jugend war die damalige Zeit, die Zeit des Dreißigjährigen Krieges, nicht gerade günstig. Im großen und im kleinen wurde geplündert, gemordet und vergewaltigt. Der Fürst vergewaltigte das Land, der Landsknecht die Bauernmagd. Zum Besten des Vaterlandes und zu höherer Ehre Gottes wurden die abscheulichsten Taten getan. Der Wiener Hofkapuziner *Abraham a Santa Clara* wetterte in seinen Reden und Predigten mit Stentorstimme und einem gewaltigen Aufwand an schnurrigem Pathos gegen die Sittenlosigkeit, wobei er wenig genug ausrichtete. Der Elsässer *Moscherosch* (1601–1669) malte in seinen »Geschichten Philanders von Sittewald« die Verrottung der Zeit, die ihre höchste dichterische Formung in *Christoph von Grimmelshausens* »Abenteuerlichem Simplizissimus« fand. Neben dem Grübler Faust, dem weisen Narren Eulenspiegel kann man den reinen Toren Parsifal als die dritte Verkörperung der deutschen Seele ansprechen. Parsifal heißt bei Grimmelshausen Simplizissimus. Alle die vielfältigen Anfechtungen besiegt und überwindet die einfältige Seele, die groß und einfach in sich selber ruht, wie eine Perle in der Muschel. Der Hintergrund des Romans ist das zerrissene und zertretene Deutschland des Dreißigjährigen Krieges. *Andreas Gryphius* (aus Großglogau, 1616–1664) erlebte das allgemeine Elend seiner Zeit am eigenen Leibe und an eigener Seele nicht typisch wie Grimmelshausen, sondern individuell: und es gelang ihm, es bis zur reinsten lyrischen Gestaltung zu verklären. Es ist nicht zu verwundern, daß das Leitmotiv seiner Gedichte ein religiöses wurde: es ist das christliche Symbol von der Vergänglichkeit des Menschen und der Eitelkeit alles Irdischen. Dieses ursprünglich religiöse und fast kirchlich-dogmatische Gefühl vertieft sich in seinen Sonetten grandios künstlerisch zur Weltanschauung einer erschütternden Resignation und eines erhaben schmerzlichen Pessimismus. Die grauenvolle Zeit, die in dem Krieg und in dem Frieden, in dem wir heute gezwungen sind zu leben und zu sterben, eine Parallele findet, duldete keines fröhlichen Weltfreundes rosenroten Optimismus. Vanitas! Vanitatum vanitas! Es ist alles eitel. Daß auch der Seelen Schatz so vielen abgezwungen – dies ist die bitterste Erfahrung, die uns auch der große Krieg von 1914–1918 gelehrt hat. Lüge, Heuchelei, Mammonismus und Materialismus haben die Seelen regiert, und wo ist jemand, der da sprechen kann, daß die seine im Schwertertanz ums goldene Kalb ganz frei davon geblieben? Stoßt das goldene Kalb vom Sockel und setzt eine weiße Marmorstatue der Göttin der Liebe, der Welt- und Gott- und Menschenliebe an seiner statt und nehmt euch bei den Händen und schlingt um das Denkmal wie mit Rosenketten den Frühlingsreigen einer neuen Zeit. – Elegie und Ironie wohnen nahe beieinander. In Gryphius' Lustspiel »Horribilicribrifax« schwingt er spöttischen Mundes die Geißel über Halbbildung und Phrasentum, die sich als Folge der Überschätzung alles Militärischen besonders beim Offiziersstand bemerkbar machten. Der aufschneiderische Maulheld Horribilicribrifax ist eine köstliche Figur, die man auch heute noch leibhaftig herumlaufen sehen kann. – Einen bürgerlichen Maulhelden nahm sich *Christian Reuter*, ein Leipziger Student (geboren 1665), eine unstete Vagantennatur, die irgendwo im Elend verdarb und starb, zum Vorbild: es ist der Signor Eustachius Schelmuffski, dessen wahrhaftige, kuriöse und sehr gefährliche Reisebeschreibung zu Wasser und zu Lande auf das vollkommenste und akkurateste er an den Tag gab. Diese lügenhafte Reisegeschichte, die Schelmuffski über Schweden, die Bretagne, Rom bis nach Indien führt (sie ist dem hochgeborenen großen Mogul dem Älteren, weltberühmten Könige oder vielmehr Kaiser in Indien gewidmet…), ist einer der besten komischen Romane der Deutschen und nebenbei ein ergötzlicher Zeitspiegel. Auch Gryphius und Grimmelshausen spiegelten die Zeit. Sehen wir in *ihren* Zeitspiegel, steigt die Träne ins Lied.

Wie ein Sturmwind braust *Johann Christian Günther* (aus Striegau, 1695–1723), der Götterbote einer neuen Zeit, in die deutsche Dichtung. Er schmiedete ihr die Waffen, mit denen sie später unter Goethe den himmlischen Sieg erfechten sollte. Was wäre der Sturm und Drang ohne Günther? Was Goethe ohne Günther geworden? Er war sein Vorläufer, sein Johannes, der ihm die Wege bereitete. Wie in Frankreich der Vagant François Villon, so steht in Deutschland der ahasverische Wanderer Johann Christian Günther, Student und Vagabund, der Unstete, der Schweifende, am Anfang der neuen Dichtung. Nur wer den Mut zu Ab- und Seitenwegen hat, der wird auch neue Wege finden. Darum sind alle diese Pfadfinder von so schwankender Menschlichkeit und durchweg, wenn auch nicht immoralisch, so doch amoralisch gerichtet. Sie sind verdammt, die Lasten und Laster einer Generation vorweg zu nehmen und zu schleppen, die nach ihnen kommt. Diese hat ihre Freiheit der Unfreiheit, ihre schwebende Leichtigkeit der stampfenden Schwere jener zu danken. Jene sind wie Stiere, diese wie Sonnenadler. Der junge Goethe als Student in Leipzig: das ist eigentlich eine wörtliche Neuauflage des jungen Günther. Der nie ein alter Günther werden sollte, denn er starb im 28. Jahre an einem Blutsturz. Diesen Blutsturz erlebte auch Goethe in Leipzig: aber er überstand ihn und ging gekräftigt aus der Krise hervor. Günther hatte all sein Blut verströmt. Sein junges Leben und Dichten ist ein Verbrennen und Verbluten. Er ist der erste Dichter, der sich bewußt außerhalb der bürgerlichen Gesellschaft stellt, und der dadurch jenen latenten Konflikt mit seinem starrköpfigen Vater heraufbeschwor, der nicht wenig zu seiner Erbitterung und Verbitterung und zu seinem vorzeitigen Zusammenbruch beigetragen hat. Gar so leicht wurde es dem Kinde nicht, von selbst gehen zu lernen in einer Welt, die sich ihm feindlich gegenüberstellte, und die Ablösung von der Nabelschnur, die ihn in den Eltern mit dem Bürgertum verband, geschah nicht ohne Krämpfe und Schmerzen. Er hatte Feinde »ringsum«. Seine wilde Leier wünschten Tausende ins Feuer, »denn sie rasselt allzuscharf«. Wie ein von allen gemiedener räudiger Hund lief er oft einsam durch Deutschlands Straßen. Da übermannte ihn wohl öfter die Verzweiflung, daß er zu sterben wünschte, da Leonore ihn selbst verlassen. Aber er reißt sich wieder empor, die Tränen versiegen, die Faust ballt sich:

Ich will hoffen, Hoffnung siegt.

Und abends, auf der Dorfstraße, wenn er ein schönes Mädchen am Zaun stehen sah, da konnte er wieder lächeln. Er lächelte und lachte ihr und sang ihr zu:

Schönen Kindern Liebe singen
Ist das Amt der Poesie,

und reichte ihr galant den Arm und spazierte mit ihr in den Wald oder auf den Kirchhof, und auf den Gräbern der Toten blühten die Küsse der Lebenden und Liebenden wie Jasmin und Tulipan.

Und gelangt er bei seiner Wanderung in eine Universitätsstadt, versammelt er eine Genossenschaft junger trunkener Menschen um sich und singt ihnen das schönste deutsche Studentenlied:

Brüder, laßt uns lustig sein,
Weil der Frühling währet...

Sein Lorbeer grünt, wie er selber sang, auf die Nachwelt hin. Sein Name dringt durch Sturm und Wetter der Ewigkeit ins Heiligtum.

Mit Günther gleichaltrig ist der Ostpreuße *Johann Christof Gottsched* (1700–1766), der der deutschen Literatur mit professoraler Weisheit und deutend erhobenem Zeigefinger: dies darfst du! und: dies darfst du nicht! auf die Beine helfen wollte. Ich weiß nicht, ob er Günther gekannt hat. Jedenfalls hätte ihn seine Wildheit und sein Feuer bestürzt und erschreckt. Denn er war für das Manierliche und Moralische. Bürgerlich-wohlanständig, klar, deutlich und nüchtern hatte die Poesie zu sein. In seinem »Versuch einer kritischen Dichtkunst für die Deutschen« stellte er eine enge und beschränkte Theorie auf und verlangte mit der Geste eines Diktators, daß sich jeder Dichter – immer mal wieder – strickt danach zu richten habe, ansonst der Herr Lehrer ihm eine Fünf ins Büchel schreibe. Das Wichtige an Gottscheds dramaturgischen Leistungen ist das Wagnis, das Experiment. Andere erst sollten aus seinen Erfahrungen lernen. Der Liebling des Lesepublikums wurde *Christian Fürchtegott Gellert* (aus Sachsen, 1715–1769). Das ist nicht zu verwundern, denn er vereinigte die damaligen Richtungen harmonisch in sich: Gottscheds Steifheit, Bodmers »moralische« Phantasie, Hallers gebirgiges Barock und eine milde pietistische Frömmigkeit, die seit Gerhard und Gryphius aus der deutschen Dichtung nicht verschwunden war. Zu seiner Volkstümlichkeit trug nicht wenig ein ehrenfester, lauterer Charakter bei. In ihm durfte das Bürgertum sein Ideal sehen: selbst Friedrich der Große, der in seiner Schrift »Von der deutschen Literatur« vor der deutschen Dichtung absolut keinen Respekt zeigte, verneigte sich huldigend vor dem kleinen Leipziger Professor der Beredsamkeit und Moral. Seine Fabeln, Erzählungen und geistlichen Lieder plätschern sacht und sanft daher, hie und da mit einem Schuß gutmütiger Bosheit versehen, gerade so boshaft, daß es nicht weh tut. Denn weh tun wollte diese personifizierte Güte niemandem. Er war nicht nur ein Fürchtegott, sondern auch ein Fürchtemensch und Fürchtetier. Daß das Tier in ihm wie in jedem Menschen lebendig war, beweist eine in mancher Fabel durchbrechende Lüsternheit, die zu unterdrücken seine ganze moralische Kraft notwendig war. Denn er war zu krank, um einer animalischen Lust recht und wahrhaft leben zu können wie *Friedrich von Hagedorn* (aus Hamburg, 1708–1754), der Anführer einer ganzen Schar galanter Herren, die in erster Linie Kavaliere, in zweiter erst Dichter sein wollten und die Anbetung der Muse und der geliebten Frau höchst zweckmäßig vereinten.

Auf dem Wege über die Romanen waren Horaz und Anakreon zu den Deutschen gekommen. Bei dieser Wanderung hatten sie manches von ihren ursprünglichen Reizen verloren und manches an neuen Reizen hinzubekommen. Anakreon war in Frankreich ein leichtfertiger, eleganter Schürzenjäger, Horaz im Gefolge der päpstlichen Höfe ein überaus witziger, wohlbeleibter, immer leicht angetrunkener Domherr geworden, dem ein Kranz voll Weinlaub die Tonsur verdeckte, und bei dem die schönen Damen von Rom und Ravenna gern und willig beichteten, denn er sprach sie lächelnd von vornherein aller Sünden ledig. Anakreon und Horaz sind die eigentlichen Väter des französischen und des deutschen Rokoko: die griechischen Götter, nach französischer Mode aufgeputzt, Eros und Silen führten den trunkenen Reihen der Poeten, die sich griechische Namen gaben wie Damon oder Bathyll, und ihren liebreizenden Schäferinnen: Phyllis oder Chloe gerufen. Das ländliche Leben wurde Mode. Aber es war nur eine Art Aufputz. Die Damen frisierten sich nur als Bäuerinnen, ihr Herz war von der Natur recht weit entfernt, jede Berührung mit der wahren Natur und ihrer Derbheit erschreckte sie. Sie kleideten sich in Hirtenkleider, die ein Pariser Modekünstler entworfen hatte, und hüteten auf wohlgepflegten Wiesen kurz geschorene, weiß gewaschene, saubere Lämmchen, mit rosa Bändern am Hals und einer kleinen Glocke daran. Und die Hirtenstäbe der Herren waren mit Silber und Gold besetzt. Die anakreontische Lyrik beginnt, ungeschickt angeschlagen, schon bei den Pegnitzschäfern in Nürnberg um 1644 zu erklingen, einer der sogenannten Sprachgesellschaften, die im Anschluß an die Meistersingerschulen entstanden. Die Dichter dieser Gesellschaft, zu denen auch der gute *Philipp Harsdörffer* gehört, der Erfinder des »Nürnbergischen Trichters« (mit dem er den bedauernswerten Zeitgenossen die Poesie künstlich eintrichtern wollte), führten je einen Hirtennamen und als Symbol je eine Blume im Dichterwappen. Hagedorn und seine Kameraden sind nun ein wenig begabter als ihr Vorläufer im 17. Jahrhundert. Die Hainbündler, die Stürmer und Dränger, der junge Goethe: sie konnten lange nicht von den hier angeschlagenen Tönen loskommen. Aber außer Goethe gelang es noch einem Lyriker, seiner im Walde der Anakreontik geschnitzten Flöte eigene Töne zu entlocken: dies war *Johann Georg Jacobi* (aus Düsseldorf, 1740–1814). »Ihm war die Grazie (- übrigens das Lieblingswort der Epoche! –), die so mancher Anakreontiker sich mühsam anlernen mußte, angeboren«, heißt es im Vorwort zu seinen »Sämtlichen Werken«. Verse wie die »An ein sterbendes Kind« gerichteten, sind auch rhythmisch so kühn und neu, daß sie von Goethe sein könnten.

Gottfried Keller hat in seiner Novelle »Der Landvogt von Greifensee« ein reizendes Bild von einem ländlichen Fest gemalt, des der Züricherische Dichter *Salomon Geßner* (1730 bis 1788) auf seinem Landhaus im Sihlwald seinen Freunden gibt. Dieser Salomon Geßner ist der Schöpfer der deutschen Idylle. Sein Talent ist begrenzt, aber innerhalb der Grenzen seines Talentes bewegt er sich mit vollendeter Sicherheit und Vollkommenheit. Er gehört zu den allerliebenswürdigsten Erscheinungen der deutschen Dichtung. Geßner war einmal eine europäische Berühmtheit. Es wird nicht besser werden in der Welt, ehe es Geßner nicht wieder ist. Wir werden erst dann den ewigen Frieden haben, wenn solche arkadischen Dichter wie er wahrhaft populär geworden sind.

Ist Opitz als Privatdozent, Gottsched als außerordentlicher Professor der deutschen Literatur anzusprechen, so darf man *Gotthold Ephraim Lessing* (geboren zu Kamenz, 1729) den Titel eines ordentlichen Professors und vortragenden Rates mit dem Prädikat Exzellenz nicht vorenthalten. Er ist nicht so langweilig, wie die, die sich bei ihm langweilen. Aber er ist auch nicht der beschwingte Genius und Fackelträger, zu dem man ihn hat empordichten wollen. Ernst, behutsam und bedächtig suchte er mit seiner Laterne das Dunkel der deutschen Dichtung zu erhellen, und es gelang ihm, über viele dämmerige und nachtschwarze Stellen Licht und Erkenntnis zu verbreiten. Das besorgte er besonders mit seinen »Briefen, die neueste Literatur betreffend«. Da rief er Shakespeare, den Zauberer aus dem Wunderland der Wirklichkeit, zum Zeugen auf gegen Gottscheds Schablonenidealität. Da hob er den Mythos von Faust ans Licht, entdeckte entzückt das deutsche Volkslied und einen verschollenen Poeten wie Friedr. Logau. Die Schrift Laokoon oder über die Grenzen der Malerei und Poesie hat zu seiner Zeit ungleich alarmierender gewirkt als heute in den Primen der Gymnasien. Die klare Unterscheidung von den Möglichkeiten, von Harmonie und Differenz zwischen Malerei und Poesie tat dazumal bitter not. Denn die sogenannte beschreibende und malende Poesie, von Opitz einst eingeführt, von Haller, Matthisson und vielen minderen fortgeführt, drohte in ihren Auswüchsen die gerade nur erst hügeligen Ansätze völlig zu verflachen. Indem er die Plastik als räumlich, die Dichtung als zeitlich (nicht im historischen Sinne) bedingt definierte, eröffnete er auch Perspektiven auf Raum und Zeit, auf Traum und Ewigkeit schlechthin. Er rief den Dichtern zu: Nicht rasten! Nicht ruhen! Ruhe, Beharrung ist das Zeichen der bildenden Kunst. Ihr müßt, berlinisch gesprochen, Leben in die Bude bringen. En avant! Vorwärts! Attacke! Professor Lessing gerät hier in Feuer. Auch in der »Hamburgischen Dramaturgie« zeigt er sich reichlich temperamentvoll, wie er mit den französischen Klassikern herumfährt, daß ihnen nur so der Puder aus den Perücken fährt. Er restituiert Aristoteles und versetzt die wahre tragische Handlung in die Seele des Menschen. Den Regeln, die er in der Hamburgischen Dramaturgie aufgestellt, versucht er nun auch in einigen Dramen nachzuleben. In Miß Sara Sampson wagt er das Drama von jeder Staatsaktion zu entkleiden und steigt ins gut, ins schlecht bürgerliche Milieu hinab. Er wollte beweisen, daß nicht bloß eine Prinzessin, sondern auch ein einfaches Bürgermädchen seine Tragödie erleben kann. Die französischen Klassiker reservierten prinzipiell das Tragische den Herren und Damen vom Hofe und den Göttern. In »Minna von Barnhelm« haben wir, trotz mancher Schwächen im einzelnen, eine wirkliche Dichtung. Professor Lessing lege seinen ersten Titel ab und sei fortan Dichter Lessing genannt. Mit dem Prinzen von Homburg ist der Major von Tellheim einer der wenigen sympathischen preußischen Charaktere in der deutschen Dichtung. In »Emilia Galotti« tritt Lessing unter der Maske des Odoardo als Richter den Fürsten seiner Zeit entgegen. Und sei hier nicht mehr Dichter, sondern Richter Lessing genannt. In »Nathan dem Weisen« faßt Lessing seine drei bisherigen Berufe noch einmal zusammen: Hier ist er der Philosoph, der Dichter, der Richter in eins. Hier predigt er die allgemeine Toleranz, die große Liebe. Der christliche Tempelherr, der Mohammedaner Saladin und der Jude Nathan feiern den Bruderbund der Menschheit. Die gute Idee ist nichts ohne die gute Tat. Gut denken heiße: gut sein. Zwei Jahre nach der Vollendung des Nathan vollendete sich Lessing selbst.

Das Größte an *Klopstock* (aus Quedlinburg, 1724–1803) ist sein patriarchalisches Pathos. Es scheint, als hätte er schon Schulpforta mit 19 Jahren als Patriarch und Weltweiser verlassen. Denn in seiner Abschiedsrede klingt das hohe Bewußtsein einer erlauchten Berufung. Ich will, so rief er, der Milton der Deutschen werden! – Und er ist es geworden. Alles, was er gewollt hat, hat er gekonnt. Wie ein Priester hat er seines Amtes gewaltet. Und wenn er, seine Bardengesänge, die *Bardiete*, singend, den deutschen Göttern opferte, war das Gotteshaus gefüllt mit andächtigen Jünglingen und Jungfrauen, die in ihm den Stellvertreter des deutschen Gottes auf Erden, den deutschen Papst sahen. Er goß den deutschen Wein in griechische Pokale: in seinen »Oden«, die die fremde Form vollkommen vergessen lassen, so deutsch sind sie. Er ist spröder als Hölderlin und dem heutigen Empfinden schwer zugänglich – aber die Bekanntschaft mit ihm wiegt Dutzende heutiger Lyriker auf. Seine zuchtvolle Strenge könnte der heutigen Auflösung gut tun. Die jungen Dichter könnten viel von ihm lernen, vorausgesetzt, daß sie überhaupt etwas lernen wollen. Der Meister Klopstock fühlte sich zeitlebens als »der Lehrling der Griechen«. Sein episches Hauptwerk ist der »Messias«, ein Gedicht von Sünde und Erlösung in 20 hexametrischen Gesängen. Es schildert den Weg des Gottessohnes vom Himmel durch die Hölle zur Erde und wieder zum Himmel: am schönsten in seinen hymnischen und lyrischen Stellen. Hin und wieder verleitet ihn das priesterliche Ornat zu gar zu zeremoniellen Gesten und oratorischen Phrasen.

Zwei seelische Richtungen suchten um die Mitte des 18. Jahrhunderts einander den Rang streitig zu machen: eine schwärmerische und eine rebellische. Die schwärmerische ging von Klopstock und seinem Gefolge: dem Hainbund (Hölty, Voß), Matthisson, dem Schweizer Salis-Seewis, Claudius aus; die zweite blühte aus wilden Studentenkameradschaften empor, und ihr Meister hieß Johann Christian Günther. Sie selber aber nannten sich nach einem »Sturm und Drang« (1776) betitelten Drama eines der ihren, des Maximilian Klinger: Stürmer und Dränger. Klinger war ein Freund Goethes, und aus ihrem Kreise ist dann auch, betreut von Herders wachsamem Auge, der Stürmer und Dränger hervorgegangen, der sie alle überstürmen und zurückdrängen sollte: Goethe.

Wie die Bruderbünde der heutigen jungen Dichter hatten sowohl die Hainbündler wie die Stürmer und Dränger die Brüderlichkeit, die Weltumarmung, die Menschlichkeit auf ihre Fahnen geschrieben, und Freundschaft galt ihnen als ein heiliges Wort. Die bedeutendsten Mitglieder des Hainbundes waren *Johann Heinrich Voß* aus Mecklenburg (1751 bis 1826) und *Ludwig Hölty*, der 1776 im jugendlichen Alter von 28 Jahren starb; der Apollo und Adonis des Bundes: gepriesen als der Liebling der Götter. Voß, der auch später die Redaktion des Bundesorganes des Göttinger Musenalmanachs übernahm, darf eigenen dichterischen Wert höchstens als Idylliker (Luise, Der siebzigste Geburtstag) beanspruchen. Zu den harmlosen, aber hübschen Hexametern war er angeregt worden durch seine Übersetzungen der Homerschen Odyssee (1781) und Ilias, die an Wert und Wirkung den Herderschen Stimmen der Völker in Liedern wenig nachstehen und den Blick der Deutschen auch auf das griechische Heldenepos lenkten. Wenn Achilles und Hektor in Deutschland so volkstümliche Figuren geworden sind wie Siegfried und Hagen, wenn Zeus und Hera in der Götterwelt Wodan und Freya den Rang streitig machen, so ist's das Verdienst von Voß, dem Ganymed, der lockige Schenke, im olympischen Saale dafür einen besonderen Humpen Nektar kredenzen möge! – Im Pantheon des Hainbundes standen die Hermen von Ossian, Klopstock und Herder. Dagegen erscholl an die Adresse *Wielands* in jeder Bundessitzung ein dreifach kräftiges Pereat. Dieser war in ihren Augen ein allzu ungezogener Liebling der Grazien. Seine charmanten Frivolitäten, sein graziöser, klingender Stil, spielend wie eine Wasserkunst im Schlosse irgendeines Rokokofürsten, fanden nicht Gnade vor ihren Augen. Sie ziehen ihn der Sittenlosigkeit, der Undeutschheit und traten seine Dichtungen mit Füßen oder verfertigten sich aus seinen reizenden Perioden Fidibusse, mit denen sie ihre Knasterpfeifen entzündeten, und Don Sylvio von Rosalva, der Jüngling Agathon und die zärtliche Musarion gingen wehklagend und seufzend in Flammen auf. Hatten die Hainbündler recht, dem armen Wieland so übel mitzuspielen? Doch wohl nicht. Im Grunde war er ihnen verwandter, als sie ahnen oder fühlen konnten. Auch er war ein Schwärmer wie sie – aber er ging nicht wie sie durch eine, er ging durch tausend Schwärmereien hindurch und war vom Pietisten bis zum Wollüstling, vom Hetärenpriester bis zum Anbeter der mütterlichen Frau so ziemlich alles, was man sein kann. Was seine vielen Wandlungen verklärt: er war alles mit der gleichen Leidenschaft und Wahrhaftigkeit. Als Lyriker hatten die Hainbündler für Wielands Kunst der Erzählung kein Verständnis. Sein großer Roman Agathon (1766), die Entwicklung eines Menschen zu sich selbst, in einem stark stilisierten Altgriechenland sich begebend, wird immer ein Markstein in der Entwicklung der deutschen Prosadichtung sein, die auch durch den komischen Roman Die Abderiten (1780), eine Verspottung des Spießertums, eine Bereicherung empfing. Goethe weihte von allen Schriften Wielands dem Heldenepos »Oberon» (1780) den Lorbeer, und zwar im wörtlichsten Sinne: nach seinem Erscheinen sandte er ihm einen Lorbeerkranz. Der »Oberon« ist das erste Werk, das man neben Mahler Müllers »Genoveva« den Auftakt der Romantik noch mitten in der Klassik nennen könnte. Abendland und Morgenland gehen so phantastisch ineinander über, wie die wirkliche und die Geisterwelt.

Unter den Hainbündlern waren einige, die zwar nominell ihm nahestanden, innerlich aber ganz dem Sturm und Drang zugerechnet werden müssen. Unter ihnen ist vor allem *Gottfried August Bürger* (1747–1794, geboren in Ballenstedt) zu nennen, dessen titanischem Wollen (wie den meisten der Stürmer und Dränger) nur ein sehr menschliches Gelingen beschieden war. Hin und her gerissen zwischen zwei Frauen schwebte er zwischen Himmel und Erde, bis ihn die Erde gnädig in ihren Schoß wieder zurücknahm. Er war ihr einer ihrer liebsten, aber auch unglücklichsten Söhne. Seine

Lieder an Molly sind von einer rasenden Leidenschaftlichkeit, der die Zügel durchgehen wie einem wildgewordenen Hengste. Vollkommen bewährte er sich in seinen »Balladen«. Auch die Nacherzählung von »Münchhausens wunderbaren Reisen« (1786) muß ihm herzlichst gedankt werden, so wie wir dankbar bei dieser Gelegenheit des alten *Musäus* (1735–1787) gedenken müssen, der die Volksmärchen der Deutschen, darunter die Schnurren vom grobschlächtigen, prachtvollen, schlesischen Waldgott Rübezahl damals gerade sammelte und nacherzählte.

Waren die Hainbündler mehr besinnlich und lyrisch, so waren die Stürmer und Dränger mehr sinnlich und dramatisch, heute würde man sagen: mehr politisch, mehr aktivistisch gerichtet. Sie litten unter der sozialen und politischen Ungerechtigkeit des Zeitalters. Das Motto Schillers, das er über »Die Räuber« setzte: In tyrannos! kann man über die ganze Richtung setzen. Stürmer und Dränger waren die deutschen Vorläufer und Brüder der französischen Revolutionäre von 1789. Wie Wilhelm II. dem Erwachen der deutschen Dichtung aus dem patriotischen Winterschlaf nach dem siegreichen Krieg von 1870/71 zur Selbstbesinnung, zur Erhebung, zur Vergeistigung von seinem Standpunkt mit dem größten Recht mißtrauisch gegenüberstand – denn einer Revolution des Geistes pflegt eine solche der Tat immer auf dem Fuße zu folgen: so standen die damaligen Souveräne dem Ansturm der Stürmer ablehnend und erbittert gegenüber, denn es ging ums Gottesgnadentum, es ging um Autokratie oder Demokratie schon damals. Es handelte sich darum, ob die deutschen Fürsten ihre Untertanen als Schlachtenfutter nach Amerika verkaufen könnten wie ein Stück Vieh, um aus dem Erlös ihre fetten Huren und lasterhaften Gelage zu bestreiten, oder ob der Mensch ein Mensch wie sie, ob es nicht unvergängliche »Menschenrechte« gäbe, die niemand wagen dürfe anzutasten, der nicht ein Hundsfott oder Lump sein wolle. In den »Räubern« und in »Kabale und Liebe« zog Schiller gegen die verrottete Zeit vom

Leder. Und es ist nicht zu verwundern, wenn Herzog Karl Eugen von Württemberg sich dieser Richtung gegenüber ähnlich äußerte wie später Wilhelm II.: »Die ganze Richtung paßt mir nicht!« Schiller wurde 1782 vierzehn Tage in »Schutzhaft« genommen; als der Fürst ihm wenig später überhaupt untersagte, weiterhin »Komödien« zu schreiben, machte Schiller dieser Komödie ein Ende und floh aus Württemberg ins Ausland. Sein Gesinnungsgenosse, der Schwabe *Christian Schubart* (1739 bis 1791), mußte die Auflehnung gegen die Tyrannei mit einer zehnjährigen Gefangenschaft auf dem Hohenasperg büßen. Er schleuderte den Fürsten die Verse der »Fürstengruft« wie Kiesel von der Schleuder entgegen.

Jakob Reinhold Lenz (aus Seßwegen, 1751–1792) schrieb sein Drama »Die Soldaten«, in dem er die Immoralität des Soldatenlebens attackierte. Sein Leben wie sein Dichten zerrann ihm schließlich wie Wasser zwischen den Händen. Die Erscheinung Goethes blendete ihn auf immer, so daß er die Welt der Erscheinungen nicht mehr zu sehen vermochte und einer utopischen Welt verfiel, die halbe Wahrheit und ganze Dichtung nicht mehr auseinanderzuhalten verstand. Wäre er nur der Lenz geblieben, der er war! Vielleicht, daß er zu einem fruchtbaren Sommer gereift wäre! Aber er wollte ein Goethe werden.

Maximilian Klinger (aus Frankfurt, 1752–1831), dessen eines Drama der Bewegung den Namen gab, war eine gefestigtere, bedächtigere Natur, obgleich seine Dramen selbst aus allen Fugen zu gehen scheinen. Im reiferen Alter wird er Taoist und resigniert. In seinen »Betrachtungen« sind aus den Ungetümen und Unholden, die die Fürsten in Sturm und Drang waren, schwache Menschen geworden wie wir alle. In der Tendenz steht der Satiriker *Georg Christian Lichtenberg* (aus Darmstadt, 1742–1799) den Stürmern nahe, besonders in seinen geistvollen politischen Bemerkungen.

Als der eigentliche Prosaiker der Richtung muß *Wilhelm Heinse* (1749–1803) betrachtet werden. Sein Renaissanceroman »Ardinghello und die glückseligen Inseln« predigt die Idee der Kraft, der Schönheit, der leiblichen und seelischen Nacktheit, der Scham- und Hüllenlosigkeit. Geschrieben in einem bezaubernden Stil, dessen Wohlklang nur noch von Geßner in seinen Idyllen und später von Jean Paul erreicht wird, bezaubert er auch durch die amoralische Anmut seiner Gestalten und durch die tropisch bunte Ausmalung des Schauplatzes. Der Starke hat Recht. Aber er siegt nicht durch seine Stärke, durch rohe Gewalt allein: sie muß sich mit Natürlichkeit, mit Geist, der Mut muß sich mit Anmut paaren. Heinses Genie war eine brünstige Flamme. Aber wer feuersicher ist (und nur der sollte sich ins Feuer wagen), der wird nur gestählt und gefestigt durch sie hindurchgehen.

Johann Gottfried Herder (1744–1803, ein geborener Ostpreuße) ist einer der Lehrmeister der Deutschen. Wären die Lehr- und Schulmeister der Deutschen alle geartet wie er: was ließe sich aus ihnen machen! Aber der Teufel stopft ihnen Wachs in die Ohren und verklebt ihre Augen mit Pech; also daß sie taub und blind dem ersten besten Eselstreiber folgen, der sie in den Abgrund führt. Über der festen Grundlage einer allgemeinen, philosophischen und philologischen Bildung wölbte sich bei Herder in den Gewittern seiner Zeit der Regenbogen eines großen Geistes und eines hellen Herzens. Auf einer Reise nach Paris lernte er Diderot, einen der geistigen Urheber der Französischen Revolution, kennen. In Straßburg geschah jene denkwürdige Begegnung mit Goethe: der schwärmerische Jüngling empfing aus dem Munde des gereiften und gelehrten Mannes den mächtigsten Ansporn, die liebevollste Leitung. Herder war gleichsam ein Denker des Gefühls. Manchmal schlägt der Blitz der apriorischen Logik in seinen Gedankenwald, ihn und uns belehrend, daß die Bäume nicht in den Himmel wachsen. Aber um den verkohlten Stamm schlingen sich liebend und lieblich die reinsten Gefühle, die weißesten Winden. Sein »Briefwechsel über Ossian und die Lieder alter Völker« (1773) bedeutet weit weniger durch die aufgestellten Thesen (Unterschied zwischen Kunst- und Volksdichtung), als durch die flammende Liebe, die hier und anderswo in seinen Schriften die Wissenschaft durchlodert. Sein Aufruf, die alten Volkslieder zu sammeln, war eines der wichtigsten Manifeste des deutschen achtzehnten Jahrhunderts. Er ist auch der Schöpfer dieses Wortes: Volkslied. 1778–79 durfte er dann selbst in seinen »Volksliedern« (»Stimmen der Völker in Liedern«) dem deutschen Volk ein prachtvolles Dokument der Volkslieder aller Zeiten und Zonen vorlegen: die fremdländischen Lieder in Übertragungen von ihm selbst. Schon vorher war er in den Fragmenten über die neuere deutsche Literatur gegen Affekts- und Effekthascherei, gegen die französische und griechische Mode aufgetreten und hatte das Rousseausche »Zurück zur Natur!« für die deutsche Dichtung formuliert: »Zurück zu Natürlichkeit! Zu den Quellen deutscher Sprache und deutschen Volkstums! Die Kunstdichtung kann nur auf dem Acker der Volksdichtung gedeihen. Zerstört die gläsernen Treibhäuser und laßt das freie Wetter über die Blüten eures Geistes brausen. Welche Blüte darin umkommt, die ist nicht wert, daß sie geblüht hat.« – 1776 kam Herder auf Goethes Veranlassung als Generalsuperintendent nach Weimar. Hier schrieb er, von Goethes Gedankenarbeit kameradschaftlich unterstützt, die »Ideen zur Philosophie der Geschichte der Menschheit«, den ersten groß angelegten Versuch, die Geschichtswissenschaft aus einer Statistik von blutrünstigen Raub- und Eroberungskriegen und den Daten der erlauchten Herrscher zu einer Geisteswissenschaft, zu einer Wissenschaft vom Werden und Wesen der Menschheit zu erweitern. Eine Kapitelüberschrift wie diese: Die Erde als Stern – wieviel besagt und beleuchtet sie schon im Gegensatz etwa zu: König Otto der Faule (1430–1450), der üblichen Überschrift der in Deutschland so beliebten monarchistischen Geschichtsschreibung. – Die letzten Lebensjahre Herders verbitterte seine Entfremdung von Goethe und Schiller: in Schiller befehdete er den Schüler Kants, in Goethe sah er sich selber strahlend überwunden. Als er die Augen schloß, setzten sie ihm auf seinen Grabstein seinen Wahlspruch, den ewigen Wahlspruch aller Jünglinge (Herder war auch als Greis ein Jüngling geblieben): Licht! Liebe! Leben!

Friedrich Schiller (1759–1805) ist der Dichter der Jugend. Denn er ist ein revolutionärer Dichter. Und die Jugend wird gegenüber einem konservativen oder stagnierenden Alter immer revolutionär gesinnt sein. In den »Räubern« wird jemand aus Verzweiflung über die Schlechtigkeit der Welt zum schlechten Kerl: um den Teufel mit Beelzebub auszutreiben. Wäre dies Drama heute geschrieben, man würde es ein bolschewistisches Drama nennen. (Schiller war Ehrenbürger der Französischen Revolution, der er als Idee begeistert huldigte, und von der er sich später, als die Realität weit hinter der Idee zurückblieb – wie es in Revolutionen immer zu sein pflegt – angewidert wegwandte). Diese Räuber wollen die ganze Welt zugrunde richten, um auf den Trümmern eine neue, bessere Welt zu erbauen. Karl Moor schreitet in mancherlei Verwandlungen durch Schillers Werke. Er ist Fiesco, der Verschwörer, der sich hier den Mantel des Monarchen um die Schulter schlägt. Er ist Ferdinand, der gegen die konventionelle Despotie und die Despotie der Konvention rebelliert. In Carlos und Marquis Posa hat sich der geistige Revolutionär gar dupliziert. Verteidigen die »Räuber« noch die notwendige Eventualität eines gewalttätigen Umsturzes, so erscheint »Don Carlos« dagegen, auch in der Sprache durch seine Jamben gemildert, als Drama einer geistigen Revolution. Von innen heraus sollen Staat und Menschheit, Staatsbürger und Menschen erneuert werden. »Sire, geben Sie Gedankenfreiheit« – aus den freien Gedanken wird die freie Tat sprießen. Wie Spinoza auf Goethe, so hat das Studium der Kantschen Philosophie auf Schiller den nachhaltigsten Eindruck gemacht. Kants ethische Maximen, besonders der kategorische Imperativ, werden in seinen späteren Gedichten und Dramen immer wieder illustriert und paraphrasiert, die oft nur um der ethischen Forderung willen geschrieben scheinen. Zwölf Jahre nach dem Don Carlos, im Jahre 1799, vollendete Schiller den Wallenstein: die Schicksalstragödie des Herrscherwillens. Der Schatten des aufsteigenden Bonaparte fiel über das Werk. Auch Wallenstein ist ein Rebell aber *faute de mieux*. Er kann einen Größeren, einen Mächtigeren nicht vertragen: denn er fühlt in sich das Prinzip der Macht regelmäßig verkörpert. Er fällt durch den Verrat seines Freundes Piccolomini. In den drei Teilen vom »Wallenstein« ist Schillers Werk gegipfelt. Den vielen männlichen Rebellen in Schillers Dramen tritt eine Revolutionärin zur Seite: Maria Stuart: der weibliche Typ des Revolutionärs, deren Aktion – die Passion, die die revolutionäre Tat durch ein revolutionäres Herz ersetzt. Nach Maria Stuart (1800) wendet sich Schiller noch einem weiblichen Helden zu: der Jungfrau von Orleans, der Verkörperung religiöser Vaterlandsliebe. Im »Tell«, seinem letzten Drama, gestaltet Schiller noch einmal die Idee der »Freiheit« und nimmt noch einmal die Partei der »Unterdrückten aller Länder«. Dieses Drama berührt sich in mehr als einem Punkt mit seinem Erstlingsdrama, den »Räubern«. Keine philologische oder moralische Spitzfindigkeit wird übrigens darüber wegtäuschen können, daß dieses Drama in der Tat des Tell den politischen Meuchelmord verteidigt, ja verherrlicht, und keines dürfte sich besser für eine Festvorstellung, vor Terroristen gegeben, eignen. Der individuelle Terror findet hier seine glänzendste Gloriole. Tell scheint mir nichts als eine aus der Tiefe seines Unterbewußtseins getretene Figur seiner Jugendzeit, die gegen Geßler (Herzog Karl Eugen), dem symbolhaft verdichteten Bild des deutschen Duodeztyrannen, den tödlichen Pfeil richtet, um sich endgültig von ihm zu befreien... Als Lyriker steht Schiller hinter dem von ihm verkannten Hölderlin, hinter Goethe, Günther, Eichendorff zurück. Seine Gedankenlyrik gibt mehr Gedanken als Lyrik. Als Balladendichter darf er hohen Rang beanspruchen. Seine Größe liegt in seinen Dramen. Man hüte sich, ihn weder zu über- noch zu unterschätzen. Unschuldig schuldig ist er an jener Kriegervereinspathetik, die sich, besonders seit 1870, in die geschwellte Brust warf und Schillersche Formen und Schillersches Pathos mit leeren chauvinistischen Rodomontaden füllte. Gegenüber solcher »Idee«-lichkeit kann die Goethesche »Sach«lichkeit nur heilsam wirken: wie sie auch auf Schiller selbst heilsam gewirkt hat.

Um diese Zeit lebten auch, fern aller literarischen Bestrebungen, aber mit der Tradition der deutschen Dichtung aufs tiefste verwachsen, zwei der liebenswürdigsten deutschen Dichter, die man, wie die siamesischen Zwillinge, immer nur zusammen nennen kann: *Matthias Claudius* (1740–1815), der »Wandsbecker Bote«, und *Johann Peter Hebel* (1760–1826), der »Rheinische Hausfreund«. In der Gesamtausgabe der Schriften des »Wandsbecker Boten« befindet sich am Eingang eine Zeichnung von Freund Hein, dem Tod. Obgleich die Zeichnung ein Skelett darstellt, ist der Tod gar nicht schrecklich anzusehen, streng, aber freundlich steht er da. Mit Freund Hein stand Claudius auf vertrautem Fuße. Er war ihm der *Freund* Hein: trotz aller Schmerzen, aller Dunkelheiten, die er bringt. Sein »Abendlied« gehört zu den deutschesten deutschen Gedichten. Sein »Rheinweinlied«: das trunkenste Trinklied. Schon in der Schule haben wir uns mit Claudius befreundet wie mit einem guten alten Onkel, als er uns die lustige Geschichte erzählte vom Riesen Goliath und dem Zwerg David, und von Urian, welcher die weite Reise machte. *Johann Peter Hebel,* Volksfreund und Volksdichter wie er, ist sein jüngerer Bruder. Ich kenne keinen Schriftsteller in Deutschland, der zu erzählen weiß wie der ehemalige Theologieprofessor Johann Peter Hebel. Gewiß, er predigt zuweilen Moral. Aber in welcher Sprache!

Das ist ein Deutsch, wie es einfacher und tiefer, zweckloser und klangvoller nicht erdacht und geschrieben werden kann. Und die Moral, die er einer schönen Geschichte zuweilen anhängt: wie nebensächlich ist sie und nur als Schlußpunkt von Bedeutung! Die Hauptsache ist ihm der Mensch oder das Ding »an sich«, das er betrachtend formt und schmerzlich sinnend oder lächelnd in seinen Vortrag stellt. Wir sind alle wie Kinder vor ihm, und wenn wir in der Dämmerung in den Himmel sehen und die Sterne hervorkommen: die Venus oder die Juno, die funkelnden Himmelsfrauen, und wir ihn fragen: »Vater, was ist mit den Sternen und mit dem Himmel?« – Dann wird er uns über die Haare streicheln und leise sprechen: »Der Himmel ist ein großes Buch über die göttliche Allmacht und Güte, und stehen viel bewährte Mittel darin gegen den Aberglauben und gegen die Sünde, und die Sterne sind die goldenen Buchstaben in dem Buch. Aber es ist arabisch, man kann es nicht verstehen, wenn man keinen Dolmetscher hat...« Ein solcher Dolmetscher ist uns der rheinische Hausfreund, der alte Johann Peter Hebel.

Wenn *Goethe* (geboren 1749 in Frankfurt) heute lebte, würden ihn die kritischen Anwälte der jüngsten deutschen Dichtung wegen seiner Vielseitigkeit der »Gesinnungslosigkeit« zeihen. Er schrieb nebeneinander am Werther, am Faust, an einem groben Fastnachtsspiel. Er trug die größten Gegensätze in sich, aber es war ihm gegeben, sie alle bis zur Reife auszutragen. Er erkannte die Notwendigkeit und Größe des deutschen Volksliedes so gut wie die erlauchte Erhabenheit einer pindarischen Ode oder die nüchterne Trunkenheit eines Horaz. Er bewegte sich in der Gedankenwelt eines Plato, die alle Dinge auf eine Uridee zurückführt, so sicher wie in den Wäldern Spinozas, welcher lehrte, vor jedem Baum, vor jeder Blume, vor jedem Käfer anbetend ins Knie zu sinken, denn »Gott ist in ihnen und über ihnen und durch sie wie in mir und über mir und durch mich«. Zucht und Gebundenheit der Antike, das Über-alle-Grenzen-Schweifen der deutschen Volksseele, Dionysos und Faust, Eros und Eulenspiegel durchdrangen sich in ihm zu höherer Einheit. An seiner Wiege haben die neun Mussen wie die sieben Schwaben Pate gestanden. Er brauchte nur »Tischlein, deck dich!« rufen wie in dem deutschen Märchen, so war der Tisch des Lebens für ihn gedeckt. Er war der glücklichste Mensch, der je gelebt hat: er war an jedem Tage, in jeder Minute und Sekunde seines Lebens mit sich selbst und seinem Ziele einig. Es gab kein Schwanken in ihm. Immer schritt er festen und schlanken Schrittes, Ephebe und Mann, geradeaus, immer den Blick auf das Herz der Welt gerichtet. Seine Fähigkeit, Leid und Schmerz von sich abzustoßen, da sie seine klaren Teiche nur trüben konnten, in denen so rein sich Mond und Sonne spiegelten, ging bis zur Brutalität gegen sich und seine Mitmenschen. Er mußte sich ganz behaupten. Er handelte in Notwehr. Im Alter nahm er eine künstlich konzipierte Steifheit zu Hilfe, um jene Menschen von sich fernzuhalten, die ihn seiner selbst beraubten. Es war jene hochmütige Geheimratsgeste, von der so manche Besucher seines Hauses in ihren Briefen und Tagebüchern entsetzt und enttäuscht erzählen. Er saß wie Archimedes im Garten auf einer Bank und zeichnete mit einem Stock im Sande seine Kreise, die niemand stören durfte, als der Wind oder der Regen. Denn diese waren Naturkräfte wie er.

In seinem Leben spielen die Frauen eine entscheidende Rolle. Seine Männerfreundschaften: mit Herder, mit Merck, mit Knebel, Tischbein usw. waren trotz aller Herzlichkeit oder Interessiertheit doch nur Episoden. Von allen Männern, die seinen Weg kreuzten, ist für uns Nachlebende der getreue Eckermann der wichtigste, der, jahrelang sein Sekretär und Famulus, in seinen »Gesprächen mit Goethe« uns die lebendigste und persönlichste Darstellung seines Wesens und Wirkens hinterlassen hat. Goethes Genie fand seine Befruchtung und Erlösung aber immer erst durch die Genien der

Frauen, die er liebte. Sie sind die unbewußten Mithelferinnen an seinem Werk, das deutsche Volk hat alle Ursache, sich vor ihnen in Dankbarkeit und Ehrfurcht zu verneigen und sogenannten Literarhistorikern, die sich nicht schämen, Schmutz auf sie zu werfen, gebieterisch die Tür zu weisen. Kätchen Schönkopf, seine Leipziger Studentenliebe, ewig zwitschernd wie ein Kanarienvogel, aber launisch wie ein Papagei, Friederike Brion, die elegische Sesenheimer Pfarrerstochter, die blonde Charlotte Buff, Braut seines Freundes Kestner, der wir den zärtlichen Briefroman »Werther« verdanken; die wie aus einer griechischen Gemme geschnittene Frau von Stein, die glücklichste und unglücklichste Liebe seines Lebens; die treue und gute Christiane Vulpius, der er so wacker seinerseits die Treue hielt, allen Intrigen des Weimarer Hoflebens zum Trotz, die er, der Minister, als Geliebte in sein Haus zu nehmen wagte, die er endlich, längst nachdem sie ihm einen Sohn geboren, dankbar zu seiner rechtmäßigen Gattin machte und die ihm unendlich mehr bedeutet hat als eine oberflächliche Literaturhistorik wahr haben will. Sein einsames Herz bedurfte ihrer Herzlichkeit. Sein Sinn ihrer Sinnlichkeit. Und dann die vielen Namenlosen, die er liebte, die Frauen in Thüringen, in der Schweiz, in Italien. Und endlich die Suleika des »Westöstlichen Diwans«, die den alternden Dichter zur letzten, wilden Trilogie der Leidenschaft entflammte. Welch ein Reigen von Frauen! Wir wollen keine geringer achten, auch jene namenlosen nicht, ihnen allen sei der Kranz des Lorbeers auf die schönen Stirnen gedrückt.

Im deutschen Sängerkrieg auf der Wartburg hat Goethe sich in allen Arten den ersten Preis ersungen: im Drama durch »Faust« und »Iphigenie«, in der Prosa durch »Wilhelm Meister« und die »Wahlverwandtschaften«, in der Lyrik durch »Ganymed«, »Wanderers Nachtlied«, »An den Mond«, die »Trilogie der Leidenschaft« und vieles andere. Er beherrschte die konträrsten Stile. Sang wie ein Kind zu Kindern:

Ich komme bald, ihr goldnen Kinder!

Und, ganz aus dämonischer Tiefe, die Worte steigen wie Nickelmänner und Elfen aus einem tieftiefen Brunnen, so tief wie der Brunnen auf der Burg von Nürnberg, dessen Ende wir nicht sehen:

Sieh, die Sonne sinkt!
Eh' sie sinkt, eh' mich Greisen
ergreift im Moore Nebelduft,
entzahnte Kiefer schnattern
und das schlotternde Gebein –
Trunkner vom letzten Strahl,
reiß mich, ein Feuermeer
mir im schäumenden Aug',
mich Geblendeten, Taumelnden,
in der Hölle nächtliches Tor.

Das ist in der Postchaise am 10. Oktober 1774 von ihm gedichtet, und ich wette, wenn ich es einem Dichter der jüngsten Generation vorlese, einem meiner nächsten Brüder, und er kennt das Gedicht nicht zufällig (er wird es nicht kennen: denn sie kennen weder Goethe noch Geßner noch Matthias Claudius, noch Gryphius, noch Günther, noch Walter von der Vogelweide mehr), kurz, ich meine: er wird ganz erschüttert das Gedicht für einen Gipfel der erpressionistischen Lyrik erklären, während ihm die Verse: »Ich komme bald, ihr goldnen Kinder« nur ein mitleidiges Lächeln entlocken werden – und er wird, soll er auf den Verfasser jener raten, auf Werfel raten. Der Expressionismus: das heißt: die Ekstase als These, der Schrei des Herzens als oberstes Prinzip, und in der Form: das Schleudern erratischer Blöcke, das ist nicht erst von heute. Das haben Goethe, Hölderlin, Klopstock schon gekonnt. (Und gar die Griechen und Chinesen: Pindar, Li-taipe, –!) Auch eine beliebte Spielart des heutigen Dichters, der politische Dichter, findet sich schon vorgebildet 1770 in einem Gedicht des

Schweizer Lyrikers Salis-Seewis »An die Unterdrückten aller Länder«, das Hasenclever geschrieben haben könnte (ganz zu schweigen von der politischen Dichtung der 48er Jahre, von der noch die Rede sein wird):

> Ihr Märtyrer für Menschenwürde,
> Vertraut der Wahrheit und der Zeit.
> Vergänglich ist des Druckes Bürde,
> Doch ewig die Gerechtigkeit.

Diese kleine Abschweifung schien mir notwendig. Vor allem auch für den Teil des heutigen Lesepublikums, der der jüngsten Dichtung mit Achselzucken, Lächeln und Überhebung gegenübersteht unter Berufung auf den klassischen Maßstab. Dieser Maßstab ist falsch. Die heutige Dichtung der Expressionisten ist nicht unverständlicher oder absonderlicher als irgendein hymnisches oder ekstatisches Gedicht von Goethe, mit dessen Grundformen sie sich berührt. Dutzende ihrer Einzelerscheinungen sind läppisch oder unerfreulich. Dies darf nicht hindern anzuerkennen, daß ihr Kern so echt ist wie der jeder echten Dichtung. Daß sie als Reaktion auf den Mechanismus und Rationalismus der vorkriegerischen Zeit absolut historisch notwendig war und ist. Und daß sie die Unterstützung durch das Volk braucht und verdient. Wir stehen heute kulturell in einem Wellental. Nur dann wird auch die deutsche Dichtung, die zweifellos seit der tristen Zeit von 70 wieder im Aufschreiten ist, wieder zu einem Gipfel kommen, wenn sie getragen wird von Förderung und Zuruf der Mitlebenden, vom Vertrauen und Verständnis des Volkes. Denn wo eins das andere nicht mehr begreift, da geraten sie beide auf Irrwege. Lest Bücher, Deutsche, lest die Bücher eurer Dichter und ihr werdet glücklicher und manchmal glücklich werden. Und vergeßt nicht die Bücher jener Dichter zu lesen, die in eurer Zeit, die eure Zeit leben; der Jungen, die sich nach eurer Gemeinsamkeit sehnen, der Alten, denen euer herzliches Mitgefühl die alternde Brust wärmt.

Wir kommen von Goethes Lyrik; wir wollen wieder zu ihr zurück. Immer wieder wollen wir zu ihr ... Denn jeder Gang zu ihr ist wie ein Heimweg ins Vaterhaus. Mit dem vielleicht herrlichsten Goetheschen Gedicht, dem Lied des Türmers, sind wir mitten im »Faust«, der Inkarnation des deutschen Wesens. Durch dies Drama schreitet der Dichter selbst in tausend Gestalten: er ist der junge Doktor Faust, der im sinnierenden Gespräch Sonntags vor dem Straßburger Tor spaziert, und dennoch die Augen so weit offen hat, die hübschen Sonntagsmädchen zu betrachten. Es ist Goethe, der mit seinen Kommilitonen Frosch und Brander im Leipziger Ratskeller soff, bis er unter den Tisch fiel. Es ist Goethe, der Friederike-Gretchen verführt, der der Walpurgisnächte viele in Thüringen und im Harz erlebte, der als Minister am Hof des Kaiser-Herzogs wirkte, und der endlich als Philemon einen Greisenabend beschließen darf in der seligen Gewißheit, daß er die Ernte bis zum letzten Halm in die Scheuer gebracht. Die Idee des Faust ist die Idee des Menschen schlechthin. Aus dumpfem Dunkel steigt er empor ins Licht. Mögen Wolken es oft verschatten, mag der Wanderer auf dem steilen Wege straucheln: nur nicht müde werden, nicht nachlassen, aufwärts, vorwärts, aufwärts. Der Weg – das ist das Ziel. Der Wille – das ist der Zweck.

Wer immer strebend sich bemüht,
den können wir erlösen,

singen die Engel in der höheren Sphäre, Fausts Unsterbliches tragend. Wer je auf einer Puppenbühne, wie sie in den bayrischen Messen noch umherziehen, das alte Puppenspiel vom Doktor Faust in fast ursprünglicher Form noch gesehen hat, wird wissen, wieviel Goethe ihm stofflich und kompositorisch verdankte. Er hat den Kasperl, im Puppenspiel Diener des Faust, aus seinem Spiel eliminiert und seine Rolle Mephistopheles übertragen. Trotz Goethe besteht dieses Puppenspiel künstlerisch noch heute jede Kritik. Eulenspiegel (Kasperl) und Faust: den komischen und tragischen Charakter des deutschen Wesens nebeneinander zu stellen: ist ein Beweis für die naive Genialität des Puppenspieldichters, der seinerseits auf dem 1587 erschienenen Volksbuch von Doktor Faust und den Fastnachtsspielen des Mittelalters fußt. – In »Götz von Berlichingen« (1773 erschienen) schrieb Goethe nach shakespeareschem Muster das erste Szenendrama und löste den strengen Altbau eines Lessing in viele lebendige Einzelszenen, deren Lichter in der Schlußszene zu einer großen Flamme zusammenlohen. Der »Egmont« (1777 erschienen) zeigt viel Verwandtschaft mit dem Götz in Szenenführung und Charakterisierung. Durch seine sittliche Kraft erhebt sich der Unterlegene (Egmont) über den tyrannischen Sieger (Alba). Die Liebe Egmonts zu einem kleinen Bürgermädchen symbolisiert die Liebe Goethes zu Christiane. In dem opernhaften letzten Bilde erscheint ihm auf dem Wege zum Schafott die Geliebte, die Insignien der beiden hehrsten Ideale: Liebe und Freiheit in ihren Händen haltend. Neben dem Faust gebührt der »Iphigenie« unter den Goetheschen Dramen der Kranz. Das Gretchen im Faust ist ein einfaches Kind voll unbewußter Reinheit und Jungfräulichkeit; in Iphigenie wird die Reinheit sich bewußt und lauterster Wille und durchdachteste und durchfühlteste Wahrheit. Lieber Arges leiden als Böses auch nur denken, auch das Beste nicht durch Lüge erreichen wollen: ist das thematische Motiv. Sprachlich ist das Werk von der ersten bis zur letzten Zeile vollkommen. Die schönsten Jamben der deutschen Sprache erklingen, und sollten deutsche Dichter je einmal wieder Jamben schreiben wollen: sie mögen zuerst die Iphigenie lesen und sie werden es schamvoll bleiben lassen. Das Drama »Tasso« ist der »Iphigenie« verwandt: stilistisch und geistig. Die Handlung soll an einem mittelalterlichen Hof vor sich gehen: aber sie passiert recht eigentlich im Herzen des Dichters. Die Prinzessinnen sind nur Figuren seiner eigenen Phantasie, und auch sein Freund Antonio kriecht aus einer dunklen Ecke seines Gefühlslebens. »Iphigenie« und »Tasso« wurden von der Nation ziemlich kühl aufgenommen: die Revolution in Frankreich hielt die Welt in fieberhafter Spannung. Wir haben schon längst wieder eine neue Revolution, die jener an Gewalt nicht nachsteht: der Befreiung des Bürgers, die 1789 erfolgte, soll die Befreiung des Arbeiters folgen. Aber alle Revolutionen überdauern wird das heilige Lächeln der Iphigenie und der Schrei des Dichters im Tasso:

> Denn, wenn der Mensch in seiner Qual verstummt,
> Gab mir ein Gott zu sagen, was ich leide.

Denn hier geht es nicht um die Befreiung einer Klasse, sondern um die Befreiung des Menschen. Goethe selber war kein politischer Mensch in des Wortes strengster Bedeutung. In »Wilhelm Meisters Lehr- und Wanderjahren«, dem groß angelegten Sittengemälde seiner Zeit, wird das Verhältnis des Menschen zum Staat oder Staatsbegriff nicht einmal gestreift. Das Theater steht im Mittelpunkt des Interesses. Der Held entwickelt sich vom Theater zum Leben hin, vom Schein zum Sein. Zarte und zärtliche Frauen wie Philine und Mignon begleiten und befördern seinen Weg. Wie die Lehrjahre in ihrer berstenden Fülle das prosaische Seitenstück zum Faust bilden, so die »Wahlverwandtschaften« in ihrer Gedrungenheit und klaren Kürze das Seitenstück zur Iphigenie.

Goethe starb, nach der Vollendung seines Faust, im 83. Jahre, am 22. März 1832.

Mit Heinse und Geßner bildet *Jean Paul* (aus Wunsiedel, 1763–1825) das Triumvirat der romantischen Prosadichter, von dem die heute lebenden Deutschen so gut wie keine Ahnung mehr haben: sonst wären sie bescheidener in ihrer Selbstkritik und im Glauben, wie herrlich weit sie's gebracht. Jean Paul ist der größte unter den dreien, und einer der größten deutschen Dichter überhaupt. Freilich, es ist nicht leicht, zu ihm zu gelangen. Er hat sein Schloß mit Dornenhecken, Fallgruben und Selbstschüssen umgeben. Sein Park ist von üppiger Wildnis. Gepflegte, glatte Wege gibt es da nicht. Rehe grasen vor seinen Fenstern. Und die Schwalben fliegen ihm ins Arbeitszimmer, und auf seiner Schulter sitzt, wenn er schreibt, eine Dohle. An den Wänden hängen Spinnweben. Nachts, wenn er im Garten wandelt, ist der Mond sein Gefährte. Seine Gefährtinnen sind Elfen, die ihn umspielen, und deren schönste ihn menschlich liebt wie ein Mensch einen Menschen. Sie heißt Liane. Und da der Mond nun zum Zenit steigt und die Bäume von seinem Glanze tropfen, da winkt sie leise den Genossinnen, und sie entschwinden, vergehen strahlend im Mondstrahl. Sie zieht den Dichter ins Moos hinab, wo die Leuchtkäfer zwischen ihren Küssen brennen. Und der Mond sinkt herab, und die Sonne steigt herauf. Wie eine rote Rose erblüht sie zwischen den Narzissen der Morgendämmerung.

Jean Paul war im Anfang des neunzehnten Jahrhunderts der berühmteste, geliebteste und beliebteste deutsche Dichter. Zu seinen Füßen saßen die schönsten Frauen, und sie seufzten und zerdrückten heimliche Tränen in den Wimpern, wenn er ihnen aus seinem »Titan« und aus dem »Siebenkäs« vorlas mit tönender Stimme, oder zu ihnen über das Immergrün unserer Gefühle sprach. Aber nicht nur die Damen lauschten ihm. Er hatte bei aller Empfindsamkeit das sichere Bewußtsein der Grenzen unserer Empfindungen, und der ewige Zwiespalt zwischen Wahrheit und Wirklichkeit, er war auch ihm offenbar. Er überbrückte ihn mit seinem Lächeln und seinem Gelächter. Seine komischen Erzählungen geben Kunde davon. Jean Paul war ein glücklicher Mensch. Das Leben und die Liebe und der Ruhm, er genoß sie in vollen Zügen. Seinem lyrischen Bruder im Geiste: *Friedrich Hölderlin* (aus Lauffen am Neckar, 1770 bis 1843), genannt der Unglückliche, blieb alles dies versagt. Mit vollen Segeln wollte er über die Wogen der Welt segeln.

Wünscht ich der Helden einer zu sein,
Und dürfte es frei bekennen,
So wär' ich ein Seeheld.

Aber zerfetzt trieb sein Segel zurück. Er war zu schwach gewesen. Und höhnisch sauste um seine Stirne der Sturm. Wer kannte ihn? Wer wußte, wer er war? Schiller protegierte ihn so lange, als er schillerisch dichtete. Als er begann, seinen eigenen Gesang zu singen, wandte er sich von ihm. Im »Hyperion« blättert Hölderlin sein inneres Leben vor uns auf. Er litt unendlich: unter seiner Liebe zu Diotima, unter seinem Haß gegen die Gegenwart. Ganz schwang er sich aus ihr und lebte nur als Vergangener oder Zukünftiger. Sein Volk begriff ihn nicht. Bittere Worte fand er für die Deutschen, die bittersten, die ihnen wohl je von einem Deutschen aus liebender Seele gesagt worden sind (im vorletzten Briefe des Hyperion an Bellarmin). Als Hölderlin 1803 aus Bordeaux zurückkehrte, wo er eine Hauslehrerstelle verwaltet hatte, erschien er den Freunden verwirrt und wie auseinandergefallen. Er gab über das Erlebnis, das ihn wie mit einem Eisenhammer auf die Stirn geschlagen hatte, keine Auskunft. Diotima starb zehn Tage nach seiner Rückkehr. Er mag im medizinischen Sinne wahnsinnig geworden sein. Er hat aber immer eine tiefe Klarheit des Gefühls bewahrt und behalten. Es war ihm einfach der Nabelstrang zerrissen, der ihn mit der Realität verband. Er schwebte in den Wolken und wußte von dieser Erde nur noch gerade so viel, wie ein verklärter Geist, der von ihr erlöst und nun auf eigenem Gestirn wandelt. Die Gedichte aus seiner sogenannten Wahnsinnszeit gehören zum Dunkelsten, aber zum Tiefsten, was aus der deutschen Lyrik entsprossen ist: schwarze Rosen, Blumen der Passion.

Als die Klassiker ihre Tempelbauten errichteten, da kroch nach und nach viel Winde und Epheu die dorischen Säulen empor: viel Epigonentum, das den steilen Weg zum Himmel, den sie gestemmt, benutzen wollte. Es gab aber auch Zimmerer und Maurer, die bauten trotzig ihre profanen Häuser neben die Hallen der Hehren; können wir's nicht im gorßen, so wollen wir's ihnen im kleinen gleichtun und wenigstens im kleinen eigen sein. Oder sie bauten, wie die Klassiker, nach oben in den Himmel, nach unten in die Erde hinein: sie rissen die Erde auf und legten Stollen und Gänge an: das Geheimnis des Dunkels und des Halbdunkels ward entdeckt. Jene waren Sonnen-, diese Goldsucher. Bei diesen Bergwerksarbeiten gelangten sie dann nebenher zu allen möglichen Erkenntnissen, die sie gar nicht gesucht hatten, die ihnen aber in den Schoß fielen. Sie lernten das Leben der unterirdischen Tiere: der Engerlinge und Maulwürfe, beobachten und kamen an den Ursprung mancher Wurzel. Dann und wann trafen sie auch mit ihren Spaten auf ein historisches oder prähistorisches Skelett. Sie brachten es ans Licht und suchten es zu bestimmen. Und wenn sie auch keine Entdeckung machten wie Goethe mit seinen Kieferknochen: sie entdeckten doch die Lebendigkeit des Todes. Der Tod war ihnen, dies lernte besonders Novalis beim Tod seiner Braut, der mädchenhaften Sophie von Kühn, begreifen, kein rein tragisches Problem mehr: schicksalhaft verhängt, konnte er selbst den Überlebenden beseligen; wie er den Toten vollendete, dem Überlebenden auch zur Vollendung dienen. Die Menschen, die dem Leben von der anderen Seite beizukommen suchten, das waren die Romantiker. Es ist klar, daß diese Umkehrung der Erdkugel, dies Auf-den-Kopf-Stellen der Dinge und Begriffe, dies die Sterne auf die Erde herunterholen in der extremsten Fassung zum Paradoxon einerseits, zur Anbetung des Fragmentes andererseits führen mußte. Weder Tieck noch Brentano sind der Versuchung überspitzter Experimente entgangen. Einzig Novalis und Eichendorff, jener der edelste und zarteste, dieser der kräftigste Schoß am Strauch der Romantik, haben sich zur Vollendung entwickelt. Der Hang, mit sich selber und den anderen immer Zwiesprache zu halten, mußte zur ernsten und heiteren Geselligkeit führen, bei der die Frauen dann – wie sollte es anders sein? – das große und das kleine Wort führten. Ohne *Bettina von Ar-*

nim und *Rahel von Ense* ist die Romantik nicht zu Ende zu denken. Aus den Tiefen der deutschen Volkspoesie hoben *Arnim* (aus Berlin, 1781–1831) und *Brentano* (aus Ehrenbreitstein, 1778–1842) jene wundervollen Volkslieder, die sie in des »Knaben Wunderhorn« sammelten. Sie selber freuten sich wie Kinder – und Kinder waren eigentlich alle Romantiker irgendwie und irgendwo, abgesehen von den würdigen Brüdern Schlegel, den wissenschaftlichen Verfechtern der Theorie und (manchmal) Spiegelfechtern. Bettina-Goethes »Briefwechsel mit einem Kinde« ist ein typisches Produkt des romantischen Geistes: halb wahr, halb erfunden, Dichtung und Wahrheit, tief echt – und dennoch da und dort, der Wahrheit zuliebe –, verlogen. Arnim und Brentano machte es einen Heidenspaß, in des »Knaben Wunderhorn« eigene Gedichte einzuschmuggeln. Wie Kinder erzählten sie sich auch mit Vorliebe Märchen oder ließen sie sich von den Gebrüdern *Grimm* (»Deutsche Kinder- und Hausmärchen«) erzählen und schrieben Märchendramen. Im Märchen und im kleinen Liede gelang ihnen ihr Schönstes, obgleich sie auch im Romane rühmliche Leistungen aufzuweisen haben. Sie träumten so gern und sangen sich gegenseitig mit ihren Wiegenliedern in Schlaf. Und in ihren Schlaf tutete der Nachtwächter Bonaventura: schön und schauerlich. Aber sie hörten ihn längst nicht mehr. In ihren Träumen klagte die Flöte. Die kühlen Brunnen rauschten. Golden wehten die Töne nieder. – Hatte man ausgeschlafen und ausgeträumt, dann ritt man am Morgen in die Landschaft, speiste draußen irgendwo in einem Dorf zu Mittag, tanzte mit den Dorfschönen und traf sich abends zu gelehrtem Gespräch mit den Schlegels. Man disputierte über die Shakespeareübersetzung *August-Wilhelm v. Schlegels* (aus Hannover, 1767–1845) oder über *Friedrich v. Schlegels* (1772–1829) »Sprache und Weisheit der Inder«. Friedrich Schlegel sprach mit Feuereifer über die östlichen Kulturprobleme, aber er hörte es nicht gern, wenn man ihn an seinen erotischen Roman »Lucinde« erinnerte. Ganz in der katholischen Welt auf ging *Novalis* (Friedrich v. Hardenberg aus Wiederstedt, 1772–1801). Ihm war die Geliebte gleichbedeutend mit der Madonna.

> Ich sehe dich in tausend Bildern,
> Maria, lieblich ausgedrückt.

In den »Hymnen an die Nacht«, der wahren Göttin der Romantik – die Klassiker hatten den Tag geliebt und gepriesen, die Sonne war ihr Symbol, das Symbol der Romantiker: der Mond – gab Novalis sein Tiefstes.

Eichendorff und Hölderlin sind Nord- und Südpol der deutschen Lyrik. Goethe ihre Erdmitte. Hölderlin: ein Einziger unter den Deutschen, der hieratische Priester der heiligsten Empfängnis, der strengsten Verkündigung: Kind und Greis. Anfang und Ende. Goethe: der Mann, gewaltig schreitend, Flamme und Tuba. Eichendorff: das deutsche All: im Regenbogen. Herzen des Jünglings im Sommerabend wie eine erste und letzte Rose aufbrechend: durchblühend die Nacht bis zum Morgenrot. Eichendorff: das Volkslied. Goethe: die Trilogie der Leidenschaft des geistigen Menschen. Hölderlin: der Gottgesang. Wohl über ein halbes Hundert der schönsten deutschen Gedichte ist der schwärmenden, unbeirrbaren Einfalt des ewigen Jünglings *Eichendorff* (1788 geboren auf Schloß Rubowitz in Schlesien, gestorben 1857) gelungen. Darunter ein Dutzend der allervollkommensten: »Zwielicht«, »Abend«, »Nachtgruß« – so sind sie überschrieben. Es ist die deutsche Sommernacht, welche zu tönen beginnt:

> Nacht ist wie ein stilles Meer,
> Lust und Leid und Liebesklagen
> Kommen so verworren her
> In dem linden Wellenschlagen.

Am Fenster lehnt ein junger Mensch und sieht hinaus in den milden Mond: der schwebt wie eine goldene Träne an seinen

Wimpern. Da klingt aus weiter Ferne der Ton eines Posthornes – zwei junge Gesellen wandeln schattenhaft vorbei. –

Neben dem schlesischen Junker wurde auch ein preußischer Junker: *Heinrich v. Kleist* (aus Frankfurt a. O., 1777 bis 1811), vom romantischen Geist ergriffen. Eine Beziehung zwischen der märkischen Sandheide und dem romantischen Märchenland scheint kaum zu finden. Kleist fand sie, indem er das Märchen realisierte. Den Traum verwirklichte. Nüchtern raste. Einen Rausch der Sachlichkeit empfand. Die Phantasie entzauberte. Bei ihm rauscht kein Brunnen in der verschlafenen Sommernacht: sondern ein Krug geht zum Wasser – bis er bricht. (»Der zerbrochene Krug.«) Den intellektuellen Frauen der Romantiker stellt er jene süße, kindliche, unwissende, reine Gestalt des Käthchens von Heilbronn gegenüber: die liebt, weil sie lieben muß. Die unerschütterlich an ihr Herz glaubt, das Gott ihr doch verliehen, und die gekrönt war, längst ehe sie gekrönt ward. Welch ein Gegensatz zwischen ihr und der rasenden Amazone Penthesilea, die den Pelion auf den Ossa türmen will, um den Himmel zu erreichen. Aber ihre Kraft erweist sich als zu schwach. Die Berge bröckeln aus ihrer Hand, und schließlich stürzen sie donnernd über ihr zusammen. Es ist die Tragödie der grenzenlosen Forderung: alles oder nichts. Es ist die Tragödie des Menschen, der über sich hinaus will, aber niemals über sich hinaus kann. Penthesilea ringt mit den Göttern Griechenlands. Der »Prinz von Homburg« mit dem preußischen Gotte der Disziplin. Pflichterfüllung bis zum äußersten war dem Homburgischen Prinzen gesetzt. Er hat sie verletzt und soll den Tod erleiden. Zuerst erscheint ihm der Tod als etwas Unfaßbares, er bricht unter der Last der Furcht zusammen: aber es gelingt ihm, sich emporzureißen, und das Gesetz der inneren Pflicht erkennend, sich ihm freiwillig zu beugen. Er wird aus einem unfreien zu einem freien Menschen. Die Todesnähe bringt ihm auch das wahre Leben der sittlichen Notwendigkeiten nahe. Er hat den Tod in sich überwunden, so braucht er nicht mehr zu sterben.

Von der Gewalt, die alle Wesen bindet,
Befreit der Mensch sich, der sich überwindet.

In der *Hermannsschlacht* hat Kleist seinen gewaltigen Napoleonshaß gegossen. Wie flüssiges Feuer durchbraust er das Drama. Er schäumt wie ein Wolf von den Lefzen auf der Jagd nach dem napoleonischen Fuchs. Napoleon ist ihm die Inkarnation der Tyrannei, der Ungerechtigkeit – und nichts ertrug Kleist weniger als dies. In seinen lyrischen Haßgesängen (Germania und ihre Kinder usw.) hat er alle Lissauers des Weltkrieges an Blutdurst, Rachsucht und inbrünstigem Haß gigantisch übertroffen. Dieser pathologische Haßausbruch ist nur aus Kleists empörtem und verwundetem Gerechtigkeitsgefühl zu verstehen. Auch sein *Michael Kohlhaas*, diese stärkste deutsche Novelle, wird ja aus verletztem Rechtsgefühl zum Mörder.

Vom Märchen zum Traum, vom Traum zu den Geistererscheinungen ist nur ein Schritt. Bei Geistern und Gespenstern kannte sich vortrefflich der genialische *E. Th. A. Hoffmann* (aus Königsberg, 1776–1822) aus. In der Komposition von Erzählungen hat er in Deutschland so leicht nicht seinesgleichen. Vor dem Schlafengehen soll man sie nicht lesen. Man hat leicht eine schlaflose Nacht und kommt am Ende dazu, sich vor sich selbst zu fürchten. Solche Dämonen beschwört der unheimliche Zauberer aus unserer eigenen Brust heraus.

Von Österreich, dem deutschen Sprachgebiet an der Donau, haben wir seit der Zeit der Minnesänger wenig mehr gehört. Jetzt beginnt's auch in und um Wien wieder lebendig zu werden. Sie präferieren die bunte Gaudi der Romantik. Geister und Zwerge mitten zwischen den Menschen, das ist noch was, das laß ich mir gefallen. Gehen Sie mir mit dem Wallenstein! Mit solchen Leuten haben wir immer Pech. (Vide:

Conrad Hötzendorff.) Ein Geistertheater auf dem Prater, das ist billiger, kostet kein Blut und unterhält und belehrt gleichzeitig. *Ferdinand Raimund* (1790–1836) schrieb den Wienern solch scharmantes Geistertheater. »Der Alpenkönig und der Menschenfeind.« Und des biederen und klugen *Nestroy* Volksstücke! Das ist Österreichertum, herzlich und ironisch, von der besten Seite. *Franz Grillparzer* (1791–1872) nahm das österreichische Problem (in »König Ottokars Glück und Ende«, »Ein treuer Diener seines Herrn«, »Ein Bruderzwist in Habsburg«) tragischer. Obgleich er, stofflich ein Romantiker, stilistisch eher ein Klassiker zu nennen, seine Stoffe zwischen Österreich und Hellas teilte (Sappho, womit er eine Dichtertragödie schuf, dem Tasso nicht unebenbürtig – Das goldene Vlies – Des Meeres und der Liebe Wellen, die holdeste deutsche Liebestragödie), hat er der österreichischen Mythologie sein tiefstes Werk entnommen: Libussa, den alten Gegensatz zwischen Natur und Kultur behandelnd. Es scheint, daß sein unerfülltes Liebesleben mit seiner ewigen Braut, mit der er rang wie mit der Muse selbst, viele Quellen in ihm verschüttet hat, die vielleicht aufgesprudelt wären, wenn er am eigenen Leibe und eigener Seele Eros tiefst verspürt hätte.

Elegisch beschließt die österreichische Romantik *Nikolaus Lenau* (1802–1850), ein Deutschungar. Er starb wie Hölderlin im Wahnsinn, nachdem er, mit dem Herzen eines Zigeuners und dem Munde eines Deutschen, die melancholischen Lieder der Steppe und der Schilfteiche gesungen.

Die Dichter der Befreiungskriege *Theodor Körner* (aus Dresden, 1791–1813, »Leier und Schwert«), *Max v. Schenkendorf* (aus Tilsit, von 1783–1817), *Ernst Moritz Arndt* (aus Rügen, 1769–1860) und viele andere standen bei den Monarchen und ihren Lakaien, den Lesebuchfabrikanten, lange in großem Ansehen. Ihre soldatische Lyrik diente nämlich dazu, die wahren Motive und vor allem den Schlußeffekt der »Befreiungskriege« zu verschleiern. In den Gedichten kämpfte der Soldat für Weib und Kind, für Heimat und Herd, für die heiligsten Güter der Nation, in Wahrheit jedoch für die Restitution der schwärzesten Reaktion, der Napoleon, der Erbe der Französischen Revolution und ein liberaler Geist, gegen die mittelalterlich verträumten oder verbohrten deutschen Fürsten beinahe ein Ende bereitet hatte. Dem Ende mit Schrecken (1806) folgte seit 1813 der Schrecken ohne Ende. Das Versprechen der Verfassung wurde nicht gehalten. Selbst die erprobtesten Patrioten, wie Turnvater Jahn und E. M. Arndt, gerieten in Auflehnung und Empörung. Sie forderten das unverjährte Recht der Pressefreiheit und Verfassung und hielten der aufsteigenden Jugend, die sich besonders betrogen glaubte, denn um sie, um ihre Zukunft ging es, tapfer die Stange. Die freiheitliche Bewegung der Jugend sammelte sich in der Burschenschaft und fand ihren imposanten Ausdruck im Wartburgfest (1817). Sie wurde bald verboten und Männer wie Arndt und Jahn verhaftet. Arndt wurde seiner Professur entsetzt. Was ist aus der deutschen Studentenschaft, der Burschenschaft, einst Träger des revolutionären deutschen Gedankens, geworden! Heute, nach der Revolution von 1918, steht fast die gesamte Studentenschaft geschlossen hinter dem gestürzten Thron, dessen Insasse und seine Diener sie jahrelang belogen und betrogen und schließlich in den Abgrund gestürzt haben. Was hat Deutschland zu gewärtigen, wenn seine Jugend nicht erwacht? Da stehen sie mit ihren Rappieren und schützen die Ideale barbarischer Tyrannei, wollen wohl gar freiwillig die Ketten wieder anlegen, die Arbeiter und Soldat im November 1918 auch für sie sprengten.

Das Umsichgreifen der europäischen und insbesondere der deutschen Reaktion seit dem Ende der »Freiheits«kriege rief die deutsche Jugend auf den Plan zum Kampf um die persönliche und allgemeine Freiheit. Das »junge Deutschland« stand auf und schleuderte von seiner Schleuder wie weiland David Kiesel und Steine gegen den Goliath der Reaktion. Der aber stand fest und lachte dröhnend, und der Kieselregen war ihm wie Mückenschwärmen. Hin und wieder packte er sich einen kleinen David und setzte ihn hinter Festungsmauern. Das »junge Deutschland« ist viel angegriffen worden: mit Recht und mit Unrecht. Dichterisch sind die Leistungen der politischen Lyriker um 48 meist recht armselig, Herwegh einzig schwingt sich über die andern empor »wie eine eiserne Lerche« (Heine). Aber man hat sie gar nicht bei der Achillesferse ihrer dichterischen Leistung gepackt, man hat sie dort angegriffen, wo sie unangreifbar waren: in der Gesinnung. Die politische Lyrik der heutigen Zeit: des heutigen »jungen Deutschland«: Ehrenstein, Becher, Hasenclever, hat viele Ähnlichkeit in den Tendenzen mit der damaligen, wenngleich sie im Formalen gewichtiger geworden ist. Auch sie bieten, im künstlerischen, viele Angriffspunkte. Aber man hüte sich, wie eine gewisse Kritik auch heute es übt, sie ihrer Gesinnung wegen im Dichterischen zu beanstanden. Da sind sie, wie jene, unantastbar. Die besten politischen Gedichte haben jene gedichtet, die, wie Platen und Heine, auch »nebenbei«, nämlich in der Hauptsache, reine Lyriker waren. Sie opferten weder das Herz noch die gestaltende Kraft der politischen These und Phrase. Die Dichtung untersteht der reinen Vernunft, jener Göttin, die im absoluten Bezirke unbezwinglich thront. Politik und Kunst können sich mischen, gewiß. Ihre Vereinigung zum Gesetz erhoben, heißt Un-ding und Un-sinn zur Un-tat zwingen. Der Dichter hat die Pflicht, Politiker zu werden: vermöge seiner geistigen und moralischen Kräfte, angesichts seiner Stellung im Horizont der Menschheit. Er hat aber auch die Pflicht, Dichter zu bleiben, d.h. mythischer Diener der Wörtlichkeit und Künder des reinen Klanges. Herwegh ist gewiß eine respektable Erscheinung, aber nur von 48er Ideologien, von dem Symbol des politischen Dichters als des Dichters schlechthin gefangene Schwarmgeister werden in ihm einen großen Dichter sehen. Er war ein kleiner Dichter, aber immerhin ein Dichter. In seinen Versen rauscht die schwarzrotgoldene Fahne und klirren die Sensen aufrührerischer Bauern. Historisch sind die 48er Lyriker als die eigentlichen Träger des Revolutionsgedankens von größter Bedeutung. Alle Revolutionen sind mehr oder weniger von Literaten gemacht worden. Jahre und oft Jahrzehnte schon vor der Explosion begannen sie, Bomben zu legen und zu minieren. Das menschlich wie dichterisch fortreißendste Revolutionslied stammt von *Heinrich Heine* (aus Düsseldorf, 1797–1856): »Die schlesischen Weber«:

> Im düstern Auge keine Träne,
> Sie sitzen am Webstuhl und fletschen die Zähne:
> Deutschland, wir weben dein Leichentuch,
> Wir weben hinein den dreifachen Fluch:
> Wir weben, wir weben!

Um keinen deutschen Dichter ist so heftig der Kampf der Meinungen entbrannt wie um Heine. Man erhob ihn in den höchsten Himmel. Stieß ihn in die tiefste Hölle. Man bleibe in der Mitte: lasse ihn auf Erden: hier war sein Platz und wird es immer sein als der eines tapferen Soldaten des Geistes und eines eigen- und einzigartigen Liedersängers. Er gehört mit Goethe, Eichendorff, Mörike zu den Meistern des deutschen Liedes: jener ganz besonderen, dem Volkslied entnommenen deutschen Dichtform, einer Form, wie sie die Romanen nicht kennen. Schmerz und Lust, Tod und Liebe sind die einfachsten Themen seiner einfachen Lieder. Laßt nur auf Schmerz sich Herz, auf Tod sich Morgenrot reimen: es sind die schönsten Reime, die man dazu finden kann. Man braucht sie gar nicht erst zu suchen, sie sind schon da: sie sind als Reimpaare in der deutschen Sprache und im deutschen Herzen zur Welt gekommen. Aber Heine singt nicht immer so einfache Lieder. Zuweilen wird es ihm unerträglich, daß jemand Fremdes seiner tiefsten Seele lauscht. Er zerreißt die Saiten und die Töne plötzlich. Dissonanzen schrillen. Oder er nimmt gar die Laute und schlägt sie dem philisterhaften Greise, der ihn wie Susanne im Bade in seiner Nacktheit belauscht, auf den hohlen Schädel und um die Ohren. Diese ironischen Gedichte, gegen den Philister überhaupt und den Philister in der eigenen Brust gerichtet, gehören zu den merkwürdigsten Expressionen des menschlichen Pessimismus. Mit *Ludwig Börne* (aus Frankfurt, 1786–1837) und *Karl Gutzkow* (aus Berlin, 1811–1878) bekämpfte Heinrich Heine von Paris aus, wohin er aus dem gastlichen Deutschland geflüchtet war, »die Tyrannen und Philister«. Diesen Kampf vom Ausland her (man warf ihm, genau wie heute den deutschen Emigranten in der Schweiz, vor, daß er mit vergifteten Pfeilen Deutschland in den Rücken schieße) hat man ihm besonders übel genommen, und ganz besonders übel seine Stellung zu den Hohenzollern. Er erwies sich aber in seinen politischen Bemerkungen und Schriften (»Französische Zustände« usw.) als Politiker von untrüglichem Instinkt und adlersicherem Blick. Man höre, wie er in der »Lutezia« die europäische Zukunft beurteilt. Er prophezeit ein großes »Spektakelstück«, den »gräßlichsten Zerstörungskrieg« zwischen Deutschland und England–Frankreich–Rußland. »Doch das wäre nur der erste Akt des großen Spektakelstückes, gleichsam das Vorspiel. Der zweite Akt ist die europäische, die Weltrevolution, der große Zweikampf der Besitzlosen mit der Aristokratie des Besitzes, und da wird weder von Nationalität noch von Religion die Rede sein: nur *ein* Vaterland wird es geben, nämlich die Erde, und nur *einen* Glauben, nämlich das Glück auf Erden...«

Heine war nicht nur Dichter, er war vor allem Schriftsteller. Als solcher hat er unter- und überirdisch eine Wirkung ausgeübt, die gar nicht überschätzt werden kann. Er ist der Prototyp des Zeitungskorrespondenten: der erste europäische Journalist und Feuilletonist. Daß seine Wirkung nicht nur heilsam war: wollen wir's ihm ankreiden oder nicht vielmehr seinen törichten und anmaßenden Epigonen? Freilich, auch er ist gestrauchelt: in so mancher seiner privaten Polemiken (gegen Platen z. B.). Er hat dies und vieles mehr gebüßt in seiner »Matratzengruft« in jahrelangen Leiden, die ihn ans Bett fesselten und zum langsamen Tode verurteilten. Er nannte sich selber der »Arme Lazarus«. Und unter den Lazarusgedichten finden sich seine erschütterndsten Gedichte. Alle seine Schmerzen legte er in ihnen bloß. Er war schon lange des Lebens müde geworden. Die vielen Frauen, die ihn geliebt hatten, waren von ihm gegangen. Geblieben war bei ihm sein »dickes Weib Mathilde« und eine kleine letzte Freundin: die Mouche, wie er sie nannte, die Fliege. Aber sie vermochte nur selbst zu fliegen, ihm selber konnte sie das Fliegen nicht mehr beibringen. Er war so sterbensmüde geworden:

> Gut ist der Schlaf, der Tod ist besser – freilich
> das Beste wäre nie geboren sein.

Und oft sprach er vor sich hin, wenn niemand ihn hörte:

> Der Tod, das ist die kühle Nacht,
> Das Leben ist der schwüle Tag,
> Es dunkelt schon, mich schläfert...

Über den sogenannten schwäbischen Dichterkreis sind wir mit Heine so ziemlich einer Meinung. Die schwäbischen Dichter, unzählbar wie der Straßenstaub in Stuttgart, zeichnen sich durch eine betonte Philisterhaftigkeit aus. Wenn ihrer trefflichen, wohl gerundeten Gattin sonntags die Klöße oder die Spätzle nicht recht gerieten, dann ziehen sie die Stirne kraus, auf der Stirne schwellen die Adern und auf dem Kopf die Nachtmütze zittert vor Erregung. Sie laufen erregt durchs Zimmer und stolpern wohl über die Quasten und Bummeln ihres Schlafrockes. Und sind erst beruhigt, wenn Mutter die Pfeife stopft und einen extra guten Kaffee zum Nachtisch kocht. Da schwellen die Adern ab, die Nachtmütze beruhigt sich. Die Jüngste bringt ein blaues

Schreibheft von Vaters Schreibtisch, die Älteste Tinte und Gänsekiel. Und, bewacht und betraut von den Seinen, beginnt Vater zu dichten. Der Bedeutendste von ihnen ist *Ludwig Uhland* (1787–1862). Er ist in Tübingen geboren, und der Geist dieser kleinen Wald- und Universitätsstadt war der seine. Ernste Wissenschaftlichkeit in den grauen Hörsälen, das heitere Spiel der Wolken und Winde über den bebäumten und wiesengrünen Hügeln. Und wie in den Gasthäusern der Dörfer rings um die Studentenstadt die Rappiere der schlagenden Verbindungen klirrten, so stand auch Ludwig Uhland ewig auf der Mensur für »das gute alte Recht« des Volkes, für Deutschtum und Demokratie gegen die kleinliche Tyrannei der kleinen Fürsten. Er wurde 1848 als Vertreter der demokratisch-großdeutschen Fraktion in das Frankfurter Parlament gewählt, nachdem er schon 1833 seine Tübinger Professur für deutsche Literatur wegen politischer Differenzen mit der württembergischen Regierung niedergelegt hatte. Seine eigentliche poetische Produktion fällt nur in die erste Hälfte seines Lebens. Da sang er jene schönen Lieder, die längst in den Volksmund übergegangen sind: »Ich hatt' einen Kameraden« und Balladen wie »Das Glück von Edenhall«. Als Balladendichter ist neben Uhland der Schlesier *Moritz Graf Strachwitz* (1822–1847) zu nennen, der mit Günther, Büchner, Hauff zu jener edlen Reihe jung verstorbener deutscher Dichterjünglinge gehört, die der besonderen schwärmerischen Liebe ihres Volkes immer gewiß sein werden. Die Balladen nach der komischen Seite hin bearbeitete in lustigen gereimten Schwänken der weinselige *August Kopisch* (1799–1853), dessen »Heinzelmännchen« wir als Kinder mit brennenden Augen, dessen »Historie von Noah« wir als Studenten mit weinfeuchten Augen lasen. Der alte Kopisch saß mit seiner roten Nase in unserer Korona auf dem Schloßberg von Heidelberg, hob mit der einen Hand den goldgefüllten Römer, mit der anderen den Zeigefinger und sprach warnend: »Trinkt kein Wasser, Kinder! Ihr kennt die Geschichte von der Sintflut? Trinkt kein Wasser,

dieweil darin ersäufet sind
all sündhaft Vieh und Menschenkind...«

Daß der leichtblütige und leichtsinnige Kopisch der beste Freund des schwermütigen und schwerblütigen Grafen *Platen* (aus Ansbach, 1796–1835) war, erscheint verwunderlich. Aber vielleicht hatte Platen Kopisch nötig wie Kopisch – den Wein. Um sich in der Misere seines Lebens mit Heiterkeiten hin und wieder zu betrinken. Platens Schicksal war die Männerfreundschaft und Knabenliebe. Er suchte Adonis, ohne ihn zu finden. Seiner inbrünstigen Sehnsucht nach einem Echo seines Herzens verdanken wir die schönsten deutschen Sonette. In Syrakus ist er gestorben, vielleicht, wie er einst sang, im Arme des endlich gefundenen Götterjünglings.

Es gibt ein Wort: Nur wer wahrhaft schlecht gewesen ist, kann wahrhaft gut werden. Buddha selber muß in einem früheren Leben einmal ein Mörder gewesen sein. Niemand sehnt sich so brennend nach Erlösung wie der Unreine, der Verfehmte, wie der Verbrecher, der seines Verbrechens sich bewußt wird. *Friedrich Hebbel*, ein Bauernsohn aus Dithmarschen (1813 bis 1860), war vielleicht das, was man einen bösen Menschen nennt. Von Dämonen gehetzt brach er, ein verhungerter Wolf, an dem man jede Rippe einzeln zählen konnte, in die Lämmerweide der deutschen Dichtung ein. Jedes Mittel war ihm recht, seinen geistigen Hunger zu stillen. Er brach Eide und verriet Frauen, die ihn liebten, und ohne die er krepiert wäre – um der Idee zu dienen. Er war ein armer Schächer, ans Kreuz dieses Lebens geschlagen. Er häufte Schuld auf Schuld – und wußte darum und litt darunter. Die erschütterndste Tragödie, die er schrieb, ist sein Leben. Wir leben es erschüttert mit, während wir die Dramen, die er schrieb, nur staunend respektieren. Lieben können wir den Menschen Hebbel. Dem Dichter wollen wir ehrfurchtsvoll salutieren. Am liebenswürdigsten zeigt er sich noch in einigen seiner Gedichte. Es ist psychologisch beachtenswert, daß Hebbel selbst seine Lyrik für seine bedeutendste dichterische Leistung hielt. Er selbst konnte wohl gedanklich, aber gefühlsmäßig mit seiner wie ein Eisengerüst konstruierten Dramatik nicht mit. Andern Dichtern pflegt der Verstand durchzugehen. Seine Logik überspitzte sich (in Maria Magdalena, in Agnes Bernauer). Er verfolgte ein Problem noch über seine Lösung hinaus und bewies dadurch, daß ihm das Problem an sich wichtiger war, als das Leben, welches die Probleme stellt. Seine Dramen sind alle irgendwie erstaunlich, man muß, wie der Wärter im zoologischen Garten auf sonderbare Tiere, mit dem Stock darauf zeigen. Seine Nibelungentrilogie ist eine Monstrosität. Der Vollendung am nächsten kommt vielleicht sein Jugendwerk »Judith«, in dem das Problem des Zwiespaltes zwischen Neigung und Pflicht, zwischen Sinnlichkeit und Sinn, zwischen ethischer Forderung und menschlicher Schwäche klargestellt und klar beantwortet wird. Die Witwe von Bethulia nahm eine Aufgabe auf sich, der sie als Mensch zwar, doch nicht als Weib gewachsen war. Das ist ihre Tragik. Hebbel nahm eine Aufgabe auf sich, der er als Denker zwar, doch nicht als Dichter gewachsen war. Das ist seine Tragik. Sein Antipode, aus ähnlichem niederen Milieu entwachsen, *Christian Dietrich Grabbe* (1801–1836), Sohn eines Zuchthausaufsehers in Detmold, wollte weniger – aber konnte mehr. Er empfing seine ersten Eindrücke, wenn er im Zuchthaushof spielte, und die Gefangenen wurden zum Spaziergang an die frische Luft geführt. Zwei und zwei, zwischen grauen Mauern, den grauen Himmel über sich, umschritten sie schweigend in ihren Anstaltskleidern das vorgeschriebene Kreisrund, bis die Zeit erfüllet ward. Seine Dramenhelden: der Herzog von Gotland, Napoleon, Hannibal, haben alle etwas von Zuchthäuslern, die an den Stäben ihres Gefängnisses rütteln: vergeblich. Der

Zwiespalt zwischen Idee und Wirklichkeit scheint unentrinnbar. Der hehrste und heiligste Wille wird in den Staub gezogen: so wie Achilleus Hektors Leiche an seinem Wagen um die Mauern von Troja schleift ... Immer fällt Hektor, der Anwalt der reinen Idee, und immer siegt Achilleus, grobschlächtig und protzig, weil er die Macht und die realen Dinge hinter sich hat. Die tiefste Tragödie freilich spielt sich im Herzen des Menschen selber ab. Grabbes Stauffendramen (Heinrich VI., Barbarossa), vor allem aber Napoleon und Hannibal nähern sich der durch Faust und Wallenstein bezirkten großen Tragödie. Dieser Hannibal ist ein ungeheuerlicher Bursche. Eine riesige Termite, die in der winzigen Ameisenwelt, ein Held, der unter den Händlern zugrunde gehen muß. In Don Juan und Faust machte Grabbe den kühnen Versuch, den germanischen und den romanischen Typus nebeneinanderzustellen. Sein Lustspiel »Scherz, Ironie, Satire und tiefere Bedeutung«, in dem der Autor voll romantischer Ironie höchstpersönlich nicht ohne tiefere Bedeutung auftritt, bildet in seiner bäuerlichen und teuflischen Derbheit ein Gegenstück zu *Georg Büchners* zartem und schwankem Schwank »Leonce und Lena« mit seinen zerbrechlichen Figuren und Kontroversen. Georg Büchner (aus dem Darmstädtischen, 1813–1837) konnte aber auch anders als sanft säuseln oder vertrottelt disputieren. Wie einen erratischen Block schleuderte er sein französisches Revolutionsdrama »Dantons Tod« von sich. Auch in seiner von Gutzkow überlieferten Gestalt (die Urform ging verloren) gehört es zu den mächtigsten deutschen Dramen: hier ist erstmalig, wie später erst wieder bei Gerhart Hauptmanns »Weber«, ein ganzes Volk der Held. St. Juste, Robespierre, Danton sind seine Exponenten. Den Streit aller Revolutionen zwischen Individualismus und Kommunismus entscheidet der einzige Richter, der ihn zu entscheiden vermag: der Tod. Er selber lenkt die Guillotine, die heute Dantons Haupt frißt, die morgen das Haupt des Robespierre fressen wird, bis übermorgen

Napoleon sie von der Bühne des Welttheaters entfernt. Für eine Weile… Er hat andere Requisiten und Maschinen, die nicht weniger exakt und blutig arbeiten: Kanonen und Mitrailleusen. – Im Wozzek, der Fragment geblieben ist, knüpft Büchner an Lenz an (dem er eine schöne Novelle gewidmet hat). Die bürgerliche Tragödie, die Hebbel mit der Maria Magdalena schreiben wollte: sie gelang, selbst im Fragment, Büchner mit seinem Wozzek. Vom Wozzek läuft dann die Tradition zu Wedekind, der von niemand mehr gelernt hat als von diesem Büchnerschen Fragment. Auch als politischer Revolutionär ist Büchner von eminenter Bedeutung. Seine Botschaft »Friede den Hütten! Krieg den Palästen!« ist das flammendste deutsche revolutionäre Manifest überhaupt. Büchner starb zehn Jahre zu früh. Er wäre der gegebene Führer der 48er Revolution geworden. Er wurde nur 24 Jahre alt. Ein Jahrhundert hat der Heldentod des Jünglings Theodor Körner, der ein guter Soldat, aber ein schlechter Trompeter war, das Heldenleben des Jünglings Georg Büchner völlig verdunkelt.

Heinrich Laube (aus Sprottau, 1806–1884) schlug die dramatische Pauke, daß einem Hören und Sehen verging. Sein Graf Essex war das erste Theaterstück, das ich als Knabe auf der Schmierenbühne einer märkischen Kleinstadt sah. Niemals mehr hat ein Drama einen solchen Eindruck auf mich gemacht. Ich sehe noch immer den schlotternden Essex im Kerker sitzen und höre auf einem vom Bäcker geborgten blechernen Kuchenteller zwölfmal die Stunde des Gerichtes schlagen. Alle Schauer jagen mir im Gedächtnis daran über den Rücken, und ich drücke den vereinigten Geistern von Laube und Essex pietätsvoll und gerührt die Hand. Zu meinen erfreulichsten Jugenderinnerungen aus dem Gebiete der Literatur gehören auch *Willibald Alexis* (aus Breslau, 1798–1871), in den Schullesebüchern immer mit dem homerischen Beinamen »der Vortreffliche« geehrt, welcher nicht undichterische historische Romane aus meiner engeren Heimat schrieb: »Die Hosen des Herrn von Bredow«, »Der Roland von Berlin«, und *Wilhelm Hauff* (aus Stuttgart, 1802–1827), in den Schullesebüchern ein wenig zärtlich, aber auch ein wenig von oben herab, »der Jugendliche« genannt. Zu der Geste des Von-oben-herab ist bei ihm nun keine Veranlassung. Er ist kein großer Dichter: zu den Klassikern haben ihn nur die Fabrikanten von Klassikerliteratur gemacht: denen genügen Schiller, Goethe, Kleist aus Geschäftsgründen nicht, die Brautpaare verlangen beim Heiraten zur Komplettierung ihrer Wohnungseinrichtung eine ganze Klassikerausstattung: dazu gehören denn auch vor allen Dingen Theodor Körner und eine ganze Anzahl völlig unmöglicher und verstaubter alter Herren wie Gaudy, Gutzkow, Laube usw. Hauff ist nun ganz und gar nicht verstaubt. Er ist kein großer Dichter, aber ein Dichter, ein Erzähler von prachtvoller novellistischer Begabung, wie seine Märchen und Novellen beweisen. Ein Glanzstück unserer novellistischen Poesie gelang einem Franzosen: *Adalbert von Chamisso* (aus der Champagne, 1781–1838) mit seinem Peter Schlemihl, dem Mann, der seinen Schatten verkauft hat. Peter Schlemihl ist eine sinnbildliche und sprichwörtliche Figur geworden. Ich weiß allerdings nicht, ob er auf meine Mitbürger noch viel Eindruck macht. Sie sind ja längst gewohnt, nicht nur ihren Schatten, sondern auch den Schatten ihres Schattens, und die Sonne, die den Schatten hervorruft, zu verkaufen. Ja, sie verkaufen sogar Peter Schlehmils wundersame Geschichte, statt sie einem jeden gratis ins Haus zu bringen, als Luxusdruck zu 300 Mark und mehr. Armer Schlemihl! Hättest du zur Subskription auf dich selbst einladen können: du hättest deinen Schatten nicht verkaufen brauchen! Aber du hast es eben nicht verstanden, dein Geschäftsinteresse wahrzunehmen. Dies verstand auch *Adalbert Stifter* nicht (aus dem Böhmerwald, 1805–1868), der zarte Pastelle und gestrichelte Federzeichnungen nach der Natur auf kleine weiße Blätter malte und zeichnete. Die Blätter sammelte er dann und gab ihnen dann (wie wenig geschäftstüchtig war er doch!) so unscheinbare Namen wie: »Studien«. Wer in den Sommerferien in den bayerischen Wald reist und läßt Stifters Erzählungen, vor allem den Hochwald, zu Hause, der verdient es nicht, Sommerferien im bayerischen Wald zu erleben. Reist er aber nach Westfalen, so muß er sich den »Oberhof« von *Karl Immermann* (aus Magdeburg, 1796–1840) in den Rucksack stecken, oder, falls er über Zeitbedingtes hinwegzulesen versteht, den ganzen »Münchhausen«. Auch darf er von Immermann die tiefsinnige Mythe »Merlin«, die Tragödie des Widerspruchs, nicht vergessen. Wenn der, dem Dichter hoffentlich geneigte Leser, auch den Widerspruch nicht lösen sollte – was tut's? Begreift er Goethes »Geheimnisse«? Oder Hölderlins letzte Gedichte? Oder die Oden von Pindar? Muß denn alles so verständlich sein wie ein Gespräch über die teuren Zeiten im Kaufmannsladen? Nicht jeder ist ein Alexander, nicht jeder vermag den Gordischen Knoten derart gewalttätig mit dem Schwert zu lösen, und manchmal tut's nicht einmal gut, die Lösung mit dem Schwert, meine ich, wie exempla docent.

Abseits von allen Zeitstürmen saß in Kleversulzbach in Schwaben unter der Pfarrhauslinde, behaglich seine lange Pfeife rauchend, im bunt beblümten Schlafrock mit den goldenen Quasten: *Eduard Mörike* (1804–1875). Wie Büchner von Körner, so ist sein helles Gestirn lange von der Wolke eines Geibel beschattet worden, und bis ans Ende des 19. Jahrhunderts haben eigentlich wenige gewußt, was hinter dem biederen Pfarrer von Kleversulzbach steckt. Ferdinand Freiligrath (aus Detmold, 1810–1876), um noch den besten zu nennen, blendete die deutsche Leserwelt mit seiner Exotik voll ungewöhnlichen lyrischen Farbenreichtums. Der Allerweltsepigone Geibel und die Geibelepigonen versüßlichten den Geschmack des deutschen Publikums vollends, so daß es an einem klaren Trunk, wie ihn Mörike kredenzte, keinen Geschmack mehr fand. Zu alledem schrien dem deutschen Volk die politischen Dichter noch die Ohren voll, Herwegh an der Spitze, bescheiden wie sie immer sind, traten sie trompetend vor ihre Jahrmarktsbude und schrien: »Nur immer hereinspaziert, meine Herrschaften! Wir haben die einzig echte, die einzig wahre, die politische Kunst gepachtet!« Sie hatten eine Menge Zulauf, zum Teil gewiß mit Recht. Auch Freiligraths wohlassortierte Menagerie, in der der Wüstenkönig, der Löwe, die Hauptattraktion bildete, und wo ein waschechter Mohrenkönig an der Kasse saß, wurde überlaufen. Der Blumenstand, an dem die Muse selbst Mörikes Feldblumen – oder auch Rosen und Nelkensträuße feilhielt, wurde nicht beachtet. Eduard Mörike hatte mit einer Paraphrase des Wilhelm Meister den Roman Maler Nolten begonnen, der nicht ohne Eindruck blieb. Mit Gottes Wort, das Gott ihm selber in den Mund gelegt, mit seinen Gedichten predigte der Kleversulzbacher Pfarrer lange tauben Ohren. Seine Verse sind nicht gemeißelt wie die Hölderlinschen, nicht in der Trunkenheit hinausgebrüllt wie die Güntherschen, nicht ziseliert wie die Heineschen, geflötet wie die Platenschen: sie fielen wie reife Früchte vom Baum in seinen Pfarrhausgarten. Sie sind nicht erkünstelt, nicht erzwungen: sie sind rund und vollendet und duften wie reife Äpfel. Der Sonnenblume gleich stand sein Gemüt offen. Er brauchte in seiner friedlichen Seele keine Schlachten schlagen wie Hebbel. Nur schwach schwankte die Schale zwischen Lieben und Leiden. Seine Phantastik schweift milde wie ein Sommervogel in seinen Erzählungen (Mozart auf der Reise nach Prag) und Märchen. Er erschreckt nie. Seine Schauergeschichten machen lächeln. Und wenn er dunkel ist: so ist er dunkel wie eine Sommernacht in Kleversulzbach: warm und besternt: und wir wissen, daß die Morgenröte nicht fern ist. Dann werden wir mit dem Kleversulzbacher Pfarrherrn und seinem Küster auf den Kirchturm steigen.

Die Schweizer hatten sich mit dem Fabeldichter Ulrich Boner, mit Bodmer, Breitinger und vor allem mit Geßner schon vorteilhaft in die deutsche Literatur eingeführt, als sie mit *Jeremias Gotthelf* (aus Murten, 1797–1854) einen Haupttreffer machten. Was sind das für Kerle, die Schweizer Bauern und Bäuerinnen des Pfarrers Bitzius aus dem Emmental. Auf angeerbter Scholle sitzen sie: bieder, derb, treuherzig, fromm. Kein Falsch ist an ihnen und kein Flitter. Ein Wort eine Enzianblüte im Gebirge. Die Schweizer können aber nicht nur bäuerisch herb, sie können auch städtisch, à la mode oder historisch gekleidet daherstolziert kommen, wie Gottfried Keller und Conrad Ferdinand Meyer beweisen.

Gottfried Keller (aus Zürich, 1819–1890) läßt seinen »Grünen Heinrich« in der Tracht aufmarschieren, die Grimmelshausen, Heinse, Goethe in die deutsche Literatur eingeführt haben: jeder mit etwas anderem Schnitt. Das Problem der Entwicklung beherrscht den »Grünen Heinrich« auf seinen tausend Seiten: so gut wie Simplex, wie Ardinghello, wie Wilhelm Meister ist er auf dem Wege zu sich selbst. Der Weg, der zu einem selbst führt, ist nun nicht so bequem wie die Chausseen bei Kopenhagen, wo alle fünf Minuten, an jeder Wegbiegung, eine Tafel steht: nach da und nach da und nach da: man kann nicht fehlgehen. Wie steht es hingegen mit den Wegen zu sich? Da gerät man auf allerlei Nebenpfade, in Gestrüpp, Wolfsgruben, auf fremden Besitz, und man muß froh sein, wenn man schließlich am Abend die Herberge findet und auf der harten Ofenbank schlafen darf. Man weiß manchmal wirklich nicht, ob man das Rechte trifft, wenn man z. B. Maler- und Anstreicherlehrling wird. Und schließlich wendet sich doch alles zum Rechten, denn man bringt von der Malerei ein unverlierbares Gut im Felleisen heim: die Kraft der lebendigen Anschauung aller Dinge. Es kommt für den Dichter nicht nur darauf an, die Gedanken zu Ende zu denken, sondern auch den Erscheinungen bis ins Herz zu sehen, sie zu durchschauen. Als wäre der Mensch ein Stück Glas. Solches konnte Gottfried Keller. Und weil er eine so klare Anschauung von den Menschen hatte, deshalb gerieten sie in seinen Novellen so klar und durchsichtig. Diese Novellen, gesammelt in den Büchern »Die Leute von Seldwyla«, »Sieben Legenden«, »Züricher Novellen«, »Das Sinngedicht« – bedeuten einen Gipfel deutscher Erzählerkunst. Wer als Erzähler ihn wieder erreichen will, der muß hoch und mühsam klettern – da wird es nicht so bequem hinaufgehen wie auf die Rigi, das ist schon mehr eine Matterhornbesteigung. Gottfried Keller hat ein vollkommenes Gedicht: das Gedicht vom alten Pan im Walde geschrieben. Sein Landsmann *Heinrich Leuthold* hat deren drei oder vier, sein anderer Landsmann *C. F. Meyer* (aus Zürich, 1825–1898) hat deren viele. Hat Gottfried Keller typisch schweizerische Züge in seinem Wesen und Dichten, so wird man bei Meyer trotz manchen schweizerischen Stoffes (der Roman Jürg Jenatsch) vergebens danach suchen. Seine Landsmannschaft ist vollkommen undeutlich und unbestimmt. Er hat sich selbst als Statue eines Dichters nach einem Idealbild konstruiert. Er führte das Leben einer steinernen Statuette: ganz Marmor, ganz Glanz. Vierzig Jahre war C. F. Meyer, als er sein erstes Buch, ein kleines Buch Gedichte, veröffentlichte. Es hat mit seinen Gedichten auch sein Bestes gegeben, ungeachtet mancher schönen Novelle. Die Gedichte sind von einer leidenschaftlichen Liebe zur Form erfüllt. Genug konnte ihm nie und nimmermehr genügen. Ihm zitterte eine Flamme im Busen, die er mit heiliger Scheu hütete,

> Daß sie brenne rein und ungekränkt.
> Denn ich weiß, es wird der ungetreue
> Wächter lebend in die Gruft gesenkt.

Obgleich selbst kein Zecher wie Keller, hat er die trunkensten Wein- und Trinklieder geschrieben. Von den Göttern, die er oft zu sich zu Gaste lud, waren ihm Bacchus und Silen die liebsten.

In der schattendunklen Laube gab Silen, der weise, Stunde,
Der ihm weich ans Knie geschmiegte Bacchus hing an
seinem Munde,
Lieblich lauschend.

Und sein schönstes, sein wildestes Symbol fand C. F. Meyer in der Veltlinertraube.

Es ist dem Trifolium Spitteler, Nietzsche, George zu danken, daß die deutsche Sprache in den achtziger Jahren nicht völlig unter die Räder der naturalistischen Bier- und Leierwagen kam. *Carl Spitteler* (aus Liestal, geboren 1845) sagte mit seinem »Prometheus und Epimetheus« der Wirklichkeit, die sich selbst verwirkt hatte, die Fehde an. Leider wurde er selbst in seinen nächsten Werken aus einem Prometheus, einem Fackelbringer, ein Epimetheus, ein Mensch der Verwirrung und des Dunkels, denn in »Conrad, dem Leutnant« und »Imago« tut er es den schlechtesten Naturalisten und Psychologisten gleich. Daß der bedeutendste Psychologe der Gegenwart, Professor Freud in Wien, seine Zeitschrift nach der »Imago« nannte, ist zuviel der Ehre für dieses ganz analytische, aber der Synthese völlig ermangelnde Buch. Jeder Dichter, Herr Professor Freud, ist instinktiv Psychoanalytiker. Aber hier beginnt erst der Weg und der Wille zum Psychosynthetiker. – Im »Olympischen Frühling«, dem großen griechischen Epos, hat Spitteler sein bestes Selbst wiedergefunden. Er fand das Reich Apollons, das Reich, »das nicht von dieser Welt ist«.

Eine in ihrer verbohrten Problematik Hebbel geschwisterte Natur ist *Otto Ludwig* (aus Eisfeld, 1813–1865). Er sah sich zeitlebens im Schatten Shakespeares stehen und kam deshalb über den Schatten Shakespeares nur in seinem biblischen Trauerspiel »Die Makkabäer« und in seinen Novellen hinaus, in denen er als antizipierter Dostojewski und Zola erscheint.

Es könnte nichts schaden, wenn – über Dostojewski – Otto Ludwigs Prosa nicht vergessen würde. Sie ist der feierlichen Auferstehung wert. Wird *Gustav Freytag* (aus Kreuzburg, 1816–1895), der einst gefeierte, aus der Gruft der Vergessenheit auferstehen? Vielleicht mit seinem bürgerlich-soliden Roman »Soll und Haben«, worin jedem Charakter sorgsam sein Debet und Kredit zuerteilt ist. *Wilhelm Raabes* (aus Escherhausen, 1831–1901) ernster Humor, seine bedächtige Menschenfreundlichkeit, seine bittersüße Melancholie wird deutschen Herzen als eine deutsche Angelegenheit immer lieb und vertraut sein. Für Wilhelm Raabe gibt es kein besseres Epitheton als dies ohne jeden Nationalismus gesagte: deutsch. »Der Hungerpastor«, »Der Schüdderump«, »Horacker« werden bleiben wie des Friesen *Theodor Storms* (1817–1888) rosenblätterige Novellen: Immensee, Pole Poppenspäler, Der Schimmelreiter und die kleine Erzählung »Im Saal« – eines der frühesten und schönsten Gebilde Storms, das er im Revolutionsjahr 1848 ersann. Die Sehnsucht nach der guten alten friedlichen Zeit, der wir sonst zu trauen gar nicht geneigt sind, wird, wenn wir sie lesen, übermächtig in uns. Früher – ja, das war freilich eine stille, bescheidene Zeit: »Die Menschen waren damals noch höflicher gegeneinander. Das Disputieren und Schreien galt in einer feinen Gesellschaft für sehr unziemlich. Wer seine Nase in die Politik steckte, den hießen wir einen Kannegießer, und war's ein Schuster, so ließ man die Stiefel bei seinem Nachbar machen. Die Dienstmädchen hießen noch alle Stine und Trine, und jeder trug den Rock nach seinem Stande ... Aber was wollt ihr denn?« fuhr die alte Großmutter fort, »wollt ihr alle mitregieren?« Ja, Großmutter, daß wollen wir nun freilich, und darum sind wir auch alle so unglücklich und ruhlos, so hin und her gerissen zwischen Stern und Erde, so kriegerisch und friedlich zugleich.

Paul Heyse ist im Strom der Zeiten schon versunken, so gut und tief versunken wie *Geibel* (aus Lübeck, 1815–1884), der einst so hochgefeierte. Geibel wollte 1871 mit seinen »Heroldsrufen« eine große Zeit einrufen. Aber Krieg und Sieg von 1870/71 hatten für die deutsche Dichtung und Kultur eine katastrophale Wirkung. Die Heroldsrufe riefen einem Zeitalter, das in niedrigstem Materialismus, größtem Größenwahn, in Goldsucherei, Aufgeblasenheit (aufgeblasen wie ein Jahrmarktsschwein) und Chauvinismus seinesgleichen suchte. Hohenzollernsch patentierter, mehr oder weniger gereimter Patriotismus von Geibel und seinen Nachbetern und Nachtretern lyrisch, von *Wildenbruch*, selbst einem abseitigen Hohenzollernsproß, dramatisch aufgeputzt, von Julius Wolff in seinen Ritterromanen in die große Vergangenheit projiziert, aus ihr eine große Gegenwart und große Zukunft abstrahierend (wie sprach doch Wilhelm II. einst? »Ich führe euch herrlichen Zeiten entgegen . . .«), süßlich gesabberte Lyrik der Baumbäche und Bodenstedter, eine unechte flache Erzählerkunst – das waren die ersten kulturellen Früchte der Einigung des deutschen Volkes. Fast zwei Jahrzehnte hat das deutsche Volk diese Limonadensuppen in sich hineingesoffen, während ihm der frische Trunk der echten Dichtung, den ihnen Mörike, Raabe, Leuthold, C. F. Meyer, Fontane spendeten, nicht recht munden wollte. Einzig *Theodor Fontane* (aus Neuruppin, 1819–1898) brachte es zu einiger Berühmtheit, nicht aber wegen seiner großen Kunst der Milieu- und Menschenschilderung, sondern wegen seiner stofflichen Vorwürfe, die er meist dem Leben des märkischen Adels entnahm. Niemand hat das Gute und Edle, was im spezifisch-junkerlichen Typus steckt: die starre Pflichterfüllung, das karge, wie hinter geschlossenen Türen geführte Gefühlsleben, das moralisch-märkische Pathos reiner glorifiziert und geschildert als Fontane im »Stechlin«. Auch das alte Berlin der siebziger und achtziger Jahre fand in ihm seinen berufenen Schilderer. Wer sich vom heutigen Berlin entsetzt abwendet, versäume nicht, dem Fontaneschen Berlin einen Besuch abzustatten. Er wird entzückt aus diesem Berlin, das unwiederbringlich dahin ist, zurückkehren. Das Gelungenste und Geformteste in Fontanes Romanen sind die Frauengestalten: Cecile und Effi Briest wandeln in einem Reigen mit Mignon und Philine, Liane und Toni Häusler.

Otto Ludwig und Theodor Fontane im Erzählerischen, Hebbel und Anzengruber im Dramatischen, Leuthold im Lyrischen sind die Vorläufer und Fanfarenbläser der Bewegung, die man als die naturalistische bezeichnet hat. Es ist zu bemerken, daß Naturalismus, Impressionismus, Expressionismus, Futurismus nur Hilfsworte sind, um Begriffen und Bewegungen, Ideen und Wallungen beizukommen. Wo der Ismus aufhört, da fängt der Dichter erst an, denn letzten Grundes macht die Einzelseele, nicht die Massenpsyche oder -psychose erst den Dichter zum Dichter. Jeder Mensch hat wohl eine bestimmte seelische Richtung, in der er läuft, und wer in derselben Richtung geht, den begrüßt er als seinen Weggenossen mit besonderer Herzlichkeit. Nun gibt es aber viele Wege. Viele Wege führen nach Rom: ins Heiligtum der Kunst, in den Tempel des Gottes. Es ist Überheblichkeit, den Weg, den ein anderer geht, von vornherein als einen falschen zu bezeichnen und Hohn und Gelächter ihm nachzurufen. Als Maßstab der Kritik darf nur die Qualität gelten: der Zusammenhang des relativen mit dem absoluten Prinzip. Ein guter naturalistischer Roman ist mir lieber als ein schlechter expressionistischer und umgekehrt. – Was wollte der Naturalismus? Er entstand als kraftvolle Gegenbewegung gegen die unwahre und unechte Afterkunst, wie sie seit 1870 in Deutschland zur herrschenden geworden war. Er lehnte allen Historismus, alle idealisierende Stilisierung ab: wollte nur lebenswahr sein und forderte anstelle einer Verhüllung der Natur ihre Entschleierung bis zur letzten Nacktheit. Er wollte die Natur einfach abschreiben, die natürlichen Dinge natürlich darstellen. Wenn der Naturalismus die Imitation der Natur vielfach zur These erhob, so beging er natürlich a priori einen Denkfehler. Eine Nachahmung der Natur kann es gar nicht geben: denn immer tritt ja der Gestaltende mit einem subjektiven Willen an sie heran. Einzig der Buddha, der völlig Objektivierte, könnte auch ein vollkommener Naturalist sein: aber er würde es wiederum nicht sein, weil ihm der Wille zur Gestaltung von vornherein abgeht. Er will nichts. Der naturalistische Dichter aber wollte doch etwas: nämlich die Natur darstellen. Wo ein persönlicher Wille ist, ist schon ein persönlicher Stil. So ist denn als ästhetisches Gesetz nur eine Spielart des Naturalismus: der Impressionismus zu diskutieren. Der Impressionismus will, daß die Seele wie eine Braut sich hinlagere, damit die Natur liebend einströme mit Fluß und Wolke, Stern und Falter. Der Expressionismus, die Gegenbewegung gegen den Impressionismus, fordert programmatisch: schleudere deine Seele aus dir heraus in die weite Welt, hinauf in den hohen Himmel: so erst wirst du ganz wahr sein. Der Impressionismus predigt die Wahrheit des Seins, der Expressionismus die Wahrheit der Seele. Es ist klar, daß auf einer höheren Ebene diese Forderungen sich in einem Schnittpunkt berühren: da, wo Sein und Seele, Erde und Himmel eins geworden sind. Im Formalen äußert sich der Gegensatz der beiden Strömungen derart: beim Impressionismus: Analyse des Geistes, Synthese der Form. Beim Expressionismus: Synthese des Geistes, Analyse der Form. Die Naturalisten waren für Deutschland die Entdecker des Proletariers als »Gegenstand« der dichterischen Betrachtung: da ihrer Betrachtung ja auch das Niederste und Unterste wert erschien. Aber der Proletarier, der arme Mensch, der ärmste Mensch, blieb ihnen eben doch nur »Gegenstand«. Erst die politischen und expressionistischen Dichter der jüngsten Generation, wie Werfel, Ehrenstein, Becher haben den entscheidenden Schritt vollzogen, indem sie sich mit dem Proletarier identifizierten. Die proletarische Lyrik der *Henckell* (geboren 1864), *Mackay* (geboren 1864) (Mackays Roman »Der Schwimmer« ist eine der besten Prosaleistungen des Naturalismus) usw. wirkt denn auch ziemlich zahm bürgerlich. In *Arno Holz'* (aus Rastenburg, geboren 1863) »Buch der Zeit« klingt sie kräftiger. Dessen eigentliche Bedeutung liegt aber nicht darin, sondern in seinem romantischen Buche »Phantasus«, mit dem er zwar keine Revolution der Lyrik, wie er meinte, eingeleitet und eingeläutet hat, aber die wesentliche Stimme seiner eigenen Lyrik fand. Diejenigen, bei denen der Naturalismus ein totes Dogma wurde, sind, manche noch lebendigen Leibes, gestorben. Vom Naturalismus kam, aber ihn überflügelte bald mit silbernen Flügeln: *Gerhart Hauptmann* (geb. 1862 in Salzbrunn). Wie ein Baum zieht er seine Säfte aus der schlesischen Erde, aber seine Krone ragt in den Himmel und sein Gezweig überschattet hundert Naturalisten. Mit der Weißglut seines Willens hat er die naturalistische Theorie durchschmolzen. Keine konstruierten Maschinen, keine Homunkulusse durchwandeln die Welt seines Dramas: sondern Menschen voll Blut und Sehnsucht, arme, elende Menschen, geprügelt wie Hunde von der Peitsche des Schicksals, hungernd und frierend, hungernd nach Brot und Licht, frierend an den kalten, steinernen Herzen der Mitmenschen, Menschen, die in einer ewigen Dämmerung »vor Sonnenaufgang« leben, »einsame Menschen«, zu denen selten genug der Ton der »versunkenen Glocke« herauftönt, Menschen, die einzeln nicht leben dürfen wie die schlesischen Weber, die ein Klumpen blutendes, zuckendes Stück Fleisch sind, Menschen, die fried- und ruhelos das Labyrinth des Daseins durchirren, bis eine sanfte Frau auch mit ihnen einmal das »Friedensfest« feiert. Wie sind die zu beneiden, die, wie Hannele, so früh von dieser schmutzigen Erde zum Himmel fahren dürfen! Daß sie Kinder bekommen, zeugen und gebären – wie furchtbar! Wer will den ersten Stein auf »Rose Bernd« werfen? Wer stürzt nicht weinend in sich zusammen, wenn der brave, ehrliche »Fuhrmann Henschel«, zwischen Schuld und Unschuld schwankend, sich erhängt? Alle Gestalten Hauptmanns sind Narren in Christo, wie der religiöse Schwärmer Emanuel Quint, um dessen Leben er einen Roman schuf, der im neu erwachenden, religiösen und sektiererischen Leben der Zeit noch eine Rolle spielen wird.

Wie die Geibelperiode in Empfindelei und Süßlichkeiten, so artete der Naturalismus schließlich in Krafthuberei, törichte Brutalität und Apotheose des Misthaufens aus. Süßigkeit des Wortes, Sinnlichkeit der Seele: die Schönheit: verfiel dem Fluch der Lächerlichkeit. Es ist das Verdienst von *Friedrich Nietzsche* und *Stefan George*, das deutsche Wort in barbarischer Epoche bewahrt und in heiligen Hainen Anbetung und Weihrauch der tönenden Gottheit dargebracht zu haben. Friedrich Nietzsche (1844 bis 1900) ist mit der musikalischen und rhythmischen Prosa seines »Zarathustra« der Lehrmeister der jungen und jüngsten Dichtung geworden. Als Lyriker gehört er zu den edelsten deutschen Lyrikern. Trotz den philosophischen Akzenten, die auf seinen Gedichten liegen, ist diese philosophische Betonung nur Vorwand. Lyrik an sich ist immer individualistisch (überindividualistisch), menschlich übermenschlich. »Frei« war Nietzsches Kunst geheißen, »fröhlich« seine Wissenschaft. Alle seine Lieder sind trunkene Lieder. Ob er sie singt, in Venedig in brauner Nacht an der Rialtobrücke stehend, oder sie von San Marco gleich Taubenschwärmen ins Blau hinaufsendet und sie wieder zurücklockt, ihnen noch einen Reim ins Gefieder zu hängen. Oder ob in Sils Maria ihn, der wartend sitzt, ganz nur Spiel, ganz See, ganz Mittag, ganz Zeit ohne Ziel, der Schatten Zarathustras grüßt. Ob im Herbst, in der Ebene, die ersten grauen Krähen ihn überfliegen und ihn mahnen, daß der Winter naht.

Aus unbekannten Mündern bläst's mich an,
– Die große Kühle kommt...

Er wurde einsam. Immer einsamer. Und alle seine Lieder sang er schließlich nur noch sich selber zu, »damit er seine letzte Einsamkeit ertrüge«.

Hoch wuchs ich über Mensch und Tier;
Und sprech' ich – niemand spricht mit mir.

War die Natur Nietzsches eine Kreuzung aus Dionysos und Ahasver, die trotz aller Schmerzen die Ewigkeit, zu der sie verdammt war, lieben mußte, eine wilde, rasende, tobende Natur, die lieber brüllte als seufzte oder zwitscherte – so ist *Stefan George* (geb. 1868 in Rüdesheim) der strenge Priester der Gelassenheit und Gebundenheit, der Verkünder ascetischer Lüste, maß- und zuchtvoll. Auch er verkündet wie Nietzsche eine Kunst, die jenseits von Gut und Böse wirkt, er steht den moralischen Forderungen der jungen Generation ferner als fern.

»Du sprichst mir nicht von Sünde oder Sitte.« In einem seiner ersten Gedichte versteigt er sich bis zur Apotheose der Ausschweifung: im Heliogabal. Aber immer reiner klärt sich seine Welt: bis das Jahr der Seele herrlich sichtbar wird, der Teppich des Lebens sich vor ihm breitet, der Engel ihm den Weg weist und der Stern des Bundes magisch erblinkt. Stefan George begann als Fackelträger des reinen Wortes in einer Zeit, die das Wort verunreinigte und beschmutzte, er schritt fort und schreitet weiter als ein Flammenträger des reinen Sinnes, in einer Zeit, die verschwelt und rauchig loht, die zu Baal und Beelzebub betet, die kein Sonnengold, nur ein Geldgold kennt, die alles »zweckmäßig« einrichtet und als Ziel die Zweckmäßigkeit postuliert oder die Ziellosigkeit an sich. Die geistige und moralische Begriffe verwechselt und ein politisches Parteiprogramm von Spinozas Ethik nicht zu unterscheiden vermag. Sie hat auch bei George gebändigte Leidenschaft mit Temperamentlosigkeit, die Gebärde des echten Priesters mit den Tingeltangelallüren ihrer geistigen Charlatane, die gekonnte Kunst mit gemachter Mache verwechselt.

Sei's. Die Weltgeschichte ist auch das Weltgedicht: einige der schönsten Strophen dieses Gedichtes hat Stefan George gesungen.

Aus dem Kreise Georges sind als Dichter von Rang *Hugo v. Hofmannsthal* (geb. 1874 in Wien) und *Rainer Maria Rilke* (geb. in Prag 1875) hervorgegangen. Hofmannsthal ist der Dichter bezaubernder kleiner Versdramen. Er führt ein Skelett, das mit blühenden Rosen behängt ist, im Wappen. Rilke ist ein Mönch, der statt der grauen Kutte eine purpurrote trägt, die Seligkeit des Himmels liebt, aber die Freuden der Welt nicht verachtet.

Die »ersten Hergereisten«, die der kommenden deutschen Dichtergeneration die neuen Lieder lehrten, waren Nietzsche und George. *Alfred Mombert* (geb. 1872 in Karlsruhe) und *Theodor Däubler* (geb. 1876 in Triest) gehören mit zu den ersten, die sie lernten. Mombert schrieb metaphysische Dramen und Gedichte, Däubler das diesseitige Epos »Nordlicht«, voll von Schwelgereien und Orgien des Wortes und des Reimes. *Richard Dehmel* (geb. 1863 im Spreewald) hält sein Gesicht den romantischen Gestirnen zugewandt. Die goldene Kette der deutschen Lyrik ist ohne ihn nicht denkbar, er ist ein kostbares Glied in ihr, deren Anfang Walter von der Vogelweide, deren vorläufiges Ende Franz Werfel hält. Er hat die Tradition der deutschen Lyrik über eine Zeit der schauerlichsten Verfahrenheit und Traditionslosigkeit hinübergerettet. Als alles tot und trübe schien. Er hat der deutschen Lyrik das Liebeslied neu geschenkt: Das dunkle Du, das dunkle Ich, die durch die Nacht sich suchen – und sich finden.

Vom Naturalismus kam *Detlev v. Liliencron* (aus Kiel, 1844–1899), der lyrische Husar, aber er setzte bald mit seinem Pegasus im trefflichsten Galopp darüber hinweg.

Christian Morgenstern schuf in seinen »Palmström«gedichten eine grotesk-philosophische Lyrik eigenster Prägung, die besonders dem menschlichen und vermenschlichten Tier zu Leib und Seele rückt. Da erscheint ein Steinochs, der sich von menschlicher Gehirne Heu nährt. Auf schwärmt am Horizont ergrauter Kasernenhöfe der sagenhafte E.P.V. (auch Exerzierplatzvogel genannt). Wir sind hoch und heiter beglückt, daß es ihn und Palmströms und v. Korfs geniale und fundamentale Melancholie – immerhin – noch gibt. Schade, daß ich beim neuerlichen Quellenstudium für diese kleine Literaturgeschichte v. Korfs glänzende Erfindung nicht benutzen konnte, welcher, weil er schnell und viel lesen mußte, eine Brille erfand,

> deren Energien
> ihm den Text zusammenziehn.
> Beispielsweise dies Gedicht,
> läse, so bebrillt, man – nicht!
> Dreiunddreißig seinesgleichen
> gäben erst – ein – – Fragezeichen!

Die deutsche Frauendichtung beginnt, nachdem sie seit Mechtild v. Magdeburg jahrhundertelang den Dornröschenschlaf geschlafen, wieder aufzuleben mit der Westfälin *Annette v. Droste-Hülshoff* (1797–1848), die freilich für den ersten Blick gar nichts Frauliches an sich hat. Ihre Formen sind streng, herb, ihr Gang ist straff, ihre Miene leicht verdüstert: wie ein halb heller Tag auf der westfälischen Heide, wenn Erde und Himmel die Plätze vertauscht haben, und die roten Heidekrautblüten die Sterne, die Wolken wie braune Ackerschollen sind. Auf ihr müdes Haupt gaukelte selten ein süßes Lachen.

> Liebe Stimme säuselt und träuft
> Wie die Lindenblüt' auf ein Grab...

Herb wie ihr lyrischer Stil ist ihr Prosastil in der Novelle »Die Judenbuche«. *Marie v. Ebner-Eschenbach* (aus Mähren, 1830–1916) besitzt ein Talent von großer Weite der Empfindung, das aber formal eng begrenzt ist. *Ricarda Huch* (geb. 1864 in Braunschweig) suchte ihre Themen im Risorgimento und im Dreißigjährigen Krieg. *Enrica Handel-Mazetti* (geb. 1871 in Wien) schrieb historische Romane mit katholisierendem Einschlag. Die deutsche Frauenlyrik der jüngsten Zeit gipfelt in *Else Lasker-Schüler* (geb. 1876 in Elberfeld).

Wer fühlte sich nicht als ewiger Jude und sänke vor Jehova ins Knie, wenn sie ihre hebräischen Lieder singt? Wenn sie ihre Weise in einen alten Tibetteppich verwebt?

Man hat *Frank Wedekind* (1864–1918) einen Bruder und Genossen der Lenz, Büchner, Grabbe genannt. Er hatte nicht die selbstverständliche Grazie dieser drei (die Grabbe auch im Grausigen bewies). Er war kein Kind der Natur. Die Natur war ihm in jeglicher Gestalt verhaßt und widerwärtig. Vor einer schönen Landschaft erfaßte ihn ein Brechreiz. Und er wurde erst wieder beruhigt, wenn er die Berge, etwa als ein liebendes Paar in Umarmung, drastisch definieren konnte. Er war ganz gewiß ein Erotomane, dessen moralische Komplexe sich bis zum exzessiven Pathos steigern konnten. Er war ein genialer Spießer – mit umgekehrtem Vorzeichen. Ein erotischer Frömmler. Ein frömmelnder Erotiker. Flagellant, Sadist, Masochist aus religiöser Überzeugung. Ihm war das Weib die große Hure von Babylon, und als solche immer anbetungswürdig. Er führte ein Tagebuch aller Zärtlichkeiten, der sanften und der schrecklichen. Er führte dieses Tagebuch gewissenhaft wie ein Oberlehrer. Als Oberlehrer (mit dem schlechten Gewissen des ehemaligen Schülers …) fühlt er sich auch seinen Geschöpfen gegenüber: eine Lulu, eine Franziska, die zu seiner Liebe, zu seinem Leben emporgepeitscht wurden – um sich dann an ihrem Lehrmeister aufs grausigste zu rächen. In der Verbohrtheit im Problematischen ist er Hebbel, in der Technik den Stürmern und Drängern verwandt: diese dramatische Technik der Einzelbilder, Einzelszenen, wie sie schon »Frühlingserwachen« einführt, hat im deutschen Drama neuerdings Furore gemacht. Sein Kinderdrama »Frühlingserwachen« wird bleiben, bleiben wird der Marquis von Keith und vor allem: Lulu. In ihr und in der kleinen Wendland hat er die natürliche Dämonie des Weibes groß gestaltet. Es ist vielleicht kein Zufall, daß in den vorzüglichsten Dramen der Epoche *Frauen* im Mittelpunkt der tragischen und komischen Handlung stehen: die Lulu im »Erdgeist«, Hannele in »Hanneles Himmelfahrt«, die Wulkow im »Biberpelz«, Madame Legros (im gleichnamigen Drama von Heinrich Mann) – nichts beweist klarer als dies, daß wir in einer romantischen Epoche leben: Lulu ist die Inkarnation der geschlechtlichen, Hannele die der kindlichen, Madame Legros die der mütterlichen Liebe der Frau. Lulu will die irdische Lust, Hannele die himmlische Liebe, Madame Legros die dies- und jenseitige Gerechtigkeit. – *Wilhelm Schmidtbonn* behandelte im »Grafen von Gleichen« das Problem des Mannes zwischen zwei Frauen. Der erste Akt gehört zu den besten ersten Akten der deutschen Literatur. – *Carl Sternheim* zeichnet in seinen Dramen karikaturistische Bilder aus dem bürgerlichen Heldenleben: Streber, Schieber, sentimentale Kokotten, amusische Dichter, intellektuelle Schweinehunde, Auch- und Bauchsozialisten. In seinen Dramen wie in seinen Novellen holt er das letzte virtuos, aber ohne Herz, aus der Technik des Wortes. Seine Geschichten laufen ab wie Maschinen. Er ist ein Ingenieur der Sprache. *Herbert Eulenberg* (geb. 1876 in Mühlheim) bemalt seine dramatischen Helden und Heldinnen blaßrosa und blaßblau. Sie gleiten schattenhaft durch eine romantische Kulissenwelt. *Eduard Stucken* (geb. 1865 in Moskau) beschwört noch einmal Montsalvatsch und die Gralsritter in klingenden, mit Innenreimen geschmückten Versen. *Georg Kaiser* (geb. 1878 in Magdeburg) pflanzt sich ganz breitspurig und heutig vor uns hin. Teufel, ist das ein Leben, was sich da vor uns und um uns und in uns abspielt. Aktiengesellschaften werden gegründet aus Menschenliebe, aus Bonhomie, mit Ewigkeitsansprüchen. Beim Brand des Opernhauses entzünden sich alle Leidenschaften. Von morgens bis mitternachts rollt ein ganzes Leben ab via Bankinstitut, Freudenhaus, Park, Café, Heilsarmee. *Harry Kahns* Komödien verbinden berlinischen Schmiß mit einem Schuß Kleistischen Gefühls. *Hanns Johlsts* ekstatische Szenerien haben sich zu vollgültigen Dramen noch nicht ausgewachsen. Georg Kaiser, Sternheim, Eulenberg geben in ihren Dramen allerlei indirekte Antworten auf direkte Fragen. Das sind alles Passionen, die sich da abspielen. *Walter Hasenclever* (geb. 1890) im »Sohn« und *René Schickele* (aus dem Elsaß, geb. 1883) in »Hans im Schnakenloch« gehen zur Aktion, zur These, zur Forderung über. Nicht: so seid ihr! Sondern: so sollt ihr sein: so soll der Sohn gegen den Vater, der Mensch zwischen den Rassen sich entscheiden. Hafenclevers »Antigone«, *Unruhs* »Ein Geschlecht« sind ebenfalls programmatische Äußerungen: gegen den Krieg, während Hasenclever in seinem letzten Drama »Menschen« zur Romantik umkehrt – den Weg, den noch alle Aktivisten werden schreiten müssen – sich aber nach der anderen Seite purzelbaumartig überschlägt und beim Text zum Filmdrama landet.

Wie steht es mit der Prosa? Den schönsten deutschen Roman um 1900 schrieb *Friedrich Huch* mit seinem »Pitt und Fox«. Biedermeierliche Zartheit und groteske Gotik blühen darin. Pitt ist der gute, der entmaterialisierte, Fox der schlechte materialistische Deutsche, wie ihn Heinrich Mann später in seinem Untertan Diederich Heßling so bitterböse abkonterfeit hat. Eine Abart des Impressionismus ist der Psychologismus, wie ihn etwa *Thomas Mann* (aus Lübeck, geboren 1875) in seinen ausgezeichneten Romanen und Novellen übt. Er analysiert mit medizinischer Gewissenhaftigkeit die Einzelseele. Dem Studium der Massenseele gilt neuerdings seines Bruders *Heinrich Mann* (aus Lübeck, geboren 1871) ernsteste Bemühung. Er ist der Dichter der Demokratie geworden in seinen Romanen: »Die kleine Stadt«, »Die Armen«, »Der Untertan«. – »Die kleine Stadt«, ein italienischer Kleinstadtroman, der schildert, wie eine fahrende Theatertruppe eine kleine Stadt revolutioniert, ist ein Markstein in der Geschichte des deutschen Romanes. Sein früherer Italienroman, besonders die prachtvolle Trilogie »Die Göttinnen«, zeigen ihn noch ganz als Apologetiker des Übermenschen, des Einzelmenschen, des Anarchisten, der Schönheit, der Kraft und der sinnlichsten Gewalt. Wer, der je der Herzogin von Assy begegnete, könnte sie vergessen? Denn sie war ihm Kind, Mutter und Geliebte.

Gustav Meyrink (geb. 1868 in Wien) schüttet ein ganzes Wunderhorn ergötzlicher und boshafter Trivialitäten, ältestes und neuestes Gerümpel, über den deutschen Spießer aus, der mit einem leeren Hirn aufdrapiert wie ein Pfingstochse in seinen Geschichten umherwandelt und »Muh« und »Bäh« sagt. Von Meyrinks großen Romanen, die allerlei kabbalistische und mystische Weltanschauung propagieren, ist der »Golem« nennenswert. *Peter Altenberg* (1859–1918, aus Wien) gewinnt seine amüsante Weltanschauung vom Café Fensterguckerl aus. *Hermann Bahr* (geb. 1863 in Linz) hat vom Naturalismus bis zum Expressionismus und Katholizismus so ziemlich alle Klassen der Literaturschule absolviert und ist überall mit der Note 2–3 versetzt worden. Über *Hermann Hesses* (geb. 1877 in Calw) Prosadichtungen könnte als Motto der Vers eines Volksliedes stehen, mit dem er selbst eines seiner Bücher betitelt: »Schön ist die Jugend«. Seine rührendste Figur: Der arme und doch so reiche Landstreicher Knulp. *Wilhelm Schäfer* (geb. 1868 in Ottran) schuf sich in seinen »Anekdoten« eine eigene Novellenform in Anlehnung an mittelalterliche deutsche und italienische Meister. Sie gehören zu den besten Leistungen der deutschen Prosa der Gegenwart, die in *Jakob Wassermanns* (geb. 1873 in Fürth) Romanen »Das Gänsemännchen« und »Kaspar Hauser« einen ihrer Meister fand. Eine reiche Fülle lebendigster Gestalten, eine ganze große und kleine Welt wird aus der

Tiefe ans Licht gehoben. Die Prosa der jüngsten Generation, mit *Kasimir Edschmid* (geb. 1890) und *Alfred Döblin* beginnend, vermag diesen Leistungen Gleichwertiges an die Seite zu setzen. Edschmids Novellen sind wie in einem Treibhaus gezüchtete Blumen: bizarr, geistreich, gekünstelt, voll wilder, aromatischer, zuweilen peinlicher Düfte. Alfred Döblin beschwört in den »Drei Sprüngen des Wang-lun« einen edlen Rebellen der Schwäche in der Landschaft eines erträumten China. *Klabund* (geb. 1891 in Crossen a. O.) versuchte im »Moreau« den Roman eines Soldaten, im »Mohamed« den Roman eines Propheten, in »Bracke« den gotischen Roman eines Eulenspiegel zu gestalten. *Leonhard Franks* (geb. 1882 in Würzburg) Psychologie. *Andreas Latzkos* (geb. 1876 in Budapest) Bücher (»Menschen im Krieg«) und *Leonhard Franks* »Der Mensch ist gut« haben ihr bestes geleistet in der Revolutionierung der Geister, an welcher aber ein kritischer Geist wie *Karl Kraus* (geb. 1874 in Gitschin) seit Jahren schon viel tieferen Anteil hatte mit seiner »Fackel«. Sie sind zeitgeschichtlich von großer Bedeutung. Ihr dichterischer Wert ist weit geringer. Der Mensch ist nicht gut, sondern er will gut werden. Das Moment der Entwicklung ist das Entscheidende. Schon Herzeloide erzog ihren Sohn Parsival in der Waldeseinsamkeit, damit er von dem Welt- und Kriegsgetümmel bewahrt sei. Aber alle Abgeschlossenheit half nichts. Ein jeder trägt ja den Feind in der eigenen Brust. Gegen ihn heißt's kämpfen. Man muß sich selbst aufs Haupt schlagen. Gott und du: das sollen nur Synonyme sein. Epitheta ornantia des einen. Du mußt den Heimweg finden: heim zu dir. Auf diesem Heimweg durch die Dunkelheit stehen die Dichter an den Meilensteinen wie Fackelträger. Von Fackel zu Fackel tastest du dich vorwärts: zum Morgenrot, bis Gottes Herz einst über den Bergen aufgeht. Menschen- und Gottesauge werden ineinander ertrinken, und wird nur ein Licht und eine Liebe sein.

Die Vorläufer des lyrischen Expressionismus sind *Otto zur Linde* (geb. 1873 in Essen) und die Charontiker, die sich um ihn sammelten. Er schon stellte die These von der ekstatischen Unmittelbarkeit auf, blieb aber praktisch vielfach im Assoziativen stecken. *Alfred Kerr* (geb. 1867 in Breslau), als Kritiker ein Dichter, als Dichter ein Kritiker, hat einer ganzen lyrischen Generation das Gehen, die ersten Schritte beigebracht. Der dämonische Naturbursche *Georg Heym* machte dann mit der neuen Dichtung ernst. Er krempelte sich dazu die Hemdsärmel auf: wie ein Riese schritt er über die Dächer und zwischen den Straßen Berlins, und alles dies: Mensch, Trambahn, Mond, Haus, Spuk war ihm wie Riesenspielzeug, die Stadt wurde ihm zur Landschaft, Berg und Haus war eines. Er ertrank beim Eislauf, vierundzwanzigjährig, im Müggelsee. Das Grabgeleite gaben ihm Scharen »fortgeschrittener Lyriker«. Als Georg Heym in den Fluten versunken war, stieg aus den im Frühling getauten Wogen wie ein junger Meergott, prustend, dampfend in der Sonne, schreiend vor Lust am Licht: *Franz Werfel* (geboren in Prag 1890). Er verkündigte das Evangelium des schönen strahlenden Menschen, der jedem Wesen, auch dem ärmsten, brüderlich zugewandt. Gewaltig schwingt sein religiöses Pathos. Er will einer der Propheten des neuen Bundes sein: des Bundes aller wahrhaft Menschlichen. Er kniet nieder, unsagbar demütig und bußwillig, mit Unkraut noch und Schlamm fühlt er sein Herz so ganz erfüllt. Erst nachdem er sich selbst gerichtet, wächst er zum Richter der Menschheit. Er sank hin, er kniete hin, er weinte. Er lauschte, er horchte, er hörte, er diente. Nun schuf er, nun trägt er, nun hält er wie Christophorus die Erdkugel. Erst sah er die Welt – und siehe, sie war schön – da wurde er der Weltfreund. Dann sah er sich, und siehe, er war häßlich. Aber er *war*. Da nahm er sein Sein und trug es zu den anderen. Drei Reiche durchwanderte er. Er wird in das vierte gelangen, das sie alle drei umfaßt: das Reich der glückseligen Gerechtigkeit, der Reinheit und Einheit. Dann wird sein kriegerisches Wesen sich beruhigend lösen. Er wird zerrinnen und eine Welle sein, gekräuselt, entführt und gespült ins Meer der Vollkommenheit und der Vollendung.

Erst wenn ein Mensch zerging
In jedem Tier und Ding,
Zu lieben er anfing.

Im Gefolge Werfels, des Propheten der Bruderliebe, wandeln unzählige junge Lyriker, weniger von der bronzenen Glocke seiner lyrischen Form angetönt (er ist reinste Musik, Oboe, Flöte: sie sind meist nur Schellenträger und Trommler), als von seinem Pathos bezwungen. In der Form wenden sich viele mehr der Imitation des großen Amerikaners Walt Whitman zu, seinen breiten rollenden Rhythmen, die brausen wie die Wogen des Atlantischen Ozeans. Walt Whitman sang von seinem Buch: Camerado, dies ist kein Buch – wer dies anrührt, rührt einen Menschen an! Dieses Motto sähen die jungen Dichter gern über alle ihre Bücher: ihre Dramen, Verse, romantischen Romane gesetzt. Sie wollen vor allem *Menschen* sein. Und Menschen *sein*. Wir sind! Wir sind! jubeln sie emphatisch mit Werfel. Die Ekstase ist eines der Kennzeichen ihres Wollens. Von ihr sind die Formen oft so zerrissen, zerhackt, im Winde flatternd. Oft opfern sie das Dichterische auf Kosten des Moralischen. Ihre Empfindung ist vielfach schon keine individuelle mehr: ihr Erlebnis ist schon zum Kollektiverlebnis geworden. Sie dichten nicht mehr – sondern der Stil dichtet für sie. – Einen elegischen Nebensproß Werfels trieb Österreich in *Georg Trakl* (aus Salzburg, 1887 bis 1914), dem Dichter der sanften Schwermut, des süßen Verzichtes, des violetten Unterganges, dem Hölderlin unserer Zeit. Alle Gedichte Trakls sind herbstliche Landschaften. Immer tönen leise im Rohr die dunkeln Flöten des Herbstes. In *Gottfried Benns* Gedichten ist dies Ereignis geworden: Hirn wurde Herz, Geist wurde Fleisch. Benn steht für sich selbst und auf sich selbst: kein Werfel-, kein Whitmanjünger: ein Benn. Auch in seinen Novellen. *Johannes R. Becher* (geb. 1890) ruft in seinen Gedichten »An Europa« zur »Verbrüderung«. Es finden sich wundervolle einzelne Strophen und Weisen in allen seinen Büchern, die der sozialistischen Revolution dienen wollen, aber kaum ein vollendetes Gedicht. Der Wille zur These überschreit den Willen zur Form. Eine krampfartig geschaffene neue Syntax ist noch keine neue Kunstform. *Albert Ehrenstein* (geb. in Wien 1886) schleudert seine Flüche gegen die »rote Zeit«. Europa wird zum Barbaropa. Ein griechisch gerichteter Geist zersprengt sich selbst und seine Form in Haßgesängen. Sein Reifstes bleibt die österreichische Novelle Tubutsch: voll ironischer Melancholie. Die Arbeiterdichter *Lersch* und *Bröger* machen Ansätze zu einer neuen Volkslyrik, welcher *Jakob Kneip* in seinen Legenden am nächsten kommt. Es darf nicht verkannt werden: auch hier ist ein Weg. Das deutsche Lied, die deutsche Legende, das deutsche Märchen werden wieder einmal auferstehen. Ganz in der Tradition der klassischen deutschen Lyrik steht der Schwabe *Bruno Frank* (geb. 1887 in Stuttgart), welcher das Erbe Mörikes, das Erbe Eichendorffs in guter junger Hand hält.

Die Sehnsucht nach Erlösung blüht in den kommenden Generationen wild auf. Wir wollen erlöst werden – von der *Lüge*. Denn alle Erlösung ist nur ein plötzliches Erblicken der Wahrheit. Die Lüge hat ihr Gorgohaupt in den letzten Jahren vor dem Kriege und im Kriege selbst widerlich erhoben. Aber wenige vermochten sie zu erkennen. Denn sie war geschminkt wie eine Hure und mit schönen Kleidern angetan und mit Steinen behängt. Das Bild der Welt war, wie es die mittelalterlichen Darstellungen zeigen: eine Frau, von vorn reizend und wohlgestalt anzusehen – aber hinten im offenen Rücken voll Schlangengezücht und Dreck und Eiter. Mammonismus, Militarismus, Materialismus: unter diesen drei Flammenzeichen focht der deutsche Gott, der Alliierte von Roßbach – und unterlag.

Wir sind nicht auf der Welt, um unglücklich zu sein. Dieser gram- und grauenvolle Krieg, in dem wir lebten und starben, könnte vorübergehend einen Märtyrerstandpunkt schaffen: als sei es über alle Maßen edel und tapfer und weise und natürlich und dieses Lebens letztes Ziel, zu leiden. Gerechtigkeit! Tu von den Augen die Binde und sieh die Erde: Blühen nicht Blumen, rote und blaue und goldene, zu deinen Füßen? Glüht nicht das ewige Licht, die Sonne, um deine Stirn wie ein Heiligenschein? Taumeln nicht Pfauenaugen und Zitronenfalter schräg durch den schreitenden Abend? Pferde springen elegant durch die Straßen. Wilde Katzen liegen zahm auf den bestrahlten Mauern unserer Gefängnisse. Und an florentinischer Brücke tritt, die Augen schön gesenkt, Beatrice dem liebenden Dichter entgegen. Sein Herzschlag stockt. Er, der erfahren viel und viel erduldet, weiß: Glück ist das Ziel der Menschheit und der Sehnsucht innerste Inkarnation. Macht die Menschen glücklich, und ihr werdet sie besser machen. Öffnet ihnen die Augen über den Himmel, die Tiere, die Frauen. Und weist ihnen alles dies: gestaltet und erhoben, beseligt und erlöst: in der Kunst, in der Dichtung. Noch regiert, obschon Friede geschlossen ist, Mars die Stunde, die Minute, die Sekunde. Noch herrscht der Krieg als Prinzip. Besiegt ihn, ihr Dichter, kraft eures Wortes, das wirklicher ist als manche schnell getane Tat. Besiegt ihn durch eure Waffenlosigkeit, durch die Inbrunst eurer Herzen.

Ihr Weiser und Verweser unseres Schönen,
Laßt euch vom Waffenrausch nicht übertönen.
O sorgt, daß unser Blut nicht rot erstarrt
Und seid uns Dom und ewige Gegenwart.
Du Günther, brauner Packan, bissig bellend,
Du Hölderlin, die sanften Pfeile schnellend,
Du Mörike, verträumte Pfarrhauslinde,

Du Eichendorff, voll grüner Birkenwinde,
Du Heine, deutscher Jude, geistig handelnd,
Du Conrad Ferdinand, auf Rhythmen wandelnd,
Du Platen, im unsterblichsten Sonette,
Du Nietzsche, deutscher Pole, Glockenkette,
Und du, o erste Früh- und Abendröte:
Du Turm, du Sturm, du erster Mensch: du Goethe.

IX.

Der Kreidekreis

Spiel in 5 Akten nach dem Chinesischen

Elisabeth Bergner
zu eigen

Figuren:

TSCHANG-HAITANG
FRAU TSCHANG, ihre Mutter
TSCHANG-LING, ihr Bruder
TONG, ein Kuppler
PAO, ein Prinz
MA, ein Mandarin
YÜ-PEI, seine Gattin ersten Ranges
TSCHAO, Sekretär beim Gericht
TSCHU-TSCHU, Oberrichter

Eine Hebamme / Zwei Kulis / Gerichtspersonen / Polizisten / Soldaten / Ein Wirt / Blumenmädchen / Ein Dichter / Zeremonienmeister / Ein Kind

Orte der Handlung:

1. AKT: Teehaus
2. AKT: Garten und Veranda bei Ma
3. AKT: Gerichtssaal
4. AKT: Schneesturmlandschaft
5. AKT: Kaiserpalast

ERSTER AKT

Das Innere eines Teehauses. Hintergrund Mitte: schwarzer Papierparavent, hinter dem die handelnden Personen hervortreten. Links und rechts schwarze, mit weißen Emblemen, Blumen, Vögeln bestickte Vorhänge. Wenn der große Vorhang sich hebt, ertönt schwermütige Musik von Gong, Flöte und Kin (einer Art Geige). Tong, der Besitzer des Teehauses, ein fetter Eunuch, watschelt hinter dem Paravent hervor.

TONG: Ich bitte untertänigst, mich vorstellen zu dürfen. Mein Name, der Name eines niedrigen und verachteten Geschlechtes, lautet Tong. Das klingt, wie wenn man leise ein mißgestimmtes Gong anschlägt. Ich bin der Besitzer dieses *(runde Geste)* zwar bescheiden anmutenden, aber erstklassigen Etablissements. Geschmack und feinere Lebensart, den adligsten Geschlechtern abgelauscht, verbieten mir aufdringliche Anpreisung oder robustere Reklame. Das Zeichen meines Hauses ist ein weißer Reiher auf schwarzem Grunde – sonst nichts. Ich habe keine Schlepper an den Hauptplätzen der Stadt stehen, ich verteile keine Handzettel mit diskreten Hinweisen, und mit der Polizei bin ich im besten Einvernehmen. Der Herr Polizeipräsident läßt sich zuweilen herab, mich zu beehren. Wer von mir weiß, der weiß mich zu finden. Übrigens gewähre ich nur Damen von bestem Leumund und feinsten Manieren Unterkunft unter meinem Dach. Meiner erlauchten Kundschaft darf ich nur das Beste vom Besten bieten. Hören Sie die Musik? Ich hoffe nicht, daß sie Ihre Ohren beleidigt. Ich habe mein möglichstes getan, die Damen in der kunstvollen Handhabung der Instrumente zu unterweisen. Meine drei Damen spielen die Serenade des Frühlings. Yo bläst die Flöte, Yu streicht die Geige, Yau schlägt das Gong. *(Er zieht die Vorhänge im Hintergrund zurück. In drei Käfigen sitzen drei schöne Mädchen und spielen die Instrumente. Ein vierter Käfig ist leer. Die eine singt:)*

Allen Männern zu gefallen
Bin in Taumel ich und Tand.
Wenn sie ihre Wünsche lallen,
Sitz ich in mich abgewandt.
Geben Gold und geben Speise,
Keiner gab ein gutes Wort.
Und so wein ich wild und leise
Meine süße Sehnsucht fort.
Gestern trieb nun das Gelüste
Einen Jüngling zu mir her,
Der mich auf die Stirne küßte –
Ach, ich sehe ihn nicht mehr.

TONG: *(zieht die Vorhänge wieder zu)* Es ist eine eigne Kunst, seiner Schwermut den entsprechenden künstlerischen Ausdruck zu geben. Vor den großen Dichtern der Nation kann eine junge Dame mit ihren bescheidenen Reimübungen natürlich nicht bestehen. Aber sie muß gelernt haben, sich wenigstens einigermaßen zierlich in Versen auszudrücken. Denn Verse machen und Liebe machen: geht es nicht auf dasselbe seelische Grundgefühl zurück? – Wissen Sie, woran das Gong mich immer erinnert? An eine Hinrichtung. Ich war in meinem früheren Beruf, Sie werden es mir kaum glauben, und dennoch ist es lautere Wahrheit, ich war früher Henker. Damals habe ich den Männern den Kopf abgeschlagen, jetzt verdrehe ich ihnen nur den Kopf mit Hilfe meiner Blumenmädchen. Um nicht selber in Versuchung zu fallen und mein Geschäft durch unschickliche Handlungen zu stören und zu beeinträchtigen, beispielsweise etwa die Eifersucht meiner Herren Klienten zu erregen, habe ich in meiner Selbstbescheidung freiwillig auf die Attribute der Männlichkeit verzichtet. Ich habe mich seinerzeit einer kleinen Operation unterzogen; so stehe ich zwischen Mann und Weib, keines von beiden, und also zur Mittlertätigkeit berufen und auserwählt. – Meine Schwester naht, die Dämmerung, die gewiegte Kupplerin von altersher. Ich höre Schritte die Gasse herauf. *(Hinter dem Paravent hervor treten Frau Tschang und Haitang, ihre Tochter; beide in Trauer. Die Musik verstummt.)*

HAITANG: Mein Name ist Haitang. Ich bin die Tochter dieser ehrwürdigen Dame, Frau Tschang geheißen. Ich bin sechzehn Jahre alt. Sechzehn Jahre jung. Ich habe viel erlitten. Ich werde noch mehr erleiden. Viel Schmerz. Ein wenig Glück. Rote Abendwolken nach einem düsteren Gewittertag. Es ist das Leben.

TONG: Ich bin der demütige Diener der hochachtbaren Damen. Darf ich, ohne vorlaut zu erscheinen, meine Verwunderung und zugleich auch mein tiefes Bedauern bezeugen, die Damen in Trauerkleidung dies Haus der Freude betreten zu sehen? Ist kürzlich ein Todesfall in Ihrer nächsten Verwandtschaft vorgefallen, so bitte ich, mein innigstes Beileid nachsichtig entgegennehmen zu wollen. Das nicht geheuchelte, sondern ehrlich empfundene und ehrlich mitgeteilte Mitgefühl eines Mitmenschen träufelt Balsam auf Qual und Verzweiflung.

HAITANG: Es ist kaum eine Stunde her, daß wir den ehrwürdigen Herrn Tschang, Seidenraupenzüchter und Gemüsegärtner seines Zeichens, den Gatten dieser Dame und meinen Vater, in die Erde senkten. Ich habe mit meinen eigenen Händen die Erde für den Grabhügel aufgerissen und über dem Sarge wieder zugeworfen. Denn wir hatten kein Geld, den Totengräber zu bezahlen. *(Frau Tschang schluchzt)* Ich habe ihn geliebt. Und liebe ihn nur um so inniger, da er nun bei den Ahnen weilt, und seinem teuren Gedächtnis ich morgens und abends Räucherkerzen entzünden werde. Auf Blumenblättern brachte er mir die Früchte des Gartens. Er träumte den stolzen Traum meiner Erhebung aus niederer Kaste in hohen Stand. Der Traum ist ausgeträumt. Der Hochzeitskuchen bröckelt. Der Baum steht entlaubt. Durch Todesherbstlaub am Boden raschelt mein Fuß. Im Frühling war ich eine Eidechse, die lustig zwischen den Gräsern hin- und herschoß.

TONG: Ist das Segelboot auch auf eine Sandbank geraten, die Winde des Schicksals werden sich erheben und es wieder auf die offene See treiben, wer weiß, wie bald. Gestatten Sie mir aber die etwas dreiste Frage: wie ist der Tod Ihres geehrten Herrn Vaters so plötzlich eingetreten? Ich erinnere mich seiner sehr wohl. Ich sah ihn vorgestern früh noch mit Melonen zum Markt eilen. *(Haitang senkt das Haupt)*

FRAU TSCHANG: Das Rad des Unglücks ist über uns dahingerollt. Mein treuergebener Gatte, ein ehrlicher, nüchterner, in seinem Berufe geschickter Mann, hat seinem armseligen Leben, das nur wie ein altes Kleid noch an ihm hing, selbstherrlich ein Ende gemacht. *(Haitang verbirgt ihr Haupt in den Falten ihres Ärmels)*

TONG: Die Dämonen der Unterwelt mögen ihm gewogen sein, und der Herr der ewigen Nacht ihm ein mildes Urteil sprechen. – Darf man sich nach dem Grund seiner plötzlichen Abreise in die unteren Bezirke erkundigen?

HAITANG: Der Mandarin und Steuerpächter Ma hat uns um Hof, Haus, Geld und Gut gebracht. Es gab eine Mißernte. Viele Menschen hungerten. Herr Tschang, mein Vater, konnte seine Abgaben nicht bezahlen. Vorgestern war die Steuer fällig. Wir hatten an Wert nichts zu eigen als einen Sarg, der schon seit Jahren dem ersten Mitgliede unserer Familie, das sterben würde, bestimmt war. Herr Ma schämte sich nicht, diesen Sarg durch den Gerichtsvollzieher beschlagnahmen zu lassen. Da ging mein Vater vor das Haus des Mandarinen und erhängte sich an dem Türpfosten.

TONG: Der Mandarin Ma, ein mir wohlbekannter und in Liebesangelegenheiten freigebiger Herr, wird von der Anklage, die Ihr sehr zu schätzender Vater durch seinen Tod und noch im Tod gegen ihn erhob, nicht sehr erbaut gewesen sein.

FRAU TSCHANG: Das Volk hat ihm mit Steinen die Fenster eingeworfen. Die Rache der Geister wird ihn treffen. Durch alle seine Träume wird der Erhängte wandeln, bleich, die blaue Zunge wird ihm aus dem Munde hängen. Füchse und Füchsinnen werden über seinen Weg laufen, ein Wolf wird sein Blut trinken. In seinem Hirn werden tausend Fliegen schwirren. Tausend Wespen werden seine Augen stechen, daß er erblindet.

TONG: Die Dämonen des Südens mögen mich vor den Anschlägen der Dämonen des Nordens bewahren. *(Leise Musik ertönt wieder)*

HAITANG: Wer ist die Ursache dieser schönen Musik? Es klingt, als spiele die Göttin des Morgenrotes Harfe, und als gäbe ein Hirte mit seiner Flöte ihr Antwort: Meine Trauer beginnt in diesen Tönen zu schweben wie ein Schmetterling in der Luft.

TONG: Es sind die Bewohnerinnen dieses Hauses, die Töchter der Freude, die diese einfachen, aber edlen Melodien auf ihren Instrumenten hervorlocken wie Grillen aus ihren Löchern.

FRAU TSCHANG: Darum kam ich her, hochwohlgeborener Herr Tong, Sie zu bitten, meine Tochter Haitang als Tochter der Freude in Ihr achtbares und geachtetes Haus aufzunehmen.

TONG: Ich bin auf das höchste überrascht und bitte Sie, mich fassen zu dürfen, ehe ich zu einem Entschluß komme.

HAITANG: Ich habe mancherlei Fähigkeiten, ich weiß, sie sind noch gering; aber sie werden unter Ihrer Leitung wachsen, reifen und Früchte tragen.

FRAU TSCHANG: Herr Tong, wir sind völlig ruiniert. Wovon sollen wir leben? Wir müßten verhungern. Ich bin gezwungen, meine Tochter zu verkaufen. Auf ihre Schönheit brauche ich Sie nicht besonders hinzuweisen. Sie sind ein Frauenkenner, Herr Tong.

TONG: Sie schmeicheln und übertreiben, Frau Tschang.

FRAU TSCHANG: Ich muß meine kluge, schöne und sittsame Tochter verkaufen, Herr Tong. Und wem sollte ich sie wohl lieber anvertrauen als Ihnen, der ungeachtet seines oft angezweifelten Berufes in der Stadt im besten Leumund steht?

TONG: Ich fühle mich geehrt, daß Sie zuerst an mich denken, Frau Tschang. In der Tat ist mir die außerordentliche Schönheit Ihrer Fräulein Tochter nicht entgangen. Bei der Frühlingsfeier oder beim Laternenfest pflegen sich alle jungen Männer nach ihr umzudrehen, und niemand ist, dem ihr Anblick nicht einen wollüstig-schmerzhaften Pfeil ins Herz jage.

HAITANG: Ich spiele die Laute, die Flöte und das Instrument Kin. Das Schachspiel ist mir nicht fremd, und ich habe die Kalligraphie studiert. Ich vermag die zierlichsten Glückwunschkarten zum Neujahr und zum Geburtstag zu malen. Ich tanze und singe. Soll ich Ihnen vortanzen?

FRAU TSCHANG: Tanze, mein Kind, damit Herr Tong Deine Talente schätzen lernt. *(Haitang tanzt nach der Musik, die wieder auftönt, ein paar Takte und bricht zusammen. Sie bleibt am Boden liegen)*

TONG: Vortrefflich, ausgezeichnet, eine seltene Begabung, ein fast dramatisches Talent. Was ist der Preis, den Sie für das Fräulein fordern?

FRAU TSCHANG: Hundert Taels in Gold.

TONG: Hm, hm, das ist eine immerhin bedeutende Summe, auch für ein so wohlsituiertes Unternehmen wie das meinige, verehrte Frau Tschang. Das Fräulein ist schön, daran ist kein Zweifel, aber wenn meine alten Augen mich nicht täuschen, so hat sie im Nacken einen kleinen, störenden Leberfleck. Junge, verliebte Herren pflegen auf einen untadeligen Nacken viel Wert zu legen.

FRAU TSCHANG: Neunzig Taels.

TONG: Sie ist zwar klug und wohlgebildet, versteht zu tanzen, aber ihr Tanz war mir zu melancholisch – es fehlt die leicht schwebende Lustigkeit, die die Männer fortreißt.

FRAU TSCHANG: Sie ist noch unberührt, Herr Tong.

TONG: Noch unberührt? Nun, sagen wir achtzig Taels. Soll der Handel gelten?

FRAU TSCHANG: Er gilt.

TONG: *(abgehend)* Ich werde mir gestatten, Ihnen sofort die Summe auszuzahlen.

TSCHANG-LING: *(stürzt herein)* Ich habe Dich, Schwester, gesucht von Straße zu Straße. Abgefallene Blütenblätter einer weißen Chrysantheme haben mir den Weg gewiesen. Hier muß ich die Blüte völlig entblättert finden.

HAITANG: Die Blüte, die ich im Gürtel trage, hat noch kein Blütenblatt verloren.

TSCHANG-LING: Ehe die Nacht um ist, wird sie welk sein.

HAITANG: Meine Pflicht als Tochter gebietet mir, für meine Mutter zu sorgen.

TSCHANG-LING: Unsere Ahnen zurück bis ins siebente Glied sind durch literarische Erfolge bis zu den höchsten Ämtern emporgestiegen.

HAITANG: Ach, bis zu dem Amt eines Gemüsegärtners und Seidenraupenzüchters. Aber dieser Gemüsegärtner war gebildeter und ein besserer Mensch als alle Gelehrten und Literaten und Mandarine erster Klasse.

TSCHANG-LING: Wie kann Dein mütterliches Herz, Mutter, damit einverstanden sein, daß Deine Tochter den entwürdigenden Beruf eines Teehausmädchens ergreift? Ist sie nicht auch meine Schwester, der ich doch gedenke, den Doktorgrad zu erwerben?

FRAU TSCHANG: Warum sorgst Du, ein Mann, so wenig für Deine Mutter und Deine Schwester und trägst nicht einen Kesch zu unserm Lebensunterhalt bei?

HAITANG: Hast Du das Buch der Sitten und Gebräuche, das Liki, vergessen? Hast Du nicht in der Schule auswendig gelernt: Die Pflicht des Sohnes ist es, dafür Sorge zu tragen, daß Winters und Sommers die Eltern sich jeder Bequemlichkeit des Lebens erfreuen? Jeden Abend soll der Sohn selbst das Lager betten, auf dem sie ruhen, jeden Morgen beim ersten Hahnenschrei sich auf das liebevollste nach ihrem Befinden erkundigen. Er soll sie oftmals im Laufe des Tages fragen, ob sie Kälte leiden, ob die Hitze sie quäle...

FRAU TSCHANG: Es ist die Pflicht des Sohnes, die Mutter zu stützen und ihr Schirm und Schutz zu sein. Es ist seine Pflicht, die zu lieben, die von ihr geliebt, die zu ehren, die von ihr geehrt werden.

HAITANG: Sohn und Tochter sollen selbst die Hunde, Vögel und Pferde lieben, die ihre Eltern lieben.

FRAU TSCHANG: Solange die Mutter lebt, soll ohne ihre Einwilligung der Sohn sich nicht aus dem Hause entfernen.

TSCHANG-LING: Ich lächle – und lache Eurer Predigt. Ihr kennt die kleinen Pflichten des Sohnes und habt sie auswendig gelernt, wie Papageien die Stimme ihres Herrn. Aber es gibt noch größere Pflichten, die ein Sohn zu erfüllen hat. Sagt nicht das Buch Haiking: Der höchste Grad der kindlichen Liebe besteht darin, nach hohen Würden zu trachten und mit dem Ruhm seines Namens die kommenden Jahrhunderte zu erschüttern, wie der Sturm die Bäume erschüttert?

FRAU TSCHANG: Strebst Du vielleicht in den Schenken und Garküchen, in denen Du herumlungerst, nach hohen Würden? Verluderst Du nicht die paar Kesch, die Du Dir durch Abschreiben verdienst? Bringst Du sie nicht in niedern Teehäusern unter die Mädchen? Du verkehrst mit Teehausmädchen und wagst, wenn Deine Schwester den gleichen Beruf ergreift, Schmutz auf sie zu werfen?

HAITANG: Bruder, ich will versuchen, auch für Deinen Lebensunterhalt mitzusorgen. Das Haus des Herrn Tong ist ein angesehenes Haus. Es beherbergt stets wohlhabende und wohlmeinende Gäste.

TSCHANG-LING: Verworfenes Geschöpf! Willst Du mich zu Deinem Mitschuldigen machen? *(Er schlägt sie ins Gesicht)*

FRAU TSCHANG: Hättest Du mich geschlagen! Da ich Euch gebar, bin ich an allem Unheil schuld. Hätte ich Euch nie geboren, und wären doch meine Ahnen nie auf die Erde herniedergestiegen!

TSCHANG-LING: Macht den schimpflichen Handel rückgängig!

HAITANG: Der Handel ist ehrlich abgeschlossen – und ein ehrlich gegebenes Wort muß ehrlich gehalten werden. Die Wahrheit hat kein doppeltes Gesicht.

FRAU TSCHANG: Dort kommt Herr Tong mit dem Geld.

TSCHANG-LING: Ich hasse Euch. Mein Name wird durch alle Gassen der Stadt gezogen werden. Ich werde durchs Examen fallen und nie ein staatliches Amt bekleiden können.

HAITANG: Ein Vogel bleibt ein Vogel, auch wenn man ihm die Flügel beschneidet.

TONG: Hier ist das Geld, gnädige Frau. *(Zählt es auf; Frau Tschang will das Geld einstecken, da fährt Tschang-ling dazwischen)*

TSCHANG-LING: Achtzig Taels? Zehn für mich – Ihr seid mich los! Ich will in diesem Fall versuchen, auch meine moralischen Anschauungen zu revidieren.

HAITANG: Armer Bruder! – Gib ihm fünfzehn Taels, Mutter. Der heilige Geist meines Vaters wird mich nicht verlassen. *(Tschang-ling streicht zwanzig Taels katzenhaft ein und verschwindet)*

TONG: Ein etwas sonderbarer Herr, Ihr Herr Bruder! Er war so unhöflich, sich mir nicht einmal vorzustellen. – Aber erlauben Sie mir, Ihnen den goldenen Käfig zu zeigen, in dem Sie singen und Ihr schönes Gefieder spreizen sollen. Bitte, hier. *(Er zieht den Vorhang zu dem vierten leeren Käfig. Umarmung von Mutter und Tochter. Tong geleitet die Mutter hinaus. Haitang im Käfig singt)*

HAITANG:

Am Ufer hinter Weiden steht das Haus,
Ein zartes Mädchen sieht zur Tür hinaus.
An der Volière steht der Mandarin,
Ein zarter Vogel singt und hüpft darin.
Verschließ den Käfig! Hüte gut das Haus!
Sonst fliegt der Vogel in den Wald hinaus!

(Pao, ein junger Prinz, betritt den Raum. Tong vor ihm her in vielen rückwärtigen Bücklingen verschwindet in der Kulisse)

PAO:

Ich bin ein Abenteurer,
Ein Trunkener dieser Welt,
Ein müder Tat Befeurer,
Ein träumerischer Held.
Ich schwinge tausend Schwerter,
Die ich dem Feinde bot,
Wie dennoch unbewehrter
Mein Herz der Liebe loht.
Ob ich den Kampf ersehne,
Die Schwerter senk ich schwer,
Bricht eine Kantilene
Singend über mich her.

Ich bin der kaiserliche Prinz Pao. Einer von den vielen kaiserlichen Prinzen. Es gibt deren so viele wie Regentropfen an einem Apriltage. Die Kaiserwahl ist eine Art Staatslotterie. Das Los entscheidet unter den Prinzen, wer als Sohn des Himmels den Drachenthron besteigen soll. Ich bin dem Ruf einer Nachtigall gefolgt. Sie sang so lockend, wie eine Nachtigall in Freiheit nicht singt. Nur gefangene und geblendete Nachtigallen singen so bezaubernd. Wo ist der Vogel, daß ich ihn fange und sein kleines Vogelherz ängstlich in meinen Händen pochen fühle? *(Entdeckt Haitang)* Ich hörte eine Nachtigall, folgte ihrem Ruf und finde statt eines Vogels eine Blume. Ihr Duft verwirrt mich, sie trägt das weiße Gewand der Trauer und hält den Kelch geschlossen. Darf ich versuchen, Sie ein wenig zu erheitern und die Blüte zu öffnen?

HAITANG: Sind Sie die Sonne? Nur der Sonne neigen die Blumen sich zu.

PAO: O – weit gefehlt, daß ich eine Sonne wäre. Ich bin nicht einmal ein Stern, aber vielleicht das Kind eines Sternes und, als die Sternenmutter mich säugte, aus der Milchstraße gefallen.

HAITANG: Vielleicht sind Sie nur eine Sternschnuppe. Sie glänzen auf, ziehen Ihre schmale goldene Bahn, ein, zwei, drei Sekunden, und erlöschen im Dunkeln wie ein Lampion, der beim Frühlingsfest ins Wasser fällt.

PAO: Ein Erlöschen mit Ihnen im Dunkel, im Tode, würde ich einem einsamen Leben in Glanz und Helligkeit vorziehen.

HAITANG: Diese bilderreichen Komplimente pflegen die jungen Herren in den Anstandsstunden von ihrem Hofmeister und Literaten zu lernen. Sie kommen von den Lippen und berühren nur leise das Ohr.

PAO: Nun, machen Sie dieses wahr. Lassen Sie meine Lippen Ihr Ohr berühren. Ich will Ihnen etwas zuhauchen, was man mit Worten nicht sagen kann.

HAITANG: Aus einem Hauch wird leicht ein Wind, und aus einem Wind ein Sturm. Denken Sie einmal nach, ob Sie nicht aussprechen können, was Sie dachten.

PAO: Ich dachte nichts. Ich fühlte alles.

HAITANG: Ein Gefühl ist ein Nachtschmetterling. Wie wollen Sie ihn bei Tage fangen?

PAO: Schwingen Sie den Käscher, schöne Freundin!

HAITANG: Ich bin kein Gelehrter, kein Zoologe und fange keine Schmetterlinge, sie aufzuspießen. Ich lasse sie in Licht und Luft leben und schweben, wie es ihnen paßt.

PAO: Sie führen die Sprache einer Dame von erlesener Erziehung.

HAITANG: Ich habe sehr wenig gelesen.

PAO: In Büchern, aber mein Inneres liegt aufgeschlagen vor Ihnen, wie vor dem Philosophen das Taoteking. Wie lange weilen Sie schon in diesem Hause? War der feiste Bruder, der mir die Tür öffnete, Ihr Erzieher?

HAITANG: Mein Vater erzog mich. Er trug einen einfachen, braunen Kittel, aber jedermann verneigte sich vor ihm.

PAO: Darf ich ihm meine Aufwartung machen?

HAITANG: Er ist tot.

PAO: Gestatten Sie, daß ich sein Andenken ehre, indem ich die Erde dreimal mit der Stirn berühre.

HAITANG: Wer sind Sie, daß Sie einem Mann niederen Standes Achtung bezeigen?

PAO: Ich bin ein junger Mann, sonst nichts. Vielleicht nur dazu nütze, gut zu essen, lange zu schlafen, meinen Schneider zu besuchen und Schach zu spielen.

HAITANG: Wollen Sie eine Partie Schach spielen? Hier steht ein Schachbrett schon aufgebaut. *(Sie setzen sich nieder und machen einige Züge)*

HAITANG: Weiß zieht an, Schwarz zieht nach.

PAO: Schach der Dame.

HAITANG: Ich bin keine Dame. – Schach dem König.

PAO: Ich bin kein König. Zug, Gegenzug. These, Antithese. Sie gehen scharf vor, wie ein Feldherr vieler Grade. Ich gebe das Spiel auf, aber nur, um ein besseres Spiel zu beginnen.

HAITANG: Und welches Spiel?

PAO: Das Spiel der Liebe.

HAITANG: Das Spiel der Liebe? Ich wußte nicht, daß die Liebe ein Spiel sei. Als mein Vater sagte: ich liebe Dich, da war seine Stirn gefurcht, sein Auge glänzte, da spielte er nicht mit mir.

PAO: Die Liebe des Vaters, die Liebe des Mannes: es ist ein Unterschied wie zwischen Blumenliebe und Tierliebe. Blumen lieben einander vielleicht wie Vater und Tochter. Löwen lieben einander wie Mann und Frau.

HAITANG: Ich bin noch keine Frau, bin nur ein Mädchen. Soll

ein Löwe eine Blume lieben? Seien Sie nur eine Vase, in die man eine Blume stellt für einige Stunden. Soll ich Ihnen das Blumenschiff unseres großen lyrischen Meisters Su-Tung-Po rezitieren?

Im Meere hinter Brandungsschaum und Riff
Schwimmt wie ein Kormoran das Blumenschiff.
Ich bin nicht gegen seinen Duft gefeit.
Ich heb den Arm. Das Schiff ist allzu weit.
Mimosen hängen traubengleich am Bug.
Ein Fächer schlägt den Takt zum Ruderzug.
Ich werfe eine Blume in das Meer,
Die treibt nun auf den Wellen hin und her.
Vielleicht, daß, wenn der Wind sich abends dreht,
Er meine Blume bis zur Barke weht...

(einen Augenblick Schweigen)

Können Sie mir dies Gedicht kommentieren?

PAO: Ich wandle am Strand des Meeres. Die Wogen schäumen: Vergänglichkeit... Vergänglichkeit... Ich denke des blauen Meeres von Ku-Ku-Noor, des toten Meeres, wo die Gebeine der Unbestatteten am Strande verwesen. Welches Kind, welcher Enkel soll mir die Ahnengebräuche erweisen, soll mich bestatten, da mir die Mutter meiner künftigen Kinder ihr jungfräuliches Herz verweigert? Wie die Wellen sich am Riff brechen, so bricht mein strömendes Herz am starren Herzen der Geliebten. Wie fern weilt sie mir! Auf den Wogen des Meeres, unerreichbar weit wie der Kormoran, gleitet, in der Silhouette einem Kormoran nicht unähnlich, dort nicht ein Schiff der Freude, des Gesanges und des Tanzes auf Bastschuhen, der leichten Lust und der schweren Liebe, ein Blumenschiff? Der Gesang klingt zu mir einsam Wandelnden hinüber; herüber weht ein Duft von Blumen und Parfümen. Ein Mädchen winkt mit dem Fächer, mit dem sie den Takt der Ruderschläge begleitet, nach dem Lande. Langsam gleitet das Blumenschiff. Mir ist es, als trüge es meine Freundin dahin... dahin... Wohl wäre es möglich, das Schiff zu halten mit einem Ruf, daß es auf mich den Kurs nähme, aber was gewönne ich? Ich vermöchte wohl mit Gold das Blumenmädchen zur Hingabe, doch niemals zur Liebe der geliebten und liebenden Seele zu zwingen.

HAITANG: Liebe muß herzlich und sinnvoll mit der reinsten Leidenschaft, dem herrlichsten Herzen errungen, sie kann nicht erzwungen werden.

PAO: Nichts anderes vermag ich, als dem Blumenschiff eine Blume zuzuwerfen *(er wirft Haitang eine Blume zu, die sie aufnimmt)* als Symbol meines Herzens. Vielleicht, daß die Winde des Schicksals es an den Ort seiner Bestimmung führen. –

HAITANG: Sie sind so nachdenklich! Soll ich Sie erheitern? Soll ich tanzen? Ich kann den Tanz der vier Jahreszeiten, den Tanz des Südwindes, den komischen Tanz des Herdgottes. Soll ich spielen? Die ewige Frühlingsmusik? Soll ich singen? Das Lied vom weißen Haupt?

Wie der Schnee so weiß,
Wie der Mond so weiß
Werden unsre Häupter einmal sein.

Soll ich etwas malen oder zeichnen? Hier ist ein Stück Kreide, mit dem Herr Tong am Türpfosten wohl säumige Schuldner aufzuschreiben pflegt. Ich werde hier auf die schwarze Tapete mit der weißen Kreide einen Kreis zeichnen. *(Tut es)*

PAO: Der Kreis ist das Symbol des Himmelsgewölbes, der Kreis ist das Symbol des Ringes, der Gatten aneinander schmiedet, Herzring an Herzring reiht.

HAITANG: Was außerhalb dieses Kreises ist, ist das Nichts. Was innerhalb dieses Kreises ist, ist das All. Wie verbinden sich Nichts und All? Im Kreise, der sich drehend fortbewegt *(zeichnet Speichen in den Kreis),* im Rad, das rollt. Ich bin an das Rad geschmiedet, das Rad des Schicksalswagens, den die Sonnenrosse durch die Äonen mit sich reißen. Ein junger Gott steht mit feuriger Peitsche im Wagen und treibt die Rosse. Er achtet meines Jammers und meiner Tränen nicht.

PAO: Ich knie vor Dir, Kwanyin, Göttin der Reinheit.

HAITANG: Stehen Sie auf, was tun Sie? *(Wischt die Speichen aus dem Kreise)* Sehen Sie den Kreis, er ist schon wieder leer. Jetzt umrundet er das Symbol des Spiegels, in dem ich mich eitel drehe und wende. *(Dreht sich vor dem Kreis wie vor einem Spiegel)* Wie kleidet mich dies Gewand der Trauer? Gibt es der Lust nicht einen besonderen Reiz? Auf dem Gesicht zerreibe ich einige Puderkugeln, aus der Schminkbüchse betupfe ich meine Lippen *(wirft das weiße Übergewand ab)*, bauschig sind meine Hosen aus grüner Seide, ihre Bänder golddurchwirkt. meine Füße sind wie Lilien. Die Schuhe aus rotem Atlas sind über und über mit Blumen bestreut. Auf den Schuhspitzen schweben gestickte Libellen. Sähe mich heute der Buddha, ich glaube, er würde seinem frommen Wandel auf ewig abschwören. Wie finden Sie meine Frisur? Soll ich diesen Kamm ein wenig höher stecken? Was ist mit diesem grünen Gürtel?

PAO: Lösen Sie ihn, Schwester vom grünen Gürtel.

HAITANG: In dieser Hand, die noch keinen Mann geliebkost hat, steht mein Schicksal geschrieben. Wie verläuft die Linie meines Lebens? Ich sehe es im Spiegel, verkehrt.

PAO: Ich werde diesen Spiegel zerschlagen. *(Ballt die Faust)*

HAITANG: Dann schlagen Sie auch das Bild im Spiegel – und schlagen mich. Wollen Sie mich schlagen? Ich bin schon einmal heute geschlagen worden.

PAO: Wer schlug Sie? Ich werde ihn stäupen lassen.

HAITANG: Ich habe seinen Namen vergessen; es war kein böser, es war nur ein schwacher Mensch. Aber sehen Sie, ich will dem Spiegel einen anderen Charakter geben, ich schreibe ein paar Zauberzeichen in den Kreidekreis *(macht mit der Kreide ein paar Striche)*, und schon blickt aus dem Spiegel Ihr Gesicht. Finden Sie sich ähnlich? *(Lachend)* Habe ich Sie gut getroffen?

PAO: Sie haben mich getroffen, Sie haben mich gut getroffen, Sie haben mich ins Herz getroffen.

HAITANG: *(zu dem Bild)* Ich wollte, dieser wäre mein Freund...

Zwei schwarze Vögel seine Blicke sich wiegen,
Die mit den Adlern um die Wette fliegen.
Lange Wimpern schatten ihre Glut,
Wie Weidengesträuch, das vor einem Waldsee ruht.
Seine Hände leuchten schlank;
Blasser Erinnerungen sind sie krank.
Aber die Lippen hat er schmalrot zusammengebissen,
Als wollten sie nichts von Küssen
Und nichts von Lächeln mehr wissen.
Weh, sie sind wie des großen Räubers gedoppeltes Schwert,
Das rotsingend durch meine schlaflosen Nächte fährt. –
Immer, wenn ich morgens in den Spiegel sehe,
werde ich an Sie denken.

PAO: Ich lasse mir jeden Spiegel gefallen, den Sie mir vorhalten. Wie aber, wenn ein anderer mein Bild innerhalb des Kreidekreises auswischt oder auslöscht und sich an seine Stelle setzt? *(Ein dicker Kopf hat die Papierwand innerhalb des Kreidekreises durchstoßen. Es ist der Kopf des Mandarinen Ma. Haitang und Pao weichen seitwärts zurück)*

MA: Mein Name ist Ma. Ganz einfach Ma. Wenn ich den Namen Ma nenne, so sollte das eigentlich genügen, daß jedermann sich ehrfurchtsvoll vor mir verneige. Denn ich besitze Geld, Geld, viel Geld, sehr viel Geld, so daß ich mir alles kaufen kann, was ich will, und wonach ich Gelüst und Sehnsucht trage. Wie der Habicht nach Raub ausgeht, so verlasse ich meinen Palast und ziehe auf Abenteuer aus. Sehe ich ein schönes Pferd, besteig ich's. Sehe ich ein schönes Weib, entführ ich's. Wenn es mir paßt, gehe ich durch die Wand, wie im vorliegenden Falle. Was kann die zerrissene Tapete kosten? Ich bezahle alles, und was ich bezahle, zahle ich bar. Ich habe mir den Doktortitel gekauft und bin Ehrendoktor der Universität Peking, obwohl ich das Schriftzeichen für Liebe nicht von dem Schriftzeichen für Geld unterscheiden kann. Ich habe einen Sitz im Gericht gekauft und spreche Recht, obwohl ich nicht einmal recht sprechen kann und mir in meinen eigenen Geschäften der Unterschied zwischen Diebstahl und reellem Kommerz ziemlich schwerfällt. Ich bin Steuerpächter und treibe die mir zustehenden Steuern rücksichtslos ein. Ich bin streng, aber gerecht. Zum Lohn für meine Nachsicht, daß ich ihm die geschuldete Steuer schon einmal stundete, erhängte sich vorgestern ein gewisser Gärtner Tschang vor meinem Hause, zu dem ausgesprochenen Zweck, mir Ungelegenheiten zu bereiten, was dem Lumpen auch gelang. Der Pöbel hat mir die Fenster eingeworfen und mich Blutsauger und Volksverderber geschimpft. Um mich von den Aufregungen der letzten Tage zu erholen und mich zu zerstreuen, betrat ich dies mir wohlbekannte Haus des Herrn Tong. Denn ich liebe, um mich gebildet auszudrücken, die Blumen und Weiden. Ich habe mir von meinem Privatzauberer das Horoskop stellen lassen für heute. Der heutige Tag ist meinen Liebesunternehmungen zweifellos günstig. *(Sieht Haitang)* Eine neue Blume im Garten des Herrn Tong! Seien Sie mir gegrüßt, zartes Fräulein! Sie sind so zart, daß ich Sie nicht anzufassen wage; ich könnte Sie ja zerbrechen. Sie sind so leicht, daß ich kaum zu reden wage; mein Atem könnte Sie verwehen bis in die Wolken hinauf und über die Wolken hinaus bis in den Taumel der Sterne. – Und was hätte ich dann? Ich bliebe allein mit meinem Liebesschmerz untröstlich auf der trostlosen Erde zurück. *(Er klatscht dreimal in die Hände. Herr Tong erscheint)*

TONG: Euer Hochgeboren wünschen?

MA: Tong, diese junge Dame, die ich erst einige Minuten gesehen habe, gefällt mir ausgezeichnet. Ein junges Mädchen rührt mein Herz.

TONG: Es ist noch unberührt.

MA: Eine Jungfrau also?

TONG: Eine Jungfrau. Jungfrauen sind selten wie ein Fuchs in der Falle. *(Tong lacht devot)*

MA: Sie haben mir schon manche falsche Jungfrau angedreht, Tong; widersprechen Sie nicht! Diese Jungfrau aber ist echt. Ich habe das im Gefühl, Tong. Diese Jungfrau ist echt, so echt wie das Gold, das ich für sie aufwenden werde. Ich kaufe Ihnen das Fräulein ab. Völlig, mit Leib und Seele. Keine Widerrede, Tong! Kein Widerspruch des Fräuleins! Sie gehören Herrn Tong, er kann mit Ihnen tun, was er will. Später werden Sie mir gehören, und ich werde mit Ihnen tun, was ich will. Ich biete hundert Taels in Gold.

TONG: Euer Hochgeboren, sie hat mich selbst zweihundert gekostet. *(Der Prinz tritt aus dem Hintergrund)*

PAO: Ich biete dreihundert.

MA: Vierhundert.

PAO: Fünfhundert. *(Tong reibt sich die Hände. Er hat Haitang, die die Versteigerung entsetzt verfolgt, wie einen Gegenstand auf einen Tisch gehoben)*

MA: Sechshundert.

PAO: Siebenhundert

MA: Tausend.

PAO: *(erbleichend)* Ich muß zurücktreten. Tausend Taels in Gold kann ich nicht überbieten. Die Dame *(er verneigt sich vor Ma und vor Haitang)* gehört Ihnen. *(Will Haitang etwas zuflüstern)*

MA: Kehren Sie den Schnee vor Ihrer Tür und kümmern Sie sich nicht um den Reif auf anderer Leute Dächer. *(Pao ab)*

HAITANG: Er hat meinen Vater in den Tod getrieben. Das Schicksal wirft mich in seine Arme. Ich bin nur ein Mensch. Was soll ich tun? Es wird, was nötig ist, was mir vergönnt ist, von den Göttern getan werden. Sie haben meine Hand geführt, als ich meines Vaters Grab aufriß und seinen Sarg mit Erde bewarf. Sie haben meine Hand geführt, als ich den Kreidekreis zog. Sie werden sie nicht sinken lassen, und neue Kreise werde ich ziehen auf der schwarzen Tafel des Verhängnisses wie der Gott der Nacht das Himmelsgewölbe mit Sternen beschreibt. Herr Tong, schicken Sie bitte zu meiner Mutter und lassen Sie ihr sagen, ich würde mich noch heute mit Herrn Ma vermählen.

TONG: Zu Diensten, ich muß da wohl sagen: gnädigste Frau. Nicht umsonst hängt hier das Bild des Glücksgottes an der Wand. Bei Vater Tong macht man sein Glück.

MA: Haitang, Du weißt, was das Weib dem Manne schuldet?

HAITANG: Ich weiß, was im Buch Siao steht: Das Weib hat zu schweigen, wenn der Mann spricht; es hat zu lächeln, wenn er tadelt; zu bitten, wenn er grollt; zu danken, wenn er züchtigt; zu lieben, wenn er verachtet und haßt.

MA: *(nimmt Haitang auf seine Arme und trägt sie hinaus)* Komm, mein Haus wartet.

Vorhang.

ZWEITER AKT

Garten und Veranda vor dem Hause Mas. Im Hintergrund zieht die Straße vorbei

FRAU MA: Mein Name ist Yü-pei, das bedeutet Kleinod. Ich bin die erste Gattin, die Gemahlin erster Klasse des Herrn Ma. Es ist jetzt ein Jahr her, daß Herr Ma eine zweite Gattin ins Haus genommen hat, eine unausstehliche Person namens Haitang, über deren sittliche Qualitäten ich mich nicht äußern will. Aber es sagt wohl schon genug, daß Herr Ma sie von der Straße aufgelesen, wo sie in einem Teehause die zweifelhafte Rolle einer Sängerin, Tänzerin und Kurtisane – ich gebrauche dieses beschönigende Wort – spielte. Ich bin in tiefster Seele verletzt, daß Herr Ma mir, seiner Gattin ersten Ranges, eine solche Persönlichkeit vorzieht. Zu allem Überfluß hat sie ihm einen Knaben geboren, einen Erben, während mein Schoß unfruchtbar geblieben ist. Die Götter wägen das Schicksal der Menschen wohl auf der Goldwaage. Weh mir, was habe ich zu erwarten, wenn ich nicht selbst mein Geschick entschlossen in diese kleinen Hände nehme? Zum Glück wird mir jemand beistehen, der mir ergeben ist auf Leben und Tod.

TSCHAO: *(auftretend)* Und das ist niemand anderes als Ihr dienstwilliger Knecht Tschao, Gerichtsbeamter am hiesigen Amtsgericht.

FRAU MA: Ich freue mich, Sie zu sehen, Tschao. Wo kommen Sie zu dieser Stunde her?

TSCHAO: Herr Ma hatte die Freundlichkeit, mich in einer geschäftlichen Angelegenheit zu sich zu bitten.

FRAU MA: Was ist das für eine geschäftliche Angelegenheit?

TSCHAO: Ich bin leider noch nicht unterrichtet, gnädige Frau.

FRAU MA: Ich hatte diese Nacht einen Traum. Ich träumte, wir beide gingen eine steinige Straße, viele, viele Stunden lang.

Die Sonne brannte unerträglich. Kein Baum, kein Strauch, nicht der Schatten eines Schattens. Mich dürstete, daß ich zu sterben meinte; kein Quell weit und breit. Da nahmen Sie ein Messer, Tschao, stießen es sich ins Herz, Ihr Blut rann nieder, und Sie sprachen, schon vergehend: Yü-pei, trinken Sie mein Blut, das ich gern für Sie verströme.

TSCHAO: Und Sie?

FRAU MA: Ich trank und war gerettet. Ich bereitete Ihnen ein prunkvolles Begräbnis und verbrachte meine Tage damit, Ihren heroischen Tod zu bejammern und zu beweinen. Und fast schien es mir im Traum, als liebte ich Sie, da Sie tot waren, noch inniger, als da Sie noch lebten.

TSCHAO: Wann werden wir einander völlig angehören dürfen, frei vor aller Welt, und nicht heimlich wie jetzt im Garten, wenn Herr Ma einmal ausgegangen ist?

FRAU MA: Bald, vielleicht eher, als Sie meinen.

TSCHAO: Seit ich Sie sah, Yü-pei, ist das Sternbild der Weberin von seinem Platz am Himmelsgewölbe verschwunden und leuchtet nun auf Erden. Wie ein Glühkäfer schwirrt es vor mir her, und manchmal darf ich es fangen, und erstaunt halte ich es in meiner Hand; es leuchtet, aber es verbrennt mich nicht. Es bleibt aber nicht bei mir. Immer wieder fliegt es davon, und immer wieder muß ich durch Gebüsch und Gesträuche ihm nach. – Yü-pei, zuweilen bin ich ganz verzweifelt, und zuweilen will es mich würdiger dünken, ich machte diesem qualvollen Leben ein Ende, als daß ich noch weiter dahinsieche und meine Tage dahinschleppe wie ein Kahntrecker seinen elenden Kahn den Yang-tse-kiang hinauf. In den Falten meines Mantels trage ich ihn immer bei mir, den Tröster, der ewigen Trost brächte.

FRAU MA: Süßer Tschao, was haben Sie für schreckliche Gedanken! Zeigen Sie, was Sie in den Falten Ihres Mantels tragen.

TSCHAO: *(holt ein kleines Büchschen hervor)* Ich kaufte es einem Mönch ab im Tempel des Wu-wang.

FRAU MA: Gift!

TSCHAO: Ich habe mich in den Schutz des Gottes der Krähen gestellt. Niemand wird mich begraben; ich habe keine Anverwandten. Auf das freie Feld wird man meinen Leichnam werfen. Die Krähen werden kommen und ihre Mahlzeit halten.

FRAU MA: Süßer Tschao, gib mir das Gift, gib es mir, Du darfst es nicht bei Dir tragen in einem Zustand, da Dein Gemüt verdunkelt ist. *(Sie entwindet ihm die Büchse)* Ich hebe es auf! Wer weiß, ob nicht die Stunde einmal kommt, da wir gemeinsam die Reise in die unteren Bezirke antreten.

TSCHAO: Mit Dir zu sterben, wäre mir höchste Seligkeit.

FRAU MA: Jetzt sollst Du noch mit mir leben, und diese Seligkeit wird süßer sein. *(Zieht ihn hinter einen Baum. Umarmung)* Ich bat Dich bei unserer letzten Zusammenkunft, die Gesetzesbücher auf einen strittigen Punkt durchzusehen und mir Auskunft zu geben über die Frage: Wer ist Erbe von Geld und Gut, Haus und Hof, wenn der Mann stirbt?

TSCHAO: Erbe, und zwar Alleinerbe, ist die erste Frau, die Gattin erster Klasse.

FRAU MA: *(freudig)* Tschao!

TSCHAO: Doch tritt in der Erbfolge eine Änderung ein, falls sie kinderlos bleiben sollte. *(Frau Ma stampft mit dem Fuß auf)*

TSCHAO: Hat eine Nebenfrau einen Knaben geboren, dann tritt sie und das Kind in die Rechte der Alleinerben, und die Hauptfrau wird auf ein Pflichtteil gesetzt.

FRAU MA: Das ist also mein Schicksal, wenn Ma stirbt. Habe ich ihm nicht schon treu gedient, als diese Hure von Haitang noch gar nicht auf der Welt war? Jetzt soll ich mein Alter in Armut und Elend wie einen Leinensack tragen, während sie mit ihrem Bankert in goldener Sänfte an mir vorbeigetragen wird, und ich hocke am Straßenrand und bettle um ein paar Kesch.

TSCHAO: Das wird nie geschehen, solange ich lebe.

FRAU MA: Großes Kind – bist Du nicht arm wie eine Kirchenmaus? Dein dürftiges Gehalt, um das Dich Herr Tschu, der Oberrichter, obendrein noch meist betrügt, reicht kaum zum Tabakkauen für Dich. Muß ich Dir nicht immer von mir aus noch einige Taels zustecken und Dir Reis und Kuchen schicken? Du wärst wohl längst verhungert ohne mich.

TSCHAO: So siehst Du keinen Weg aus dem Elend?

FRAU MA: *(langsam)* Ich sehe – einen. Wirst Du mir versprechen, mir auf diesem Wege zu folgen, auch wenn dieser Weg ein krummer Weg sein sollte? Wirst Du die Augen schließen und Dich ganz meiner Führung anvertrauen? Mir zuliebe?

TSCHAO: Ich will es versprechen, weil ich keinen Weg sehe.

FRAU MA: Die Stunde des Gerichts hat eben zu schlagen begonnen. Ich werde gehen, Dich Herrn Ma zu melden. *(Ab)*

TSCHAO: Tschao-hai nennt man mich auf dem Gericht: Tschao, den sich durch Tugenden Auszeichnenden. Werde ich diesen Ehrentitel noch lange tragen dürfen? Ich werde heute abend Räucherwerk entzünden, um die bösen Geister, die sich in meinem Hause und meinem Herzen schon festgenistet haben, zu vertreiben. *(Ma erscheint auf der Veranda, hinter ihm Frau Ma, Haitang, die sich alle drei verneigen. Tschao ebenfalls)*

MA:

Wie tief im Tal der schwarze Fluß, daran
die Stadt gelagert wie ein Haufen
von den Söldnern nach der Schlacht!
Es warf ein jeder
sich in das Feld, grad wo er stand, so sehr
ermüdeten ihn Blutrausch, Mord und Tod.
Also die Häuser, da und dort verstreut,
gehalten nur
von einem Turm, der herrisch in der Mitte
den Strahlenhelm nach allen Seiten dreht.

Der Yang-tse-kiang, so sagt man, berge Perlen
in seinen schwarzen Wassern. Wer um Mitternacht,
mit reinem Sinn und Zauberspruch begabt,
sich an das Perlenfischen macht, dem ist
zuweilen wohl ein seltner Fund gegönnt.
Ich ging die Nacht an seinen dunklen Ufern
und fand ganz ohne Zauber – auch das Herz
war nicht so rein, wie die Beschwörung fordert –
ich fand ein Perlchen doch und hob es auf.
Und strahlender als des Mikado Perlen
hat's mir die Nacht erleuchtet, süßer mich
als alle Perlen Indiens beglückt.

TSCHAO: Ihr Knecht Tschao ist auf das höchste geehrt, mit seinen geringen seelischen und geistigen Kräften Euer Hochgeboren vielleicht einen bescheidenen Dienst leisten zu dürfen. *(Frau Ma und Haitang bringen je eine Strohmatte, die sie ausbreiten)*

MA: Ich bitte Platz zu nehmen. *(Ma und Tschao setzen sich auf die Strohmatten. Zu den Frauen)* Laßt uns allein. *(Haitang und Frau Ma ab)*

TSCHAO: Ein herrlicher Frühlingstag!

MA: Lau und milde wie ein Sommertag. Er tut meinen alternden Gliedern wohl. So ist Haitang. *(Tschao schweigt)*

MA: Man nennt Sie auf dem Gericht Tschao-hai: der sich durch Tugend, Gerechtigkeit und Unbestechlichkeit auf das höchste auszeichnet.

TSCHAO: Meine Verdienste sind unbeträchtlich, meine Charaktereigenschaften einer Hervorhebung nicht würdig – man übertreibt.

MA: Ich möchte Sie daher ersuchen, meine Interessen in einer juristischen Angelegenheit zu vertreten, die mir schon lange im Kopfe herumgeht.

TSCHAO: Ich werde nicht verfehlen, Ihnen nach Möglichkeit zu dienen.

MA: Über das Honorar werden wir uns leicht einigen. Ich höre, daß Sie nicht in den besten Verhältnissen leben.

TSCHAO: Ich kann leider nicht widersprechen.

MA: Ich bitte Sie, im Rahmen des Möglichen natürlich, jede beliebige Summe als Vorschuß entnehmen zu wollen.

TSCHAO: Und worum handelt es sich, wenn ich mir die Frage gestatten darf?

MA: Ich habe beschlossen, mich von meiner Gattin ersten Ranges, Yü-pei, scheiden zu lassen und Haitang in ihren Rang zu erheben. Ich liebe Haitang, sie hat mir einen Erben geboren. Ich beauftrage Sie mit der Erledigung der juristischen Formalitäten. *(Tschao ist aufgesprungen)*

MA: Warum bleiben Sie nicht sitzen?

TSCHAO: Ich leide in letzter Zeit an Rheumatismus; die Strohmatte hält die Feuchtigkeit des Erdbodens, zumal im Frühling, nicht genügend zurück. Ich bitte für meine Formlosigkeit um Entschuldigung.

MA: Nun? Wollen Sie meine Angelegenheit führen?

TSCHAO: Ich bin selbstverständlich entzückt, Ihnen behilflich sein zu können.

MA: Es würde die Lösung erleichtern, wenn man Frau Ma eine Untreue nachweisen könnte, irgendein Verhältnis mit einem Mann, das die Sittenlehre nicht billigt.

TSCHAO: Ein solches Verhältnis läßt sich zur Not auch künstlich herbeiführen. Man konstruiert einen Ehebruch.

MA: Ich sehe, wir verstehen uns. *(Klatscht dreimal in die Hände, Frau Ma und Haitang erscheinen)* Yü-pei, geleite den Herrn bis an das Tor. Haitang, Du hast mir heute den Knaben noch nicht gezeigt? Komm, zeige ihn mir! *(Beide ab ins Haus)*

FRAU MA: Was wollte er?

TSCHAO: Er will sich scheiden lassen.

FRAU MA: Von – mir?

TSCHAO: Von Dir. Er beauftragt mich, die Scheidung einzuleiten.

FRAU MA: Wir müssen handeln, jeder Aufschub wäre Torheit und Verrat am eigenen Geschick.

TSCHAO: Was willst Du tun?

FRAU MA: Schließe die Augen! Der Gott des Dunkels sei mit Dir! *(Frau Ma ab ins Haus. Am Gartenzaun erscheint, völlig zerlumpt, Tschang-ling)*

TSCHANG-LING:

Nun bin ich gegangen
Von Haus zu Haus, von Stadt zu Stadt,
Blieb niemand an mir hangen.
Es rollt des Schicksals Rad,
Und Stunde rollt und Tag und Jahr,
Stein ward mein Herz, staubweiß mein Haar;
Wie doch die Landstraß staubig war.
Trugglanz ist alles, und nichts ist wahr.
Ich hab keine Heimat, wenn nicht das Feld.
Ich habe kein Haus, wenn nicht die Welt.
Kein Geld, kein liebes Lächeln, das mich hält.
Ihr Herren und Damen, in aller Heiligen Namen,
Wollet mir etwas schenken!
Und wenn ich's versaufe, wer kann mir's verdenken?
Ich laufe durch die Welt, wie elend,

wie schwelend mein Herz! Flamme unter der Asche! Rauch und Ruß überall. Tags saß ich in hohlen Baumstämmen und schlief. Nachts machte ich mich auf den Weg und lief da- und dorthin. Schwirrte wie eine Fledermaus; die Dunkelheit tat mir wohl. Das Licht schmerzte mich. Wohin sind meine eleganten Kleider? Die trunkenen Abende in den Schenken? In Fetzen hängen mir einige Lumpen am Leibe. Mein Magen ist eine gedörrte Pflaume. Vor den Tempeltüren kniee ich und flüstere heiser: einen Kesch, schöne Dame, im Vorüberwandeln, im Namen der Göttin Kwanyin, die Ihr selbst eine Göttin seid, geschnitzt aus Bergkristall. Einen Kesch, hoher Herr, im Namen des Gottes Fo, den zu besuchen Ihr Euch anschickt, um sein brüchiges Standbild neu vergolden zu lassen. Vergolde mir Eure Güte eine Stunde meines schwarzen Tages. – Ich traf einen

alten Zauberer. Ich bat ihn um Aufklärung über das Wesen Himmels und der Erde. Er sagte mir: Bruder, tritt der Gesellschaft Himmels und der Erde bei, so wirst Du es erfahren. Die drei großen Mächte sind: Himmel, Erde, Mensch. Warum willst Du, der Mensch, Dich Deiner Macht begeben? Einsicht und Nachdenken wird Dich zu den Gestirnen erheben. Du wirst neben der Weberin im goldenen Kreise ziehen. Ich schwieg und dachte, und nachdem ich nachgedacht, trat ich der Gesellschaft bei, die das Los der armen Menschen bessern will. – Das höchste Wesen will nicht, daß Millionen Sklaven sind von einigen wenigen, denen der Zufall Gold und Edelsteine in Fülle in den Schoß warf. Der furchtbare Unterschied von arm und reich muß aufgehoben werden. Weh uns, daß Männer ihre Seele, Mütter ihre Töchter verkaufen müssen, um des nackten, dürftigen Lebens willen. Vater Himmel und Mutter Erde haben nie und nimmer Tausenden ein Recht gegeben, das Eigentum ihrer Millionen Brüder zur Befriedigung ihrer Üppigkeit zu verschlingen. Sie prassen von dem Schweiß und der Arbeit ihrer unterdrückten Brüder. Die Sonne mit ihrem strahlenden Antlitz, die Erde mit ihren reichen Schätzen, die Welt mit ihren Freuden ist gemeinschaftliches Gut, das zur Bestreitung der dringendsten Bedürfnisse Millionen nackter Brüder aus den Händen der paar Tausend zurückgenommen werden muß. Die Menschheit muß endlich einmal von ihrem Jammer erlöst werden. Der edle Same des Menschentums darf nicht unter dem Unkraut der Unmenschlichkeit erstickt werden. Ein solch verruchtes Unkraut, das den Blumen und nützlichen Pflanzen die Erde wegnimmt, ist Herr Ma, der Besitzer dieses Hauses. Er hat meinen Vater in den Tod, mich in das Elend getrieben und meine Schwester gezwungen, sich ihm zu verkaufen. Sein Name ist in der Liste der Brüderschaft längst mit einem Kreidekreis umgeben. Das bedeutet seine Trennung von dieser Welt. Sein Urteil ist gesprochen. Und ich bin erkoren, es zu vollstrecken.
(Haitang erscheint)

HAITANG: Was will der fremde Mann am Zaun?

TSCHANG-LING: Er bittet demütigst um eine Schale Reis. Ihn hungert.

HAITANG: Warte, fremder Mann. *(Geht und kommt im Augenblick mit einer Schale Reis wieder, die sie ihm bietet)* Wer bist Du, fremder Mann?

TSCHANG-LING: Der Sohn eines Vaters, der sich erhängte, der Sohn einer Mutter, die in Kummer starb. Der Bruder einer Schwester, die sich verkaufte.

HAITANG: Bruder! – Laß mich vor Dir niederknieen und den Staub von Deinen Füßen küssen. Wie weit bist du gewandert durch Schmutz und Kot?

TSCHANG-LING: Kannst Du mir verzeihen, daß ich Dich einst schlug, wie man ein Maultier schlägt? Wie darf Mensch den Menschen schlagen, Bruder die Schwester?

HAITANG: Unsere Mutter starb, als Du in der Fremde warst. Herr Ma, mein Gebieter, hat ihr ein sieben Stock hohes Denkmal errichtet.

TSCHANG-LING: Hätte Herr Ma unserm Vater ein einstöckiges Haus errichtet, da er lebte, und ihm die geringen Schulden erlassen, Herr Ma hätte besser gehandelt.

HAITANG: Er handelte, wie seine Natur ihm gebot.

TSCHANG-LING: Gebot sie ihm, Dich zu kaufen und als seine Sklavin zu halten, seinen bösartigen Trieben dienstbar?

HAITANG: Herr Ma kaufte mich als seine Sklavin, er hat mich als seine Gattin ehren und achten gelernt.

TSCHANG-LING: Und worin besteht diese Achtung?

HAITANG: Er hat mir ein Kind geschenkt.

TSCHANG-LING: Wie, Du hast Dich dazu hergegeben und erniedrigt, diese verfluchte Rasse der Ma fortzupflanzen?

HAITANG: Es ist auch mein Kind, und auch ich werde in ihm auf Erden wandeln, wenn mein Leib längst im Sarge fault. Ich flehe Dich an, Ma nicht zu hassen. Dein Elend macht Dich ungerecht gegen ihn. Ich werde Ma bitten, Dir eine Stellung zu verschaffen. Er hat ausgedehnte Geschäfte, es wird sich gewiß etwas für Dich finden.

TSCHANG-LING: Ich will von seinen verbrecherischen Händen Güter nicht empfangen.

HAITANG: Er ist kein Verbrecher. Er ist weder gut noch schlecht. Dies ist sein Charakter. Er kennt weder das eine noch das andere. Er lebt wie der Panther im Busch.

TSCHANG-LING: Das Raubtier, das sich vom Blute lebender Menschen nährt, muß zur Strecke gebracht werden.

HAITANG: Was willst Du tun?

TSCHANG-LING: *(zieht ein Messer)* Sieh dieses Messer –

HAITANG: Ich beschwöre Dich –

TSCHANG-LING: Siehst Du das Zeichen hier am Knauf?

HAITANG: Es ist das Zeichen der weißen Lotosblume.

TSCHANG-LING: Ich bin Mitglied der Bruderschaft vom weißen Lotos. Die Bruderschaft hat sein Todesurteil gesprochen. Sein Haus soll angezündet und in der Verwirrung geplündert werden. Der Verband der Feuerwehr ist von der Bruderschaft benachrichtigt. Er wird zum Löschen zu spät kommen.

HAITANG: Das Rad des Schicksalswagens rollt, und ich bin mit Stricken daran gebunden. Gewähre Aufschub, ihm und mir. Ich will mit ihm reden. Er wird der Bruderschaft eine Stiftung von tausend Taels in Gold machen: gewiß, das wird er.

TSCHANG-LING: Er wird sich nicht vom Gericht loskaufen. Das Gericht der Bruderschaft ist unbestechlich.

HAITANG: Das Orakel – laß mich das Orakel des Kreidekreises befragen. *(Sie zieht einen Kreis)* Gib mir das Messer. Ich werfe mit dem Messer nach dem Kreis. Der Kreis umschließt sein Leben. Trifft das Messer den Raum innerhalb des Kreises, so haben die Götter gerichtet, so soll die Lotosblüte sich entfalten, so muß er sterben. *(Sie schleudert das Messer; das Messer trifft genau die Kreislinie)* Das Messer hat nicht innen, nicht außen, es hat genau die Linie des Kreises getroffen. Bruder, nimm das Messer, und berichte der Bruderschaft von dem wunderlichen Orakel. Laß es die Weisesten der Bruderschaft deuten. Dies eine versprich mir, das Urteil nicht eher zu vollziehen, als bis der Sinn des Orakels geklärt.

TSCHANG-LING: Ich werde es den Brüdern berichten. Ich werde wiederkommen.

HAITANG: Bruder, lieber Bruder, wie siehst Du so armselig drein. Komm, nimm dieses Pelzgewand *(sie zieht es aus)* über Deine Lumpen, und nun geh! Fo sei mit dir! Er gebe dem Pfeil Deines edlen Willens das rechte Ziel.

TSCHANG-LING: Kwanyin segne Dich! *(Ab) (Haitang sieht ihm am Gartenzaun nach, Frau Ma erscheint.)*

FRAU MA: Sie sprachen am Gartenzaun mit einem fremden Mann. Wer war es? *(Haitang schweigt)*

FRAU MA: Ich kann mir wohl denken, wer es war. Es gehört keine üppige Phantasie dazu. Schämen Sie sich nicht, an der Straße mit Männern anzubändeln? Sie haben wohl Ihre Teehausmanieren noch nicht verlernt? Haben Sie vergessen, daß Sie die, wenn auch zweite, Gattin eines hochgeachteten Mannes geworden sind? Sie treten die Ehre des Herrn Ma, meines hohen Gebieters und Herrn, mit Füßen. Wissen Sie, was Ihnen gebührt? Dreißig Stockschläge auf die Sohlen! Und was sehe ich soeben? Wo ist der kleine Mantel geblieben, den Sie heut früh noch über dem Kleid trugen?

HAITANG: Ich habe ihn verschenkt.

FRAU MA: Ein Geschenk des Herrn Ma zu Ihrem Geburtstage haben Sie verschenkt?

HAITANG: Ich habe ihn jenem armen Mann am Zaun geschenkt. Er ist so arm, und wir sind so reich. Es war ein Bettler.

FRAU MA: Bettler hin, Bettler her. Sind Sie schon so weit heruntergekommen, daß Sie sich unter den Bettlern einen Liebhaber suchen?

HAITANG: Das Sittengesetz gebietet, den Armen wohlzutun.

FRAU MA: Das, was Sie »wohltun« nennen, wird das Sittengesetz nicht gemeint haben.

HAITANG: Wie viel Elend ist in der Welt, wollen wir nicht versuchen, nach unsern schwachen Kräften dazu beizutragen, es zu lindern?

FRAU MA: Herr Ma zahlt pünktlich seine Kirchensteuern, das genügt. Aber jetzt genug der überflüssigen Kontroversen. Herr Ma will hier im Garten bei dem schönen Wetter seinen Tee nehmen. Richten wir den Teetisch. *(Tun es, Ma kommt aus dem Hause. Frau Ma und Haitang verneigen sich)*

MA: Wo bleibt der Tee?

HAITANG: Sofort, lieber Herr. *(Geht ins Haus)*

FRAU MA: Darf ich eine Frage an meinen Herrn richten?

MA: Ich bitte darum.

FRAU MA: Haitang scheint Ihrem Herzen seit einiger Zeit besonders nahe zu stehn?

MA: Sie schenkte mir einen Erben.

FRAU MA: Sie haben mir seit Monaten nicht mehr die Ehre eines nächtlichen Besuches erwiesen.

MA: Ich bin Ihnen Rechenschaft nicht schuldig.

FRAU MA: Haitang betrügt Sie! Ich sah sie mit einem fremden Menschen am Gartenzaun stehen. Vielleicht hat sie gar dunkle Pläne, wer weiß? Sie hat dem Fremden ihren mit Pelz besetzten Überwurf geschenkt, den Sie ihr zum Geburtstag verehrten.

MA: Ich werde Haitang sofort zur Rede stellen. *(Haitang kommt mit einer Tasse Tee)*

MA: Haitang, man hat mir eben schlimme Dinge berichtet.

HAITANG: Nicht alle Zungen reden wahr.

FRAU MA: Ich pflege nicht zu lügen.

MA: Du hast mit einem fremden Mann hier am Gartenzaun geredet?

HAITANG: Ich habe mit einem Bettler gesprochen.

MA: Du hast ihm den kleinen, mit Pelz besetzten Mantel geschenkt, ein Geschenk von mir? Achtest Du so die Geschenke Deines Mannes, der Dich liebt?

HAITANG: Ich diene in Demut meinem Herrn und weiß seine Güte gebührend zu schätzen. Aber der Bettler hatte nur Lumpen auf seinem Leib. Er fror. Er dauerte mich.

MA: Sahst Du den Bettler heut zum ersten Male?

HAITANG: Nein.

FRAU MA: Erkennen Sie nun ihre Treulosigkeit?

MA: Wer war der Bettler?

HAITANG: Mein Bruder.

FRAU MA: Glauben Sie der lügnerischen Person?

MA: Ich glaube, denn ich liebe. Seit ich Dich kenne, Haitang, hast Du mein Herz verwandelt. Du hast nichts dazu getan, mich zu überzeugen, Dein einfaches Dasein wirkte. Hättest Du mich, der ich Deinen Vater in den Tod, Deine Familie in Jammer und Elend gestürzt, nicht hassen müssen? Hättest Du mir den Tod gewünscht, es wäre nur allzu natürlich gewesen. Ich habe Dich aus dem Teehaus geraubt wie ein wilder Affe im Urwald ein Menschenweib. Du warst immer gleich, immer Du, sanft wie eine Göttin. Daß es Göttinnen gibt, habe ich durch Dich erfahren. Durch Dich habe ich erst an das höchste Wesen zu glauben gelernt. Haitang, fühlst du, daß ich zu lieben vermag, und daß ich Dich liebe?

HAITANG: Tränen der Freude steigen mir ins Auge. Am Himmel die Sonne lächelt wieder. Es wird alles wieder gut werden, da Du, Ma, wieder gut wurdest.

MA: Zum erstenmal sagst Du »du« zu mir, Haitang. Wie bin ich froh darüber, daß die Wand zwischen uns fiel, daß ich wie im Hause des Herrn Tong nicht mehr durch die Wand zu kommen brauche. Himmel, Erde, Mensch sind die drei großen Mächte. Du, ich, das Kind – wir werden die drei kleinen Mächte sein. Eins und drei in der einen, seligen Dreieinigkeit.

FRAU MA: Sie wollten Tee trinken, gnädiger Herr.

HAITANG: Ich vergaß den Zucker. Wie nachlässig ich bin.

FRAU MA: Geben Sie die Tasse! Ich werde den Zucker hineintun. *(Sie nimmt die Tasse, geht bis zur Veranda, zieht die*

Büchse, die ihr Tschao gegeben, heraus; leise) Ich werde den Zucker hineintun, den mir Tschao gegeben. *(Schüttet das Gift in den Tee)*

HAITANG: Die Liebe zu Dir hat sich heut wie eine Lotosblume in mir entfaltet.

MA: Ich danke Dir für Deine Liebe.

HAITANG: Warum sprach ich soeben von einer Lotosblüte? Erinnere mich, wenn Du den Tee getrunken hast, daß ich Dir von einer Lotosblüte erzählen muß.

FRAU MA: *(gibt Haitang die Tasse mit Tee)* Kredenzen Sie ihm den Tee. Aus Ihren Händen mundet er ihm doppelt gut.

MA: Erzähle mir, während ich trinke, das Märchen von der Lotosblüte… *(Er trinkt, läßt die Tasse fallen, die in Scherben klirrt. Faßt Haitang am Handgelenk)* Haitang – ich – sterbe – *(fällt tot zusammen)*

HAITANG: Mein lieber Mann – mein lieber Mann – ich wollte Dir noch das Märchen von der Lotosblume erzählen – hörst Du mich nicht? Siehst Du mich nicht? Bist Du nicht mehr bei mir? *(Sie kniet hin vor Ma, legt seinen Kopf in ihren Schoß)*

FRAU MA: Hilfe! Hier ist jemand ermordet. Herr Ma ist vergiftet. *(Hin- und Herlaufen von Dienern und Dienerinnen. An der Straße tauchen Tschao und Tschang-ling auf. Eine Polizeipatrouille erscheint)*

FRAU MA: Ma ist tot. Wir sind frei!

TSCHAO: *(entsetzt zurückweichend)* Wer hat ihn getötet? *(Polizei)*

EIN POLIZIST: Was gibt es?

FRAU MA: Diese Person da, Herrn Mas zweite Gattin, ehemals ein Teehausmädchen niedersten Ranges, hat meinen erlauchten Gatten, Herrn Ma, vergiftet.

POLIZIST: Bindet sie!

HAITANG: In der ersten Stunde, da ich Dich kennenlernte, muß ich Dich verlieren, Ma. – Gebt mir mein Kind! Reißt mich nicht von meinem Kinde!

FRAU MA: Von *ihrem* Kinde? Ihr Geist ist verwirrt oder voll böser Anschläge. Sie hat kein Kind. Das Kind im Hause ist *mein* Kind, das ich von Herrn Ma empfangen, und das sie nur gewartet hat.

POLIZIST: Führt die Verbrecherin ab!

TSCHANG-LING: Ein Gott hat gerichtet!

HAITANG: *(vor Mas Leiche)* Er wird abwischen alle Tränen von meinen Augen.

Vorhang.

DRITTER AKT

Im Hintergrund Mitte Sessel des Hauptrichters mit Tisch. Links und rechts Sessel für Beisitzer. In der Mitte über dem Sessel Gobelin mit dem Bildnis des fünfklauigen Drachen. Rechts und links daneben lange schmale Fahnen mit chinesischen Schriftzeichen. Vor dem Sessel des Richters ist ein Kreidekreis gezogen, in den die Angeklagte zu knien hat. Links und rechts im Vordergrund der Raum für Zeugen und Publikum, vom Mittelraum durch Barrieren getrennt. Tschu-tschu, der Richter, sitzt auf dem Richterstuhl und frühstückt.

TSCHU: Mein Name ist Tschu-tschu, ich bin der von Seiner Kaiserlichen Himmlischen Majestät *(erhebt sich, setzt sich wieder)* eingesetzte oberste Richter von Tscheu-kong. Das Publikum erwarte deshalb nicht, von mir mit der üblichen Devotion begrüßt zu werden. Ich neige weder meine Knie noch meine Stirn vor einer derartigen Gesellschaft miserabler Kreaturen, wie ich sie hier zu meinem Abscheu versammelt sehe. Es dürfte nicht einer im Publikum sein, der es mir an Rang, Ansehen und Bildung gleich tut, und deshalb dürfte es weit eher am Platze sein, wenn sich das Publikum zu meiner Ehre von seinen schmutzigen Bänken erhöbe und dem Prinzip des Staats, der Rangordnung, des Rechtes und der Sittlichkeit denjenigen Respekt bezeigte, der diesen erhabenen Prinzipien der Menschheit zukommen dürfte. Um neun Uhr sollen die Gerichtsverhandlungen beginnen, jetzt will ich erst einmal in Ruhe frühstücken. *(Er knabbert an Früchten, beißt in ein Brot)* Das Frühstück gehört zu den angenehmsten Dingen des Lebens. Mit vollem Magen kann man einen Angeklagten, einen Dieb etwa, der aus Hunger gestohlen, noch mal so leicht und mit doppelt gutem Gewissen zum Galgen verurteilen. Heute bin ich leider ein wenig verkatert. Ich habe Kopfweh. Ich habe die Nacht im Hause des Herrn Tong verbracht in Gemeinschaft mit den drei reizenden Mädchen Yü, Yei, Yau. Sie haben mich mit Gong, Flöte und Geige in den Schlaf musiziert, nachdem wir Reiswein in erheblichen Portionen zu uns genommen und die reizende Yau mir mit Seele und Leib, besonders Leib, hihi, angehört hatte. Ich habe hier eine kleine, farbige Tuschzeichnung, welche die drei Mädchen völlig unbekleidet in allerlei verfänglichen Stellungen zeigt. Die will ich mir jetzt in Muße betrachten, indem ich mich würdig auf den heutigen Abend vorbereite. Der Nacken von Yü, alle Achtung! Aber die Schenkel von Yau, auch nicht zu verachten! Aber erst die kleinen Brüste von Yei, ihnen muß ich doch den Preis zuerkennen! *(Tschao tritt ein)*

TSCHAO: Ich bitte um Vergebung, wenn ich Sie in Ihren Meditationen störe, Exzellenz. Frau Ma, die Klägerin in dem ersten der heute angesagten Prozesse, beauftragt mich, Ihnen als Zeichen ihrer devotesten Unterwürfigkeit unter Eurer Exzellenz richterliche Einsicht diesen kleinen Beutel übersenden zu dürfen. *(Überreicht ihm einen Beutel mit Gold und zieht sich zurück)*

TSCHU: *(läßt das Gold über den Tisch rollen)* Gold – Gold – keine schönere Musik, als wenn Gold über den harten Tisch rollt. Es klingelt wie Pagoden-Glocken. Beim Geläut des Goldes werde ich förmlich fromm. Frau Ma ist eine überaus freigebige Dame. Sie dürfte ihr Recht finden. Man nennt mich im Volksmund nicht umsonst den Herrn Doppelkopf mit der gespaltenen Zunge. Ich werde schon alles so drehen und deuteln, daß der Schein des Rechtes hell leuchtet, und man mir auf keinen Fall an den Wagen fahren kann. Jetzt will ich mich aber noch ein wenig in das Strafgesetzbuch vertiefen *(packt das Gold und sein Frühstückszeug zusammen)* und mich in das Beratungszimmer zurückziehen. Die Paragraphen über Beamtenbestechung werden mir keine Kopfschmerzen machen. Ich entferne sie einfach, ritsch, ratsch *(reißt Blätter heraus)* aus meinem Buch. Da ich jedesmal dieses Buch, Gesetze und Verordnungen des Herrscherhauses der Mantschu, beschwöre, danach Recht zu sprechen, so werde ich keinen Meineid leisten, und mein Herz ist rein wie die Wolle eines jungen Lämmchens. *(Ab durch eine Tapetentür im Hintergrunde. Der Raum hinter der Barriere füllt sich. Frau Ma erscheint. Frau Ma winkt einer dicken Frau, der Hebamme:* zieht sie in die Mitte des Raumes)

FRAU MA: Vorsicht, treten Sie nicht in den Kreidekreis, sonst werden Sie selbst angeklagt, oder der Zauberkreis bannt Sie.

HEBAMME: O je, o je, wie habe ich's nur verdient, aufs Gericht zu kommen. Die Schande, die Schande! O je, o je, mein Herz schlägt, als sollte es mir die Brust zerschlagen. Was wird mein Mann sagen? Ich habe solche Angst, Frau Ma. Was wird mit mir geschehen? Wird man mich foltern?

FRAU MA: Reden Sie keinen Unsinn, Frau Lien. Sie sind nur hier als Zeugin geladen. Sie sollen zeugen –

HEBAMME: O je, o je, ich glaubte immer, daß nur die Männer zeugen können, wovon ich ja in meinem Berufe mich hinlänglich überzeugen konnte, und nun soll ich selbst zeugen?

FRAU MA: Sie sollen Zeugnis ablegen, Frau Lien, daß der Knabe Li *mein* Kind ist, und nicht das der Haitang.

HEBAMME: Aber wie soll ich dieses Zeugnis ablegen, da es doch nicht wahr ist?

FRAU MA: Pst!

HEBAMME: War ich doch selbst es, die die Nabelschnur zwischen dem Kinde und der Frau Haitang trennte.

FRAU MA: Frau Lien, Sie irren sich! Hier haben Sie zwanzig Goldtaels, um Ihrem Gedächtnis auf die richtige Spur zu helfen.

HEBAMME: Frau Ma sind zu gütig, zu gnädig zu einer armen, alten Frau. Ja, ja, ja, ja, jetzt dämmert es mir, mir ist da in der Dämmerung eine Verwechslung unterlaufen – ich habe Sie und Haitang verwechselt! Diese Haitang ist eine stolze und hochmütige Person, und obwohl aus dem gleichen niedrigen Stande wie ich, hat sie nie ein freundliches Wort für mich gehabt. Immer von oben herab!

FRAU MA: Da ist es ja wohl kein Wunder, daß sie Herrn Ma, *(schluchzend)* meinen geliebten Mann, vergiftet hat.

HEBAMME: Was Sie nicht sagen! Vergiftet? Ja, ja, ja, ja, es gibt böse Menschen auf der Welt. Da kann ja auch wohl das Kind nicht von ihr sein.

FRAU MA: Kommen Sie nach Schluß des Prozesses zu mir nach Haus; ich habe noch einige abgelegte Kleider, glänzend erhalten, es wird sich gewiß noch ein Staatskleid für Sie darunter finden.

HEBAMME: Meinen innigsten Dank, Frau Ma. *(Küßt ihr die Hand)* Frau Ma sind zu gütig zu mir, zu herablassend. *(Frau Ma läßt sie gehen und zieht zwei Kulis nach vorn)*

FRAU MA: Ihr seid doch Männer, die wissen, was sich schickt?

ZWEI KULIS: Das wollen wir meinen! *(Spucken in den Saal und sprechen immer gleichzeitig)*

FRAU MA: Die der Gerechtigkeit zum Siege verhelfen wollen?

ZWEI KULIS: Gerechtigkeit, was ist das?

FRAU MA: Gerechtigkeit ist, wenn ich Euch hier ein paar Taels gebe und ein Päckchen Kautabak, und Ihr sagt hier als Zeugen vor Gericht das aus, was ich Euch vorsagen werde.

ZWEI KULIS: Wir haben in der Schule immer gut auswendig gelernt. Also schießen Sie nur los. Wir werden es genau behalten, denn wir sind helle Köpfe, daran ist kein Zweifel. Wir haben in der Schule gelernt, uns in unserem moralischen Lebenswandel nach Sprichwörtern zu richten. Wir kennen einige treffliche Sprichwörter, nach denen wir uns richten werden. Geld kommt vor allen Tugenden der Welt. Oder dieses: Hast Du von jemand Geld bekommen, so handle ihm zu Nutz und Frommen.

FRAU MA: Ich sehe, ich kann mir weitere Belehrungen ersparen. Ihr seid in der Tat aufgeweckte Burschen. Ihr werdet also bezeugen, daß Ihr Nachbarn von Herrn Ma seid, der, als ich seinerzeit den Knaben Li gebar, ein Fest für das ganze Stadtviertel und jedem der armen Leute eine Unze Silber als Festgabe gab. Ihr werdet bezeugen, daß Ihr mich, Herrn Ma und den Knaben oft genug zum Tempel Fo habt pilgern sehn, wo wir zu Ehren des Fo, und daß er den Knaben in seine Hut nehme, Weihgeschenke niederlegten und Weihrauch entzündeten. Ihr müßt beschwören, daß der Knabe mein Kind, und nicht das Kind Haitangs ist.

ZWEI KULIS: *(heben grinsend die Finger zum Schwur)* Haben wir den Schwur erst mal auf der Gabel hier, dann wird er auch heruntergeschluckt. Der Eid wird geschworen, darauf können Sie das Gift nehmen, das, wie wir hören, Haitang Herrn Ma in den Tee gerührt hat.

FRAU MA: Sie ist eine Mörderin, vergeßt das nicht! Sie verdient das Schlimmste. *(Kulis zurück in den Haufen)*

(Die Gerichtsglocke ertönt. Die Tapetentür öffnet sich, und es erscheinen in gemessenem Zug: Tschu-tschu, Tschao und noch drei Richter. Sie nehmen ihre Plätze ein, bleiben stehen. Zwei Gerichtsdiener halten Zeugen und Publikum, darunter Tschang-ling, in Schach)

TSCHU: Im Namen Seiner Kaiserlichen Himmlischen Majestät *(brabbelt unverständliches Zeug)* eröffne ich die heutige Sitzung. *(Die Richter setzen sich)* 739. Sitzung, 850. Verfahren, Abteilung Ma contra Ma. Gerichtsdiener, führen Sie die Angeklagte herein. *(Gerichtsdiener führt aus einer zweiten Tür im Hintergrund Haitang herein)*

TSCHU: Angeklagte, nehmen Sie Ihren Platz dort innerhalb des Kreidekreises. *(Haitang macht einen dreimaligen Kotau und steht dann wieder aufrecht da)*

TSCHU: Herr Tschao, Sie protokollieren?

TSCHAO: Sehr wohl, Exzellenz.

TSCHU: Angeklagte, Sie heißen?

HAITANG: Tschang-Haitang, Tochter des Tschang, Frau des hochgeborenen Herrn Ma.

FRAU MA: *(unterbrechend)* *Nebenfrau* des hochgeborenen

Herrn Ma, seine bloße Beischläferin, Konkubine sozusagen, aus einem Freudenhause aufgelesen, die Gattin ersten Ranges bin ich.

HAITANG: Ich war Herrn Ma rechtlich angetraut. Da ich ihm einen Knaben geboren hatte, der Schoß seiner ersten Gattin unfruchtbar geblieben war, gedachte er, mich in den Rang der Hauptfrau zu erheben und sich von Frau Ma zu scheiden.

FRAU MA: Sie lügt wie eine Elster. Seht nur die freche Person. Sie hat ihm ein Kind geboren? Ei, wann denn?

TSCHU: Beruhigen Sie sich, Frau Ma. Im Laufe der Verhandlung wird sich ja alles der Wahrheit gemäß herausstellen. Wer erhebt die Anklage?

FRAU MA: Ich, Yü-pei, rechtmäßige Hauptgattin des verewigten Herrn Ma, klage Haitang, Tochter des Gärtners Tschang und Nebenfrau des hochgebornen Herrn Ma, des versuchten Kindesraubes und des vollendeten Giftmordes an Herrn Ma an. *(Bewegung im Zuschauerraum)*

TSCHU: Angeklagte, was haben Sie zu dieser außerordentlich präzisen Anklage zu bemerken?

HAITANG: *(leise)* Ich bedaure, dieser Frau Unangenehmes sagen und sie Lügen strafen zu müssen.

TSCHU: Welches ist die erste der fünf Haupttugenden?

HAITANG: Liebe.

TSCHU: Haben Sie Ihren Gatten geliebt, wie es das Gesetz fordert?

HAITANG: Ich bin ihm stets mit Achtung begegnet und habe ihn lieben gelernt am letzten Tage seines Lebens. Da hat er mir die Kammer seines Herzens geöffnet und ein Licht darein gestellt, und ich konnte sehen, in diesem Herzen war ein Sessel für mich errichtet; der Sessel aber, auf dem einst jene Frau gesessen, war leer. Ein welker Pfirsichblütenzweig lag auf dem Polster.

FRAU MA: Sie rezitiert Gedichte, wie sie es in ihrem schimpflichen Beruf gelernt. Denn Liebe machen und Verse machen gilt gleich viel.

TSCHU: Welches ist die zweite der fünf Haupttugenden?

HAITANG: Gerechtigkeit.

TSCHU: Nach Recht und Gerechtigkeit wird hier geurteilt. Um nichts anderes geht es.

HAITANG: Gerechtigkeit – ich bitte, daß sie mir zuteil werde, obwohl ich ihrer vielleicht nicht wert bin. Denn habe ich selbst immer recht gehandelt und geurteilt? Habe ich nicht über meinen Gatten ein Jahr lang eine ungerechte Anschauung gehabt in meinem Innern? Ich bitte die Götter, daß sie alle Schleier von meinen Augen nehmen, und ich klar sehe und nicht ungerecht urteile über jene Frau, die mir so bitter feind gesinnt ist, und der ich als erster Gattin zu dienen stets bestrebt war; der ich nie ein böses Wort gesagt habe, über die ich nie einen bösen Gedanken gehegt, der ich nie eine böse Tat getan habe. Diese Frau, ich habe es bemerkt, wenn ich sie morgens schminkte, hat viele Gesichter, wie ein Schauspieler viele Masken trägt und bald diese, bald jene Rolle spielt. Welches ihrer Gesichter ist echt? Welches wahre Gesicht liegt hinter all den Masken? Kann eine Maus die Rolle einer Libelle spielen? Kann eine Hyäne ein Lamm oder einen Hasen vortäuschen?

FRAU MA: Den Tiernamen der Frau, der ich immer nur Gutes getan, und die mich so schamlos verleumdet, ich nenne ihn: sie ist eine zischende Schlange.

TSCHU: Welches ist die dritte der Haupttugenden, Angeklagte?

HAITANG: Schicklichkeit.

TSCHU: Sie ließen sie in Ihren Äußerungen eben vermissen.

HAITANG: So bitte ich um Vergebung. Aber es geht um mein Leben, Herr Richter, es geht um mein Kind. Soll ich aus Gründen der Schicklichkeit und des Wohlanstandes mir mein Kind stehlen lassen? Herr Richter, man hat mir im Gefängnis mein Kind verweigert! Man hat mich ohne Nachricht von ihm gelassen! War das wohl anständig, war das schicklich gehandelt, einer Mutter dieses Folterspiel zu bereiten? Li, mein Knabe, erkennst Du mich?

FRAU MA: Sie heuchelt. Nie sah man das Laster sich so frech mit Tugenden wie falschen Papierblumen schmücken. Wie kann sie Muttergefühle vortäuschen, da ihr Schoß verdorrt ist wie ein Baum in der Wüste Gobi ohne Wasser?

HAITANG: Mein Schoß verdorrt? Ich unbegnadet? Das heiligste Recht des Weibes mir nicht verliehen? Trug ich doch in diesem meinem Leibe unter diesem meinem Herzen neun Monate lang meinen Knaben Li, die Erfüllung meiner Sehnsucht, die Hoffnung meines Alters. Ich blühte nur, damit ich eine Frucht trüge. Die Blüte fiel ab, die Frucht reifte, reifte in Sonne und Sturmgewitter, in Wollust und Schmerzen. Ich, die ich keine Wollust empfunden, da ich ihn empfing, ich verging vor Wollust, da ich ihn gebar. Fo hat mich begnadet, gesegnet. Ich habe ihm Weihrauch entzündet jeden Tag meines Lebens.

FRAU MA: Seht doch die ausgezeichnete Schauspielerin, wie sie fremde Charaktere spielt, sich gebärdet wie auf dem Holzgerüst einer Schmiere, wie auf dem Jahrmarkt! Warum ist sie nicht Naive geworden bei einer Wandertruppe? Den dummen Bauern auf den Dörfern hätte sie diese Mätzchen vormachen können, aber nicht einem hohen Gerichtshof von Tscheu-kong.

TSCHU: Welches ist die vierte der fünf Haupttugenden, Angeklagte?

HAITANG: Wahrheit.

TSCHU: Halten Sie sich streng an diese Tugend?

HAITANG: Meine Augen sollen erblinden, mein Mund verstummen, mein Ohr taub werden, wenn ich nicht die lautere Wahrheit sagte. Dies Kind ist mein. Mein Schoß hat es geboren.

TSCHU: Wir wollen zu diesem Punkt die Hebamme vernehmen, die der Mutter bei der Geburt des Knaben Li in ihren Wehen behilflich war. Treten Sie vor, Frau Lien!

HEBAMME: O je, o je, womit habe ich das verdient, vor dem hohen Gerichtshof erscheinen zu müssen.

TSCHAO: Fürchten Sie sich nicht, gute Frau! Sie haben nur der bereits soeben erwähnten vierten Kardinaltugend, der Wahrheit, die Ehre zu geben.

HEBAMME: Ich werde mir die Ehre geben, der Ehre die Ehre zu geben.

TSCHU: Also wie war der Hergang?

HEBAMME: Der Hergang war damals ein großer Hin- und Hergang, als der Knabe Li geboren wurde.

TSCHAO: *(zu Tschu)* Die gute Frau steht dem gebildeten Idiom, das Eure Exzellenz zu sprechen belieben, unverständlich gegenüber.

HEBAMME: Alles, was recht ist, oder alles, was unrecht ist: beleidigen lassen brauch ich mich auch von dem hohen Gerichtshof nicht. Wenn ich auch eine einfache Frau aus dem Hefenteig des Volkes bin, ein Idiom bin ich darum noch längst nicht.

HAITANG: Frau Lien, Sie waren es doch, die mir bei der Geburt des Knaben die Schnur gelöst hat! Frau Lien, erkennen Sie mich denn nicht wieder?

HEBAMME: *(dicht herantretend)* Ich bin ein wenig kurzsichtig und muß Sie mir deshalb aus der Nähe betrachten.

TSCHU: Frau Lien, erkennen Sie die Angeklagte?

HEBAMME: Ich kenne die Angeklagte schon. Es ist die Haitang, die Nebenfrau des verstorbenen hochgeborenen Herrn Ma, Fo hab ihn selig!

TSCHU: Und ist sie die Mutter des Knaben Li?

HEBAMME: Sie hat den Knaben wohl oft auf den Armen getragen, gewartet und in den Schlaf gewiegt, wie es die Pflicht der Nebenfrauen ist; aber die Mutter des Knaben ist jene! *(Zeigt auf Frau Ma)* Obwohl das Zimmer der Wöchnerin wie üblich verhängt war, und man in der Dunkelheit kaum die Mutter vom Kinde unterscheiden konnte, so ist doch kein Zweifel, daß Frau Ma den Knaben geboren hat.

HAITANG:

Frau Lien, als ich in Wehen lag,
Da waren Sie um mich Nacht und Tag.
Wie waren Sie zärtlich, waren gut,
Stillten mein fast verrinnendes Blut.
Haben meinem Kind und dem Leben
Mich, die dahin schon, zurückgegeben.
Betteten mich mit freundlichem Sinn
Auf das Lager von Matten hin.
Sie lösten die Nabelschnur, riefen meinen Mann.
Zündeten vor dem Hausaltar die Kerzen an.
Sie weinten mit mir um mein Mutterglück.
O rufen Sie die Tränen zurück!
Die Wahrheit, die Wahrheit: dies Kind ist mein
Und darf mir nicht genommen sein.

FRAU MA: Das listige Weib macht sich der Beeinflussung der Zeugin schuldig.

TSCHU: Man schlage die Angeklagte wegen ungebührlichen Benehmens vor Gericht. Im Wiederholungsfalle werden ihr Heißwasserschlangen angedroht. Sie wird auf Glassplittern knien, und man wird ihr die Knöchel zerquetschen. *(Zwei Soldaten springen vor und schlagen sie zwei-, dreimal mit eckigen Bewegungen)*

HAITANG:

Wie Feuer brennt mein Rücken,
Wie Sturm weht mein Atem.
Verflöge doch meines Lebens Hauch
Der Nachtschmetterling.
(Das Kind beginnt zu weinen)

TSCHU: Still! Ich rufe das Kind zur Ordnung!

TSCHAO: *(zu Frau Lien)* Können Sie Ihre Aussagen beschwören?

HEBAMME: Das will ich meinen!

TSCHU: Die Zeugin wird vereidigt. Sprechen Sie die Worte nach: Ich schwöre bei den Gebeinen meiner Ahnen –

HEBAMME: Beinen meiner Ahnen –

TSCHU: Daß ich die reine Wahrheit gesagt –

HEBAMME: Reine Wahrheit gesagt –

TSCHU: Nichts verschwiegen und nichts hinzugesetzt habe – So wahr mir Fo helfe!

HEBAMME: So wahr mir Fo helfe!

TSCHU: Die Zeugin ist abzuführen.

TSCHAO: Die Zeugen Gebrüder Sang!

ZWEI KULIS: *(die immer gleichzeitig sprechen, treten vor und leiern sofort herunter)* Hoher Gerichtshof, Herr Ma war ein sehr vermöglicher, womöglicher und viel vermögender Mann. Wir konnten uns natürlich nicht schmeicheln, zu seinem näheren Umgang zu gehören. Aber als seine erste hochgeborene Gattin einen Knaben gebar, gab er seinem Stadtviertel, in dem auch wir die Ehre haben zu wohnen, ein Fest, eine Festivität, wo es so lustig herging, daß wir beide noch heute betrunken sind, wenn wir daran denken. Jeder von uns erhielt auch eine Unze Silber als Festgeschenk. Später haben wir noch oft Gelegenheit gehabt, Herrn und Frau Ma, letztere den Knaben auf dem Arm, zum Tempel des Fo, des Beschützers der Kleinen, wandeln zu sehen.

HAITANG: Ihr lügt, bestochen von Frau Ma. Saht Ihr nicht täglich mich, mein Kind auf Händen, zum Tempel Fos, des Gottes, eilen, es seiner Obhut zu vertraun?

ZWEI KULIS: Die Wahrheit, die wir bekunden, wird wahrscheinlich so ziemlich beinahe fast immer wahr sein. Daran ist nicht zu tüfteln. Sollte eine Lüge über unsere wahrheitsliebenden Lippen gekommen sein, so möge uns daran ein Geschwür wachsen so groß wie eine Teetasse.

TSCHU: Können die Zeugen die Wahrheit ihrer Aussagen beschwören?

ZWEI KULIS: Und ob!

TSCHU: So sprechen Sie den Schwur nach. *(Zeremonie wie oben)* Die Zeugenvernehmung über den geplanten Kindesraub wird geschlossen. Es bleibt die Frage des Giftmordes.

Wer hat gesehen, daß die Angeklagte ihrem verewigten Gatten statt Zucker Gift in den Tee schüttete, um sich unrechtmäßig Knabe und Erbteil anzueignen?

FRAU MA: Ich!

HAITANG:

Himmlisches Licht, du hast dich ganz vermummt.
Wo leuchtest du?
Himmlische Glocke, du bist verstummt.
Wann läutest du?
Kommt es nie an Tag, bleibt es in Nacht,
Wer Herrn Ma zu Tod gebracht?
Ich bin wehrlos, ehrlos ganz,
Trag auf meinem armen Kopf einen Brennesselkranz.

TSCHAO: Frau Haitang hatte wohl noch ein anderes Motiv, sich Herrn Mas zu entledigen.

TSCHU: Das wäre?

TSCHAO: Darf ich an die Angeklagte eine Frage stellen?

TSCHU: Ich bitte darum.

TSCHAO: Angeklagte, wer war die Ursache des selbstgewählten Todes Ihres Herrn Vaters? *(Haitang schweigt)* So will ich selbst die Antwort übernehmen. Herr Ma war die Ursache seines Todes. Man schuldete ihm Abgaben, die man nicht aufbringen konnte. Seit jenen Tagen trug die Angeklagte ein Gefühl der Rache im Busen gegen ihren Gatten, der ihren Vater in den Tod getrieben. Zu dem Motiv der Erbschleicherei gesellt sich das Motiv der Rache.

TSCHU: Ihre Beweisführung leuchtet mir vollkommen ein, Herr Kollega. Die Angeklagte erscheint auf das schwerste belastet.

HAITANG: Das Schicksal lastet auf mir wie ein Grabstein.

TSCHU: Können Sie Ihre Wahrnehmung beschwören?

FRAU MA: Ich beschwöre bei den Gebeinen meiner Ahnen, daß die, die nicht die Mutter des Kindes ist, ihren Gatten mit Gift aus dem Wege geräumt hat, um sich unrechtmäßig Knabe und Erbteil anzueignen.

HAITANG: *(entsetzt)* Sie schwört die Wahrheit.

TSCHU: Die Inkulpatin hat gestanden! Die Zeugenaussagen werden geschlossen. Das Gericht zieht sich zum Urteilsspruch zurück. *(Tschu, Tschao usw. ab)*

FRAU MA: Ihr habt das Spiel verloren.

HAITANG: Ich spielte nicht.

FRAU MA: Ihr werdet bald um ein Viertel kleiner sein als jetzt.

HAITANG: Man kann mir den Kopf abschlagen, man kann mir das Herz aus dem Leibe reißen, aus meinem zerrissenen, aufs Rad geflochtenen Leib wird noch die Flamme der Wahrheit emporspringen.

FRAU MA: Ich sprach die Wahrheit.

HAITANG: Ihr sagtet sie. Seht mich vor Euch knien. Nehmt das Vermögen des Herrn Ma, nehmt alles, was Ihr wollt. Seht, diese kleine Kette gefällt Euch vielleicht, es sind indische Perlen; diese Schuhe sind bestickt, nehmt alles, alles, nur laßt mir mein Kind.

FRAU MA: Das Kind bleibt mein. *(Gericht zurück)*

TSCHU: Im Namen Seiner Himmlischen Majestät *(brabbelt)* erkennt der hohe Gerichtshof als zu Recht folgendes Urteil: Die Angeklagte Tschang Haitang wird wegen versuchten Kindesraubes und vollzogenen Giftmordes an ihrem Gatten Ma zum Tod durch des Henkers Schwert verurteilt. Gerichtsdiener, legt ihr den neunpfündigen Block um den Hals.

DIENER: Zu Befehl, Exzellenz. *(Er legt Haitang den Block um)* Hinein mit dem Hals in den Block, Du Weibsstück.

HAITANG: Mein Recht! Mein Kind!

TSCHU: Unverschämtes Geschöpf! Ich sollte Dich mit dem Pantoffel ins Gesicht schlagen. Merke Dir eines: wenn ich ein Urteil spreche, so ist es gerecht, die Verhandlung führe ich streng unparteiisch, und alles geht objektiv und absolut gesetzmäßig her. *(Ein Kurier tritt auf, Haitang wird abgeführt)*

KURIER: Stafette aus Peking.

TSCHU: *(erbricht sie)* Ich bin erschüttert. Ich ersuche alle Anwesenden, mit der Stirn die Erde zu berühren. Seine Himmlische Majestät ist im hohen Alter von fünfundsiebzig Jahren an Altersschwäche verschieden. Zum Nachfolger wurde durch das Los Prinz Pao erkürt, der den kaiserlichen Thron bestiegen hat. Er entbietet seinen Untertanen seinen kaiserlichen Gruß. Alle Todesurteile werden suspendiert und kraft seiner Machtvollkommenheit Richter und Gerichtete nach Peking berufen. Denn seine erste Amtshandlung soll im Zeichen der Gerechtigkeit stehen. Großer Fo, im Zeichen der Gerechtigkeit! *(Wischt sich den Angstschweiß von der Stirn)*

TSCHANG-LING: *(im Zuschauerraum des Gerichtes)* Was fürchtest Du alter Mann, alter Narr? Kaiser und Richter, Ihr steckt ja doch unter einer Decke. Der neue Kaiser wird nicht besser sein als der alte. Wir Armen werden auch unter seinem Drachenbanner rechtlos am Straßenrand verrecken. Haitang ist unschuldig wie eine Sonnenblume oder der Abendstern. Sie soll nicht sterben. Die Unschuld ist unsterblich. Mit meinen Fäusten will ich dem Henker das Beil aus der Hand reißen und der Ungerechtigkeit in den erhobenen Arm fallen.

TSCHU: Wer ist der Kerl, der die Majestät lästert? Gerichtsdiener, auch mit ihm in den Block. Er hat des Kaisers Majestät gelästert. Seine Majestät wird sich mir erkenntlich zeigen, wenn ich ihr einen solchen Übeltäter bringe, der das Fundament des Staates unterwühlt wie ein Maulwurf. Es soll nicht heißen, daß ich es an Strenge revolutionären Elementen gegenüber fehlen lasse. Auf nach Peking!

Vorhang.

VIERTER AKT

Schneesturmlandschaft. Man hört die Soldaten hinter der Szene singen.

Soldat, Du bist mein Kamerad,
Marschierest mir zur Seite.
Der Kaiser, der befehligt uns,
Kein Mädchen mehr beseligt uns,
Soldat, Du bist mein Kamerad,
Marschierest mir zur Seite.
Soldat, Du bist mein Kamerad,
Wenn Du das Schwert verloren,
So deck' ich Dich mit meinem Schild
Und bin als Bruder Dir gewillt.
Soldat, Du bist mein Kamerad,
Wenn Du das Schwert verloren.
Soldat, Du bist mein Kamerad,
Wenn unsre Knochen bleichen.
Mond fällt auf uns wie gelber Rauch,
Der Affe schreit im Bambußstrauch.
Soldat, Du bist mein Kamerad,
Wenn unsre Knochen bleichen.

(Haitang, gefesselt und im Holzblock, von zwei Soldaten eskortiert, die sie prügeln)

ERSTER SOLDAT: He, vorwärts, Tochter einer Schildkröte! Ich werde Deine Mutter schänden, wenn Du Deine Beine nicht flinker bewegst. Meinst Du, es ist ein Vergnügen, Dich durch den Schneesturm zu eskortieren?

HAITANG: Erbarmen, lieber Herr!

ERSTER SOLDAT: Hopla, Grashüpfer! Spring ein wenig!

HAITANG: Das Gewicht des Blockes ist zu schwer für mich. Es zieht mich nieder. Ich bin am Ende meiner Kräfte.

ERSTER SOLDAT: Und wir am Ende unserer Geduld.

HAITANG: Ich leide.

ZWEITER SOLDAT: Die Leiden sind dem Weibe nötig, damit sein Charakter sich entwickelt – steht in einem pädagogischen Buch. Vorwärts!

HAITANG: Ich sterbe.

ERSTER SOLDAT: Ein guter Tod ist das halbe Leben. Vorwärts!

HAITANG: Kennt Ihr nicht das Gebot des heiligen Katechismus, Mitleid mit jeder Kreatur zu haben?

ZWEITER SOLDAT: Ja, Mitleid mit jeder Kreatur. Jeder kann sich die Kreatur aussuchen, mit der er Mitleid haben will. Ich habe in diesem scheußlichen Schneesturm zum Beispiel Mitleid mit mir.

HAITANG: Ich falle. Der Weg ist vereist. Ich kann keinen festen Boden unter den Füßen finden.

ERSTER SOLDAT: Du hast den Boden unter den Füßen längst verloren. Vorwärts! *(Haitang fällt)*

ERSTER SOLDAT: Wart, ich will Dich lehren zu fallen. Verdammtes Weibsstück, Du hast *(fällt selbst)* mich behext.

HAITANG: Die Knie brechen mir.

ERSTER SOLDAT: Wer ein Verbrechen begangen hat, muß es auch büßen. Warum hast Du Deinen dicken Mann umgebracht und der ersten Frau das Kind rauben wollen?

HAITANG: Ich habe keinen rechtschaffenen Richter gefunden. Der Herr der sieben Hügel, der über den Wolken thront, der Herr des südlichen Polarsterns, der Herr der hundert Zeichen mag es bezeugen. Er wird gnädiger sein als die Menschen.

ERSTER SOLDAT: Wie, beschuldigst Du den Herrn Oberrichter, Exzellenz Tschu-tschu, eines Falschspruches? Danke dem Himmel, daß wir über diese freche Anschuldigung hinweghören. Gemäß unserem Reglement müßten wir's zur Anklage bringen, und bevor man Dir den Kopf abschlägt, würdest Du wegen Beamtenbeleidigung noch ein wenig gestäupt werden.

ZWEITER SOLDAT: Warum gibst Du uns nichts von dem Deinen? Kesch... Kesch... Dann brauchtest Du Dich den Teufel um die Redlichkeit oder Unredlichkeit der Richter scheren. Wir ließen Dich sofort laufen und machten uns selbst aus dem Staube.

HAITANG: Wie gern würde ich Euch beschenken, ob Ihr mich freiließt oder nicht. Ja, ich würde es nicht zulassen, daß Ihr mich freigebt und meinetwegen Unannehmlichkeiten hättet, aber ich habe nicht als mein armseliges Herz.

ERSTER SOLDAT: Selbstlose Liebe ist ein allzu billiges Vergnügen.

HAITANG: Hätte ein Wolf mich angeklagt, eine Hyäne über mir zu Gericht gesessen, sie hätten Mitleid mit mir gehabt. Wäre eine Dohle, die als besonders lügnerisch gilt, als Zeugin gegen mich aufgetreten, sie hätte nicht solche Lügen erfinden können wie diese meineidigen Zeugen.

ZWEITER SOLDAT: Du wirfst den Zeugen Meineid vor? Wo hast Du denn Beweise dafür?

HAITANG: Mein Herz.

ERSTER SOLDAT: Dein Herz? In Dein Herz vermögen wir nicht zu sehen. Es wird wohl auch finster genug sein.

HAITANG: Noch leuchtet ein schwaches Licht darin, die Hoffnung –

ZWEITER SOLDAT: Die Hoffnung, worauf?

HAITANG: Sind alle Menschen denn schlecht, ist einer die Bestie des andern?

ERSTER SOLDAT: Du darfst nicht von Dir auf andere schließen. Ich zum Beispiel habe noch nie etwas Böses getan. Sieh mich an! Ich habe alle Gebote der Zeremonienbücher immer strikt gehalten, ich habe Vater und Mutter geehrt und ihnen kostbare Särge gekauft, ich diene meinen Vorgesetzten in Ergebenheit, ich habe ein gutes Gewissen.

HAITANG: Wie kannst Du ein gutes Gewissen haben, wenn du gezwungen bist, einen armen Menschen wie mich zu schlagen?

ERSTER SOLDAT: Woher weiß ich, daß Du unschuldig bist?

HAITANG: Ich dachte immer, daß unschuldige Menschen einen Glanz um die Stirne haben. Es stand in dem ersten Schulbuch zu lesen, das ich las.

ZWEITER SOLDAT: Laß sehen! Ich sehe keinen Glanz um Deine Stirne als den Glanz der Schneeflocken.

HAITANG: Mein Kind – wo ist mein Kind?

ERSTER SOLDAT: Bei seiner Mutter, verstocktes Weib, das selbst der Holzblock nicht zur Buße und Einkehr zwingt.

HAITANG: Da kein Mensch mich hört, will ich meine Klage in den Schneesturm schreien. Höre mich, Sturm! Ich klage es dir, Schnee! Ihr Sterne hinter den Wolken, lauscht! Und unter der Erde, ihr, die ihr den Winterschlaf schlaft: Maulwurf und Hamster und Kröte, ihr träumenden Dämonen auch, wacht auf! Es darf kein Schlaf und kein Traum sein, wenn einem Menschen Unrecht und Untat geschieht. Ihr Toten in den Särgen, angetan mit den Gewändern aus Brokat oder Sackleinewand, schüttelt eure schlotternden Glieder wie Pagodenglocken, daß sie klingen, daß sie zum Aufruhr läuten! Erhebt euch! Kommt über die weißen Felder gewandert wie weiße Ratten über den Schnee! Helft mir, die eure Schwester schon, und halb nur noch im Leben wandelt! Ich rufe euch, ihr Toten, zum Gericht über mich. In euch, die ihr allen Flitter der Welt abgeworfen, selbst euer Fleisch, ist kein Falsch. Ihr toten Mörder, kommt und sagt, ob ich gemordet! Ihr toten Lügner, kommt und sagt, ob ich log! Ihr toten Mütter, alle Mütter der Welt, schreit, ob ich mein Kind nicht mit Recht von den Räubern fordere! Seht doch, die Erde selbst trauert, sie hat ein weißes Gewand angelegt mir zu Ehren – es schneit – es schneit – weiß – immer weißer – die Erde trägt eine Robe aus dem Fell weißer Schafe, und sie hat sich eine weiße Fuchspelzkappe über das Haupt gezogen. Wie der Schnee so weiß, wie der Mond so weiß, werden unsere Häupter einmal sein. Was ist das für ein weißer Kreis am Himmel, wie mit Kreide gezogen? Zwischen den Wolken, du mildes Angesicht des Mondes, blinke mir Hoffnung zu! Der Schnee fällt, Flocke um Flocke. Die Götter scheren ihre kleinen Lämmer. Meine Tränen fallen wie die Flocken. Wo meine Tränen in den Schnee fallen, färbt sich der Schnee rot. Ich weine Blut. Ich höre die Schreie der Raben in den Lüften. Ich sehe ihre Fußspuren im Schnee. Man sagt, die Schrift sei den Fußspuren der Vögel nachgebildet. Ich lese mein jämmerliches Schicksal im Schnee. Ach, selbst die Aasgeier bejammern mein Los. Unter der Eisdecke des Flusses ein Stöhnen. Es ist die Flußgöttin, sie seufzt über das Elend der Menschen. Ich bitte Euch, liebe Herren, nehmt Eure Schwerter und schlagt ein Loch in das Eis, und laßt mich in die nassen, kalten Fluten sinken, versinken! So eisig die Umarmung der Flußgöttin – sie wird wie Feuer brennen gegen die kalten Herzen der Menschen...

ERSTER SOLDAT: Zu lang schon haben wir Dein Quäken mitangehört, Wasserfrosch. Vorwärts jetzt! Der Weg nach Peking, wo der neue Kaiser in eigner himmlischer Person den ersten Hinrichtungen seiner Ägide beizuwohnen geruhen wird, ist noch weit.

ZWEITER SOLDAT: Es ist eine Ehre für Dich, unter den Augen des Kaisers zu sterben. Sieh zu, daß Du anmutig den Kopf auf den Richtblock legst, damit der Kaiser ein Wohlgefallen an Dir habe.

ERSTER SOLDAT: Vorwärts! *(Wie ein Echo von der andern Seite: Vorwärts mit Dir, Du Lump!)* Hörtest Du nicht Stimmen im Dunkel?

ZWEITER SOLDAT: Mir war so, als riefe uns jemand zu. *(Von rechts kommt Tschang-ling, ebenfalls von zwei Soldaten eskortiert, die hölzerne Krause um den Hals)*

DRITTER SOLDAT: Vorwärts, Du Schwerverbrecher, Du Revolutionär, Dir wird man es eintränken.

VIERTER SOLDAT: Begehrt gegen die Staatsgewalt auf, die sich in uns verkörpert.

DRITTER SOLDAT: Hat ein Attentat auf die geheiligte Person der Majestät an geweihter Stelle mitten im Gerichtssaal begangen.

VIERTER SOLDAT: Wollte ihm das Messer mit dem Zeichen der Lotosblüte in die Brust stoßen.

TSCHANG-LING:

So einsam wir durch unsre Tage gehen,
Daß wir kein Weib, keinen Hund uns zur Seite sehen.
Sie stehen links und rechts und reichen sich die Hände
Und stehen da wie schwere, graue Wände,
Mich zu zerschmettern. Gepeitscht von ihren Gedanken,
Muß ich durch ihre dumpfe Gasse schwanken.
Sie schließt sich hinter mir zum eisernen Wall.
Grell durch die Einsamkeit dröhnt meiner Taumelschritte Widerhall.

O Leid! O Zeit! Was kam ich in einem Land zur Welt, wo Gerechtigkeit nur ist für die Reichen, und die Armen ein Spielball sind ihrer herrischen Lüste! In diesem Land gilt gut als böse, und böse als gut. Der Ochsenfrosch bläst sich auf und will fliegen. Der Schmetterling fällt in den Teich und ertrinkt. Wer vor Hunger zu Boden stürzt, erhält noch einen Tritt in den Leib. Der Reiche, der sich von der Arbeit der Armen mästet wie eine feiste Ente, lächelt ihrer Tränen. Hier spricht jeder eine andere Sprache. Der Vater versteht den Sohn nicht, und der Sohn nicht den Vater. Liebe – Liebe – was ist das für ein sinn- und gewinnloses Wort! Krähenspuren im Schnee, wie bald sind sie verweht. Der Mann prügelt grinsend die Frau. Lächelnd betrügt die Frau den Mann. Die Kinder werfen mit Steinen nach dem Greis. Der blinde Bettler an der Tempelpforte ist ihnen ein Hohngelächter. Wenn Krieg ist, winseln sie um Waffenstillstand, aber wenn Friede ist, gehen sie mit Messern aufeinander los. Einer ist die Bestie des andern. Sie hassen den eigenen Volksgenossen heißer als den Feind außerhalb der Landesgrenze. Da der Feind mächtig ist, und ihre Waffen wie Weidenruten sind gegen einen Wald von Speeren, so erproben sie ihren Kampfesmut an ihren schwächeren Volksgenossen und schlagen todesmutig und todeswütig den eigenen Bruder tot, wenn er keine Waffe hat, sich zu wehren; oder sie schießen aus dem Hinterhalt mit vergifteten Pfeilen nach ihm. Auf den Kathedern der gelehrten Schulen sitzen Esel als Professoren – dutzendweise. Sie haben sich Löwenfelle übergezogen und predigen den Krieg. Der Esel gegen die Löwen, der Hase gegen die Füchse. Neulich begegnete ich aber einem wahrhaft weisen Manne. Er war als Zugtier vor einen Karren gespannt, die Geißel flog über seinen entblößten Rücken, und er wieherte wie ein Pferd. Laßt ihn nur, schrie der Kutscher blökend, er ist im Monat des Pferdes geboren. Laßt ihn nur Pferd sein. Der Kaiser aber sitzt in Peking auf seinem Thron aus Lapislazuli. Er hält die Augen geschlossen wie Gott Fo. Er sieht nur nach innen und meditiert. Ach, daß ich Gott selbst das Messer mit der Lotosblüte in den Bauch rennen könnte!

DRITTER SOLDAT: Er lästert Gott und die Heiligkeit der Majestät! Na warte, Bürschchen! Tausend Bambushiebe sind Dir vor der Exekution noch so sicher wie das Amen beim Gebet.

HAITANG: *(aufschreiend)* Bruder!

TSCHANG-LING: Schwesterseele!

ERSTER SOLDAT: Kamerad, wenn es Dir recht ist, so wollen wir, da unsere Transporte ja doch den gleichen Weg nach Peking haben, die Verbrecher mit den Zöpfen zusammenbinden. Nun werden sie leichter vorwärts zu treiben sein.

DRITTER SOLDAT: Das wollen wir also tun. *(Morgenstimmung, es hat aufgehört zu schneien)* Hier muß eine Schenke in der Nähe am Wege liegen. Da wollen wir uns Glühwein geben lassen und unsere erstarrten Glieder etwas wärmen. Es war eine bitter kalte Nacht. *(Klopfen an die Schenke, die aus dem Morgenrot taucht)* Heda! Aufgemacht!

WIRT *(von innen)*: Sofort, meine Herren, sofort! *(Schlüsselrasseln. Von fern Trompetenstöße)*

ERSTER SOLDAT: Das ist das Zeichen Seiner Exzellenz, des Oberrichters Tschu-tschu. Er ist ebenfalls auf dem Weg nach Peking. *(Läufer. In einer Sänfte wird Tschutschu vorübergetragen. Kotau der Soldaten und des Wirts. Tschang-ling und Haitang bleiben aufrecht stehen. In einer zweiten Sänfte Tschao. In einer dritten Yü-pei, jetzt Frau Tschao, mit dem Kinde. Als Haitang das Kind sieht, stürzt sie auf die Sänfte zu, reißt Tschang-ling mit sich)*

ZWEITER SOLDAT: Zurück mit Dir, Weibsstück! Wirst Du wohl die hohen Herrschaften nicht belästigen?

HAITANG: Mein Knabe Li! Erkennst Du mich? Erkennst Du Deine Mutter? *(Der Zug der Sänften wie ein Schattenzug ab)*

ERSTER SOLDAT: Wirt, schnell für jeden von uns einen Glühwein. Und dann ihnen nach. Um Mittag müssen wir in Peking sein.

WIRT: Sofort! Heißes Wasser ist schon angesetzt. Sollen die Herren Verbrecher ebenfalls einen Schluck –?

DRITTER SOLDAT: Wenn sie das Geld haben zu zahlen, habe ich nichts dagegen.

TSCHANG-LING: *(ist zusammengesunken)* Ich habe kein Geld; aber ich sterbe, ich erfriere, ich verdurste.

HAITANG: Herr Wirt, ich habe kein Geld; aber ziehen Sie mir den kleinen Übermantel aus, ich flehe Sie an, nehmen Sie ihn als Bezahlung für ein Glas Wein. Trink, Bruder, trink, das wird Dich wieder zum Leben erwecken.

TSCHANG-LING: Die Sage geht, daß vom Silberstern zuweilen Engel auf die Erde herniedersteigen. Haitang, bist Du ein Mensch?

SOLDATEN: Vorwärts nun, zum Kaiser!

HAITANG: Sonne, ich habe meinen Schatten verloren. Sonne, rote Blüte im Schnee, wenn Du am Abend verblaßt, wirst Du Deine welken Blütenblätter auf das Doppelgrab eines Bruders und einer Schwester streuen. *(Alle ab. Gleich darauf erscheint mit einer Papierlaterne der Wirt und ruft ihnen nach)*

WIRT: Herr Unteroffizier, Herr Unteroffizier, Sie haben das Bezahlen vergessen!

SOLDATEN: *(aus der Kulisse)* Komm her, wenn Du bezahlt sein willst – fünfundzwanzig Stockhiebe für jeden Glühwein!

WIRT:

Da steh ich nun, ich armer Mann,
Und nimmt kein Gott sich meiner an.
Wer eine Waffe trägt in der Hand,
Der hat die Macht im ganzen Land.
Darf ungestraft stehlen, rauben, morden
Und ist am Ende gar Kaiser geworden.
Der Heilige ein Dummkopf, der Mörder ein Held –
Wo ist Gerechtigkeit auf der Welt?

(Er bläst seine Laterne aus. Die Sonne steht als roter Ball über der Schneelandschaft)

Vorhang.

FÜNFTER AKT

Die ersten Szenen spielen vor einem Vorhang, der später sich öffnet und den Thronsaal des kaiserlichen Palastes in Peking zeigt.

KAISER: *(der ehemalige Prinz Pao)* Diktiere, Bruder Dichter, Deine Verse, die Verse, die Dir heute nacht zwischen Traum und Wachen eingefallen sind; ich will sie niederschreiben mit silberner Tusche auf Schwarz.

DICHTER: Improvisation des Kaisers für eine ferne Geliebte – schreib, Bruder Kaiser –

Blume
Frau,
Dem Kaiser ist ein Lächeln eingegraben,
Ewiges Lächeln, unvergänglich seit er Dich sah.
Die Jahreszeiten fliehen an Dir vorüber
Auf jagenden Rossen –
Du bleibst Dir gleich
Dir treu.
Auf der Nordseite der Terrasse
Beugst Du die jungfräulichen Brüste über das Blumengeländer
Eine Blume zwischen den Lippen.

KAISER: *(schweigt, dann)* Du sprichst aus meinem Herzen, Li. Kennst Du die Frau, an die ich oft denke?

DICHTER: Ich kenne sie nicht, doch wird sie Deiner würdig sein.

KAISER: Sie war Teehausmädchen in Nanking. Es ist ein Jahr her. Damals lebte der alte Kaiser noch, damals war ich noch der simple Prinz Pao, und mich hatte nicht das Los unter fünfzehn kaiserlichen Prinzen zum neuen Kaiser erwählt. Ich wollte einen Abend totschlagen, wie ich so viele meiner leeren Abende und Nächte totgeschlagen mit einem Mädchen, Reiswein, Gesang und Tanz in einem Teehaus.

Ich ging in das erste beste am Weg. Ein weißer Vogel auf schwarzem Grund war sein Schild. Was für einen schönen, weißen Vogel traf ich im Käfig drinnen!

DICHTER: Ihr zwitschertet zu zweit im Wechselgesang –

KAISER: Bis ein Habicht aus den Wolken stieß und mir den kleinen, weißen Vogel raubte.

DICHTER: Du verfolgtest den Räuber Deines Glückes?

KAISER: Ich hatte kein Recht dazu.

DICHTER: Und fragt ein Liebender nach Recht und Macht?

KAISER: Vielleicht, daß ich zu wenig liebte?

DICHTER: Wer liebt, der stiehlt und mordet um sein Glück.

KAISER: Gerechtigkeit – so heißt des Kaisers oberstes Gesetz und aller Tugenden Tugend. Ich habe darum für heute alle Verbrecher, die in meinem Reich seit meiner Thronbesteigung zum Tode verurteilt wurden, samt ihren Richtern hierher in meinen Palast entboten, um Gerichtstag zu halten. Ich habe Frieden geschlossen mit den Feinden des Landes, den Tataren; mich dauerte das unnütz vergossene Blut. Vergossen um den Besitz einer dürren, unfruchtbaren, gleichgültigen Provinz an der Wüste Gobi. Ich trat sie leichten Herzens dem Feinde ab. Nun will ich gegen die inneren Feinde zu Felde ziehen. Der innere Feind aber ist vor allem – ein bestechliches Beamtentum. Ungetreue Richter, deren Seele vergeizt und verfilzt, und deren Urteil käuflich ist wie Fische am Markt. Ich will den Unterdrückten meines Volkes helfen, ich will ihr Bruder, nicht ihr Richter sein. Mein Schatten aber genüge schon, den Bösewichtern Schrecken einzujagen. Die Lilie meines Wappens für die Guten, das Schwert darin für die Schurken. Auf den steinernen Tisch, in den die Gesetze eingegraben sind, habe ich das Zeichen »Im Namen des Gottes« eingraben lassen. Wer dieses Zeichen sieht, der sei von heiliger Scheu durchdrungen. Denn der Gott richtet durch meinen Mund. *(Ein Zeremonienmeister tritt auf)*

ZEREMONIENMEISTER: Untertänigst zu vermelden, Euer Majestät, es ist Zeit, sich zu der Sitzung umzukleiden.

KAISER: Ich komme. Begleite mich, Li. Setz mir die Krone auf. Aus wessen Händen nähme ich sie lieber, als aus den Deinen. Ich will, daß unsere Freundschaft immer bestehe und Du immer um mich seist. Ich werde Dich zum Mitglied der Kaiserlichen Akademie der Wissenschaften und Künste und zum Oberaufseher der Annalen und Staatsarchive ernennen. Du mußt die sonderbaren und hervorragenden Ereignisse meiner Regierungszeit, der Nachwelt zum Denkmal, in Worte und Schriftzeichen fassen. Möge die Zeit meiner Regierung Dir nur Anlaß zu guten Zeichen geben!

DICHTER: Ich danke Dir: dem Menschen, dem Freund, dem Kaiser. *(Alle drei ab)*

(Es erscheinen Tschu-tschu, Frau Ma, jetzt Frau Tschao, das Kind auf dem Arm)

TSCHAO: Warum bist Du überhaupt mitgekommen? Deine Anwesenheit ist hier völlig deplaciert, um nicht zu sagen überflüssig.

FRAU MA: Kaum sind wir verheiratet, so hast Du Deine Maske der Ergebenheit und dienenden Liebe schon abgeworfen. Du gönnst mir auch keine Freude. Daß ich den Kaiser von Angesicht zu Angesicht sehen soll, das achtest Du gering? Ich brenne danach, den Sohn des Himmels zu sehen.

TSCHAO: Er wird weniger nach Dir brennen.

FRAU MA: Ist es wahr, daß die Krone ihm nach und nach auf dem Kopf festwächst? Daß seine Haare pures Silber werden und seine Fingernägel Perlmutter? Ist es wahr, daß der Blick seiner Augen töten kann, wen er will? Daß seine Augen blaue Saphire sind, und daß ihm die menschlichen bei der Thronbesteigung ausgestochen werden?

TSCHAO: Red keinen Unsinn, ungebildete, abergläubische Gans, und verhalte Dich nur recht ruhig im Hintergrunde.

TSCHU: Ich muß ja sagen, daß mir nicht ganz wohl zumute ist, wenn ich daran denke, daß der Kaiser mit seinen Augen mich anblitzen wird. Er ist ein junger, tatkräftiger Herr. Er wird wie alle jungen Menschen reformsüchtig sein. Unter dem alten hatte unsereiner nichts zu befürchten. Er war so alt, daß er seine Augen selbständig gar nicht mehr aufhalten konnte. Bei Audienzen mußte man kleine Elfenbeinstäbchen zwischen die Lider stecken. Vor diesen Augen konnte man anstellen, was man wollte, sie entdeckten nichts. Aber der neue Herr – ich fühle einen leichten Schwindel im Kopf.

TSCHAO: Wenn Ihr Euch nicht zu beherrschen wißt, so könnt Ihr ihn leicht verlieren.

TSCHU: Den Schwindel? Das will ich hoffen!

TSCHAO: Den Kopf!

TSCHU: Nun, so fest wie der Eure sitzt er mir auch noch auf der Schulter. *(Sie treten seitwärts. Der Vorhang hebt sich, und die Bühne stellt den Thronsaal dar. Im Hintergrund der Thronsessel des Kaisers. Trompetenstoß des Zeremonienmeisters. Alles fällt im Kotau nieder. Der Kaiser im Ornat schreitet langsam bis zum Thronsessel, auf dem er sich niederläßt)*

KAISER:

Durch Gottes Gnade auf den Thron berufen,
Sandt ich in die Provinzen meines Reichs Stafetten.
Daß ich als erste Handlung meines Amts
Des Rechtes Banner hier errichten wollt –
Die goldene Fahne mit dem Drachen drin.
Es sollten Richter und Gerichtete
Vor meinem Thron erscheinen, Rechenschaft
Von sich und ihren Taten abzulegen.
Ich bin den Schmeicheleien unzugänglich,
Die Ohrenbläser blasen in die Luft.
Ich richte auch die Richter. Wer Beschwerde
Gegen sie hat, erhebe sie. Der gelbe Saal
Hat tausend Augen, alles zu durchschaun,
Und tausend Hände, die das Richtschwert schwingen.
Hier auf den Stufen meines Tribunales steht
Ti-sching gemalt: Sprich leise, handle leise, denke leise!
Ein jeder gehe mit sich selbst zu Rat,

Der hier das Wort ergreift. Im Park die Bäume
Sind kahl und ohne Blätter. Doch sie werden
Verbrecher, falsche Zeugen, falsche Richter
Als sonderbare Blüten tragen. *(Zu Tschang-ling)*
Du da,
Mit Deinem Zopf an jenes Weib gebunden –
Soldaten, löst die Zöpfe – sage mir,
Warum bist Du im Block, und was ist Dein Verbrechen?
Was bleibst Du stehn und fällst nicht in die Knie?

TSCHANG-LING:
Gäb es Gerechtigkeit in diesem Land,
Ich stünde nicht im Block vor Dir.
Wer so viel litt, wie ich, der kniet
Vor keinem Menschen mehr.

KAISER: Du wagst es, mich zu duzen?

TSCHANG-LING:
Ich stehe vor dem Tod – vor Dir –
Und soll ich mir den Kopf da noch beschweren
Mit all den Riten, Du und Sie und Euch
Und Majestät?
Doch wenns Dich schmeichelt, daß
Ein Mann aus niederer Kaste,
Niederer Gesinnung,
Dich »Majestät« nennt, gut, es sei.
Ich beuge mich der Majestät des Todes.

KAISER: Der Richter. *(Tschu Kotau)* Was verbrach der Mann?

TSCHU: Er lästerte des Himmels Sohn, die geheiligte Majestät. Keine Strafe ist zu hoch für ihn. Er muß in hundertzwanzig Stücke zerschnitten werden, und sein Kopf auf der Mauer aufgespießt werden, den Raben zum Fraß, den Untertanen zur Warnung, ihre Zunge besser im Zaum zu halten.

TSCHANG-LING: Das vollgefressene Schwein stinkt aus dem Maul. Die Lippe trieft vor Fett und Lügen.

KAISER: Er lästerte die Majestät – mit welchen Worten?

TSCHU: Er beschmutzte mit dem Unflat seiner Flüche den hohen Gerichtssaal von Tscheu-kong.

KAISER: Die Worte –

TSCHU: Untertänigst zu vermelden: – kaum wag ich, sie zu äußern; die Zähne weigern sich, sie freizulassen – der neue Kaiser wird auch nicht besser sein als der alte.

KAISER: Dies sagte er?

TSCHANG-LING:

Und dieses noch dazu:
Wir Armen werden unter seinem Banner
Rechtlos am Straßenrand verrecken wie bisher.
Denn Recht hat nur, wer Macht hat, Geld, ein Amt.
Die Möglichkeit, den Richter zu bestechen
Mit Talerchen, mit einer schönen Frau,
Der eigenen vielleicht, was tut's?
Der Kaiser sitzt in Peking auf dem Thron –
Peking ist weit – des Kaisers Sinn so tief
Mit hoher Politik beschäftigt. Recht?
In China gäb es Recht? Daß ich nicht lache!

(Er weint)

TSCHU: Er ist ein Revolutionär. Ein Mitglied des Bundes vom weißen Lotos.

KAISER: Du weinst; weinst Du um Dein Geschick?

TSCHANG-LING: Ich wein um China.

KAISER:

Nehmt ihm den Halsblock ab! Er sei befreit!
Wer solche Tränen weint, ist kein Verbrecher.
Sie netzen
Die Blume seines Herzens
Wie Tau.
Daß er mich lästerte, verzeih ich ihm.
Er lästerte aus einem edlen Willen,
Die schlechte Welt zu bessern.
Uns eint das gleiche hohe Ziel. Komm, sei mein Freund,
Und hilf mir, meinen Dornenweg zu schreiten!

TSCHANG-LING:

Du bist in Wahrheit aller Himmel Sohn.
Ich küsse Deines Sternenmantels Saum.

KAISER: Ich lese hier einen mir vom *(in Akten blätternd)* Richter zu Tscheu-kong *(Tschu Kotau)* eingereichten Bericht. Es handelt sich darin um eine Frau zweiten Grades namens Tschang-Haitang. *(Tschang-Haitang hebt den Blick, den sie bisher gesenkt gehalten. Kaiser und Haitang erkennen sich)* Diese Dame soll ihren Mann ermordet und sich aus Erbschaftsgründen des Kindes der ersten Frau haben bemächtigen wollen?

TSCHU: So ist es.

KAISER: Verbrecher dieser Art gehören in die zehn Kategorien, die mit dem Tode bestraft werden. *(Haitang in die Knie sinkend)*

KAISER: Tschang-Haitang, ist es wahr, daß Du Deinen Mann vergiftet und der ersten Frau das ihr gehörige Kind geraubt hast, um die reiche Erbschaft antreten zu können? *(Haitang schweigt)*

TSCHAO: Eure Majestät ist ein Spiegel, der sie blendet...

TSCHU: Eure Majestät ist die Sonne, die uns alle blendet.

KAISER: Tschang-Haitang, welchem Beruf gingest Du nach, ehe Du Herrn Ma heiratetest?

HAITANG:

Am Ufer hinter Weiden steht ein Haus,
Ein kleines Mädchen sieht zur Tür hinaus.
An der Volière steht der Mandarin,
Ein kleiner Vogel singt und hüpft darin.
Verschließ den Käfig, hüte gut das Haus,
Sonst fliegt der Vogel in den Wald hinaus.

KAISER: Du warst ein Blumenmädchen? *(Haitang nickt)* Wer waren die Besucher des Hauses hinter den Weiden?

HAITANG: Herr Ma holte mich aus dem Haus, den ersten Tag schon, den ich darin verbrachte.

KAISER: Hat niemand sonst Dich dort besucht?

HAITANG: Ein junger Herr besuchte mich.

KAISER: Wer war der junge Herr?

HAITANG: Würd ich seinen jetzigen Namen nennen, er würde glauben, ich wollte, mein Schicksal zu erleichtern, ihm schmeicheln, um Linderung meiner Qualen betteln, Gnade vor Recht erflehen. Ich nenne seinen Namen nicht. Ich fordere Gerechtigkeit, sonst nichts.

KAISER: Und Liebe, würdest Du nicht Liebe fordern, wenn Du selber liebtest?

HAITANG: Ich liebe mein Kind.

KAISER: Die beschworenen Zeugenaussagen hier in den Akten besagen, daß das Kind, das Du für Dich in Anspruch nimmst, nicht Dein Kind ist. *(Haitang schweigt)*

TSCHANG-LING: Die Zeugen sagten falsch aus. Sie sind bestochen von der ersten Frau.

FRAU MA: Er lügt.

KAISER: Der Richter ist dazu bestellt, wahres und falsches Zeugnis zu scheiden.

TSCHANG-LING: Der Richter war bestochen wie die Zeugen –

TSCHU: Er lügt.

KAISER: Die erste Frau des Mandarinen Ma ist im Saal, wo ist sie? *(Frau Ma tritt vor. Kotau)* Weib, sprich, wer ist die Mutter des Kindes, das Du auf dem Arme trägst?

FRAU MA: Ich bin es, Majestät –

KAISER: Gut. – Zeremonienmeister!

ZEREMONIENMEISTER: Majestät –

KAISER: Nehmt ein Stück Kreide, zieht einen Kreis hier auf dem Boden vor meinem Thron, legt den Knaben in den Kreis.

ZEREMONIENMEISTER: Es ist geschehen.

KAISER:

Und nun, Ihr beiden Frauen
Versucht, den Knaben aus dem Kreis zu ziehen,
Zu gleicher Zeit. Die eine packe ihn am linken,
Die andere am rechten Arm. Es ist gewiß,

Die rechte Mutter wird die rechte Kraft besitzen,
Den Knaben aus dem Kreis zu sich zu ziehn.

(Die Frauen tun wie geheißen. Haitang faßt den Knaben nur sanft an, Frau Ma zieht ihn brutal zu sich hinüber) Es ist augenscheinlich, daß diese *(zu Haitang)* nicht die Mutter sein kann. Sonst wäre es ihr wohl gelungen, den Knaben aus dem Kreis zu ziehen. Die Frauen sollen den Versuch wiederholen! *(Wieder zieht Frau Ma den Knaben zu sich)* Haitang, ich sehe, daß Du nicht die mindeste Anstrengung machst, das Kind aus dem Kreis zu Dir herüberzuziehen. Was bedeutet das?

HAITANG: Ich fürchte den Groll der Majestät. Sie sieht finster zu mir herab wie ein Wolf oder Tiger und wird mich verschlingen, wenn ich nicht gehorche. Allein ich vermag es nicht. Ich habe dieses Kind unter meinem Herzen getragen neun Monate. Neun Monate hab ich mit ihm gelebt, neun Monate länger als andere Menschen. Ich habe alles Süße mit ihm genossen, alles Bittere mit ihm gelitten. Wenn er fror, wärmte ich seine Gliederchen. Seine Gelenke sind so zart und zerbrechlich wie Strohhalme, wie Hanfhalme. Wenn ich mein Kind nur dadurch bekommen kann, daß ich ihm die Arme ausreiße, so soll nur jene, die nie die Schmerzen einer Mutter um ihr Kind gespürt hat, es aus dem Kreis ziehen.

KAISER: *(ist aufgestanden)* Erkennt die ungeheure Macht, die in dem Kreidekreis beschlossen liegt! Jene Frau *(zu Frau Ma)* trachtete sich des gesamten Vermögens des Herrn Ma zu bemächtigen und raubte darum das Kind. Da nun die wahre Mutter erkannt ist, wird auch die wahre Mörderin zu finden sein. Ich lese in den Akten den Wortlaut des Schwures, den Frau Ma gesprochen. Frau Ma, wiederholen Sie den Schwur!

FRAU MA: Ich – schwöre – bei – den – Gebeinen – *(gebrochen)* meiner – Ahnen, daß die, die nicht die Mutter des Kindes ist – Herrn Ma vergiftet hat.

KAISER: Ihr schwurt den entsetzlichen Schwur, daß Ihr selbst die Mörderin des Herrn Ma seid –

FRAU MA: So – ist – es –

KAISER: So bekennt Ihr Euch des Mordes an Eurem Gatten schuldig?

FRAU MA: Ich – bekenne – mich – schuldig.

KAISER: Die Delinquentin in den Stock. Werft ihr die hölzerne Krause über.

FRAU MA: Doch hat mich jener angestiftet, der mich liebt. *(Auf Tschao weisend)*

TSCHAO: *(winselnd)* Ich angestiftet? Ich Dich lieben? Herr der Himmel, hört dieses lügnerische Schandmaul! Ist ihr Gesicht nicht ein einziger Schminktopf, und laufen unter der Schminke nicht die Runzeln wie in einem herbstlichen Acker die Furchen?

FRAU MA: Und dennoch wolltest Du Dir einmal meinethalben Dein schmutziges Leben nehmen und sagtest mir einst, ich sei bezaubernd schön wie Kwanyin.

TSCHAO: Wie Kwanyin! Das ist wohl lange her! Und ich Dich angestiftet? Wer hat die falschen Zeugen bestochen – die Hebamme, die zwei Kulis? Wer war gierig wie eine Elster nach Herrn Mas Vermögen? Ich bin nur ein kleiner, bescheidener Beamter. Wie hätte ich das Geld aufgebracht, den Nimmersatt Exzellenz Tschu, Oberrichter von Tscheukong, mit hundert Taels zu bestechen?

TSCHU: Ich hätte mich bestechen lassen, ich, der unbestechlichste Richter weit und breit?

KAISER: Ich vernehme von Ihrem sagenhaften Reichtum; ein unbestechlicher Beamter kann seinen Söhnen nicht Gold und Edelsteine hinterlassen.

TSCHAO: Drückt ich selbst Eurer Exzellenz dem goldgreifenden Tiger nicht den Beutel mit Gold in die Hand, den jene mir für Euch eingehändigt?

KAISER: Genug des unwürdigen Gekeifes und Gezänkes! Wie ein Rattenkönig seid Ihr miteinander verfilzt in Eurer Schuld. Bindet sie mit den Zöpfen aneinander.

Und Du, Haitang, der man so bitter Unrecht tat,
Das reinste Herz, das diese Erde trug, verdächtigte,
Die man gerichtet ohne Grund und Recht –
Ich trete ab vom Richterstuhl und lege
Den Stab des Rechts in Deine rechte Hand.
Sprich du das Urteil über diese drei
Aus Deinem klaren Herzen, das
Klar wie ein Quell allein den Himmel spiegelt.
Ich hüte Dir das Kind auf Deinem Arm.

HAITANG *(vom Thron)*:

Ich halte über Euch den Stab des Rechts –
Und breche ihn, weil ich nicht richten will.
Dem Menschen steht das Richteramt nicht zu,
Der selber Unrecht denkt und Unrecht tut!
Ich muß mich dessen wahrhaft schuldig sprechen.
Der da ließ sich bestechen –
Ließ ich mich nicht bestechen einst durch eines Jünglings Wesen?
Der fällte falsches Urteil –
Fällte ich nicht falsches Urteil über Ma?
Der zweite liebte. Seine Schuld war Liebe –
Hab ich und Ihr, hat jeder nicht
Aus Liebe schon gefehlt?
Die Dritte – daß sie mir mein Kind gestohlen,
Verzeih ich gerne ihr – stähl ich es selber doch,
Das reizende, das liebliche,
Säh ich's bei einer andern.
Daß sie den Gatten tötete,
Dies freilich ist entsetzlich,
Und ein Gefühl der Rache steigt in meine unbewehrte Brust.

KAISER:

Was diese Drei Dir angetan,
Du achtest es für nichts?

HAITANG:

Wie darf der Richter Recht von sich aus sprechen?
Das höchste Wesen sprech aus seinem Mund!
So sprech ich Tschu und Tschao des Richteramts verlustig –
Sonst sind sie frei und mögen gehen, wohin es ihnen gefällt.
Frau Ma, auch Ihr seid frei – doch freigesprochen nicht.
Gewiß besitzt Ihr noch von jenem Zucker,
Den Ihr Herrn Ma einst in den Tee geschüttet,
Geht – kocht Euch Tee – und sprecht Euch Euer Urteil selbst!
(Tschao, Tschu und Frau Ma ab)
Tschang-ling, mein Bruder!

KAISER: Ich verleihe ihm den durch das Ausscheiden des Herrn Tschu erledigten Richterstuhl von Tscheu-kong.

TSCHANG-LING: Leb wohl! Des Lotos weiße Blüte wird immer über Dir leuchten! *(Ab. Die Seitenvorhänge fallen, die letzte Szene spielt wie die erste des fünften Aktes vor ihnen)*

HAITANG: Mein Kind! Mein Kind! Mein Pantherköpfchen, mein Luchsäuglein, mein Hasenöhrchen, mein Aprikosenwängelein, mein Pfirsichärschlein! Trugst ein kleines Mützchen, hab ich selbst gestrickt, hab ich dreingestickt die acht Genien und den Gott des langen Lebens. Kleine Schellen klingeln an der Mütze, hör Dich, kleiner Narr; dunkelrot ist Dein Rock, grün Dein Jäckchen, buntes Höschen wie ein Hahn, wie ein Pfau. Deine Schuhchen vorn sperren sich wie ein Tigerrachen – ha! wie er nach mir schnappt, der böse Tigerschuh! Wie süß Du duftest, wenn man Dich küßt! Du hast auch einen schönen Namen bekommen: Li heißt Du; das bedeutet Licht, Licht meines Lebens! Leuchte meiner Nacht! Drachensproß, Phönixsohn! Der Herr des südlichen und nördlichen Polarsternes verleihe Dir ein langes Leben von neunundneunzig Jahren! Du wirst einst im hellen Glanz erstrahlen! Die Sonne wird sich beschämt verkriechen, und der Mond sich mit seinem goldenen Krummschnabel den Bauch aufschlitzen. Du aber wirst leuchtend auf dem Turm der azurnen Wolken stehen. Ich bin so froh und beglückt um Dich. Ich danke dem höchsten Wesen, daß es mich erschaffen, den Eltern, daß sie mich erzogen, der Erde, daß sie mich ernährt hat.

Verborgenes ward durch Liebe offenbar.
Die Dunkelheit ward durch die Liebe klar.
Die Liebe macht die Lügner stumm.
Die Liebe bringt die Hoffart um.
Die Liebe brennt wie Sonn' so sehr,
Die Liebe rast wie Sturm im Meer,
Die Liebe bringt den Tod zu Fall.
Und Liebe, Liebe überall!

KAISER: Haitang –

HAITANG: Mein kaiserlicher Freund –

KAISER: Noch auf ein Wort, bevor ich Dich entlasse.

HAITANG: Entlaßt Ihr mich? Verlaßt Ihr mich so bald?

KAISER: In jener Nacht, da Ma im Hause Tongs Dich kaufte, Du erinnerst Dich?

HAITANG: Wie könnt' ich jene Nacht vergessen, da ich zum erstenmal Euch sah –

KAISER: Sag, was geschah in jener Nacht im Hause Mas?

HAITANG: Man brachte mich in ein Zimmer zu ebener Erde, dessen Schiebetüren nach dem Garten hinausgingen. Ich weinte, bat um Ruhe. Herr Ma ließ mich allein. Ich trat auf die Terrasse. Der Mond schien. Die Blumen dufteten. Im Park sprang ein Springbrunnen. Es war so drückend heiß, daß ich die Tür zum Garten offen ließ. Als ich mich niederlegte, da hatte ich einen wunderlichen Traum –

KAISER: Was träumtest Du?

HAITANG: Ich träumte, ich läge im Zimmer bei Ma, wo ich in der Tat auch lag, und es käme ein junger Herr durch den Park geschlichen, leise, wie der Panther schleicht. Er trat in mein Zimmer, setzte sich auf das Kang, auf dem ich lag, legte sich zu mir, liebte mich, umarmte mich wie ein Ehemann sein Eheweib.

KAISER: Wie kommt es, daß Du diesen Traum so treu bewahrtest im Gedächtnis?

HAITANG: Ei, lieber Herr, ich träumte von Euch, daß Ihr zu mir gekommen. Und wenn ich recht bedenke, war im Traum ich herzlich froh, daß Ihr die Blume meines Parkes pflücktet.

KAISER: Dies alles träumtest Du?

HAITANG: Ich träumt' es nur.

KAISER: Haitang, was Du geträumt, es hat in Wahrheit sich begeben. Ich folgte Dir in jener Nacht, stieg übern Bambuszaun, schlich in Dein Schlafgemach, und derart schön erschienst Du mir, daß ich entzündet wurde und meiner Sehnsucht und Begier nicht widerstand. Ich liebte Dich, die Schlafende, die einmal nur im Schlafe leise seufzte. Kannst Du verzeihen, was ich aus allzugroßer Liebe gewagt?

HAITANG:

Verzeihen will ich Dir, wenn Du dies Kind
Als Deins erkennst, denn also muß es sein.
Gezeugt hat es der Sturm, geboren hats der Wind.
Sein Pate war der gelbe Mondenschein.

KAISER: Noch heut verkünd ich Dich dem Volk als meine Gattin.

HAITANG: *(hebt das Kind hoch)*

Mein Mondkind! Mein Sonnenkind!
Mein Schmerzenskind! Mein Herzenskind!
Ich habe alles Leid auf mich genommen,
Das je Dich könnte überkommen.
Dir werden alle Glocken Freude läuten.
Dir werden alle Tage Glück bedeuten.
Gerechtigkeit, sie sei Dein höchstes Ziel,
Denn also lehrt's des Kreidekreises Spiel.

Vorhang.

X.

Wo andre gehn, da muß ich fliegen – Der Dichter Klabund alias Alfred Henschke

Nachwort von Matthias Wegner

Klabund lesen – heute noch? Es gibt gute Gründe dafür, daß nur noch wenige Leser(innen) diesen Dichter und sein Werk kennen. Die Älteren mögen sich noch an das eine oder andere seiner frechen Brettl-Gedichte erinnern, oder an das noch in den Jahren nach dem zweiten Weltkrieg verschiedentlich gespielte Stück »Der Kreidekreis«. Die gleichnamige Oper Alexander von Zemlinskys nach Klabunds Vorlage ist gelegentlich noch zu hören (auch in einer vorzüglichen CD-Aufnahme). Seine Bücher, die im ersten Drittel des 20. Jahrhunderts oft Bestseller-Auflagen erzielt hatten, fristen nur noch in Antiquariaten ein wenig beachtetes Dasein. Eine von Marianne Kesting unter dem Titel »Der himmlische Vagant« zusammengestellte Werk-Auswahl traf bei ihrem Erscheinen im Jahr 1968 auf geringe Resonanz. Klabund paßte nicht mehr in eine politisch aufgewühlte Gegenwart. Gelegentlich stößt man noch in Anthologien auf ein Klabund-Gedicht. Als dauerhaft hat sich weniger das Werk erwiesen als der Name des Dichters – wer ihn einmal gehört hat, kann seinen geheimnisvollen Klang nicht wieder vergessen. Er klingt wie aus einem alten Märchen. Und etwas Märchenhaftes haftet ihm in der Tat auch an. Als eine Zusammenziehung von Klabautermann und Vagabund hat der Dichter, der mit richtigem Namen Alfred Henschke hieß, sein literarisches Pseudonym bezeichnet. Das klingt schön, ist aber nur die halbe Wahrheit. Als der junge Student Alfred Henschke einigen Anlaß hatte, sich zumindest als Autor hinter einer schützenden Maske zu verbergen – er hatte mit blasphemischen Versen den Staatsanwalt gegen sich aufgebracht –, da erinnerte er sich eines Freundes seines Vaters, und dieser hieß Klabund. Kurzerhand machte er sich diesen Namen zu eigen.

Heute darf der Name Klabund in keinem Literatur-Lexikon fehlen, aber er ist nur noch ein Relikt der Literaturgeschichte.

Oft beschränken sich die Angaben auf knappe Hinweise zu seiner Brettl-Lyrik. Die nimmt in seinem umfangreichen Gesamtwerk einen wichtigen Platz ein, doch hat der Dichter selbst nie viel mehr als »Gelegenheitsdichtung« in ihr gesehen: eilig zu Papier gebrachte Verse für den Kleinkunst-Gebrauch. Sie wurden oft in Zeitungen und Zeitschriften gedruckt, auf kleinen Bühnen rezitiert (gelegentlich auch vom Autor selbst) und von Komponisten zu Bänkelliedern und Gassenhauern, frechen Chansons oder düsteren musikalischen Balladen vertont. Friedrich Holländer oder Edmund Nick, Ralph Benatzky oder Werner Richard Heymann, Hanns Eisler oder Bernd Grund – die Lied-Komponisten der zwanziger Jahre – ließen sich Klabunds pointierte Verse nicht entgehen. Er lieferte den Berliner und Münchner Künstler-Etablissements wie »Schall und Rauch« oder »Simplizissimus« die frivolen, zeitkritischen Strophen, nach denen es sie verlangte: freche Impressionen, zynische Moritaten, aber auch bittere Fingerzeige auf soziale und politische Ereignisse der Zeit. Auch Rolf Liebermann hat sich Klabunds bedient – und nach einem Gedicht von ihm seine erste Komposition geschrieben.

Doch diese leichtfüßig daherkommenden Verse bezeichnen nur die eine Seite des Dichters Klabund. Daneben – oder davor – stehen auch ganz andersartige Texte: freie Übertragungen chinesischer und japanischer Lyrik, schwermütige Liebesgedichte, kleine und längere Erzählungen unterschiedlicher Qualität und aperçuhaft dahinschwebende Romane, die die Literaturgeschichte nicht ganz zu Recht in die Schublade des Expressionismus eingeordnet hat. Klabund war auch der Verfasser kämpferisch zugespitzter Publizistik und bühnenwirksamer Theaterstücke. Sein »Kreidekreis« war immerhin das meistgespielte deutsche Bühnenstück der Weimarer Republik.

Man tut diesem Dichter keinen Gefallen, wenn man seine Texte unter dem Gesichtspunkt der Vollständigkeit präsentiert (an der Freien Universität Berlin entsteht eine Gesamtausgabe, die aber über eine Ankündigung bisher nicht hinausgekommen ist). Eine Auswahl seiner Arbeiten, die die Zeitläufte einigermaßen unbeschadet überdauert haben und noch heute – oder wieder – lesenswert erscheinen, wird diesem Autor besser gerecht. So haben wir in diesem Lesebuch ohne Rücksichtnahme auf den berechtigten Vorwurf subjektiver Entscheidungen einen kleinen Querschnitt durch das Werk Klabunds gezogen, der die Vielseitigkeit und Besonderheit dieses einstmals so populären Autors an markanten Beispielen zeigen möchte: als Einladung zur Beschäftigung mit dem Werk eines Dichters, den näher kennenzulernen, sich allein wegen seiner liebenswerten Menschlichkeit und seinem Mut zum Risiko lohnt. Klabund ist ein Artist ohne Netz, seine Stärke ist seine emotionale Direktheit. Man sollte ihn wegen seiner unverwechselbaren, gelegentlich emphatisch-verzückten, oft auch melancholisch-skeptischen Töne und Einfälle lesen – oder einfach auch deswegen, weil sich in seinem Werk die kulturelle Atmosphäre während des ersten Weltkrieges und, mehr noch, der Republik von Weimar auf teilweise amüsante, teilweise bissige und sorgenvoll vorausschauende Art und Weise widerspiegelt. Man wird manche überraschenden Parallelen entdecken – ganz so ferngerückt, wie es auf den ersten Blick scheint, ist uns dieser Dichter nicht.

Geboren wurde Alfred Henschke am 4. November 1890 in der kleinen Stadt Crossen an der Oder, die damals noch zur Mark Brandenburg zählte. Heute gehört sie zu Polen, heißt Krosno Odrzanskie und macht dem Besucher auf einen Blick deutlich, daß sie bessere Tage gesehen hat. Manche Spuren der Vergangenheit sind nicht zu übersehen. Teile des alten Crossen freilich wurden im letzten Krieg verwüstet, auch der Friedhof mit dem Grab des Dichters und das Elternhaus inmitten der Stadt. Das graue, mehrstöckige Gebäude, in dem der hochbegabte Knabe Alfred Henschke einst – weitgehend vergnügt – die Schulbank drückte, dient immer noch seinem pädagogischen Zweck. Aber weder Lehrer noch Kinder, die heute hier aus und ein gehen, ahnen noch etwas von ihrem Vorgänger, der Crossens berühmtester Bürger war, weswegen man zu seinen Ehren noch während seinen Lebzeiten eine Büste in der Aula aufstellte.

Oft
Gedenk ich deiner
Kleine Stadt am blauen
Rauhen Oderstrom,
Nebelhaft in Tau und Au gebettet
An der Grenze Schlesiens und der Mark
Wo der Bober in die Oder
Wo die Zeit mündet in die Ewigkeit.

Immer wieder hat sich Alfred Henschke im Laufe seines Lebens nach dieser kleinstädtischen Idylle zurückgesehnt, in der er glückliche Jahre verbracht hatte. In den Oder-Auen, wo der Knabe unbeschwert mit seinen Freunden spielte, haben vor nicht allzulanger Zeit gewaltige Wassermassen des breiten, über die Ufer getretenen Flusses wie schon verschiedene Male zuvor für Verwüstungen gesorgt. Schon der Alte Fritz habe, so hat der leidenschaftliche Ortschronist Alfred Henschke einmal angemerkt, den Crossenern geraten, sich aus den Oder-Niederungen auf die umliegenden Anhöhen zurückzuziehen. Wohlsituierte Bürger haben diesen Ratschlag erst um die Jahrhundertwende befolgt und sich elegante Villen in sicherer Hanglage über der Stadt errichtet – heute künden sie etwas verloren und verfallen vom einstigen Glanz märkischen Bürgerstolzes.

Vater Henschke war Apotheker, Bürgermeister und begeisterter Klavierspieler, seine Frau eine fürsorgliche Mutter. Daß von den beiden Söhnen der ältere einmal die Apotheke übernehmen, der jüngere hingegen bald die Flucht in andere Regionen, vor allem in die der Kunst, antreten würde, zeichnete sich früh ab. Nach Gymnasial-Jahren in Frankfurt an der Oder, wo Alfred Henschke Bekanntschaft mit Stephan Benn und dessen älterem Bruder Gottfried schloß (die Freundschaft der beiden Dichter sollte bis zu Henschkes Tod währen), schrieb sich der Musterschüler und Klassenbeste zunächst an der Universität München als Student der Literaturwissenschaften ein. Aber anstatt in den Hörsälen die Bänke zu drücken, trieb er sich lieber in den Künstlerkreisen und -kneipen Schwabings herum, verzauberte trotz seiner schmächtigen Gestalt die Damen, fand sich am Stammtisch des großen Vorbilds Frank Wedekind in den »Torggelstuben« nahe dem Hofbräuhaus ein und begann, sich einen Namen als Dichter zu machen. Er war kein Mann der Wissenschaft, sondern ein Mann der Phantasie. Bald hatte er hunderte von Gedichten vorzuweisen, meist unsichere Etuden im Banne von Impressionismus und Expressionismus. Am Ende seines kurzen Lebens sollte die Zahl auf mehr als eintausendfünfhundert angewachsen sein. Er studiert für kurze Zeit auch in Berlin und Genf, kehrt aber stets wieder reumütig nach München zurück.

Dem älteren, literaturkundigen Mentor in Crossen Walther Heinrich schreibt der Zwanzigjährige: »Erstens: ich halte mich für einen Dichter. Sie werden sagen, das tun andre auch. Zweitens: vielleicht bin ich auch einer. Sie werden sagen, wenn Sie das nicht einmal selbst wissen! Worauf ich eine ebenso wohlfeile wie wehrlose Phrase bei den Haaren herbeiziehe: Der Zweifel ist des Glaubens liebstes Kind.« Aus diesen unbekümmerten Zeilen spricht bereits ganz der künftige »Klabund« – hinter vermeintlicher Selbstsicherheit flackert aber die Befürchtung auf, vielleicht doch nie zu den ganz Großen zu zählen. »Ob ich nun ein schlechter oder ein guter Dichter bin, jedenfalls sind mir die Organe zu einer anderen Lebensart verkümmert«, heißt es trotzig in einem anderen Brief.

Zu diesem Zeitpunkt ahnt Alfred Henschke nur vage, daß

ein Damoklesschwert über ihm schwebt, welches sein Leben und Schreiben bald zu einem verzweifelten Wettlauf mit dem Tod werden läßt. Bei einem Bad in einem eiskalten Weiher und einer anschließenden Wanderung im Regen hat sich der Knabe eine Lungenentzündung geholt, die sich zu einer schweren Tuberkulose ausweiten wird. Als er sich der damals noch weitgehend unheilbaren Krankheit endgültig bewußt wird, ist er fest entschlossen, sie einfach nicht zur Kenntnis zu nehmen. Fortan wird er den größten Teil seines Lebens – immer wieder unterbrochen durch hektisches Umherreisen, unruhige Aufenthalte in Berlin und München, Breslau (wo seine zweite Ehefrau, die Münchner Schauspielerin Carola Neher, einige Zeit am Theater arbeitet) – im warmen Tessin und in den Lungensanatorien der Schweiz verbringen müssen. Die Krankheit war auch der Grund dafür, daß der anfänglich Kriegs-Begeisterte bei Beginn des ersten Weltkrieges nicht, wie manche seiner patriotisch verwirrten Dichter-Freunde, als Soldat dienen durfte, sondern das Geschehen auf Europas Schlachtfeldern zumeist von einer Davoser Liegeterrasse aus verfolgen mußte. Dort schrieb er unermüdlich und wahrlich atemlos, lieferte er ständig Artikel für Zeitungen.

Im Winter 1912 schickt er dem Berliner Theaterkritiker Alfred Kerr drei freche, seinem damaligen Vorbild François Villon nachempfundene Verse, und der läßt sie begeistert in der Zeitschrift »Pan« drucken. Mit den Worten »Es hat ein Gott mich ausgekotzt/ Nun lieg ich da, ein Haufen Dreck« hatte eines davon begonnen – was dem Autor unverzüglich eine Strafe von 50 Reichsmark wegen »Verbreitung unzüchtiger Schriften« einbringt. Danach tauscht er seinen bürgerlichen Namen gegen das Pseudonym »Klabund« ein. Die anfänglich rauschhafte Begeisterung für den Krieg gegen Frankreich, die eine ganze Generation ergriffen hatte und die sich auch im Frühwerk Klabunds auf oft peinliche Weise spiegelt, weicht in Davos – nicht zuletzt unter dem Einfluß einer Mit-Patientin,

Brunhilde Heberle, in die er sich unsterblich verliebt – schnell der Ernüchterung: »Dem Rauschzustand 1914 habe ich längst abgeschworen, so gut wie Hugo Ball oder Johannes R. Becher, die alle stramme Kriegsfreiwillige und Anbeter der großen Sensation waren ... Ich halte es für ehrenvoller, einen als falsch erkannten Standpunkt aufzugeben, als konsequent im Irrtum zu verharren. Schon im Frühling 1915 hat sich der Umschwung in mir vorbereitet, als ich die chinesische Kriegslyrik schrieb.«

»Dumpfe Trommel und berauschtes Gong« nannte er einen ersten Band mit freien Übertragungen aus dem Chinesischen. Durch französische Übersetzungen hatte er nicht nur die chinesische, sondern überhaupt die ostasiatische Lyrik kennen und lieben gelernt und sich an sehr freizügige Nachdichtungen gewagt. Besonders hatten es ihm auch die Lehren Buddhas angetan, bot doch die Hoffnung auf eine Wiedergeburt dem gesundheitlich bedrohten Dichter zumindest eine mystische und poetische Form der Rettung aus tödlicher Gefahr. »Immer wieder muß ich geboren werden. Früher lebte ich einmal in China und schrieb, mit einer großen Hornbrille betan, kleine Verse auf große Seidenstreifen« – esoterisch verklärte Traumbilder lassen ihn fortan nicht mehr los. Gerade die chinesische Lyrik trägt viel zu Klabunds wachsender Popularität bei. Nach dem Ende des ersten Weltkrieges wird sie bei einer, ihrer bisherigen Wertmaßstäbe beraubten, verunsicherten Leserschaft sehr beliebt, nicht zuletzt auch bei den Anhängern der »Wandervogel«-Bewegung. Die Davoser Geliebte Brunhilde Heberle teilt seine Vorliebe für ostasiatische Dichter und Gelehrte. Sie hat an seiner zunehmenden Distanzierung von patriotischer Überhitzung und Kriegslust großen Anteil.

Im Juni 1917 macht er dieser inneren Befreiung in einem berühmt gewordenen »Offenen Brief an Kaiser Wilhelm II.« Luft. Er wird in der »Neuen Zürcher Zeitung« abgedruckt und enthält eine scharfe Abrechnung mit allem autoritären, nationalistischen Denken. Er fordert darin den Kaiser pathetisch zur Abdankung auf »... denn das deutsche Volk ist in Jahren unsagbaren Leidens gereift und den Kinderschuhen entwachsen: es braucht keine Bevormundung mehr. Es hat sie satt.« Bis zum Ende seines Lebens wird ihn von nun an der Haß der deutschen Rechten verfolgen. Er wird ihn sogar einmal hinter Gitter bringen. Dabei ist Klabund alles andere als ein politischer Schriftsteller. Zu allen Parteien und Dogmen hält er Distanz. Auch darin mag ein Grund dafür liegen, daß man ihn später vergessen hat. Anders als etwa Kurt Tucholsky oder Walter Mehring gehört er nie zur politischen Linken, schon gar nicht hält er es mit den Konservativen. Wiewohl sein äußerer Habitus sehr bürgerlich erscheint, ist er ein radikaler Poet, verabscheut er jede ideologische Anpassung. Er empfindet sich als einen Einzelgänger zwischen allen Stühlen und als einen unbestechlichen Verkünder allumfassender Menschenliebe.

Die Liebe zu Brunhilde Heberle, mit der zusammen er verschiedentlich auch bei Hermann Hesse Besuch macht, endet schon nach kurzer Zeit tragisch. Im Juni 1918 haben die beiden geheiratet. Im Oktober des gleichen Jahres kommt ein Mädchen zur Welt. Die Mutter überlebt die Geburt nicht, vier Monate später stirbt auch das Kind. Der Dichter versinkt für lange Zeit in tiefe Selbstzweifel, klagt sich der Schuld an der privaten Katastrophe an und schreibt düstere, selbstquälerische Klage- und Totenlieder auf seine »Irene« – so nannte er seine Frau –, »weil das Frieden bedeutet«.

Das Leben der beiden lungenkranken Patienten in Davos trägt manche Züge, die direkt dem erst viele Jahre später erschienenen »Zauberberg« Thomas Manns entlehnt sein könnten. Auch Klabund quartierte sich zuerst in jenem »Waldsanatorium« ein, das Thomas Mann die Anregung zu seinem Roman geliefert hatte. Sowohl einige Züge des »febrilen« Hans Castorp wie insbesondere die des vom Soldatentod träumenden

Joachim Ziemßen lesen sich, als seien sie Alfred Henschke abgeschaut. Der Sanatoriums-Arzt Dr. Jessen, Vorbild des »Hofrat Behrens«, behandelte auch Klabund anfänglich, bis er sich – ähnlich wie Settembrini – aus Kostengründen in eine kleine Pension zurückzog, wo er seine spätere Frau kennenlernen sollte. Thomas Mann mag von Henschke-Klabunds weithin bekanntem Schicksal gewußt haben – Anhaltspunkte dafür finden sich jedoch in keinem seiner Briefe und Tagebücher. Wie die morbide Gesellschaft auf dem »Zauberberg« feiern Henschke und Brunhilde Heberle in Davos ausgelassene Faschingsfeste, zu denen der Dichter mit eigenhändig geklebten, spöttischen Collagen einlädt (ihre Wiederentdeckung verdanken wir einem Fund Paul Raabes im Graubündener Staatsarchiv von Chur). Darin kündigt er »Sackhüpfen« um den ersten Preis eines Thermometers an oder stellt einen »Rippenresektionsgesang« in Aussicht. Mehrere Gedichte und Briefe beschreiben die frivole, ausgelassene Atmosphäre unter den übermütig feiernden Kranken. Wie in der Zweiteilung seines Namens in einen bürgerlichen und einen literarischen, so erfährt der bedrohte Patient und Dichter in sich zwei Identitäten, die gegeneinander kämpfen: »Die Krankheit ist ein besonderes Kapitel. Ich führe in meinem Leben doppelte Buchrechnung. Auf der einen Seite nimmt zwar die Krankheit erheblichen Raum ein; aber sie ist nur ›notiert‹, zur Kenntnis genommen. Der Teufel soll mich frikassieren, wenn sie je Einfluß auf die andere Seite, auf mein wirkliches Leben gewinnen sollte... Ich möchte doch noch eine Zeitlang leben, eine Weile wenigstens noch.«

»Wenn wir schon untergehen, so wollen wir diesen Untergang spielend und tanzend und singend erleben« – Klabunds Lebensmotto ist der ungezügelte, bedenkenlose, sich aber der Gefährdung bewußte Tanz auf dem Vulkan. Mit der Empfindung enger Verwandtschaft kokettiert er von Davos aus mit der Zürcher Dada-Szene – doch wieder meidet er die Integration, bleibt er der höfliche Außenseiter. In Sympathie verbunden fühlt er sich dem Dichter-Kollegen Erich Mühsam. Als dieser im Frühjahr wegen seiner Beziehungen zur Münchner Räterepublik inhaftiert wird, macht sich Klabund sogleich auf den Weg von Davos nach München, um den Freund im Gefängnis zu besuchen. Auf der Reise dorthin wird er selbst festgenommen, weil man ausgerechnet ihn für einen konspirierenden Aktionisten hält. Das »Tagebuch aus dem Gefängnis« wird sein »De profundis«: der verzweifelte Hilfeschrei eines in die Mühlen der Politik geratenen Delinquenten.

Wieder auf freiem Fuß, stürzt sich Klabund im April 1919 erleichtert in das Berliner Nachkriegsleben. Nun erlebt er die produktivste Phase seines dichterischen Schaffens. Er tobt sich mit seinen Freunden, den Poeten, auf Kleinkunstbühnen aus, schreibt wie im Telegrammstil dahin hetzende Romane, über gesellschaftliche Außenseiter (»Bracke«) oder Persönlichkeiten der Geschichte (»Borgia«, »Rasputin«), und nicht zuletzt eine kleine, aber wegen ihrer launigen Treffsicherheit noch immer reizvolle »Deutsche Literaturgeschichte in einer Stunde« anschließt. Seine mitreißenden Bänkellieder, vor allem jenes, in dem ein Mädchen »mit de Beene vor sich her« baumelt, steigern seinen Bekanntheitsgrad. Die Auflagen seiner Bücher wachsen – und ziehen Spötter auf sich, von denen einer boshaft reimt: »Sei getrost, es deckt den Henschke-Schund nun in alle Ewigkeit: Klabund.«

Das Geld reicht oft nur von einem Tag auf den anderen. Einmal, als es um seinen Gesundheitszustand wieder einmal sehr schlecht steht, aber die Mittel für den dringlichen Aufenthalt in Davos fehlen, ist es die Schauspielerin Elisabeth Bergner, die ihm – so jedenfalls hat sie es in ihren Memoiren erzählt – mit einer Anregung zum Schreiben eines Theaterstücks und zu einem Vorschuß verhilft: der freizügigen Neubearbeitung des alten chinesischen Stückes »Der Kreidekreis«. Das märchenhaft-poetische Stück wird, nach seiner

Uraufführung in Meißen, ein so großer Erfolg auf deutschen Bühnen, daß die materiellen Sorgen weitgehend überwunden sind. Den Freund Bert Brecht wird dieser Erfolg nicht ruhen lassen. Mehr als zwanzig Jahre später wird er seinen »Kaukasischen Kreidekreis« schreiben, der dem Stoff eine ganz andere, politische Dimension verleiht. Im Romanischen Cafe, *dem* Künstlerlokal an der Berliner Gedächtniskirche, haben sich Klabund und Bert Brecht kennengelernt. Sie ziehen nachts gemeinsam durch die Berliner Kneipen. Nach einem dieser Streifzüge notiert Brecht im September 1921 in sein Tagebuch: »Klabund singt, am Klavier, Soldaten- und Hurenlieder, tanzt, erwehrt sich mühsam der Weiber, die verschossen in ihn sind, die schwarze Pelzgarnitur darunter. Mir werden die Zähne nach keiner lang. Einmal sitzt Klabund still da, hört mir zu, wie einer, der schon Mantel und Hut anhat, keinen Reiseplan, kein Geld, kein Interesse an beidem und nur noch zuhört: Es sind die ersten barbarischen ungeschlachten Lieder der neuen Zeit, die aus Gußeisen ist.« Die schwarze Pelzgarnitur – Klabunds ständige Bedrohung durch einen kühlen Luftzug – läßt ihn sich auf diese Weise schützen. Brecht muß Klabunds Wirkung auf Frauen sehr beneidet haben. Wenige Jahre später wird Klabund auch eine schöne Schauspielerin heiraten, auf die Brecht früh schon ein Auge geworfen hatte und deren Leben sich noch verschiedentlich mit dem seinen verbinden wird: Carola Neher.

Kurz nach der Fertigstellung des »Kreidekreises« trifft Klabund diese umschwärmte junge Dame, die auch schon andere Dichter – wie z. B. Lion Feuchtwanger und Arnold Bronnen – bezaubert hat, in München. Sie wird die zweite große Liebe seines Lebens. Er folgt ihr von Engagement zu Engagement und ist ihr restlos verfallen. Die beiden werden ein Paar, über das die Zeitungen viel berichten. Der kranke Dichter und die blühende junge Schauspielerin sind geradezu ein Idealpaar der Kulturszene, sie beflügeln die Träume und sind, wo immer sie auftauchen, Stadtgespräch. Doch hinter der strahlenden Fassade verbirgt sich auch eine dunkle Kehrseite. Carola Neher erwidert Klabunds Liebe, aber sie erweist sich, nicht zuletzt wegen ihrer ständigen Beanspruchung durch die Bühne, als eine ebenso unberechenbare wie eigenwillige, mitunter plötzlich kaltherzige Partnerin. Wie es in dieser Ehe zuging, hat Klabund in der Erzählung »Die Silberfüchsin« kaum verschlüsselt beschrieben: »Wie die Biene aus allen Blumen Honig, so saugst du aus allen Begebenheiten Gift ... Ich bin einem Menschen wie dir noch nie begegnet: im Guten nicht und nicht im Sonderbaren ... Während du selbst wie eine Majestät und Göttin behandelt werden willst, behandelst du deinerseits unsereinen wie einen Sklaven oder Verbrecher«, heißt es darin. Die Ehe dauert vier aufregende Jahre, in der Carola Neher zum Star anvanciert – und sich Klabunds Gesundheit dramatisch verschlechtert. Klabunds Liebe ist grenzenlos. Carola Nehers Liebe ist durch ihren beruflichen Ehrgeiz begrenzt. Die beiden taumeln, fast immer getrennt, zwischen Berlin und Davos, zwischen kurzen glücklichen Begegnungen und gegenseitiger Mißachtung von Erfolg zu Erfolg – bis schließlich, im August 1928, Klabund seinen aussichtslosen Kampf gegen die Krankheit verliert. Er stirbt, ganze achtunddreißig Jahre alt – Carola Neher hat ihre Proben als Polly in Brechts »Dreigroschenoper« für eine letzte Reise nach Davos unterbrochen –, in seinem Davoser Krankenzimmer.

In den letzten Jahren seines Lebens hat Klabund noch viele Gedichte geschrieben, die ihn von seiner besten Seite zeigen. Liebesgedichte für Carola Neher sind ebenso darunter wie ahnungsvolle, düstere Visionen. Zu den letzteren gehört das Gedicht »Progrom«, in dem er den Antisemitismus geißelt. Sein »Brief an die Nationalsozialistische Freiheitspartei Deutschlands« macht seinen bekennerhaften Mut deutlich, wenn es um Fragen der Menschenliebe und um den Kampf gegen dumpfe Vorurteile geht.

Ein langes Gedicht auf Carola Neher, das er ihr nach einem gemeinsamen Urlaub im Haus eines Bekannten südlich von Berlin schrieb, trägt den Titel »Ode an Zeesen«. Es ist eine verzückte Liebeserklärung an seine Ehefrau und zugleich eine schwärmerische Hymne auf einige Wochen der Gemeinsamkeit in zauberhafter Umgebung: »Immer zu zweit zu zweit seit Jahren/ Schwimmen wir auf den Wassern des Lebens.« In freien Rhythmen, ganz ohne Reime, fließt die Ode dahin, emphatisch und nüchtern zugleich. Es mag bessere Gedichte Klabunds geben – doch wenn man um die Umstände weiß, unter denen es entstand: die kurze Phase des vollkommenen Glücks im Angesicht einer sich zunehmend verschlimmernden Krankheit, hinterläßt es eine starke Wirkung. Wer den Ort des Geschehens, ein einst vornehmes Herrenhaus bei Königswusterhausen, heute besucht, muß viel Phantasie aufwenden, um das von Klabund besungene Natur-Paradies am See wiederzufinden. An den einstigen Tennisplatz – »Henry der Trainer wartet schon auf die gnädige Frau« – erinnert noch ein rostiger Schiedsrichterstuhl, der verloren auf dem überwucherten, vom nahen See inzwischen durch hohe Bäume verstellten Anwesen aus dem Gras ragt. Haus und Garten (Gustaf Gründgens und Marianne Hoppe wohnten hier während der Zeit des Nationalsozialismus, als Gründgens Generalintendant in Berlin war) sind verwüstet.

Hat nicht doch, siebzig Jahre nach seinem Tod, das zur Neige gehende Jahrhundert auch die Dichtung Klabunds endgültig unter seinen Trümmern begraben? Der Leser möge es anhand dieses Lesebuches selbst nachprüfen. Vielleicht erscheint ihm zu vieles veraltet, vielleicht geht es ihm aber wie dem Herausgeber: Trotz mancher Unschärfen, mancher pathetischer Wendungen und einiger inzwischen abgenutzter literarischer Formeln, bestechen die liebenswürdige Direktheit, die heitere Aufrichtigkeit gerade auch gegen sich selbst, der kühne Spott und die zuweilen erstaunliche Klarsicht seiner Texte. Fast immer verstecken sie nur notdürftig die Gefühlsstürme des Dichters selbst, das Auf und Ab seiner durch die Krankheit sublimierten Empfindsamkeit. Die Einsamkeit des Andersartigen und Unangepaßten, die Sehnsucht nach Nähe und Gemeinsamkeit, die Überwindung realer Brüche, die Ahnung kommenden Unheils, das Mitleid mit den Schwachen und das befreiende Gelächter über die vermeintlich Starken – die Themen Klabunds, verpackt in eine äußerst variantenreiche, unverwechselbare Sprache und Form, können noch immer anrühren, erschrecken und amüsieren. Als »letzten freien Rhapsoden, der letzte aus dem Geschlecht dichtender Vaganten« hat Carl von Ossietzky Klabund bezeichnet, »er hatte keine Zeit und wußte es«. Der Freund Gottfried Benn sagte in seiner Totenrede: »Gegen eine Welt der Nützlichkeit und des Opportunismus, gegen eine Welt der gesicherten Existenzen, der Ämter und der Würden und der festen Stellungen, trug er nichts als seinen Glauben und sein Herz.« Klabund gehörte zu den letzten beschwingten Sängern unter den Dichtern, der weder Naivität noch Sentimentalität aus der Literatur verbannt sehen wollte. Im Einssein mit der Natur, dem geliebten Menschen, in der Erwartung eines friedvolleren Jenseits sah er die einzig wirksamen Heilkräfte gegen das Verzagen. Er war ein ironischer Romantiker und ein klassischer Spötter – und ein hellwacher, poetischer Chronist seiner Epoche.

Nach Klabunds Tod wurde es bald still um ihn. Die Nationalsozialisten setzten seine Bücher auf die Verbotslisten. Sie rächten sich dafür, daß er sie von ihrem ersten Auftauchen an verabscheut und öffentlich angeprangert hatte. Carola Neher heiratete ein zweites Mal und mußte 1933 mit ihrem Ehemann, dem Kommunisten Anatol Becker, nach Moskau emigrieren. Dort fanden beide in den Wirren des Stalinismus einen grausamen Tod.

Klabund lesen heißt auch, sich an einen Dichter zu erinnern, der in äußerster Bescheidenheit und mit viel Anmut, Toleranz und Verständnis gegenüber allem Fremden und Andersartigen einforderte. Über allem stand ihm von früher Kindheit an die Kunst: »Die Dichtung ist nicht die Vorstufe zu einem seligen Jenseits, sie ist dieses Jenseits selbst.« Er mag kein Genius gewesen sein, andere Dichter seiner Zeit haben nachdrücklichere Spuren hinterlassen. Aber er war ein mutiger und phantasievoller Jongleur der Form und ein Schriftsteller, der sich für die Literatur ein Leben lang verzehrte: »Ich würde sterben, hätt ich nicht das Wort.« Als seine Kräfte erschöpft waren, waren seine »Versuche nach Maßgabe dessen vollendet, was mir zu erreichen war«. Er hatte diese Worte Frederic Chopins einmal gemeinsam mit Gottfried Benn gelesen und sich in ihnen wiedererkannt.

Es lohnt sich noch immer, Klabund zu lesen – auch heute.

XI.
Literaturhinweise

QUELLEN

Das Werk Klabunds ist seit dem Erscheinen des ersten Gedichtbandes *»Morgenrot! Klabund! Die Tage dämmern!«* (1913) auf zahlreiche Bände verstreut. Am Fachbereich Germanistik der Freien Universität Berlin entsteht unter der Leitung von Hans-Gert Roloff eine wissenschaftliche Gesamtausgabe. 1930 erschien in Wien eine sechsbändige Ausgabe *»Gesammelte Werke«*.

Die Texte dieses Lesebuchs sind folgenden Publikationen entnommen:

Morgenrot! Klabund! Die Tage dämmern! Gedichte. Berlin 1913.
Dumpfe Trommel und berauschtes Gong. Nachdichtungen chinesischer Kriegslyrik. Leipzig 1915.
Li-Tai Pe. Nachdichtungen. Leipzig 1916.
Deutsche Literaturgeschichte in einer Stunde. Leipzig 1920.
Kleines Klabund-Buch. Leipzig 1921.
Das heiße Herz. Balladen, Mythen, Gedichte. Berlin 1922.
Der Kreidekreis. Spiel nach dem Chinesischen. Berlin 1925.
Klabund-Lesebuch. Vers und Prosa. Berlin 1926.
Die Harfenjule. Berlin 1927.

Totenklage. Dreißig Sonette. Wien 1928.

Chinesische Gedichte. Wien 1930.

Tagebuch im Gefängnis. Mit Einführung, Nachwort und Klabund-Schriftenverzeichnis von Leopold Spitzegger. Wien 1946.

Briefe an einen Freund. Herausgegeben von Ernst Heinrich. Köln 1963.

Der himmlische Vagant. Eine Auswahl aus dem Werk. Herausgegeben und mit einem Nachwort von Marianne Kesting. Köln 1968.

Klabund in Davos. Texte, Bilder, Dokumente. Zusammengestellt von Paul Raabe. Zürich 1990.

Folgende Texte sind zum ersten Mal in Buchform gedruckt:

Crossen an der Oder. In: Nationalzeitung, Berlin 19. Mai 1924 (Archiv Akademie der Künste, Berlin).

Die Liebesfüchsin. In: Sport und Bild. Das Blatt der guten Gesellschaft, Nr. 20, 21, 22, 23. Berlin 1927.

Informationen zu Leben und Werk Klabunds:

Guido von Kaulla:

»Und verbrenn in seinem Herzen«. Die Schauspielerin Carola Neher und Klabund. Freiburg im Breisgau 1984.

Brennendes Herz Klabund: Legende und Wirklichkeit. Zürich 1971.

Paul Raabe:

Klabund in Davos. Texte, Bilder, Dokumente. Zusammengestellt von Paul Raabe. Zürich 1990.

Matthias Wegner:

Klabund und Carola Neher. Eine Geschichte von Liebe und Tod. Berlin 1996.